香草山

余杰

香草山上，藍天白雲，水草豐美

每個人、每個民族，都有屬於自己的香草山。

在那裡，他們洗滌罪惡；

在那裡，他們尋找愛情；

在那裡，他們獲得力量；

在那裡，他們傾聽真理。

序言

一本震驚大陸文壇的百萬暢銷書《火與冰》，讓兩條原不可能交會的平行線，在冥冥之中交會了，更成就了這本以書信和日記交疊而成的《香草山》。

「我一直以為，支撐我生活的動力，便是羅素所稱的三種單純而又極其強烈的激情：對愛情的渴望、對知識的渴求，以及對於人類苦難痛徹肺腑的憐憫。而在這樣的動力下生活，註定是孤獨的，無盡的、近於絕望的孤獨。」一封讀者的來信，字字句句敲擊著作者的心扉，於是讀者與作者之間，開始透過書信分享彼此的思想與情感、渴望與追尋，愛情翩然而至，他們也堅定了攜手共度人生的信念。

書為媒，對於一本書而言，何嘗不是它最美好的功用？以美好的生命激勵美好的生命，不正是作家引以為豪的使命？那麼，《香草山》究竟是一本什麼樣的書呢？

它不是情書，不是小說，不是自傳，它是一部誕生在浮華時代的澄明清澈的心靈史。它彰顯了個人內心的強大，強大到足以戰勝一切外部環境的束縛。

在中國，《香草山》曾經是大學校園裡人手一冊的枕邊書，影響了整整一代人。不少讀者表示，《香草山》讓他們看到了愛情的美好、真理的可貴、正義的崇高，在一個物質主義的時代帶給他們心靈深處的安慰，使他們有了繼續追求幸福的力量。

豆瓣讀書網站上，一位網友如此留言說：「這是一部看得人心底軟軟地疼，又淡淡地歡喜，同時心中充盈著清輝似的光芒的書。看它的感覺是如此寧靜、如此純潔；就像一條花瓣的小溪，夢幻般地在血管裡汩汩流動；又像是一隻破殼的小雞，在早春的槐花香中絨絨的一團。」

《香草山》不僅是一本書，香草山更是一個地名。

那裡藍天白雲，水草豐美，如作家楊牧在〈自剖〉一文中所說：「香草山，那雲霧深處，那麼至美和平安樂的國度。我們將會動身前去，那個美麗無人的國度，看草原上的小花，看草原上的羊群和麋鹿。……世界上每個人都該有個完美的香草山，讓他們在那山裡沒有憂慮地徜徉，讓他們離開猜忌和怨毒的俗塵，讓他們帶著笑容入眠。」

這不單是個夢，如果有足夠的勇氣和信心，這就是觸手可及的現實。

《香草山》正體字版的問世，讓這本在中國無法再印行的書，能被台灣和海外的讀者所知曉；而這段靜美而敞亮的生命，也多了一群新的分享者。

願這個故事成為您生命的祝福。

目錄

第一章

信

那封信，
像一顆小石子一樣擊中我的心

♣寧萱的信

廷生：

你好。

我自覺很冒昧給你寫信。我原是不能接受給陌生人寫信這樣冒昧行為的人。

我曾經有過數次被文字打動的經歷，也曾有過與這文字後面的心靈結識的衝動。但出於漠然悲觀的天性，最終寧肯默默地與文字交流。迄今為止從未寫過一封給陌生人的信，但王小波的死給了我極大的打擊，因為他就是我曾經想要寫信的人。而如今，信還在心裡醞釀，收信的人已渺然不知所向。我體味到了前所未有的痛心與悔恨。

世事喧囂，人生寂寞。我一直以為，支撐我生活的動力，便是羅素所稱的三種單純而又極其強烈的激情：對愛情的渴望、對知識的渴求，以及對於人類苦難痛徹肺腑的憐憫。而在這樣的動力下生活，註定是孤獨的，無盡的、近於絕望的孤獨。

我想，在這片已經不再蔚藍、不再純潔的天空下，如果還有一雙眼睛與我一同哭泣，那麼生活就值得我為之受苦吧。

於是，因為王小波，因為孤獨，因為生命的脆弱與無助，我終於提起了筆，給你，嚴重而真誠。

作個不恰當的對比，許廣平第一次冒昧給魯迅寫信的時候，提了一個大而無當的問題：人生遇到歧途怎麼辦？我自覺我這封信雖沒有提問，卻也大而無當，不知所云。可魯迅認真回答了許廣平的信，他看透黑暗，卻從未絕望。你呢？還有一顆易感而真誠的心嗎？

最後，我要告訴你，我是個女孩，美麗，也還年輕。

寧萱

一九九九年六月四日深夜

♣寧萱的日記

一九九九年六月五日

昨天晚上，翻來覆去睡不著覺，起床來鬼使神差地給一個陌生人寫了一封信——除了他寫的一本書之外，我對他一無所知。

很久沒有寫信了。雖然每天都坐在電腦前，但在鍵盤上敲出的都是與心靈無關的文字——是比八股還要八股的專案可行性報告、是格子裡填滿資料的報表、是給其他部門的例行公事的通知書……日復一日，這些文件已經塞滿了我的大腦。

忽然，我覺得很累、很累。我來到這家龐大的外資公司已經一年多了——好多人都很羡慕我，一個二十剛剛出頭的小女孩，居然在這麼短的時間內就當上了部門經理。我上學得早，因為父母工作忙，沒有時間照料我，讓我五歲便上小學了。我在小學和中學又各跳了一級，所以上大學的時候只有十五歲。大學畢業還不到二十歲。

我似乎很「成功」，在前幾天的聚會上，畢業之後難得一聚的大學同學都異口同聲地這麼說。當年在我下鋪的女孩，還只是銀行的一個普通營業員。最有「出息」的男同學，也僅僅是政府部門的一個小科長。相比之下，我就格外地引人注目。

但是，這些不是我夢寐以求的。我內心有一種聲音在對我說：「你並不屬於這裡。」這個聲音每天都在心靈深處響起，由遠而近、由低而高，像火紅的熔岩在幽暗的地殼中翻湧著。那麼，我的靈魂究竟屬於什麼地方呢？我的心究竟要「安置」在哪裡才能夠獲得寧靜和愉悅呢？

公司占據整個的一座大廈，我的部門在十樓，整層樓就是一間開放式的辦公室。每個職員有一個透明的隔間。幾十個職員，像一群家養的鴿子，都被安置在一模一樣的「籠子」裡。

巨大的中央空調，每時每刻都在發散著無窮的能量，冬暖夏涼。我不喜歡空調，我寧願房間裡的溫度與外面的溫度一模一樣。無論冷也好，熱也好，保持大自然本身的溫度最好。可是，我們的皮膚已經適應了空調製造的虛假溫度，反而無法適應大自然本身真實的溫度。我們的肌膚在虛假的溫度之中麻木了，我們的心也一樣。我們親手把自己裝進一個虛假的盒子裡。

我每天對著電腦，用電子郵件和電話跟同事們聯繫。儘管大家同處一室，卻談不上有什麼心靈的溝通。這就是「現代化」的公司中的慣例。在公司安裝著藍色玻璃的辦公室裡，每個人各司其職：或者整天坐在自己的位置上處理事務，一動不動；或者匆匆地走來走去，沒有片刻時間左顧右盼。每個人都表情嚴肅，卻面目模糊。

我的位置靠近窗戶，可以看到外面的風景。然而，偌大的公司裡，沒有一個人能夠與我一起分享看風景時的心情。英國作家福斯特有一本出色的小說《窗外有藍天》，很久以前看過，書中具體的情節我已經記不清了，卻記得那個小小的、簡單的、窗外有片藍天的房間。

我沒有一個房間，但我有一個角落。

我經常往遠方眺望，遠方依稀可見煙雨迷濛的瘦西湖，瘦西湖邊上白塔的塔尖也還有模糊的輪廓。可惜，湖邊的高樓越來越多，視線也越來越局促了。我不明白人們為什麼要把樓房越蓋越高，為什麼樓房與樓房之間的距離也越來越近。人們把鴿子關進鳥籠，最後自己也住進了鳥籠。

我喜歡童年時候外婆家的小院子，那個小院子曾經就在瘦西湖的邊上。屋簷下的青苔上有我鞋子的痕跡，木梁上的燕子窩中有時落下一兩片羽毛。可是，在幾年前的房地產開發熱中，這個可愛的小院子被粗暴地拆除了，連同我童年溫軟的記憶。

我喜歡穿黑色的衣服，太喜歡了，我的大部分衣服都是黑色的。以至於同事對我說，你這麼年輕，為什麼總是穿著冰冷的、壓抑的黑色？好多次，面對這樣的詢問，我笑而不答。心中卻隱隱作痛。黑色是內斂的、是悲哀的、是冷靜的、是堅強的。記得一篇小說中寫道：「很多有傷口的女人，只穿黑色的衣服。因為這樣不容易讓別人看到疼痛。」這也是我的原因啊，我不願意讓旁人窺視到我的內心世界。黑色是一道藩籬。我讓自己與外部世界保持著一分距離。像一隻定格在琥珀中的小昆蟲，凝固，但是安全。

讀那本名叫《火與冰》的書，也有好長一段日子了。書中那些剛強的句子打動過我，更打動我的卻是那些柔弱的句子。手邊沒有書。我當時讀的那本已經很破舊的書，並不屬於我。讀過之後，我也不想去書店買一本新的。因為讀過之後，這本書在「精神」的意義上就已屬於我了。書裡的好些句子我幾乎能夠背誦下來，也能夠感受到作者寫作時的心情。它們讓我如此牽腸掛肚。

從昨天一直到今天，外面都下著雨，天色灰濛濛的，像《紅樓夢》裡面那些讓作者和讀者一起哭泣的、所謂「千紅一哭、萬豔同悲」的章節。此時此刻，我想起《火與冰》中那些憂憤的句子。在北國的風沙中，他有衝冠的怒髮嗎？我相信，他有。他更有一顆憂憤與感傷的心。

我給他寫信的時刻，不是我有意挑選的，卻恰好是一個孤獨與哀痛交織的時刻。他一定跟我一樣需要安慰。他身邊有安慰他的朋友嗎？

我不知道他的詳細地址以及與他有關的一切。然而，讀過一本他寫的書就足夠了——從「物質」的意義上來說，那本書我僅僅擁有過一天（更準確地說，一個夜晚）的時間。

下午，下班之前，我做了進公司以後唯一一件「假公濟私」的事：我把這封用一頁便籤寫就的短信，放進一封特快專遞裡，填好他的姓名地址。在吩咐祕書寄出一大疊商業信件的時候，把它混在公司的信件中發了出去。我實在怕自己沒有勇氣走到郵局親手投出這封突發奇想的信。

他的文章顯示，他是北京大學中文系的學生。那麼，地址就簡單地寫上「北京大學中文系」，不知他能不能收到？

那座湖光塔影的校園讓我魂牽夢繞。中學時，我曾經沒日沒夜地切慕了它六年。可惜，最後還是沒有能夠踏進去。就因為高考沒有發揮好，差了幾分。造化弄人，我像一枚蒲公英一樣，不情願地飄落到西湖邊上的那座校園裡。「暖風熏得遊人醉，西湖歌舞幾時休」，西湖美則美矣，卻不是一個念書的好地方。大學四年，濃濃的失落感一直伴隨著我。

畢業後，漸漸忘卻了有關校園裡的一切。照片都是會褪色的，記憶也一樣；花朵都是會飄落的，夢想也一樣。廷生的出現，重新勾起我昔日的夢想和創傷。他屬於那座校園，那座蔡元培和魯迅的校園，那座「五四」青年的長衫和白圍巾飄飄蕩蕩的校園，那座在血與火中青春永在的校園。那座校園已經成為史詩，成為紀念碑，成為神話。北大的意義，早已經超越了一所大學。我有些嫉妒地想，他是多麼的幸運啊。

他能否收到這封信，在我的信寫完以後，已經不重要了。寫信是對虛無的一種反抗。但寫完以後，我寧願忘記它，讓它像一個夢一樣在我的生命中消失。舉重若輕。

正如《世說新語》中那個有名的「雪中訪戴」的故事。我很喜歡這個古老的故事。長袖飄飄的王子猷、鵝毛般的雪花、披著蓑衣的船夫、劃在溪水中的木槳……我要是畫家，我會畫這樣的一幅神韻流動的水墨畫。那麼，我也來學學王子猷？

可是，明天我還得去上班。睡吧，睡吧。今天的日記寫得太長了。

廷生的日記

一九九九年六月七日

每年六月初的這幾天，我都會離開校園。這幾天，空氣中瀰漫著血和鐵的味道，我不願待在這個麻木不仁的校園裡。十年前那個六月三日的深夜，我們全家人在收音機前聽「美國之音」，聽到裡面傳來的劈哩叭啦的槍聲。那一夜，我完成了我的成年禮；那一夜，我發誓要考北大。但是，當我真的考上北大之後，我才發現一切都變了，北大已經不再是北大。九十年代和八十年代真是兩個迴然不同的時代。

我「失蹤」四天之後回來，校園依然如一潭死水。只有「新東方」的課堂上，仍然是擁擠不堪。幾乎每個學生宿舍都有賺錢的妙招：有人賣速食麵，有人賣電影票，有人賣進口ＣＤ。誰都想成為鄧小平所說的那種「先富起來」的人。才十年的時間，這個校園就已經物換星移，滄海桑田。

我依舊去圖書館，去五樓的那間港台文獻中心。這間閱覽室少有人來，我獨自躲在角落裡，一個上午的時間一眨眼就過去了。這裡有不計其數的「反動書籍」，據說是一次國際書展之後，主辦單位將所有港台版的書籍全都贈送給了北大。我是偶然發現有這個大寶藏的，從此便每週都會來上三五次。這間閱覽室的書，只能在裡面看，不能外借，所以我經常到這裡一連看上三四個小時的書。這裡有台灣出版的與大陸觀點截然相反的近代史著作，有台灣早期「黨外運動」先驅者的傳記，我甚至找到了台灣出版的方勵之、劉曉波等八十年代風雲人物的著作。本來就有「反骨」的我，讀了這些反動書籍之後，就更加反動了。這間閱覽室給我的思想啟蒙，超過了北大的任何一個老師——八九之後的課堂上，大部分老師都謹言慎行，斟詞酌句。

比起當年的知青一代人來說，我能夠自由地閱讀這些「反動書籍」，簡直如同生活在天堂之中。六十年代，被放逐到農村的知青們，要費九牛二虎之力，才能弄到幾本「禁書」來讀。所謂「禁書」，就是「文革」前翻譯出版的一大批「內部讀物」，包括被稱為「灰皮書」的社科類書籍和被稱為「黃皮書」的外國文學書籍。當時在山西中部中山村當知青的作家鄭義，後來回憶說：「勞動是艱苦的。看書同樣是艱苦的。每天下了工，吃了飯，已經是筋疲力盡。又沒有電，連煤油燈都沒有。最初的日子裡，我們只有墨水瓶、藥瓶自製的『小煤油壺』，豆大的燈焰下，擠不了三四個人，於是只有輪流看。第一批從晚飯後看到十一、二點；第二批從十一、二點看到三、四點；再叫醒第三批接著看到天明。特別是當外村傳來好書，限定兩三天還，大家想自己做點筆記，唯一的辦法就是換班看，通宵達旦。回憶起來挺苦的，睡得正香，硬要掙扎著起來『換班兒』！只有走出窯洞，在雪地上捧把雪擦擦臉，看山區格外明亮的星星月亮，直到凍得清醒得不能再清醒了，再趴到小炕桌上看。但那陣兒不覺得苦，因為不看這些書不知道該怎樣往下活！」

如今，我卻能在窗明几淨的圖書館，安安心心地讀這些好書。中文系的課程不多，有意思的課程更少，所以很多時間都可以由自己支配。窗外楊絮飄飄，如同六月的飛雪。讀書讀累了，就抬起頭來觀看一會兒滿天飛舞的楊絮。每片楊絮都是寂寞的，找不到方向。它們與人一樣，不由自主地在空氣裡飛翔，然後飛落塵埃。

博雅塔的塔尖在遠處，塔身被樹蔭簇擁著。它已灰塵滿面，像一個不合時宜的老人，冷冷地看著這個熱鬧的世界。

今天又收到一大疊信件。有編輯寄來的刊物，有老朋友的來信，當然更多的是素不相識的讀者的來信。其中，顯得突兀的是一封來自揚州的特快專遞。誰寄來的？在記憶的倉庫裡搜尋了一陣，我在揚州確實沒有一個認識的人。信封的後面留著一個外國公司的名稱和地址，以及一個有些模糊的「寧萱」的名字，它們讓我在心裡嘀咕了半天。我與公司之類的機構向來就是風馬牛不相及的，而「寧萱」卻又是一個充滿詩意的、讓人遐想聯翩的名字。

藍色的、硬皮的、碩大的特快專遞信封，仔細一掂量，裡面似乎空空如也。

這是誰寫來的信呢？這個「寧萱」究竟是誰？儘管差不多每天都會收到幾封陌生讀者的來信，卻很少是用特快專遞來郵寄的。讀者們的信封，多半粗糙而破舊，也許是因為這路上顛簸太久的緣故。而且，那些地址一般都是遙遠的學校和鄉村，與高樓大廈無關。

撕開封口，原來是薄薄的一頁公司便籤，信的內容只寫了大半頁。字跡很小，很細，甚至有些潦草。算不上秀美，卻一眼就能夠看出是女孩子的筆跡，每個字都帶著幾分柔媚的心思。

在學校裡的「家園」快餐廳裡，我買了一份速食，一邊吃，一邊懷著姑且讀讀的心態攤開信紙。剛剛讀到第一行，我便立即換了一種心情，放下筷子，正襟危坐起來。因為，這封信的內容幾乎不忍卒讀——它像一塊小石子，準確地擊中了我的心臟。它沉重得讓我有窒息的感覺。

陽光從窗戶射進來，薄薄的信紙在陽光下是透明的。寫信人的心呢？

顯然，這封信的作者，跟我有著相同的心性，也跟我有著相同的創痛。在這些文字的背後，黑暗與光明兩種力量正在嚴峻地較量，悲哀與快樂兩種情緒正在劇烈地翻騰。一時間，兩種力量和兩種情緒都難分高下。這個關鍵時刻，正是需要外力來幫助的時刻。所以，她給遠方的、陌生的我寫信。她向我——一個她認為值得信賴的朋友，尋求精神上的幫助。

這個時代，還真有這樣的女孩？她真的在思考跟我同樣嚴酷的問題？

進入北大這些年，我已然是個與周圍環境格格不入的異端，不為大多數的同齡人所理解和認同。幸而，北大還有蔡元培時代的精神和學統零零星星的殘留，「寬容」是它最偉大的品質。所以，儘管不少人把我目為與風車作戰的堂•吉訶德，時不時地加以嘲笑和調侃，卻也於我無害。

在這裡，各人做各人的事情，互不干涉。能夠在這種「不干涉主義」的羽翼下自由地做自己的事情，我已經很滿足了。在中國，這樣的地方似乎不多。

那麼，寫這封信的叫「寧萱」的女孩呢？她會不會也被周圍的人視為「異端」？

我猜想，她可能比我更加孤獨。從她的信封上的地址看，她在一座摩天大廈裡工作。那種摩天大廈好似遠古的恐龍，在那裡，她會受到傷害嗎？

我應該給她回信。我願意給她回信。

在一大堆信件中，她的信如同沙中的金子，又好像一顆擱淺在沙灘上的貝殼。

廷生的信

寧萱：

你好。很高興收到你的來信。

讀到你的信的時候，我剛剛從郊外返回學校。一路上，我正在想，離開校園好幾天了，平淡如水的學院生活，會不會發生些許的變化呢？我的郵件該堆積了一大摞吧？

在五花八門的郵件之中，我拆開了你的信。你的信深深地打動了我。這是一封不能不回的信——因為王小波，因為魯迅與許廣平，更因為羅素的那句話。同時，你的信之所以打動我，還有一個屬於我們自己的理由——因為我的孤獨和脆弱，因為你的「嚴重而真誠」。

文字是我與外界進行溝通的重要管道。在一個喧囂的時代裡，在一個人人都在談論「市場經濟」的時代裡，人與人之間心靈的溝通極其困難。文字卻能穿越諸多的阻礙，連接起一顆又一顆陌生的心靈。這兩年來，我受到許許多多的干擾。有讚譽，也有辱罵，有「捧殺」，也有「棒殺」，卻很少獲得精神上真切的共鳴。因此，自己的文字能夠在別人內心深處引發悠長的回音，是我生活中無法言喻的快樂。

今天，在你的這封信中，我發現了一種至誠至真的精神共鳴。謝謝你。

寫作的本質固然是孤獨的，但在寫作的過程中，人也在拚命地抗拒孤獨，就如同卡繆筆下那位辛辛苦苦地搬石頭上山的西西弗斯——石頭是否會再次掉下山，他並不在意，他的汗水、他的快樂、他的幸福，已經熔鑄在每一次的搬運、每一次的攀登、每一次的安放之中。

西西弗斯是一個內心最幸福的悲劇演員。

然而，如果一個人永遠處於無邊無際的孤獨中，無論他有多麼堅強，他的寫作和生活都很難長久地堅持下去。在沙漠中旅行的人，也需要不期然地遇到一塊塊賞心悅目的綠洲。在孤獨的背後，支撐我的東西正像你信中所說，是「對人類苦難痛徹肺腑的憐憫」。當然，在這沒有邊際的悲憫之中，首先是對自我這個無比脆弱的生命存在的悲憫。

你的信中提到許廣平給魯迅寫信的故事。當年，魯迅在一個不尊重人的國家和一個不尊重人的時代裡，為捍衛個人的自由與尊嚴而戰鬥，儘管最後他還是被黑暗所吞沒。這黑暗既有外在的黑暗，也有他內心的黑暗。從他身上，才看到人內心的黑暗原來是深不可測的。我喜歡魯迅的散文集《野草》，如學者李劼所說，它有如荒涼的墳地，亂草在風中搖曳，天色晦暗不明，時空晨暮難辨。在誰也看不見的地方扮演英雄，在庸庸碌碌的日常生活中假裝犧牲。

許廣平在信中提出的難題，魯迅在覆信時作出了回答。他說，「人生」的長途，最怕的是遇到兩大難關。一是「歧路」，二是「窮途」。我想，我們今天遇到的大概是「窮途」吧。在正道之外的那些路，我們都清清楚楚地知道是一些方向錯誤的路。我們的選擇很明瞭，也很堅定。因此，對於我們來說，並不存在真正的「歧途」、並不存在走錯路的危險。但是，我們面臨的問題是：正道已經走到了盡頭，無路可走的時候，該怎麼走呢？

王維的選擇是：「行到水窮處，坐看雲起時」；魯迅的選擇是：「還是跨進去，在刺叢裡姑且走走」。我常勸說身邊的朋友和比我更年輕的弟妹們，不妨選擇王維的生活方式；而我自己，恐怕得一輩子「在刺叢中求索」——荊棘會將我的赤腳扎得鮮血淋漓，會透到我的骨肉裡去。

這是我的命運，我不能、也不願違背。你呢？

我們這個時代的惡，並非像某些人認為的那樣，比魯迅那個時代的惡要少；相反，我認為，我們時代的惡更加氾濫、更加凶險。當然，這種「惡」也存在於我們身上、我們心中。

我在對抗外部的惡的同時，也在清除著自己內在的惡。我在內外的夾擊中依然不願意放棄戰鬥。尤其是我自己內心的惡，它將伴隨我的生命始終，我也將不懈地與它戰鬥始終。

但是，我不會因為世上有太多的惡而感到沮喪。沒有惡，善也就沒有意義了。我也堅信，那些看上去無比強大的邪惡勢力，最後必然會衰弱、退縮，進而消亡。只要我們堅守內心的善，也許在一個漫長的黑夜之後醒來，那無所不在的惡就消失得無影無蹤了。正如同《聖經》詩篇所說的：「作惡的，必被剪除……還有片時，惡人要歸於無有。」這段經文帶給我很大的安慰。

這封信越寫越沉重。我幾乎都快忘掉你是一個「美麗，也還年輕」的女孩了。本來，你的來信就夠沉重的了，我不忍心再在上面增添更為沉重的分量。就好像在一張漆黑的紙上再用濃墨寫字。可是，我實在寫不出輕鬆的句子來。就讓我們彼此分擔對方的沉重吧。

我注意到，你給我寫信的時候是四日的深夜。對我來說，這是一個極為特殊的日子，十年前的那一天，我十六歲的生命被徹底改變。

今年的六月，北京的天氣已經很熱了，就像一個巨大的蒸籠，讓人感到透不過氣。

北京是一個官與商的城市，北京是他們的天堂。六百年帶著血腥氣味的帝王都，像一隻恐龍一樣矗立在燕山的腳下。六百年了，無所不能的歲月可以改變一切。在這裡，流氓變帝王，文人變太監，優孟變大臣，少女變怨婦，無論出現怎樣的怪事，人們早已司空見慣、見怪不怪。

多少個春夏秋冬，官與商們每天都在舉行宏大的盛宴，盛宴上也許還有香噴噴的大盤人肉呈上。他們開懷暢飲，他們大口咀嚼。他們在餐桌上和床笫間隨意決定千萬子民的命運，這就叫「指點江山」。到了晚上，一代代帝王將相們的幽靈會出來遊動，向後人傳授他們奪取權柄的計謀和殺戮敵人的勇氣。在這個城市和這個國度裡，這些經驗永遠也不會過時。

世界變了，有車輛，有霓虹燈；世界沒有變，世界還是他們的世界。

我很少出校門，只有在校園裡還遺留著幾分「家」的感覺。這個校園是城市西北角的一個孤島，它屏障了外部沸騰的波浪，讓我獲得了暫時的安寧。

校門外，車與人都是輪胎飛轉、步履匆匆。然而，混凝土修築的街道上，任何人的痕跡都沒有留下，包括烈士的鮮血和文人的唾液。至於我，永遠都是一個漂泊者。我對北京沒有歸屬感，對已經離開七年的那座四川的小縣城也沒有歸屬感，每次回去，我都感到自己已經是一個外人了。我們真正的故鄉，離我們越來越遠。

這次出城，我選擇的是北京西南郊的檀柘寺。郁達夫在《故都的秋》裡寫到，北平令他最不能忘懷的美好景物，其中之一就是「檀柘寺的鐘聲」。史書記載，當年檀柘寺人丁最興旺時，擁有僧眾數千人，號稱北方第一大寺。俗話說，先有檀柘寺，後有北京城，可見其歷史之悠久。

如今，這裡只有寂寂寥寥的幾個僧人。在午後的寂靜中，他們在寬敞的經室裡，閑看花開花落。檀柘寺少有遊人來到，不像北京其他的名勝古跡，到處是鼎沸的人聲和旅遊團的小旗幟。和尚們並非身在紅塵外，他們抱怨說寺廟離城太遠，香火不旺盛，生活也較城裡的寺廟清苦許多。而我暗自竊喜，因為我此刻的心情正適合這樣淒冷的地方。

據說，這個雅致幽靜的院落，恭親王曾經來住過。

當年，權傾一時的恭親王試圖通過洋務運動富國強兵，卻被保守的「清流」派辱罵為「鬼子六」。後來，他被慈禧太后逼下台，到這荒郊野外的寺廟裡隱居了一段時間。

滿山的松樹，千姿百態。山間的石階，曲徑通幽。在檀柘寺殿宇的最高處，能夠望到北京城金碧輝煌的宮殿和灰暗破敗的民居。可以想見，一百多年以前，恭親王這位改革的先行者和失敗者，退居深山大廟之中，心情是何等枯寂、何等荒蕪、何等悲涼。也可以想見，他在這院落外，多少次悲哀而熱切地眺望那近在咫尺又遠在天邊的京城。時間像流水一樣消磨著人的意志。恭親王是一個熱心腸的人，冷冰冰的佛經，無論如何都是讀不下去的。他想拯救這個搖搖欲墜的帝國，老大帝國卻拋棄了他；他愛這個國家，這個國家卻不愛他。

中國人一向仇恨改革者。古往今來，改革者和變法者們，哪一個有好下場呢？恭親王不過是他們當中的又一個犧牲品而已。幸虧他是皇族嫡系，喪失權力之後總還保全了性命。在他之後的譚嗣同們，就只能血灑菜市口了。而在那時，一度神采飛揚的恭親王，早已變成一個沉默寡言、唯唯諾諾的老人。唉，中國，中國，是一個考驗人耐性的地方，是一個把年輕人磨老的地方。

六月，城裡還是酷暑高溫，這裡卻已然有些凜冽的寒意。窗外，能聽見秋蟲的鳴叫。

就在你給我寫信的那個夜晚，我住在寺廟裡，心卻靜不下來，徹夜不眠。耳朵便有槍聲，炮聲，呼喊聲，哭泣聲。儘管十年之前的那個夜晚，我並不在北京，並不在現場，但又彷彿是一名親歷者。人民以膏血奉軍隊，軍隊以槍彈報人民，不圖光天化日之下，竟有此牛鬼蛇神之地獄！

後來，當我與「天安門母親」的發起人丁子霖老師見面的時候，她送給我一本寫那些死難的孩子的書，其中包括她的兒子、十七歲的高中生蔣捷連罹難的經過。丁老師在扉頁寫道：「連兒如果在世，一定會跟你成為好朋友！」是的，那張照片上英姿颯爽的蔣捷連只比我大一歲，一定會是我的好朋友！而我又想，如果那個時候，我家在北京，我會不會跟他一樣，因愛國而上街，因上街而中彈，甚至變成躺臥在街頭的一具冷冰冰的屍體呢？

此刻北大的校園，凝結的空氣像固體般，讓人無法呼吸；周圍一雙雙的眼睛，發出狼一樣的青光。我無法像身邊的同學那樣，若無其事地歡笑著去看電影，或者步履匆匆地去上托福課。我拒絕遺忘，因此記憶常常以噩夢的形式降臨在我的現實生活中。我不願沉默，然而當我正要高聲呼喊的時候，卻發現自己依然失聲。

深夜，是比你寫信的時候更深呢，還是淺一些？

那天晚上的你呢？除了給我寫信以外，你還做了些什麼？

應該說，我比你幸運，我的身邊還有一個可以聊天的朋友，你卻只能在寂寞中面對紙和筆。不過，以後你將不再寂寞，你有了我這個朋友。

寫信的日子，我不知道是不是你有意的選擇，或者僅僅是一個巧合而已。我們在這個特殊的日子裡認識，冥冥之中，似乎有一種神啟的力量。

廷生

一九九九年六月七日

廷生：

你好。看到你的信時，不知道它已經在我的抽屜裡躺幾天了。這幾天，我在外地出差。剛下飛機，又穿過城市滾滾的熱浪，疲憊不堪地回來了。看到有北大標誌的信封時心中一熱，抽出信紙未及展讀時，心中又一涼——因為信是列印的，像是「鉛印的退稿信」。

作為每天與列印檔案為伴的「白領」，我最不能忍受的就是收到「朋友」郵寄來的列印的信件。我固執地認為，信只能用手寫。我是一個十分怕冷的人，而列印的信件以及那些一點也沒有流露出作者感情來的方塊字，對於我來說，就像天山上的寒冰一樣冷。

真的，當我的手指接觸到這張打印紙的時候，感受到了一種刺骨的寒冷。我幾乎不想打開了，「他真的已經沒有一顆真誠的平常心了。」我憂傷而疲倦地想。

然而，當我緩緩打開信紙，讀了一遍，又讀了一遍，廷生，「我向來不憚以最壞的惡意來推測中國人的」，這次卻也大大地驚喜了——你的這封長信是專門為我寫的，是嗎？它本身就是一篇好文章，沒有一處是隨意的敷衍。信中的好多話，在你平常的文章是很難看到的。你的真誠閃爍在許多句子裡面。在這「市場經濟社會中」，在你的「許多干擾中」，這封信已足慰我心。

我發現，你的信中引用了《聖經》裡的句子。你經常讀《聖經》嗎？我認為《聖經》是一本最偉大的書，是「書中之書」。我與《聖經》倒有一場特殊的緣分。一九四九年以前，我外公曾經在一個教會辦的小學當老師，而他的老師是一個地地道道的英國傳教士呢。

還有就是，我們的中學是民國時期的一所教會學校，當然教會學校的傳統在四九年後都被斬斷了，唯有幾座舊式的建築保存了下來。學校旁邊就是城裡最大的一所教堂，教堂彩色的玻璃窗上全是《聖經》故事的繪畫。有時候上課走神，我從教室的窗戶望出去，就可以看到這些色彩斑斕的圖畫。我常常琢磨：這些故事有著怎樣的起承轉合，這些人物有著怎樣的悲歡離合？

有一次，我和同學在禮拜天偷偷跑到教堂裡面去參加他們的儀式。教堂裡面只有少許的老頭老太，放眼過去是白髮蒼蒼的一片，只有我們兩個小姑娘。老人們雖然已經眼不明耳不聰了，但他們唱的讚美詩，是我聽到過的最美好的音樂。不知怎麼地，眼淚就掉下來了。

穿著白袍的牧師的講道，我們聽得不太懂。儀式結束之後，大家都散去了。我們悄悄跑到講台前，看到上面放著一本厚厚的《聖經》，是大開本的，像雜誌那麼大。我小心翼翼地翻開來，原來還是中英文對照版本的，我看到牧師在上面用英文寫滿了密密麻麻的注釋，心中頓時對他佩服得五體投地，他可比我們的英文老師還要了不起！不過，我外公的英文也很棒，我外公的英文也是在教會學校學的呢，這段歷史淵源，以後有時間再告訴你。

長期以來，從小受到「唯物主義」教育的我們，一直以傲慢的姿態面對那些自己不知道、不瞭解的東西，而本該對這些事物保持起碼的敬畏與尊重。「唯物主義」真是最壞的一種思想，只有沒有真正的信仰的人，才會勉強將「唯物主義」當作他們的信仰。

許許多多的日子都已經過去，不留一點痕跡。我還記得給你寫第一封信的那個日子。我對十年前的那個夜晚只有一個朦朧的印象，那時我只有十四歲呢，比你小兩歲。不過，我理解你的哀痛，在從奧斯威辛到天安門的一場接一場的大屠殺面前，我們都是倖存者而已。

我常常想，其實殺戮每天都在發生。前幾天的報紙上報導說，深圳一家玩具廠起火，燒死了幾十名打工妹。本來她們有逃生的機會，老闆卻將大門牢牢地鎖住。老闆要她們一天工作十四個小時以上，不准出門。我似乎聽見了這些姐妹悲慘的哀號，在煙熏與火燎之中。她們中的大多數人，年紀比我還要小，有的是第一次離開老家、告別爹娘，外出打工。慘劇發生之後，黑心的老闆卻逃回了台灣。他逃避了一時，逃避不了一生，他那堆積成山的鈔票也贖不了他滔天的罪孽。

比老闆們更可惡的是那些君王們，他們的權柄來自於殺戮、來自於欺騙、來自於掠奪，他們的雙手上血跡斑斑，他們的龍椅上血跡斑斑。聽說「文革」中廣西就發生過許多吃人的事件，那麼魯迅的《狂人日記》還是太溫和了。誰說「吃人」只是一種象徵呢？

你有勇氣嗎？你能體會這種近乎絕望的期望嗎？你願意接受這種心中隱隱作痛的幸福嗎？「沉默啊，沉默，不在沉默中爆發，就在沉默中滅亡！」你懂得衰亡民族之所以沉默的原因嗎？

廷生，我雖是你的同齡人，我只怕今生只能在沉默中滅亡了。我常常一想到此就夜不能寐、痛徹心肺。我真的害怕這種殘酷的結局。

張楚在他的搖滾中唱道：「他們老了，你還年輕，你敢表現自己嗎？」我，不敢，我看不到希望。在這個國度裡，年輕人常常跟老人一起衰老，甚至比老年人還要衰老得快。未老先衰的命運，誰能夠擺脫呢？

寫這封信心裡真難受，因為是用真心來寫的。我已拒絕動真性情很久了，我拒絕看據說可以感動我的文字、電影，拒絕與人談心，說我的理想與精神世界。這絕不是出於驕傲，而是因為我知道自己在這方面太脆弱、太容不下一粒汙塵。因此，混沌與虛偽反倒讓我覺得輕鬆、安全。

世間凡塵喧囂使人浮躁而快樂，真愛、真思卻令人痛苦而沉重。

我自知自己的力量太脆弱，心靈卻不肯因此而妥協，註定要為之困擾、苦痛一生的。還是讓心靈沉睡吧，昏昏噩噩地過吧。可是，到了最後關頭，我又不甘心了。

我癡迷於文學和音樂，卻在沉溺於它們之中的時候，在精神上不斷地感受到劇烈的刺傷和疼痛。我向來認為，最好的文字和最好的音樂，都指向詩歌，指向那直抵人心的詩歌，那像水晶一樣透明、像陽光一樣燦爛、像花朵一樣芬芳的詩歌。

跟你一樣，我有著我們這個年齡不應有的孤獨與沉思。跟你一樣，很久以來，我的內心在「火」與「冰」的煎熬和擠壓中掙扎著。我就像高空中走鋼絲的藝人，兩邊都是看不到底的萬丈深淵，一不小心，就會摔得粉身碎骨。多少次，我從噩夢中驚醒，汗水和淚水濕潤了枕頭。

週末，我瘋狂地出門購物，以為自己會在購物中獲得單純的快樂。當我回家面對滿滿一衣櫃的漂亮衣服時，心裡卻依然是空蕩蕩的。

一個人在房間裡的時候，寂寞得難受了，我便用耳機塞住耳朵，反反覆覆聽王菲的歌。

在眾多繁星般的歌手裡，王菲並不美麗，卻別有魅力。她就像是一大堆彩色照片中的黑白照片。她歌唱的愛情多是消失的愛情，卻實實在在地擁有過，一點也不空虛。繁華落盡後的蒼涼，最耐咀嚼。可是，世間的紅男綠女們，多是一張張薄薄的白紙，那裡懂得品味王菲的深情呢？在演唱會上，王菲從來都是旁若無人。她沒有想到要去討好歌迷，只是一個人隨心所欲地歌唱。她歌唱的時候，她那小小的女兒正在後台安睡。她的慵懶與冷淡，是從深情與真摯中結晶出來的。

一粒種子可以長成一個春天，一滴眼淚可以流成一片海洋，一首歌也可以唱出一顆心的冷熱。曾經滄海難為水，一次真愛就是一次生死。王菲天賦如此。

你見過鄉村裡做桂花糕的工藝嗎？你知道究竟多少粒芬芳的桂花，才能夠凝聚成一小塊潔白的桂花糕？

我不相信別人的拯救，只好讓自己在清醒的冷漠中受折磨。我要關閉起蚌之扇門，守護起一顆純潔卻無助的心。

只有在夜深人靜的時候，捧起你和他們的書，讓我的心出來透一口氣，看一看星星的光芒，讓這靜夜裡精神的至純之光刺痛我的眼睛，讓微笑與眼淚都會心會意地迸發吧。

今夜我在碧水之畔，

今夜我不關心網際網路，

今夜我只寫給你的信。

寧萱

一九九九年六月十四日

端午之夜　於屈原曾痛苦徘徊並棄世之日　千年不變地依舊徘徊

寧萱：

看到你對「列印稿」的反感了。其實，列印是不得已而為之。一是因為我的字寫得不好看，二是因為用電腦打字的速度比手寫快兩倍以上。

在相當長的一段時期之內，我一直是手寫的堅持者和電腦的排斥者。那時，我固執地認為，只有在方格的稿紙上手寫，才有「爬格子」的感覺，才能夠隨心所欲地控制紙和筆，才會擁有一個真正屬於自己的「紙上的世界」。紙和筆與我的心靈之間有一種奇異的對應關係。而在複雜的電腦中，一切都是不受控制的。電腦是一種我所無法理解的機器，冷酷而強大。我對以電腦為象徵的現代科技，天生就持懷疑的態度。

直到兩年前，我才試著使用電腦來寫作，這才發現它大大提高了寫作的效率，而且完全沒有我以前以為的那種障礙。一位朋友告訴我，電腦僅僅是工具而已，使用這種工具，帶來的將是更多的自由和輕鬆。於是，我積攢了一筆稿費，買了一台台灣產的、最便宜的筆記型電腦——因為狹窄的宿舍裡放不下桌上型電腦。從此，這台筆記型電腦便與我朝夕相伴，它跟我在一起的時間比任何一個朋友都要長。近兩年的時間裡，我已經用這台筆記型電腦寫作了上百萬字的文章。

不過，我完全理解並接受你的指責。給朋友寫信，的確應當避免用電腦打字、再用印表機輸出。機器的列印，不會呈現出寫作者的個性與情感來；而手寫的字體，立刻就會給對方一種天然的親近感——字後面有人的面孔。你看，這封信我立刻就改用手寫了。

所以，我們需要被真理照亮。我很喜歡你在信中使用的「星星的光芒」。古希臘有個哲學家就是為了仰望天上星星的光芒，沒有注意到地上的泥坑，結果一不小心掉到泥坑裡。那些庸人們從此便嘲笑哲學家的「迂腐」，他們哪裡能夠體味到哲學家仰望星星的光芒時衷心的喜悅呢？

對於那些生活在無邊黑暗中的敏感的心靈，星星的光芒是他們生命中唯一的安慰和寄託。你是這樣，我也是這樣。我們的孤獨緣於同樣的理由。

千百年了，星子依舊不變，而仰望星子的人卻像稻穀一樣換了一茬又一茬。

俄羅斯思想家洛札諾夫說：「人身上有多少美好的東西啊——出乎意外。人身上有多少醜惡的東西啊——同樣出乎意外。」我們每天都會遭遇到這兩種意外，讓我們欣喜，或讓我們痛苦。儘量增添前者的分量、減少後者的分量，正是我們的願望。文字或許能夠起一點點的作用。洛札諾夫又說：「我的肩頭站著兩位天使：一個是笑的天使，一個是淚的天使。她們永恆的爭論乃是我的生命。」而流過多少眼淚，才能夠換來一次會心的微笑呢？

寧萱，你的悲觀超過了我。我知道外部世界每天不斷地在傷害著你，我也隱約能夠猜度到你內心的疼痛與酸楚，但我一直堅定地相信：每一次或深或淺的傷害，我們都會獲得相應的回報。是的，有神在天上注視著我們，愛著我們。我們的每一滴淚水都不會無緣無故地流淌。

看到你在信中也提到《聖經》，以及你與基督教之間的頗多淵源，我很驚喜。儘管我還不是基督徒，但《聖經》卻是我最愛讀的書，我把它放在床頭，每天都會隨意地翻看一節。每一次的閱讀，都會有嶄新的生命體驗。

我們的回報在未來，我們的幸福也在未來。意識到這一點，我們就應當快樂起來。我希望你快樂一些，開朗一些。我們的快樂就是我們的勝利。

我要告訴你，我有過一段特殊的生活經歷：一九九二年，我剛剛考上北大的時候，我們所有的新生都必須接受長達一年的「軍政訓練」。那是「六四」之後當局對大學生的懲罰，而一北一南被懲罰的兩所大學就是北京大學和復旦大學。北大的文科學生到石家莊陸軍學院，我接到的錄取通知書是兩份，一份是北大的，一份是石家莊陸軍學院的。我們是一九八九年以來的第四屆軍訓生，也是最後的一屆。我跟你講講當年軍訓的故事吧。

到軍營的第一天，教官讓我們學習的第一課就是所謂的「整理內務」，其核心是疊被子。要求每一個人都必須將被子折疊得像磚頭一樣——軍營和監獄之類的地方，總有這麼多莫名其妙的、與人性相違背的、卻又代代相傳的「規矩」。後來，我讀到法國學者傅柯的書《規訓與懲罰》，才知道這些精密的安排的目標原來是要將人「物化」，讓人習慣於充當「被規訓者」。

被子是用來睡覺的，用來保暖的，不是用來砌房子的，這是連三歲小孩都知道的道理。讓別人將被子製造成磚頭的傢伙，精神總有點毛病。所謂「通過疊被子可以鍛練耐性，培養士兵的基本素質」之類的說法，我是不相信的。就像「只要功夫深，鐵棒磨成針」的故事一樣——與其耗費一輩子的生命將鐵棒磨成針，還不如花片刻時間去買根針回來；就像「愚公移山」的成語一樣——與其犧牲自己的幸福乃至子子孫孫的幸福，沒日沒夜地去挖山，不如早點搬家過新的生活。「鬼話」就這樣成了真理。

這個世界上，為什麼總是有這麼多違背人性、違背常識的觀念和傳統呢？為什麼千年以來就沒有幾個人站起來反思、追問、質疑乃至反抗呢？

多少鮮活的生命，就被這些「應當如此」的「規矩」悄悄地吞噬了。

每天從早到晚，我們在營房裡彎著腰、對著被子拍拍打打，累得腰酸背疼也不敢休息。全隊檢查開始了，隊長帶著一群教官走進來，他的手上拿著一根棍子。我正在嘀咕他為什麼拿著棍子，隊長已經盯著我的被子了。隊長眼睛裡流露出輕蔑的目光，不禁讓我心裡發毛。說時遲，那時快，隊長手中的棍子輕輕一挑，便將我床上的被子挑到地上，他趾高氣揚地說：「這算什麼被子？重新來過！」那一刻，我滿面通紅，眼淚花在眼眶裡打轉。那一刻，十八歲的我方才深刻體驗到，人與人之間並不是平等的。世上還存在著以侮辱人為快樂的人。

我可以承受艱苦的體力訓練，但是我難以忍受這種不尊重人的作為。人與人之間有著巨大的差異——就在我的同學之中，許多人認為這算不得什麼，不就是重新再學習疊被子嗎？而我的情感極其敏感，雖然不至於像當年的俄羅斯貴族一樣，為捍衛自己的尊嚴，時不時地就拔出劍來與人決鬥，但是我卻感受到了莫大的侮辱，這種侮辱讓我連續幾天痛苦不堪，吃不香，睡不著。

心中的傷口在潰爛，在迸裂。

我沒有辦法反抗他們，但是我可以讓自己的內心一點點地成長，並賦予其堅強的質地。我也沒有勇氣當面頂撞他們，但是我卻保存著傷口，保存著恥辱，不是為了報復，而是時刻警醒自己：尊嚴是何等的可貴。從那一刻起，我就開始了一年漫長的軍訓之旅。

如果沒有經過軍訓的話，我大概還要等很久才能夠真正長大。有了軍訓，僅僅經歷了一年的時間，我就成熟得讓媽媽也不敢相信——在一轉眼間，兒子就從孩子變成大人了。

在那種把人當作「號碼」、當作機器、當作工具的環境裡，如何保持個人的尊嚴、如何保持心靈的快樂，就成了我生活的目標。

我們經常舉行開心的「倒數計時」紀念活動，例如離軍校結束還有兩百天、還有一百五十天、還有一百天……每一個整數的時刻，都會成為紀念的理由，以及快樂的理由。畢竟，不快樂的日子正在一天天地減少——未來的趨勢是「減少」而不是「增加」，這就足以安慰我們了。

某一個「紀念日」——大概是離軍訓結束還有一百天的時候，我們全班冒著被處分的危險，在深夜悄悄爬起床來點燃一根小蠟燭，每人在軍用磁杯裡泡一杯速食麵。然後小心翼翼地碰杯。

在燈光下，只聽見一陣「唰唰」的吸麵條的聲音。每個人都吃得那麼投入，喝完了最後一滴湯還意猶未盡，彷彿我們在吃山珍海味——真的，以後再也沒有吃到過那麼好吃的速食麵了，雖然那是最便宜的、只有一種調料包的袋裝速食麵。

燭光下，一張張紅撲撲、汗涔涔的青春的臉，那是我對那段暗淡的日子少有的美好回憶。

一九八九年，北大遭遇了致命的打擊。後來連續四年的軍訓就是後遺症之一。很多經過軍訓的學生，過早地成熟了，他們爭取入黨，當上了學生幹部，然後報送上研究生……。之後，他們留校，當上了行政官僚。他們將軍隊裡面溜鬚拍馬、政治掛帥的那些骯髒的東西帶進了北大。

在蔡元培的學生們的回憶裡，曾經有過一座美麗的校園。可是，現在沒有了。

是一夜之間沒有的，還是像流水侵蝕岩石一樣慢慢地失去的？我不知道。

雖然北大還是掛著「北大」的名字。我來的時候，這裡處處是頹敗的景象和氣息。即使是去年轟轟烈烈的校慶，也不能掩蓋這種從骨子裡和肺腑裡生出來的頹敗。

誰能改變這種趨勢呢？是蔡元培，還是馬寅初？

在北大張燈結綵的校慶中，有幾個人還記得林昭呢？這個毛澤東時代先知先覺的中文系女生，用生命捍衛被侮辱、被踐踏的真理。她才是北大的驕傲和光榮啊，那些著作等身的學者在她面前都變得如同一地雞毛。如果說中國有一個義人，那就是林昭了。耶穌在十字架上的遺言是，天父啊，原諒他們，他們所做的，他們不知道。而林昭在那用鮮血寫就的〈獻給檢察官的玫瑰〉中，如此直面遠比納粹還要殘忍的毛澤東的打手們：「向你們，我的檢察官閣下，恭敬地獻上一朵玫瑰花。這是最有禮貌的抗議，無聲無息，溫和又文雅。人血不是水，滔滔流成河……」在這個習慣了當奴隸的民族中，居然還有林昭這樣為自由而戰且對最卑劣的人性也充滿悲憫之心的聖女，這就是上帝不讓這個民族滅亡的證據。

北大人早已忘記了這位校友，只有跟北大沒有多少關係的詩人劉霞為林昭寫了一首詩，題目就叫〈給林昭〉：

我就這樣
久久地注視你的眼睛

輕輕地取出你嘴裡的棉團
你的嘴唇依然柔軟
你的墳墓空空蕩蕩
你的血燙傷了我伸出的手
如此寒冷又殘酷的死亡
讓九月燦爛陽光中獨坐的我
無法悲傷

讀完這首詩以後，我認為，作為劉曉波的妻子的劉霞，比那些洋洋得意的北大人更像北大人。她在為林昭招魂，也在為北大招魂。她與林昭同為女性，一樣的美麗，也一樣的堅強。劉霞本人就是生活在我身邊的、中國的十二月黨人的妻子。

我懂得這些偉大的女性內心深處的痛苦與哀傷。而我自己，因為無法忍受那巨大的恥辱，會在這樣的時節選擇短暫的離開。這是一種躲避，也是一種無奈。我的懦弱使我只能做到這一點。

一下子又說遠了。不過，我也很想聽你講一講你的過去，你的大學生活，以及你所生活的城市。

廷生

一九九九年六月十八日

廷生：

你的字寫得不難看啊，你的字跟你的性格很相近，有一種孩子的天真。

每天晚上我都在想著給你寫信，甚至每一個詞語彷彿都歷歷在目。可白天卻又被淹沒在紛擾的事務之中。不過我真的每時每刻都惦記著你，和你的信，就像一首老歌裡所唱「從來不需要想起，永遠也不會忘記」。「花言巧語」之後，還是真心請你原諒我的耽誤吧！

廷生，你這個人真有意思，又深沉又單純。你有令人折服的洞察力和鞭辟入裡的思辨能力，卻又有叫人憐愛和心疼的純情與脆弱，這樣的結合是多麼的難得與可愛啊！正所謂「橫眉冷對市儈，俯首甘為情癡」。

在沒有壓制的地方，人不會想要自由。就像一個養尊處優的人，平常吃滿漢全席也不會覺得很香，而一旦飽嘗顛沛流離、忍饑挨餓的折磨之後，他就連一碗稀粥也會喝得津津有味。所以，我想，那些強迫你們接受軍訓的人真愚昧——他們的本意是懲罰，是愚弄，沒有想到卻給了你們這樣一個磨礪的機會。

從反面來看，這個機會真難得，沒有經過那一年非比尋常的軍訓，你會成為今天的你嗎？

寫到這裡，我覺得有些辭不達意了，蒼白的文字怎麼能夠表達心中豐富而微妙的感受？或許你能明白我的意思吧。

盲目的愛不是愛，深知其缺、深受其苦卻癡心不改的愛才是真愛；無知的天真不是純潔，歷經滄桑仍不改其純真、仍堅信「真、善、美」的天真才是真純潔；隱瞞、偽裝的自信不堪一擊，君子坦坦蕩蕩的自信才是真正卓爾不群、傲然物外的自信。以這樣的標準，問天下戀人，真愛者幾？問天下女人，真純者幾？問天下男兒，自信者幾？我熱切地期待過，但很快就失望了。從此以後，我便再不敢有任何的期待。我覺得很悲哀，「噫！微斯人，吾誰與歸？」

我在你的文字中發現了詩意、發現了愛。你的某些散文像詩一樣，但我沒有讀到過你寫的詩歌。你寫過詩歌嗎？也許你現在的心態過於憂憤，不適宜寫詩。但是，我憑著直覺，認為你在本質上還是一個詩性的人。告訴你，我最愛的就是詩，我覺得詩是文學藝術的至高形式。我常常攜帶一本詩集伴我度過火車、飛機上的漫漫旅途和孤燈白壁的茫茫長夜。有了詩歌，一節骯髒的火車車廂立刻就變得像宮殿一樣美麗。

俄羅斯詩人曼德爾施塔姆有這樣的詩句：

人們需要詩歌，它將成為他們自身的祕密，
令他們永遠清醒
並讓他們沐浴在它呼吸之中的閃亮的波浪裡

我多麼希望我們也沐浴在這「閃亮的波浪裡」啊。

最近，我讀了一本《北大詩選》，收入了從一九七八年到一九九八年這二十年間數十位北大學子的詩作。我發現，其中有不少的好詩。最好的當然是海子的詩，我喜歡他十年前寫的那首〈面朝大海，春暖花開〉。我真不知道——假如今天他還活著，還能寫出這樣的詩句來嗎？

最近，我還讀到一本名叫《沉淪的聖殿》的書，是我在飛機場等飛機的時候買的。機場裡很少有值得閱讀的書籍。而這本厚厚的書，在一大堆「官經」與「商經」之間峭然獨立。

我一拿起來，就放不下了，立刻買下來。有了這本書，此後飛機上的三個小時，我靜靜地閱讀著，完全沉浸在一種聖潔的氛圍之中，甚至忘記了自己在飛機上。

這本書的副題叫「中國二十世紀七十年代地下詩歌遺照」。在書中，我發現了一大批星光燦爛的名字，北島、舒婷、郭路生、芒克……以及更多以前我不知道的、卻同樣重要的名字。插頁裡還有他們不少的照片，許多人我原來「只聞其名、不見其人」。於是，我將詩歌與詩人的照片一一對照——在一首哀傷的詩旁邊，卻看見一張作者微笑著的照片；剛讀完一首典雅的詩，卻發現作者原來長著一臉的大鬍子。在對比與反差中，我獲得了一種全新的感受。

那是一個詩歌的年代，那是一個覺醒的年代，那是一個反抗的年代，那也是一個思想的年代。那時候，一首詩歌所引起的轟動，簡直就像當年哥倫布發現新大陸一樣。經歷了漫長的精神奴役的青年以及那些不再青春的「青年」，在詩歌中開發出一塊青翠的精神綠洲。人心的溫暖和堅韌，玲瓏剔透地展示出來。那是這個萎靡而垂老的民族少有的青春期。那個時代的盛況，是空前的，也幾乎是絕後的——至少九十年代以來，再也沒有出現這樣純真而飽滿的精神生活了。

我很遺憾，沒有能夠趕上那個黑白分明而沒有曖昧的時代。那個詩人們熬夜油印《今天》上街散發的時代，那個在白洋淀的蘆葦之中吟唱的時代，那個一邊啃著饅頭鹹菜、一邊更加饑渴地閱讀「灰皮書」的年代，那個子彈在城市飛舞、饑荒在農村氾濫、思想者走向斷頭台的年代。

《沉淪的聖殿》提到郭沫若的第八個孩子郭世英的故事。他與父親一樣才華過人，卻不像父親那樣卑躬屈膝、指鹿為馬。他在「說實話，還是說謊話」之間，毅然選擇了前者。這種選擇在「文化大革命」那個慘酷的年代裡，意味著牢獄之災、皮肉之苦，甚至身敗名裂、人頭落地。

作為居住在深宅大院裡、「黨和國家領導人」子女的「天之驕子」，郭世英的人生道路與父親截然不同：郭沫若在「五四」時代一度曾經是叛逆者，吹奏著新文學嘹亮的號角。後來，為了榮華富貴和官職名號，他心甘情願地充當偉大領袖的文學弄臣。這時，他雖然地位尊崇，宛如文壇的「泰山北斗」，卻連一首像樣的詩也寫不出來了。

作為兒子的郭世英，卻不願承襲父親擁有的這一切——這用良心換來的榮華富貴。郭世英勇敢地宣布：我要與一切戕害人性的制度、一切愚弄人的文化決裂，我要做一個堂堂正正的、有獨立意志和思想的「人」！

當年，父親曾經嘗試過走這條道路，發覺代價太大，很快就放棄了；如今，在更加嚴酷、更加冷漠的體制下，兒子卻毫不畏懼地走上了這條風雨不歸路——他們的文學社團被定為「反革命」組織，他以重罪入獄，連父親也救不了他（懦弱而自私的父親也不敢出面救他）。

不久，年僅二十五歲的郭世英慘死在監牢之中。直到今天，他究竟是自戕還是死於謀殺，依然撲朔迷離，相關的檔案材料後來都不翼而飛。誰能夠破解這個謎呢？

郭世英短暫的一生，是一個悲劇，是一個讓人肅然起敬的悲劇；他父親漫長的一生，是一場正劇、喜劇與醜劇的混合，雖然更加豐富而曲折，但缺少動人心弦的偉大力量。這對生活中的「父與子」，比屠格涅夫筆下的《父與子》還要富於戲劇性。卑瑣與崇高、怯弱與勇敢、謊言與真理、黑與白、冰與火……它們的對立，本身就是一齣驚心動魄的戲劇。

郭世英的好友牟敦白說：「郭世英的生命在極其旺盛的時候，以慘烈的形式突然地熄滅，客觀的社會環境必然造就出這樣悲痛的、震撼人心的結局。」假如讓我早生三十年，假如我就在他們的文學小組中，我想，我一定會愛上郭世英的。不是愛他的英俊，而是愛他的憂傷，愛他的勇敢，愛他的「哀民生之多艱」。我也願意陪著這樣的愛人去坐牢，甚至為他而死。我對死亡絲毫不恐懼，真的。要是我能夠擁有一種值得為之付出生命的愛情，那該多好啊。

《沉淪的聖殿》和《北大詩選》這兩本書，讓我感慨的另一面是：詩人們的現狀——要麼早逝了，要麼出國了，剩下的也沒有幾個有「正當職業」和「體面地位」的，更遑論繼續寫詩了。天妒英才，莫札特不正是在病痛和餓凍的折磨之下，才三十多歲就死去了嗎？而那些八面玲瓏的庸人，往往得以健康長壽、兒孫滿堂，然後等來朝廷隆重的冊封。

雖然沒有看到你寫的詩，但《火與冰》中的很多片段就有詩的味道。你不需要打磨、不需要修飾、不需要推敲、也不需要「格式化」。你只用隨心所欲地一路寫下去，像風在原野上奔跑，花與草就是它在土地上留下的美麗腳印。你只用傾聽自己心靈的聲音，且不去管別人怎麼說，忠誠於自己的內心是作家的第一原則和最高原則。

當然，在你的書中也有不少地方顯出了疏漏、粗糙和漫不經心。我同樣欣賞這些「有缺點」的地方。不過，還有一些地方不是「缺點」，而是毒刺——請原諒我說這種「重話」，因為我珍惜你，才會對你如此苛刻。比如，你對日本的看法，你對那些上日語課的同學的不屑，這裡面有一種民族主義的怪味。我們都是看著《地道戰》、《地雷戰》長大的孩子，我們都是喝著狼奶長大的孩子，所以「日本」在我們的心目中早已被「敵人化」了。中國人傾向於將所有的日本人都看成是「壞人」，甚至是「非人」。但是，日本人中，不也有藤野先生嗎？不也有遠藤周作嗎？不也有那麼多純樸而單純的老百姓嗎？

你的文字，如果我是「第一讀者」的話，一定是個最苛刻的讀者。

寧萱

一九九九年六月二十二日

廷生的信

寧萱：

這幾年北京的夏天酷暑難耐，高溫的天氣超過長江沿岸的三大火爐。這不是大自然故意跟人類搗亂，這是人類與自然為敵的惡果，北中國的自然環境在近半個世紀裡迅速惡化了。也許，過不了若干年，北京就變成一片寸草不生的沙漠。那時候，城裡這些趾高氣揚的官員和商人們在哪裡呢？他們會耗費鉅資把自己製作成木乃伊嗎？後輩給予他們的木乃伊的是尊崇還是白眼？

首先要謝謝你的批評，謝謝你的直率——我對日本的態度確實是扭曲的，在我筆下，日本人成了一種跟我們完全不一樣的生物。其實，日本人跟中國人一樣，有善有惡，有正有邪，日本人的好處與壞處，我們身上也都有。那麼，這種扭曲的看法是如何形成的呢？正如你所說，我們都是喝狼奶長大的孩子，我們的心中充滿了仇恨與戾氣。我們需要尋找一個「看不見」或「摸不到」的敵人來咒罵，以此顯示我們的勇敢，而面對身邊發生的種種不公正的事件，卻聰明地保持沉默。你真是我的一個「畏友」啊。

你在信中用了好多的篇幅來談論詩歌。我很久沒有寫詩了。儘管我同意你對詩歌的評價——在文學的殿堂裡，詩歌確實居於最高的位置，但我還是放棄了少年時代嘗試過的詩歌創作。這種放棄是自願的。我為什麼不寫詩呢？學者阿多諾說過這樣一句話，大意是：在奧斯維辛以後，寫詩是一件殘酷的事情。這個意思移用到中國，就是：經過類似於「文化大革命」等一系列慘劇之後，寫詩也是一件殘酷的事情。在中國，仄迫的、被謊言包裹的現實，已然不允許任何具有詩意的東西存在。在現實生活中的那些駭人聽聞的真實尚未得到充分展現之前，如果刻意和矯情地去寫詩，無疑太過奢侈。

從八十年代末年以來，我一直沒有獲得那種從容的、審美的心境。目睹著身邊發生的一切，我在憤怒與悲涼之間彷徨於無地。詩離我越來越遠了。詩像玻璃一樣，太容易破碎。而與邪惡面對，你必須擁有堅強的質地。

我的處女作名叫《火與冰》，靈感來自於魯迅的《死火》。也來自於王國維的一段話：「眩惑之於美，如甘之於辛，火之於冰，不相並立者也。吾人欲以眩惑之快樂醫人世之苦痛，是猶欲航斷港而至海，入幽谷而求明，豈徒無益，而又增之。」

最近，我看到台灣詩人洛夫的一首詩歌，也描述了近似的意境。他的詩歌中雖然沒有「冰」與「火」強烈的對立，卻有「水」與「火」的明顯比照。不妨抄兩句給你：

水來，我在水中等你
火來，我在灰燼中等你

這樣的詩句，我想你一定會喜歡的。

你提到俄羅斯詩人曼德爾施塔姆，我也很喜歡他的詩，他的詩歌有著鑽石一般的密度，又像水銀一樣流動著。後來，我發現曼德爾施塔姆在流放中最後的詩篇就叫〈火與冰的淚水〉，這是一種神祕的巧合，它說明某些人之間確實存在著某種奇妙的連結紐帶。

〈火與冰的淚水〉是曼德爾施塔姆詩歌創作的終結，堪稱「天鵝的絕唱」。在這些詩篇裡，詩人展示了他想像力的豐富性和獨特性，說出了他的預言以及他對厄運和救贖的慶賀：

成朵的人頭在向遠方徘徊。

我縮在其中，沒人看見我。
但在富有生趣的書中，在孩子們的遊戲中，
我將從死者中升起，
說太陽正在閃耀。

以賽亞・伯林在〈一位偉大的俄羅斯作家〉一文中寫道，曼德爾施塔姆羞怯、瘦弱、親切、充滿愛心、多愁善感，在他的朋友看來他就像一隻溫文爾雅但又略顯滑稽的小鳥。但他卻能做出驚人之舉，這樣一個羞怯而又容易受到驚嚇的人，卻具備大無畏的英雄氣概。有這樣一個故事：在革命初期的一個夜晚，他正坐在一家咖啡館裡喝咖啡，契卡軍官、臭名昭著的劊子手勃柳姆金在旁邊一張桌子上，醉醺醺地將即將處決的男女的姓名抄到祕密員警設計的空白表格上。曼德爾施塔姆突然迎身衝向他，一把抓過名單，在眾多驚愕的目光前將它們撕成碎片，隨即衝出門外，消失在夜色中。那次是托洛斯基的姐姐救了他。

關於海子，我想跟你深入探討一番。我當然也喜歡海子的詩歌，尤其是他的短篇抒情小詩。相反，那些他自己非常得意的長詩，我絲毫也不看好。他夢寐以求想當王子，這不好。

而且，海子的詩中有不少我所認定的「毒素」。最突出的是，他有一首詩題目叫〈秋天的祖國〉。詩的副題清楚地表明，這是獻給「大人物」的。我讀了以後，難受得渾身都起了雞皮疙瘩。詩中有這樣的句子：

他稱我為青春的詩人　愛與死的詩人
他要我在金角吹響的秋天走遍祖國和異邦
……
土地表層　那溫暖的信風和血滋生的種種欲望
如今全要化為屍首和肥料　金角吹響
如今只有他　寬恕一度喧囂的眾生
把春天和夏天的血痕從嘴唇上抹掉
大地似乎苦難而豐盛。

早在八十年代中期，劉曉波就寫出了〈混世魔王毛澤東〉的檄文，難道八十年代在北大求學的海子從未聽到過這篇文章嗎？這樣噁心的詩句是不可饒恕的——即使用單純、天真、幼稚、浪漫、糊塗這一切的字眼和理由來解釋，我也絕不原諒寫出這樣的詩句來的海子。

把鮮血詩意化，意味著又一次的血流成河；把屠殺詩意化，意味著又一次卑鄙的殘殺。不能因為偉大領袖的身上也有一種所謂的「浪漫的詩意」，就漠視在三年「人禍」中餓死的三千萬到五千萬民眾的生命。不能因為讚賞偉大領袖身上的「青春的氣息」，就淡化在「文革」乃至歷次政治運動中被以各種各樣方式折磨至死的數千萬中國公民的生命。

對苦難的謳歌是虛偽的——如果不思考並杜絕苦難所產生的原因；對理想的頌揚是危險的

——如果用權力來強迫別人接受你的理想。

我一直認為，再偉大的詩人也不應享有違背常識的豁免權。詩人也應當遵循每一個公民都遵循的律法。當年支持法西斯暴行的大詩人龐德，也得接受人間律法的審判和懲罰。因為犯下了鼓吹法西斯主義的嚴重的罪行，龐德被美軍裝進籠子裡示眾。儘管這種懲罰絲毫沒有顧及詩人的人格尊嚴，但是我一點也不同情他的這種可恥下場。道理很簡單：如果我們同情並豁免龐德——僅僅因為他是一個傑出的詩人，那麼，誰來同情那些被法西斯虐殺的、籍籍無名的猶太人和參加抵抗運動的戰士呢？誰來替那些受盡折磨的無辜生命討回公道？普通人的生命和尊嚴，難道就比不上詩人的生命和尊嚴有分量嗎？

談了一段海子，我還想談《沉淪的聖殿》。你談到書中有關郭世英的章節。郭世英的有關材料，以前我就看了很多，老早就想為他寫點什麼。他不應該被歷史淹沒。他的名字應當比他父親的名字更高貴。這個英俊而憂鬱的青年，我北大的學長。他在瘋人院裡嚎叫，而他的父親在王府花園裡練習書法。他發現了惡人的惡，他忍無可忍。

沙皇統治下的俄羅斯，還有杜思妥也夫斯基生存的空間，儘管他生存得艱難且苦痛；而在紅旗飄飄的中國，卻沒有這名具有杜思妥也夫斯基氣質的青年的立錐之地，儘管他是「全國人大副委員長」的兒子。如果說郭沫若讓人不齒，那麼郭世英則讓人仰視。

我的童年時代，曾經在郭氏老家所在的小鎮樂山沙灣生活過。我去過郭沫若的故居，那是大渡河邊的一群陰晦的宅院。這種宅院的生活，固然會讓少年郭沫若產生叛逆的心理，但另一方面，也使他對權威產生天然的膜拜。郭沫若的一生，一直被這樣一種極度分裂的人格所左右著。

大渡河滾滾東流，是清是濁，人人心中有數。

我記得剛進大學的時候，正是顧城殺妻案掀起熱烈討論，顧城的書一夜之間在北大賣斷了，需要到書店預訂，一個月後才能取到。那時，大部分人都在惋惜顧城的死，而沒有多少人關心被殺害的謝燁。彷彿詩人是高貴的人，詩人的生命重於泰山；而詩人的妻子是卑賤的人，詩人的妻子的生命輕如鴻毛。人們將這場血腥的屠殺當作浪漫的談資，正說明「六四」之後的中國，人們對生命的蔑視到了何種程度。還是劉曉波評論得到位：「顧城是被我們這個社會寵壞的，他從一開始就戴著假面具，直到殺人才本性畢露。小時候家庭寵著他，殺人後，父親、朋友、社會還寵著他。」自殺是詩人的自由，殺人卻不是詩人的特權。

我說了這麼多詩人的「壞話」，並不表示我對詩歌本身的排斥。相反，我跟你一樣熱愛詩歌。我很慚愧自己喪失了寫詩的能力。但是，我知道你還願意寫詩，那麼何必非得「投之以李，報之以桃」呢，你就大大方方地寄幾首大作給我吧——幸好，我還沒有失去欣賞詩歌的能力。

寧萱，我不知道信封上的地址是否就是你工作的地點，你在做什麼工作呢？我很想知道你工作和生活中的一切，只要你願意告訴我。

廷生

一九九九年六月二十八日

一九九九年七月六日

一個星期了，還沒有收到寧萱的回信。

每天中午，從圖書館回到四十七號樓，我做的第一件事情就是立刻去收發室取信，一發現沒有寧萱的信，心中就有些淡淡的失落感。有盼望才會有失落。那麼，我是期盼收到寧萱的信了？這種感覺，自從初戀結束以後已經很久沒有過了。兩年淡如止水的生活，我自動關閉了心扉，不讓一個女孩子進入我的心靈深處——她們遠遠地望一眼便走開了。孤獨是一垛修滿烽火台的城牆，靈魂被困在圍牆內，沒有辦法突圍而出。

洛札諾夫說：「我們為愛而生。成就不了愛，我們就會在這個世界上忍受煎熬。成就不了愛，我們就會在那個世界裡受到懲罰。」我忍受了許久的煎熬，有沒有獲得拯救的希望呢？「曾經滄海難為水」，究竟什麼樣的蝴蝶，才能夠從滄海的這一端飛到滄海的那一端呢？

那一次的傷口很深，我差點認為再也沒有辦法癒合了。現在，隨著時間慢慢的推移，我漸漸地開始忘卻、開始康復。我擔心別人無意之中往上面撒鹽，便把傷口一層一層地遮掩起來。

我希望，有一天，無意間撩起衣襟的時候，卻發現心口的傷疤已經消失了。

我感覺到，這一天，就快來臨了。雖然我曾經愛過，但我並沒有真正的「愛情」體驗。「愛」可以是一個人的事，即使對方不愛你，你也有去愛的權利；而「愛情」則必須是兩個人的事，《莊子》中說「相濡以沫」，大概這就是愛情的最高境界吧。每一個眼神都能夠得到回應，每一個腳印旁邊都有另一個腳印——什麼時候，我才能夠獲得這樣深切而幸福的體驗呢？

暑假我要回四川老家，回家前不知道能不能收到寧萱的來信？想念著她，讀她的來信，成了我枯燥的生活中唯一「不枯燥」的部分。

我不知道她的模樣，不知道她的家庭，不知道她的工作。除了幾張薄薄的信紙，我幾乎就不知道她的一切——甚至她愛穿什麼樣的衣服、她留著什麼樣的髮型、她有什麼樣的興趣愛好。但是，我內心分明感受到了我與她之間的一種親近、一種契合、一種「心有靈犀一點通」。這究竟是幻覺，還是真實呢？

她不會不給我回信的。是不是我在上封信中說錯了什麼？女孩子的心思太複雜，像電腦的晶片一樣，我無論怎麼揣摸都弄不懂。不過，即使我的措辭有不能達意的地方，寧萱大概也不會在意的，她應當不是那種小心眼的女孩。

那麼，究竟是什麼原因使得寧萱沒有給我回信呢？百思不得其解。唉，我越想越頭疼。我自己似乎在發生著某種變化——我對異性的敏感正在恢復之中。

與其在這裡挖空心思瞎想，不如再給她寫一封信。

千金易得，一個紅顏知己難求。我不願意做岩石，不願意做孤島。因為岩石與岩石之間、孤島與孤島之間，雖然「同晒著太陽，同激起白沫，同守著海上的寂靜」，在如此親密的關係下，卻是彼此陌生的靈魂。它們從未傾聽過對方脈搏的律動聲，也從未認識生命顯示予對方的容顏。

我要勇敢地去愛，勇敢地去受傷。

第二章

智齒

那顆智齒，
讓我們一起疼痛

寧萱：

不知道什麼原因，我還沒有收到你的回信。是不是我的信給郵局弄丟了？請原諒我的催問，我實在是害怕失去一個能深入談心的朋友。

每當攤開信紙給你寫信的時候，我才明白「天涯若比鄰」的意思。地理意義上的「遠」和「近」，跟心靈意義上的「遠」和「近」相比，是不可同日而語的。心靈接近了，空間上的距離就可以被輕易地克服；而心靈遙遠，即使每天都生活在一起，也會如同陌生人一樣。

校園裡一般來說都是平靜的，我喜歡這種平靜的氛圍。但是，最近我們系裡卻發生了一個不平凡的事情。這是一個發生在我身邊的悲慘的愛情故事。在這裡，我想給你講述一下。

學校快要放假了，今天我去系辦公室，發現門口聚集了一大群人。有一對中年夫妻正在聲嘶力竭地呼喊：「兇手！兇手！還我女兒！」天氣很熱，他們一頭汗水，淚流滿面，臉上的肌肉也因為憤怒而扭曲了。在北大中文系門口發生這樣的事情，我還是第一次見到。於是，我趕緊向旁邊的同學打聽究竟是怎麼一回事。果然，系裡前幾天發生了一起驚天大事。我一向對學校裡的「新聞事件」不感興趣，獲知各種消息也頗遲緩。誰升官了，誰得獎學金了，向來不在我關注的範圍之內。但這件事卻讓我深受震撼。

原來，這對中年夫妻的女兒是比我低兩級的小學妹。女孩是北京人，家境優渥，能歌善舞，剛進大學校門就顯得分外引人注目。高中的時候，她埋頭苦讀，不知感情為何物。進了大學，情竇初開，愛上了班主任。老師是剛剛畢業的博士，一表人材，口若懸河，學識淵博，自然輕而易舉地擄獲了少女單純幼稚的心。女孩瘋狂地愛上了老師，不顧一切地愛上了老師。那第一次噴湧而出的愛，是任何力量也不可抑制的。老師剛剛離婚，也正寂寞著，便半遊戲半認真地接受了女學生的愛情——在他看來，有，總比沒有好。

女孩把自己給了老師，她給老師做飯、洗衣、打字，她像藤一樣依附在大樹上。然而，老師不願意當大樹，老師以為這不過是一場短暫的春夢。夢醒之後，便如同什麼也沒有發生過。老師是研究「後現代文化」的，希望自己的現實生活也充滿「後現代」的遊戲色彩。

有一天，老師輕輕鬆鬆地告訴女孩，他已經不再愛她，她應該去尋找更好的愛人。老師認為，他這樣做是理所當然的——周瑜打黃蓋，一個願打，一個願挨，兩不相欠。

女孩的世界崩潰了。女孩默默地離開了老師，沒有流一滴眼淚。這不是女孩一貫的反應。老師感到有些詫異，更多的卻是如釋重負。

女孩回到家裡，父母還在上班，要晚上才能回家。她做了一頓豐盛的飯菜，自己吃了一小半，大半都留給父母。她還在桌子上留了一張紙條。然後，女孩走進浴室，打開浴缸中的溫水。她安詳地在浴室裡脫去全身所有的衣服，赤裸裸地躺進浴缸裡。她拿起小刀，毅然割開自己的手腕。她忍住疼痛，她的心已經死寂，肉體的疼痛算不了什麼。鮮血湧了出來，像一眼汩汩的泉水。鮮血與浴缸裡的溫水融合在一起。她靜靜地閉上了眼睛。

剩下的便是父母回家時的驚叫，以及呼嘯而來的警車。

然後，便有了我此時此刻見到的這一幕——傷心欲絕的父母到系裡討「說法」來了。這一行為雖然不可能喚回女兒，但這是父母減輕痛苦的唯一方式。

女孩看了太多的小說。她選擇了一種浪漫的死亡方法。她遭遇到了殘酷的愛情，只好用生命來報復。我們可以不理解她，但除了她的親人以外，誰也沒有權力指責她。

愛情如山峰，人就像登山者。

這座表面寧靜的校園裡，隱藏著洶湧的暗流。每個人都掌握著進攻的主動權。即使是一個沒有一兵一卒的將軍，最後還可以對準自己的頭顱開槍。這一槍就是將軍最後一次偉大的進攻。

我不想從道德倫理的角度譴責那個老師，許多人已經那樣做了。他與我想要談論的「愛情」無關，他不值得我浪費筆墨。我想談那位小學妹。她與我同處一個校園、一個系。我也許沒有見過她，也許見過——在哪位教授的課堂上擦肩而過。我可以體味到她的執著和決絕，雖然她身邊的女孩們都會笑她太傻。

九十年代是一個實用主義和功利主義全面勝利的年代。九十年代的信仰只有一個字：錢。在我們這個沒有上帝的國度裡，金錢成了上帝。這是一種可怕的「偽信仰」。那些人，會為《鐵達尼號》中虛假空洞的愛情而流淚，卻不會憐憫身邊朋友慘烈的悲劇。他們的愛情寫在紙上，印在電影銀幕上，吟唱在流行歌曲中。他們會對身邊的叛經離道者和真情至愛者自始至終地持以冷漠與嘲笑，因為叛經離道者和真情至愛者破壞了他們相互達成默契的「遊戲規則」，並將他們置於一種難堪的境地。他們的「自尊」是不容傷害的，在現實生活中，要維持這樣一種不溫不火的

「度」。歸根到底，他們不相信愛情。

而我，始終相信有愛情的存在。所以，我為那個女孩而哀痛，她像一個美麗的瓷器一樣破碎了。破碎了，便不再流淚；破碎了，便不再疼痛。

詞人元好問歎息說：「問世間情是何物，直教生死相許？」這是千古的疑問，任科技如何發達、政教如何昌明，人類還是無法解決。寧萱，你的身邊發生過這樣的事情嗎？

明天，我要把我的其他幾本書寄給你。雖然每一本書裡都有那麼多讓我不滿意的地方，但我還是想讓你讀到我的每一篇文字。我想，我的最好的作品，應該永遠是「下一本」書。你只看過我的第一本書，它僅僅是我的思想和生活的一小部分——到了今天，許多觀點已經發生了巨大的變化。我希望你能瞭解到我更多的想法，我更希望獲得你尖銳而鋒利的批評。你對我的批評會毫不留情面，會切中肯綮。在如同白駒過隙的一生中，「畏友」是可遇而不可求的。

廷生

一九九九年七月八日

♣ 寧萱的信

廷生：

我剛剛從一個與現代文明隔絕的地方回來，從死亡的邊緣回來。

你的兩封信都放在我的辦公桌上。像是上輩子發生的事情。原諒我沒有告訴你我的行程。因為在啟程前，我就決定不告訴任何人，包括爸爸媽媽在內。我去了一趟西藏。不是坐飛機去的，而是跟探險隊的朋友一起開車去的。我們從青海進入西藏，專門挑險路走。一路上，我們遇到了好幾次千鈞一髮的險情。就連那些常年登山和探險的壯漢，在生死一線牽的時刻都嚇得魂飛魄散，人人都以為真的回不來了。

然而，即使在最危險的時刻，在那泥石流向車隊湧來的時刻，在不遠處的雪山崩塌的時刻，我也沒有絲毫的驚慌。別人都驚歎：你小小年紀，居然有如此定力，真是不可思議。

電光火石之間，我突然想起了你，我遠方的知音——你在幹什麼呢？在圖書館裡「視通萬里，思接千載」嗎？

我去西藏不是為了看風光、不是為了趕時髦，而是為了尋找信仰、為了體驗死亡。我想看看西藏那些有信仰的農民是怎樣生活的，我想看看他們的笑容和眼淚。我甚至想跟他們一樣，高高興興地葬身在那冰川之上。

記得你寫過一篇〈徐志摩：我想飛〉的文章，我很受感動。徐志摩想飛，他終於讓自己的靈魂飛翔在天空中，他終於不再受到世俗的牽累和羈絆。他離開的那一瞬間，快樂一定多於恐懼。

我不想飛，我只想找個地方安安靜靜地待著，嘗試著過一過那種沒有遭到污染、沒有受到腐蝕的生活。我只想重新定義「健康」、「幸福」和「充實」。

在去西藏之前，我寫下了一段潦草的文字。本來是想萬一我回不來了，給親人們看的。現在，既然我又回來了，我想把它燒掉。它代表著我那段陰晦的生命，幸好都已經成為過去。

在燒掉之前看，我抄幾段給你：

我想要去西藏，吃苦受累也要去西藏。

今年，我二十四歲，我從大學畢業已經三年多了。

在我的靈魂遭受一次創傷之後，我的身體是多麼的疲憊和虛弱，我的精神壓力是多麼的巨大和沉重。我吃不好，睡不沉，整日惶惶然沒有著落。

在這個喧囂的城市裡，無論是佳肴、醫藥還是健身，都已不能再拯救我了。我必須去過簡單的生活，勞動、陽光、空氣，不想亂七八糟的事情，餓了吃得香，累了睡得沉，不是心累，而是體力勞動的累，那樣酣暢淋漓的累，酣暢淋漓的睡。

我總是看書，看了無數的書，沒完沒了地看，以至於有時厭倦到了極點，只想嘔吐，再也看不下一個字，對一切書都厭倦，只覺得它們像沉重的石塊壓在我的心上。

我卻從來沒有寫過什麼。其實，我想寫，也應該寫，我覺得心中淤塞著真難受。

我太寂寞了，我渴望交流，卻容易瞧不起人，那麼最好的就是以文字寫出來給人看，作這種單向的、安全又真實的交流吧！

其實，我從來不想做虛偽的人，我比誰都真誠、熱忱，是容易扒心扒肝地對人的人。可是我卻看不到值得我信賴的人，總是令我失望，總是讓我更加失去希望，讓我越來越厭倦這個世界。如果有一天我真的那麼幸運，遇到了我真愛的人，我就把我的一切都告訴他，把我最羞於見人的「壞」告訴他，把一切一切我苦苦掩飾的祕密全部都清清白白地告訴他。我一定要在真愛的人面前做最徹底最真實最輕鬆的我！絕不對他有半點的保留，就這樣給他一份最真實最誠摯的愛！我渴望！

我馬上就要去西藏了，如果我回不來，這就是我在這個世界上最後的文字，爸爸媽媽和弟弟會看到。廷生卻看不到。爸爸媽媽和弟弟都不知道我有這樣一個沒有見過面的朋友。癡心熱愛文學這麼多年，卻一直疏於動筆，好歹這也算一篇作品吧。

雖說天空不會留下翅膀的痕跡，可是匆匆飛過的小鳥卻依然希望地上有一瞬注視的目光！寫著寫著，我又想流淚了。為什麼一再發誓永遠不哭之後，我仍然那麼容易流淚？我恨自己，總是要哭，要流淚，真恨不能去做個手術把淚腺切除了！再不准哭了！

這大概算是我的「遺書」吧。但願裡面那些厭世的、冷漠的情緒不要感染和影響你。我已經平安回來了，經歷了一次精神的洗禮，身心都舒暢了許多。

當我在西藏仰望到以前無法想像的那麼高、那麼藍的天空時，就感到個人小小的痛苦實在算不了什麼。當我站在地球上離天空最近的一塊土地上時，我躁動的心靈開始安靜下來。在這裡，時間就像轉經輪一樣，永恆不變、亙古如一。每個人都有一條自己的朝聖路。我要讓自己的心胸像高原一樣空曠、像天空一樣清澈。

我在西藏兩個月，認識了不少藏族的朋友，有老人，有少女，也有孩子。我在墨脫的一戶牧民家裡住了整整一個月，我跟他們一起吃，一起住，一起勞動，一起祈禱。

我蒼白的臉頰被高原的陽光照耀得脫了一層皮。我學會了喝酥油茶，學會了吃羊肉，學會了擠羊奶。累了就在草地上打幾個滾，與大地的胸膛親密接觸，我聽見了大地的心跳。

滿臉皺紋的藏族老奶奶說，好姑娘，我看到了你的心裡有一處傷口。不過，不用擔心，我們這裡的地氣是最好的藥物，連你心口上的傷也能醫治。跟我相好的藏族女孩，還給我取了一個藏族名字——「格桑美朵」。你說這個名字好聽嗎？你知道它是什麼意思嗎？

我在西藏的故事，兩天兩夜都講不完。有的感受，是沒有辦法用語言來複述的。以後，我會一點一滴地告訴你。那些浮光掠影的關於西藏的遊記，千萬別去看，它們就像是腐敗變質的食物，會敗壞你的胃口。說到底，西藏並沒有我們想像的那麼特殊，它不是一個「世外桃源」。在西藏尋找不到純潔與安寧，因為純潔與安寧只存在於我們每個人心中。

我在布達拉宮的大殿裡，看到了不少腦滿腸肥的老闆，他們將大把大把的錢塞進香火櫃裡，但他們臉上的神態，依舊是貪婪、焦灼和傲慢。他們捐香火錢，不過是想求得更多的錢罷了。對於他們來說，西藏跟上海、廣州、香港、新加坡又有什麼差別呢？

回來以後，我更深刻地體認到，只有心靈自由了，才能在不自由的外部世界尋覓到自己身體的自由；只有心靈透明了，才能用一雙透明的眼睛透視曖昧的、不透明的世界。

去西藏只是一種形式，一種「證明」。這次旅行讓我更加珍惜我的內心。

我會慢慢地給你講述我自己的故事。

我在大學裡學的是金融。本來想學文學，可是爸爸不同意。我便違心地進了國際金融系。那是一個最熱門的、也是離心靈最遠的學科。我對課程沒有多大的興趣，卻照樣得到了最好的成績。我的大部分時間都在閱讀詩歌和小說，我敢說，中文系十有八九的學生讀的書趕不上我多。後來，我慢慢發現，學金融也有學金融的好處——文學只能當作業餘愛好，不能當作職業。當一個人有了一只飯碗之後，再回過頭去面對文學，心態會從容很多。一個作家如果整天想著作品要賣多少錢，他的寫作必然受到傷害。為什麼俄羅斯的作家能夠寫出驚天動地的巨著來呢？他們中的許多人都是貴族出身，衣食無憂，才能在形而上的領域內高高地飛翔。

你們四川有一位叫鍾鳴的作家，寫過厚厚的三大本書，書名就叫《旁觀者》。我很想做一個文學的旁觀者。許多時候，正如蘇東坡所說：「不識廬山真面目，只緣身在此山中。」而我作為一名旁觀者，反倒看得清清楚楚，看出大人物們肺腑中的陰影，看出文字背後的虛弱和慌亂。我有這樣的自信——我自認為我的文學鑒賞力強過許多知名的文學評論家，儘管迄今為止我連一篇正經的評論也沒有寫過。

英國作家毛姆是一家公司的小會計，他白天在公司裡拚命地記賬、演算，晚上利用僅有的一點點業餘時間在家中寫作。我比毛姆幸運，在公司還有「一官半職」，上班時常常偷看文學作品，就像學生時代那樣，狂熱而帶著一點懼怕。學生時代害怕老師，現在害怕老闆。

初中時候，我在上語文課時看羅曼・羅蘭的《約翰・克里斯朵夫》，一不小心被老師收繳去了。結果，這本書讓老師自己也看得入迷，後來再也不肯歸還給我。現在，因為我在公司裡工作能力強、工作效率高，算是「小紅人」，香港老闆多少還有些「縱容」我。他看見我讀閒書，至多咳嗽一聲。我聽到之後，飛快地將書塞進抽屜裡，然後正襟危坐、像模像樣地盯著電腦。

你信中講述的那個悲慘的愛情故事，我很受震動。與之類似的事件，當年我們學校裡也發生過。我相信，今天很多校園裡依然還在發生著。我最難過的是，最後它們都成了看客們的談資。多少鮮血和眼淚，也喚不醒那些麻木的心靈。我最厭惡的便是看客，可是他們像蒼蠅一樣多。

心靈的「石頭化」，是我們這個時代最危險的趨勢。當我們成了石頭和鋼鐵製造的人之後，我們固然刀槍不入，可是我們的生命還有什麼意義呢？人類理性的增長，並不意味著愛的減弱。洛札諾夫說：「我們不是因思考而愛，而是因愛而思考。甚至在思想中，首要的仍是心靈。」

每年，我都有好多機會到國內外出差，尤其常到北京。以前，我是最不願意出差的，舟車的勞累以及異鄉的陌生感覺，讓我在每一次出差之後，都留下不愉快的記憶，好久才能恢復過來。

以前，北京給我的是「大而無當」的印象。我感覺到，北京有一種不可一世的「霸氣」，北京的街頭巷尾充斥著一種居高臨下的、「我曾經與皇帝做過鄰居」的神態。自小在江南長大的我，習慣了江南的細膩與溫馨，當然不喜歡大大咧咧、吆三喝四的北京。

但是，現在不同了，北京有我一位心中牽掛的朋友，北京成了一個我夢中思念的地方。以後，我有機會到北京，一定去京城西北角的燕園看你。那時，也許會是秋天。聽說，秋天是北京一年中最美好的季節，有許多金子般的銀杏葉，在秋日暖和的陽光下閃爍著。

不知道在京城熙熙攘攘的人群之中，在一張張陌生的面容之中，你能否分辨出哪一個是遠方的來客？

寧萱

一九九九年八月二十五日

廷生的信

寧萱：

收到你的信的時候，我剛從四川家中回到學校。

我沒有收到你的回信，帶著遺憾回了家。即使在家中，也一直在想：回學校後，有沒有你的回信呢？我真的有這樣的擔心：會不會從此與你失去聯繫？你會不會像一顆流星一樣，在我的生活之中閃爍了一下，就突然消失呢？每當想到這裡，我就產生了從所未有的慌亂和空虛。

沒有想到你居然經歷了這麼重大的一個事件。事前，我在你的信中，沒有發現你打算去西藏的蛛絲馬跡，你瞞住了我。儘管我知道你很孤獨，但我沒有想到你被孤獨折磨得如此之深。要是知道你如此孤獨無助，我會給你寫更多的信，我會及早抽空到揚州去看你。

西藏是一個有信仰的地方。對於那些虔誠的人，我向來保持十分的敬重。但是，我認為，對漢人來說，西藏永遠只能是一面鏡子，我們不可能真正「進去」。他們與我們太不一樣了。我們應當尊重這種「不一樣」，歧視和嘲笑，最終侮辱的還是我們自己。我對藏人這半個世紀以來的苦難，始終懷有一種悲憫與愧疚——儘管我不是加害者。

但願西藏之行，帶給你巨大的精神力量，帶給你澄明的生命意識。你在信的最後幾段中所表達出來的態度，正是我希望看到的你的生活態度：明朗、坦蕩、充實、欣喜。

我詢問懂藏語的朋友，他說「格桑美朵」的意思是「草原上白色的花朵」。「美朵」是一種只有西藏才有的純潔的小花。這的確是一個美麗的、讓人浮想聯翩的名字。其實，「寧萱」這個名字我也很喜歡。「萱」就是忘憂草的意思，你要是真忘卻所有的憂愁、快快樂樂地沐浴在陽光下就好了。你的藏語名字是花，漢語名字是草，它們都是土地上美好的生命。它們的根系伸向母親的懷抱，它們的臉龐朝著陽光的方向。它們謙卑而快樂地生長著，向上蒼表示感激。我祈望你平安，祈望你快樂，祈望有了我這個遠方的朋友，你從此將不再孤獨。

這學期，我打算搬到宿舍外面去住。北大有著全國高校中最好的「軟體」設施——最好的學習氛圍、最好的老師、最好的圖書館；但是，北大的「硬體」設施卻連某些重點中學也比不上——北大的教室、食堂和浴室永遠人滿為患，排長隊是北大每個學生的「例行功課」。而且，北大的宿舍大概是全國大學中最差的。

本科時候，我們是六個人一間小小的宿舍，上研究所以後稍微好一點，減為四個人。四個大小夥子擠在一間十五平方米的小窩裡，連轉身都很困難，偏偏大家又都是中文系的學生，中文系的學生有個相同的特點——每個人都擁有一大筆藏書、每個人都是書蟲。書比人還需要空間，書堆在窗台上，堆在床頭上，堆在每一個可以堆放的角落裡，直到連一根針也插不進去為止。

我的小床上，有「半壁江山」就是由心愛的書籍占領。晚上睡覺連翻個身都很困難。有一次翻身碰倒了一堆厚厚的書，它們像傾瀉的洪水一樣，立刻將我掩埋起來。同屋的同學都驚醒了，以為發生地震了，模模糊糊地都想往外邊跑。幸好是虛驚一場，我也沒有受傷。此後，還得在提心吊膽中進入睡眠，因為書籍們還在不斷地蠶食著我的地盤。我找不到別的地方來安置它們。

而且，我們的宿舍晚上還要定時熄燈。這是學校裡最不合理的措施之一。聽說，八十年代的學長們曾經就此事憤然抗議，並獲得成功。但是，到了九十年代，一切又恢復原狀，這時的學生再也沒有「仰天大笑出門去，我輩豈是蓬蒿人」的氣度了。在九十年代死水般的校園裡，學生是最無足輕重的一個階層。風雲激盪之後，我們又成為被束縛在各種「規矩」之內的螺絲釘，連用電的自由也不敢去爭取。有時候，我寫一篇文章，正寫到興頭上，偏偏燈給熄了，好不掃興。只好點燃一支蠟燭，與古人一樣「秉燭而書」。

搬出去住的事已經想很久了，但一直沒有行動。這學期，我想無論如何也要搬出去，因為很快就要做畢業論文了，我希望有個安靜的、獨立的空間。我打算跟法律系的好朋友蕭瀚一起合租一個兩房一廳的小公寓，共用客廳、廚房、浴室，然後每人單獨擁有一間小小的臥室兼書房。沒有個人隱私的集體宿舍生活，已經讓我無法忍受。蕭瀚是個很有意思的人，也是看到我的書之後到我的宿舍來找到我的，我們一見如故，相見恨晚。第一次見面的時候，我們就圍著未名湖轉了一圈又一圈，天南海北談了很多。雖然他是法律系的，身上卻有一股文學青年的味道。我在中文系裡沒有發現幾個這樣的「文學青年」，反倒是在別的系裡發現了不少這樣的好朋友。

北大附近的房子很緊張。漂泊在北大、清華附近的年輕人，據說有好幾萬。他們懷著單純而天真的理想在這片寸土寸金的土地上掙扎，他們撲騰著一雙雙傷痕累累的翅膀，想從這裡開始最初的飛翔。他們幾乎把周圍空餘的房子都租光了。然而，倨傲的北大和勢利的社會卻很少承認這些沒有文憑的「北大邊緣人」。

這幾天，我跟蕭瀚在外面四處奔波找房子，看了幾個地方都不滿意。正在給你寫信的時候，蕭瀚又來電話，說打聽到一個訊息，讓我一起去看另一處地方。但願這一次不再撲空。

我要出門了，只好匆匆忙忙地結束這封信。本來還有很多話要對你說，下一次再慢慢聊吧。

也許，不久之後，你到北京來出差，我就可以在自己的小屋子裡款待你了。

廷生

一九九九年八月二十九日

♣ 寧萱的信

廷生：

告訴你一個小祕密。其實，上個星期我一直在北京，從八月二十八日到九月四日，是公司的一個會議。本來想到北大來看你，可是又想起錢鍾書的那句名言，吃了一枚雞蛋覺得很香，可是不必去跟母雞見面。讀者與作家的關係亦是如此。於是，還是打消了這個念頭。如果上帝允許，或許在未來的某一天，我們會見面的。只是現在時機還沒有到。

京城確實如你所說，居之不易，像我這樣「白居」更是不易。悶熱難耐，粗食淡飯，交通堵塞，舉目無親。因為是辦公事，沒有玩耍的心情和時間，所以更覺無聊。我來北京好幾次了，既沒有去故宮，也沒有去長城。我對這些大家趨之若鶩的地方，沒有絲毫興趣。故宮不過是那些變態的皇帝們陰森森黑漆漆的家，而長城的「偉大」又怎麼能夠跟孟姜女珍珠般的眼淚相比呢？

我只去了一個地方，你猜是什麼地方？

是地壇。是史鐵生的地壇，而不是皇帝的地壇。

地壇原來屬於皇帝老兒所有。每年春耕時分，他們都會勞師動眾地來到這裡，裝模作樣地拜祭一下土地，種一下莊稼，表達一下對土地的敬畏和對子民的關懷。但是，這種敬畏和關懷都是虛偽的和言不由衷的。皇帝和王公大臣們，在莊嚴的地壇裡恭恭敬敬地履行完所有祖宗制定的繁瑣程序以後，回去照樣接著幹那些傷天害理的事情——或者虐待後宮的女子，或者屠殺直言的書生，或者將農民背上的賦稅增加一倍。

而地壇和裡面供奉的神仙，幾百年如一日地沉默著。神聖與邪惡，莊嚴與卑劣，同時存在於這裡。只有古老的柏樹冷冷地看著帝王們的表演。誰的演技高超，誰的演技拙劣，它自有評定。

過去，地壇不允許老百姓進來，門口有皇家的侍衛守護著。現在，昔日不可一世的皇帝灰飛煙滅了，地壇卻成了一座巨大的、荒蕪的、沒有人照料的園子。

北京是一個熱點旅遊城市，可是外地遊客很少有到地壇去的。它被忘記了，被遺棄了，所以它自由了，它解放了。我去地壇是因為史鐵生。史鐵生的〈我與地壇〉，是一篇讓我深深感動的散文。我想去呼吸一下地壇的空氣，我想去摸一摸地壇的樹木，我想去看一看地壇的建築，我想去感覺一下那些文字背後的淒涼與堅貞。

〈我與地壇〉的最後部分，是一名殘疾人對生命的思考。是關於歸宿與尋覓的思考，是關於時間與空間的思考，是關於「我」在宇宙中地位的思考。史鐵生靜靜地面對著夕陽下的這片園子，喃喃自語道：「我來的時候是個孩子，他有那麼多孩子氣的念頭所以才哭著鬧著要來，他一來一見到這個世界便立刻成了不要命的情人，而對一個情人來說，不管多麼漫長的時光也是稍縱即逝，那時他便明白，每一步每一步，其實一步步都是走在回去的路上。當牽牛花初開的時節，葬禮的號角就已吹響。」這種徹頭徹尾的悲涼，這種明白如水的曠達，我只能理解一小部分，因為我是一個身體健全的人，也因為我還太年輕。

我所經歷的悲哀，與史鐵生相比又算得了什麼呢？連史鐵生殘缺的生命中，也時常迸發出火焰般的渴望與激情，我又有什麼理由悲觀呢？

地壇裡的古建築全都破敗不堪。朱紅的顏色一塊塊地脫落，露出裡面慘白的骨肉來。它們輝煌過，光榮過。李後主的詞說：「雕欄玉砌應猶在，只是朱顏改。」在地壇，連雕欄玉砌都已經磨損了，再無當年的華彩。時間，只有時間才掌握著最後的判決書。

當我行走在地壇的楊樹下，當樹枝上的蟬在胡亂地鳴叫的時候，我想起了史鐵生散文裡的母親。那是一位四十九歲就離開人世的母親，那是一位深愛著兒子的母親。上帝為什麼要早早地召善良的母親回去呢？史鐵生在寧靜的地壇裡，聽到了這樣的回答：「她心裡太苦了，上帝看她受不住了，就召她回去。」我忽然想起一位詩人的感歎：「在背後我常聽到時間的翅膀像戰車一樣飛逝，而在前面卻是延伸著荒廢了的永恆沙漠。」我的眼淚又掉了下來。人類無法占有和支配時間，所以，人類也就永遠克服不了自己的有限性。

母親曾經每天送兒子出門去，到地壇去。兒子回來的時候，母親還站在原地，保持著送兒子走時的姿態。史鐵生後來想，當自己出門到地壇散心的時候，母親是怎樣心神不定坐臥難寧，兼著痛苦、驚恐與一個母親最低限度的祈求。史鐵生斷定，以母親的聰慧和堅忍，在那些空落的白天後的黑夜，在那不眠的黑夜後的白天，她思來想去最後準是對自己說：「反正我不能不讓他出去，未來的日子是他自己的，如果他真的在那園子裡出了什麼事，這苦難也只好我來承擔。」

她是史鐵生的母親，也是我們所有人的母親。她蒼蒼的白髮飄拂在風中，額頭的皺紋是時光的刻度。母親付出了愛，母親不希望得到償還。她付出，她願意。即使那是一種鑽心的疼痛，也堅定地承受。她像這片古老的土地一樣承受無盡的苦難，然後她默默地回到土地之中。

你去過地壇嗎？你去看過地壇裡頹敗的殿堂嗎？你去看過石頭縫隙裡青青的小草嗎？

那些走過石板路的精美的靴子已經破舊，那些靴子的主人的軀體也已經腐朽，而青草依然一年又一年地從石板中探出頭來，報告春天來到的訊息。

我在北京的時候，本想去看看你，可實在不想在那樣灰暗的天空下與你相見。每次到北京，天空的藍色都減少了一些，灰色則增添了一些。是工廠、是汽車、是窮奢極欲的人們闖的禍。

這是一種慢性自殺。人們卻一無所知地等待著滅亡來臨。聽說沙漠離北京城的中心只有幾十公里，聽說北京缺水的情況已經相當嚴峻——但似乎沒有多少人真正感到憂慮。沈從文當年說，北平高而藍的天空，感動得人直想下跪。今天，北京再也看不到「高而藍」的天空了。我真羨慕沈從文他們，要是我能夠在他們曾經擁有過的「高而藍」的天空下與你相見，那該多好。

當時，想在北京寫信給你，又被安排緊張的各種事務所迫，一直沒有靜下心來提筆。在喧雜的時候，我無法給你寫信。所以，又回來了。又在我的小屋裡給你寫信。

還是你來看我吧？「正是江南好時節，落花時節又逢君」，我相信，你會在熙熙攘攘的人群之中認出我的，因為「相逢何必曾相識，同是世間有情人」。

今天是我的生日，我二十四歲的生日。我雖然只有二十四歲，卻工作了將近四年，先後換了三個工作。在這一點上，我的人生閱歷比你豐富多了。我上學很早，五歲就上小學了。上的是父親單位的子弟學校，所以也就沒有嚴格規定上學的年齡。我是班上年齡最小的學生，也是成績最好的學生。因為年紀小，也因為成績好，老師一直都寬容著我的調皮。

我猜想，你從小一定是個規規矩矩的孩子。而我從小就調皮慣了，誰也管不住。小學我跳了一級，中學又跳了一級。還不滿十六歲，我就中學畢業，走進了大學的校門。我在大學的班上，同樣是年齡最小的學生。我比你小三歲，卻跟你在同一年裡上大學，你佩不佩服我呢？

今天過生日，身邊是公司裡的一幫同事。下班以後，大家簇擁著我去了一家做「私房菜」的餐館，這裡的獅子頭很有名。你吃過淮揚菜嗎？比如風行天下的獅子頭和揚州炒飯？我想，你是四川人，你當然喜歡吃味道濃烈的川菜。但是，淮揚菜也有其獨特的風味，要是你來江南，我帶你去最有特色的地方吃好菜——你熟悉現代文學，應當知道朱自清筆下的小籠包子、周作人散文中的燙乾絲、曹聚仁多次提到的綠楊邨以及讓豐子愷難以忘懷的小覺林……你要是真正嘗一嘗，你才知道它們的味道有多麼美妙。

雖然桌子上擺著好菜，我卻沒有太多的胃口。同事不過是借著替我過生日的由頭，大家聚一聚，高興一下而已。他們又怎麼能夠明白我千千結的心事呢？他們把我看作未來的「女強人」，他們不知道我其實是一個最軟弱不過的女孩子。只是，我從來沒有在公司裡流露出來過而已。

我需要有個知道我心事的朋友跟我一同過生日。這樣的朋友只有一個，就是在遠方的你。

晚上應付完宴會之後，回到宿舍，同屋的女孩子跟她的男友出去了。我一個人躺在床上寫日記、聽音樂。突然好想按你留的手機號碼給你打個電話。好幾次，撥了一半，卻還是放棄了。

此時此刻，你還在寫作吧？

謝謝你郵寄來的書，你居然出版了好幾本書，我一定仔細閱讀，然後再給你挑刺。只是，如同一道好菜一樣，既捨不得吃，又著急吃。

寧萱

一九九九年九月六日

寧萱：

要是早知道九月六日是你的生日，我會提前寄一份禮物給你的。你為什麼不告訴我呢？

要是知道九月初的那段時間你在北京，我會去你住的賓館看你。見總是比不見好。我相信，見面以後，我們都不會失望，因為我們的文字與我們本人是渾然一體的。我們喜歡對方的文字、喜歡文字背後的靈魂，也會喜歡對方的人。

與你豐富的閱歷相比，我只能算是「白紙一張」——從重點小學到重點初中，從重點高中到重點大學，然後繼續上研究生。確實，跟你的猜測一樣，我一直就是一個很聽話的乖孩子。從某種意義上說，我是這套教育制度的受益者，卻成了它最激烈的批評者。這真是一種有趣的錯位。

前幾個月，我在「水木清華」的論壇上，與一個網名叫「捕快」的朋友有一次長達將近一個通宵的「對決」。那次辯論在論壇上倍受關注，被形容為「西門吹雪大戰葉孤城」。

對方代表的正是那種直線思維的、重技術輕人文的、有著濃厚的民族主義情緒的理工科學生。他們在教育體制內規規矩矩地成長，接受了所有既定的觀念。在我們激烈辯論的許多問題當中，就曾經談及批評者的立場問題。當時，「捕快」在網路上反問我說：「如果沒有高考制度，你也許還在掃大街。高考制度改變了你的一生，你為什麼還理直氣壯地批評它？」

在網路上，這樣強詞奪理的論調十分風行。我回敬他說：「我以受益者的身分反戈一擊，正說明我的觀點超越了我的現實利益。這是一個知識分子最基本的價值立場，他的判斷不應以自身的利益為轉移，而應當站在更大多數人群的基本利益那邊。如果說每個人都被自我的利益所控制、所支配，那麼，你怎麼解釋那些與俄羅斯帝國為敵的貴族革命者呢？」對方啞口無言了。

我不喜歡網路上罵罵咧咧的氛圍，不喜歡那種毫無節制的、「無知者無畏」的語言暴力。網路上的青年們都很「愛國」，至少在語言上是如此。九十年代民族主義的盛行，使得這一代青年成為首當其衝的受害者。他們使用的是「文革」遺留下來的那套語言和思維方式。我稱他們為「網路義和團」——在誕生於西方世界的網路上毫無理由地辱罵西方，多少有些滑稽。

我很少加入到網路論壇中去。在我有限的幾次加入討論的時刻，我力圖營造一種「有話好好說」的氣氛。不管對方多麼粗暴無禮，我依然保持冷靜和克制、保持彬彬有禮。我們需要改變的不僅是知識結構，還包括每個人的思維方式和話語方式——用什麼樣的方式說話、用什麼樣的方式寫作，是反映我們如何生活、如何存在的最重要的標識。儘管如此，我依然認為，網路畢竟為我們提供了一種話語權力上的「平等」——大家開始擁有了某種相對平等的身分，彷彿坐在一張虛擬的圓桌上討論各種各樣的問題。無論如何，這是一個巨大的進步。

還是回到我的生活經歷上來。我早已意識到生命體驗上的缺陷，「從校園到校園」的單薄履歷，必然導致與外部現實生活的疏離。這種疏離，對於一個純粹技術性的學者來說，不一定是負面的影響，有時甚至是必要的；但是，對於像我這樣的寫作者來說，卻是致命的傷害——書本是蒼白的，離開了生活的源頭活水，寫作將陷入危機之中。

魯迅後來為什麼要離開大學呢？除了北洋政府的威逼之外，我想，更加重要的原因恐怕正在於此。否則，到了上海，他依然可以到當地的大學去教書。在北京的時候，魯迅已然體會到：日益僵化的大學體制對知識分子完整的、本真的生命狀態具有無形的傷害。他不願繼續被這種體制所傷害，於是選擇了自由的、也是艱難的獨立寫作者的生涯。

我打算在獲得碩士學位以後離開北大，去尋找更廣大的生活空間，去感受更真切的現實生存。儘管許多師長朋友都勸我留下來，但我還是決定要離開。我不戀棧北大，儘管在它溫柔的羽翼下，我將獲得其他地方無法得到的安寧和靜謐。但是，我更願意獨自去承受外面的風風雨雨。

北大僅僅是我生命歷程中的一個關鍵的驛站，而不是終點。

前兩天，我已經找好了房子，剛剛搬進去。是在北大西南角的一個名叫稻香園的社區。這是一個工人住宅區，樓房有些陳舊了，環境倒還安靜。書籍還來不及上架，每次搬家，書籍總是讓我最頭痛的「財產」。幾千冊的書並不算多，但僅僅是裝它們的箱子，就得找幾十個。

搬家公司的工友，早先聽說我沒有任何電器家具，還以為遇到了輕鬆的差事，沒有想到移動這幾十箱子書，比搬運一個大家庭的物品還要累。這些搬運工人，一聽口音，都是我的四川老鄉。他們當中的許多人比我歲數還小，卻已經扛起了生活的重擔。他們告訴我，搬家的收入都是公司得「大頭」，他們只能得五塊錢。這讓我感到震驚。看到他們累得汗如雨下、氣喘如牛的樣子，我趕緊背著帶隊的工頭，悄悄地給他們每人加了一點工錢。雖然我也是一個窮學生，但我畢竟還有一點點能力幫助這些來自遙遠的家鄉的青年。

古猶太哲人萊維說：「如果你想拯救一個人於淤泥之中，不要以為站在頂端伸出援手就夠了。你應該親身到淤泥裡去，用一雙有力的手抓住他，這樣，你和他都將重新從淤泥中獲得新生。」他的話是說給我們所有人聽的。我願意嘗試著一點一點地開始做。每一次對他人的幫助，對自己傲慢的心態都將是一次洗禮——與其說我在幫助他們，不如說他們也在幫助我。

這幾天，我正在辛苦地打掃、布置新居。離開父母為我營建的家已經五年了，第一次有了一間屬於自己的小屋，一定要收拾得漂漂亮亮的。下次你到北京，可一定要到我的小屋子裡來作客。那時候，我的小屋已經是一個寧靜的家園了。

寧萱，你信上說到了江南的飲食，雖然只有寥寥幾句，卻深深地吸引了我。我是一個貪吃的人，說好聽一點，就是「美食家」。假如有一天去江南，我會在你的陪同下開懷大吃一通的。

廷生

一九九九年九月十三日

♣ 寧萱的信

廷生：

好些天沒有給你回信了，多少還是有些失落的——再接到你的信時才驚覺，原來我一直有所期待。

你前段時間郵寄來的書，就是給我的最好的生日禮物了。第一次給你寫信時，我唯讀了你的

《火與冰》之中有限的文字，心靈的契合卻在那一瞬間點燃了我沉寂的眼睛。人與人之間的距離實在很奇妙，要有多遠，就遠得沒邊沒際；要近起來，又那麼沒有道理。張潮在《幽夢影》中說：「天下無書則已，有則必當讀；無酒則已，有則必當飲；無山則已，有則必當遊；無花則已，有則必當賞玩；無才子佳人則已，有則必當愛慕憐惜。」我們不是才子佳人，但在你的文字裡，我們「心心相印」。你的恨和你的憤怒，都是來自於你的愛。

你的書出版後，你成了名人，有許多眾星捧月的場合。但我知道，你還是不快樂，你還是被孤獨所包裹。記得墨西哥詩人帕斯曾經這樣分析孤獨的本質：孤獨有兩重意義，一方面是與一個世界隔離，另一方面是企圖創造另一個世界。我相信，對你來說，孤獨更意味著後者。你的孤獨是暫時的隱退，以便重新投入世界。你的孤獨是一段準備和學習、自我考驗和磨練的時光。

你不能久居聚光燈之下，那樣會毀了你的。帕斯說，根據墨西哥古老的傳說，人們原來居住在世界的中心，也就是宇宙的「肚臍」那兒。後來，由於人類犯下了嚴重的罪行，被迫離開了。於是，這種「失樂園」的感覺便由此誕生。孤獨是對回歸母體的渴望，是對歸屬樂土的渴望。人世間能夠克服孤獨的唯有愛。正是在孤獨與愛此起彼伏中，我們得以成長。

在讚揚了你之後，我要批評你了，你不是說我是你的「畏友」嗎？讀了你的新書《說，還是不說》。很快，我就對你失望了，因為我覺得一部分文字是「敗筆」——「似水柔情」的那部分。這樣說可能不準確，單論文字沒錯，文字很美；但就內容來講，你真的不該寫，或是不該發表。

平心而論，你真的還沒有愛過。那怎麼會是愛呢？那只是一種青春的萌動，在那樣的年齡，你那樣的單純與真誠，無論哪個女孩子都很容易走進你的——只要一瞬間的接觸，或只因她離你近，因為無論如何，你的「初戀」必須有一個載體，你不是愛上了這個載體，你只是到了愛的年齡了，愛那段青澀而純真的日子，那樣不堪而刻骨的青春！

雖然我的年齡比你小，可讀到你這些文字時，我時常像老媽媽一樣搖著頭，又憐又愛地輕歎道：「唉，這孩子，他還沒有真的愛過呢！」

真的，我相信你也會笑自己的——在某一天，再回頭去想那個女孩，那個對你的文字、你作為生命之瑰寶和唯一精神支柱的文字視而不見的女孩，她會愛你什麼呢？你又愛她什麼呢？

你不要怪我說得刻薄了，這真的只是一場鬧劇。它必然會上演，姑且當作你的成人儀式，如今已經閉幕，很好。希望不會為你的心靈帶來絲毫陰影。

你要自信，自豪，以你的靈魂——以一顆金子般的心，一顆嫉惡如仇的心來笑傲江湖！你應該得到真心的愛，全心的愛，你應該擁有最完美的感情世界。我祝福你。

讀魯迅，常常讓我黯然傷神。王小波的早逝，也多少次讓我長夜難眠。唯一可慰的是，他們都擁有過一份真誠的女性之愛。

我讀到許廣平的回憶文章，說魯迅晚年常常夜不能寐，獨自走到陽台上，和衣躺在冰冷的水泥地上，年幼的海嬰夜裡起床尿尿，看見爸爸睡在陽台地上，便也不聲不響躺在他身邊。而許廣平醒來不見人，一找，父子二人在漆黑的夜空下，並排躺在陽台水泥地上。

讀到這裡，從許廣平不動聲色的敘述中，我深切地感受到那一份作為妻子、作為母親、作為女性的溫柔心痛的愛。那愛，可包容一切黑暗，包容魯迅的稜角和敏感，包容一切的傷痕累累，包容魯迅深深的疼、恨和失望，還有孩子純粹的、無辜的、令人心碎的天真。

還有王小波，你看看他寫給李銀河的信吧，那是真愛。讓人心動。不說了，說起來真難受。只想安慰一下你，怕你因自己不明白而受傷害，才冤枉呢！忘記過去，相信未來、相信愛情吧。

什麼是真正的愛情呢？最讓我癡迷的是俄羅斯十二月黨人的愛情。在西伯利亞嚴酷的風雪中，那些十二月黨人的妻子們，跟她們的丈夫一樣，高貴得讓人仰望。她們沒有屈服於沙皇的淫威，反倒向沙皇提出了伴隨丈夫去流放地的請求。像青草一樣柔弱的她們，雖然在刺骨的寒冷中死去了，但嘴角依然掛著春天般的微笑。

真正的溫暖是心靈的溫暖，真正的寒冷也是心靈的寒冷。因此，對於這些偉大的妻子們來說，西伯利亞的小屋比彼得堡的宮殿還要溫暖。她們與丈夫在一起，與愛情和正義在一起。

說起十二月黨人和他們的妻子，我又想起了悲慘而幸福的俄羅斯作家米・布林加科夫。說他悲慘，是因為他沒有選擇地生活在一個像墳墓一樣的帝國裡，他的天才遭到了史達林殘酷無情的壓抑；說他幸福，是因為他擁有一個堅強不屈的妻子，她形影不離地伴隨他度過了黑暗的晚年——他臨終前雙目失明。

俄羅斯文學專家高莽在《靈魂的歸宿》一書中，描繪過布林加科夫的墓地。布林加科夫逝世以後，墳上長期沒有任何標誌，只有他的夫人種的一些勿忘我，盛開時散發著清淡的芬芳。

葉蓮娜是布林加科夫的第三位夫人。葉蓮娜原來是一名將軍的妻子，丈夫身處高位，為人正直，生活富裕，家裡還有兩個可愛的孩子。然而，當她認識布林加科夫之後，感到這個性格剛烈、才華橫溢的作家才是自己命運的歸宿。葉蓮娜在痛苦中結束了以前的家庭生活，與貧窮的作家結合在一起。她把自己的一切都獻給了布林加科夫，與他一起分享創作的歡樂與生活的困窘。

丈夫去世以後，葉蓮娜一直想尋找一個最合適的墓碑，她一次又一次地去拜訪那些做墓碑的石匠們，卻一次又一次地失望而歸。有一次，她在石匠的院子裡一個堆積廢料的大坑中，發現了一塊巨石。她好奇地向石匠打聽那是什麼石頭。石匠回答說，這是「各各它」。葉蓮娜愣住了：「各各它」是基督被釘死的地方，是殉難的地方。石匠為什麼把這塊石頭叫做「各各它」呢？

經過深入的交談，原來這塊石頭大有來歷：它曾經是果戈里的墓碑。這是果戈里的好朋友專程到黑海之濱挑選的，花費了好多時間和勞力才把它從遙遠的南方搬運到莫斯科。後來，莫斯科市改建，果戈里的墓地由丹尼爾修道院遷移到新聖母公墓，這塊象徵殉難的、附有十字架的石頭，也就被棄而不用了。從那時候起，這塊砸掉了十字架的墓石就扔在坑裡無人過問。

葉蓮娜眼睛一亮，決定買下它。是的，沒有任何石頭比它更合適作為布林加科夫的墓碑了。

「我們可以賣給您，可是怎麼把它從坑裡抬出來呢？」石匠感到很為難。

葉蓮娜請來很多石匠幫忙。終於，巨石被抬到了布林加科夫的墳墓。

布林加科夫生前在給朋友的信中，曾經多次談到他心目中的恩師果戈里，他有一句意味深長的話：「先生，請用灰色的外套把我保護起來吧！」他的話變成了現實，果戈里的墓石，如今像灰色的外套立在布林加科夫的墳上，成為他亡靈的守護者。

葉蓮娜終於鬆了一口氣。她去世之後，骨灰與丈夫葬在了一起，生前他們心貼著心，死後他們的骨灰融合成了一體。

這就是人間的真愛，人間的至愛。我們有可能擁有嗎？我們配得上擁有嗎？

實際上，說這些話違背了我的原則。我向來不喜歡如此直率地說出自己的心裡話——即使我明明白白，也沉默著。況且如此喋喋不休地談論愛情，好像作論文。其實，除了文字上的，我也從未有過真愛的幸運。但起碼我比你強，我至少知道什麼不是真愛。我不知道什麼是我所追求的，但我清楚地知道什麼不是——這就是我現在的生活，尋覓、失望、執著、不妥協。

最近看了好多書——一貫如此，有時看得要窒息，不提也罷。也寫了些詩歌，我不敢稱之為詩歌，姑且算是一些零散的句子吧。我常常夢想，只要我能寫出一首真正的好詩——哪怕一句也行，我也願意身無分文，我甚至不害怕與世長辭，在死亡來臨時，我還能微笑著，歡樂著。

寧萱

一九九九年九月二十日

廷生的信

寧萱：

謝謝你的一番剖析。實際上，我寫那篇關於初戀的文章，目的正是為了「告別」。我早已從當年的傷痛之中解脫了出來。我不認為那是一個多麼嚴重的錯誤，也許是上帝故意安排的一次考驗。上帝在質問我：「你究竟將愛什麼樣的女子？」

如果說在那次經歷之前，我還懵懵懂懂的；那麼，在那次經歷之後，我就有了自己的答案。人生道路上，有了一位風雨同舟的愛人，宛如有了一顆掛在天穹的啟明星。如果沒有這顆星星，我們又如何辨別方向呢？

在那些日子裡，我深切地體認到了「不同心」的悲哀與無奈。經過了那次嘗試之後，我深信，在人與人之間，某種隔膜是無法打破的，也不必去打破。就像我以前的信中提到的，不必「鐵棒磨成針」和「愚公移山」一樣。

有的人，即使在一起耳鬢廝磨若干年，心與心之間還是隔著無法融化的堅冰；也有的人，雖然還未曾謀面，心與心之間卻能夠融合得像兩條交匯的河流。

我也相信，人世間總有一個人是衝著我才做女人的。而我之所以來到這個世界上，也是為了遇到她。什麼是緣分？這就是緣分。

寧萱，你的信與我案頭的千百封來信不同，你的每句話都讓我放不下。你在信中說，人與人之間的距離實在很奇妙，要有多遠，就有多遠，漫無邊際；近起來，又可以不可思議的近，簡直就是「心心相印」。這段話讓我感動了好久，我彷彿看到了你寫這段話時的神情。

你在信中寫到了魯迅與許廣平。你提及的那個場景，我也留下了深刻的印象。你的理解當然也對，許廣平對魯迅晚年無微不至的關愛，不是普通的女性所能做到的。很難設想，假如沒有像許廣平這樣一個支撐著家庭重擔的女性在身邊，中年之後的魯迅將過著一種怎樣的殘缺的生活。

但是，魯迅與許廣平之間，既有親密的愛，也有難言的隔膜。你信中談到的那個場景，可見魯迅心中還是有解不開的結。魯迅心情不好的時候，常常沉默，整天地沉默著。這種鐵一樣的沉默，既傷害了自己，也傷害了許廣平。這種鐵一樣的沉默，使得家庭中的空氣也凝固了。

許多時候，魯迅與許廣平依然無法臻於「同心」之境。這一點，看看魯迅逝世之後，尤其是二十世紀後半葉，許廣平所寫的那些回憶錄，就能大致體會到。許廣平對政治比魯迅更加熱衷，她所理解的魯迅，隨著政治形勢的變化而不斷變化，每一次的變化都在迎合著主流的思路。既然毛澤東可以肆意利用魯迅，那麼許廣平向江青低眉順眼也就在情理之中了。

魯迅或許一生都沒有得到過真愛吧。我一直認為，魯迅悄悄地喜歡著蕭紅，蕭紅也在悄悄地喜歡著魯迅。他們之間，除了師生之情外，時常有精神和感情上的火花。

我的這種觀點，許多魯迅研究專家都不同意。我是憑直覺在魯迅和蕭紅的文字的縫隙裡感覺到的。我不想對此作一番學者式的「考據」，但我寧願固執地保持自己的這一「發現」。

蕭紅的〈回憶魯迅先生〉，是所有回憶魯迅的文字中最感人的一篇，遠遠比許廣平的回憶文字寫得好。說蕭紅的才華比許廣平高，倒是其次的原因；背後隱藏著更重要的原因：蕭紅比許廣平更加理解魯迅、更加深入魯迅的內心——儘管許廣平是魯迅的妻子。

魯迅上海的家中，常常來很多客人，而只要蕭紅到來，魯迅就會開朗、快樂許多，談興也很濃。第一次與先生的見面，是蕭紅蕭軍兩人一起去的，而此後去得更多的是蕭紅一個人。

蕭紅寫到一個小小的細節，有一天下午要去赴一個宴會，她讓許廣平給她找一點布條或綢條束一束頭髮。許廣平拿來米色的綠色的還有桃紅色的。蕭紅和許廣平共同選定的是米色的。為著取笑，許廣平把那桃紅色的舉起來放在蕭紅的頭髮上，並且很開心地說著：「好看吧！好看吧！」蕭紅也非常得意，很規矩又很頑皮的在等著魯迅先生往這邊看。魯迅這一看，臉是嚴肅的，他的眼皮往下一放：「不要那樣妝她……」許廣平有點窘了。蕭紅也安靜下來。

這個細節很能說明魯迅心中複雜的感受，他想說漂亮而沒有說，故意裝出一副嚴肅的樣子來。他想掩飾自己內心深處細微的波動，卻更加明顯地表露了出來。他的心靈也有無比脆弱甚至怯懦的時刻。

對此，許廣平後來也有些感覺。她沒有直接說什麼，卻含蓄地表示了對蕭紅的不滿。胡風的夫人梅志在一篇文章中提及蕭紅與魯迅夫婦的交往。許廣平曾向她訴苦：「蕭紅又在前廳……她天天來一坐就是半天，我哪裡來時間陪她，只好叫海嬰去陪她，我知道，她也苦惱得很……她痛苦，她寂寞，沒地方去就跑到這兒來，我能向她表示不高興、不歡迎嗎？唉！真沒辦法。」

蕭紅逝世之後，許廣平在〈追憶蕭紅〉中有一段微妙的文字：「這時過從很密，差不多魯迅先生也時常生病，身體本來不大好。蕭紅先生無法擺脫她的傷感，每每整天的耽擱在我們的寓所裡。為了減輕魯迅先生整天陪客的辛勞，不得不由我獨自和她在客室裡談話，因而對魯迅先生的照料就不能兼顧，往往弄得我不知所措。也是陪了蕭紅先生大半天之後回到樓上，那時是夏天，魯迅先生告訴我剛睡醒，他是下半天有時會睡一下中覺的，這天全部窗子都沒有關，風相當的大，而我在樓下又來不及知道他睡了而從旁照料，因此受涼了，害了一場病。我們一直沒敢把病由說出來，現在蕭紅先生人也死了，沒什麼關係……從這裡看到一個人生活的失調，直接馬上會影響到周圍朋友的生活也失了步驟。」

仔細體味，在這段話中，許廣平對蕭紅的微詞是顯而易見的。出於許廣平的角度，她有權利寫這段文字，有權利表達自己的不滿；出於蕭紅的角度，我覺得她真可憐，她在孤獨地離開這個世界之後，還得為昔日一絲一縷的、沒有表露出來的愛而受到傷害。

兩個人要真正相愛，其艱難程度，有時超乎我們的想像之外；其容易程度，有時也超乎我們的想像之外。

無論難易，我都相信愛情。胡適在〈追憶志摩〉一文中說到的徐志摩的信仰，其實也是我們的信仰——他說，這裡面只有三個大字，一個是愛，一個是自由，一個是美。我想，如果我們用愛、自由和美來抗拒暴雨、抗拒狂風、抗拒霜刀雪劍，我們就有了必勝的信心。

寧萱，每天要早點睡覺，保證睡眠的時間。

秋天來了，要珍重加衣，小心著涼。

廷生

一九九九年九月二十五日

一九九九年十月三日

昨天去醫院拔了兩顆智齒。

這兩顆智齒，都長在左邊，上面一顆，下面一顆。它們折磨我很久了，時不時地發炎、疼痛，讓我茶飯不思。

「智齒」——真是一個有意思的名稱。為什麼稱呼這幾顆多餘的牙齒為「智齒」呢？它們真的跟人的智慧有關嗎？

人自身的「智慧」都是些小聰明，人怎麼能夠有一點點小聰明就洋洋得意呢？所以，我們說智齒是多餘的牙齒。拔掉多餘的牙齒，也就是撥掉我們的狂妄之心，讓我們都成為謙卑的人。

我長了兩顆智齒，正表明我太驕傲，太自以為是，太不把別人放在心上。這是上帝對我的懲罰，這是我必須承受的痛苦。

平時工作忙得團團轉，國慶連續放幾天假，我終於狠下心來，到牙醫那裡將它們連根拔去。

我在醫院掛了專家號，是一位醫學院的老教授給我拔的牙。教授說，一起拔掉兩顆牙會很疼的，不如先拔一顆，過一段時間再拔第二顆。可是，我等不及了，長痛不如短痛，乾脆一次解決全部的問題。我便挺起胸膛說，就這次一起拔掉吧。教授重新打量了我幾眼說，看不出你這樣一個文弱女孩，還如此勇敢。其實，我哪裡勇敢呢，拔牙的時候，儘管上了麻藥，但人是清醒的，我能夠聽見教授敲擊我的牙床的聲音。我的冷汗一滴滴地掉了下來。

最難受的不是拔牙的時候，而是回家之後、麻藥的藥性過去的時候。創口發出鑽心的劇痛，一絲絲的疼痛連在心裡。我從宿舍回到家裡，爸爸媽媽和弟弟知道我拔牙了，都像看護寶貝一樣看護著我。他們太愛我了，結果弄得我疼痛的時候想呻吟一聲，還得強挺著，怕他們擔心。

昨天晚上是最難熬的，幾乎通宵都沒有睡著。疼痛的感覺一陣接一陣，一陣剛過去，另一陣又襲上來。像是一場此起彼伏的戰役。我一直放著音樂，在潮水般的音樂中讓自己忘卻疼痛。

今天，疼痛減弱了一些，可是晚上還是睡不著。突然，想給他打電話。沒有什麼特別的事情，就是想聽聽他的聲音。聽他的聲音與讀他的信，會不會是兩種感覺呢？現在已經是深夜十二點多了，不知他睡了沒有？這個時候給他打電話合不合適呢？我躺在床上，想了半天，幾次握住手機，幾次又放下。他的手機號碼，在他第一次給我回信的時候就告訴了我，大概他很希望我能夠給他去電話。他是一個羞怯的男孩，也許他不敢先給我來電話？

可是，我一直沒有給他打過電話。我害怕一旦撥通電話，對著話筒卻又無話可說。我像害怕與他見面一樣，害怕與他通話。而且，我感覺到，他是一個十分靦腆而內向的人，假如他在話筒的另一邊也是無言以對，那種場面豈不尷尬？

我為什麼有點害怕他呢？他是一個赤子啊。

我反倒不害怕那些狡猾的人、世故的人、舉一反三的人。幾個月前，當我去香港替公司談判一個大的投資項目的時候，我見到了那個香港舉足輕重的大富豪。傳說中，很多人見到他時，自己立刻就矮了三分。但是，我在他的面前很自信。我為什麼要在富翁的面前低眉順首呢？我認為我比他快樂，我比他自由，我又不羡慕他的富有，我又不懇求從他那裡得到些什麼。

可是，此時此刻，我為什麼失去了最珍貴的自信？

想來想去，還是沒有撥號。手機開了又關，關了又開，如是者，好幾次。什麼時候，我變成了一個如此優柔寡斷的人？

終於，我撥了他的手機號。電話的那一端響了幾聲之後，突然是一聲粗暴的詢問：「哪位？」我來不及思索，手忙腳亂地將電話掛斷。接電話的是他嗎？他的聲音怎麼如此「震耳欲聾」？

我又小心翼翼地撥了一次，電話的那一頭依然是一聲響亮的質問。我不敢應答，再次掛斷了電話，連心跳也加快了。

我再也不想撥這個電話了。我甚至再也不想跟他見面了。突然間，我的情緒降到了最低點。就在我沮喪地把手機扔到一邊的時候，手機卻又響了起來。我一看螢幕上的號碼，是他的號碼。

接，還是不接呢？我還是按下了接收鍵。

「請問剛才是誰打我的手機？」是他的聲音，有些惱怒的聲音。

「對不起，我是寧萱。你記得我嗎？」我鼓起勇氣說。

「啊，寧萱，你好。」他立刻改變聲調，有點緊張，「你，你怎麼會這個時候給我打電話？」

「我昨天拔了牙，是兩顆智齒。今天傷口很疼，躺在床上睡不著，就想起給你打電話。」我平靜下來，漸漸開始感覺到，彷彿是在跟一個相識多年的老朋友談話。

「我去年也拔了一顆智齒。拔牙的時候牙床已經腫了。動手術的是一名醫科大學的老教授，手術過程中，旁邊有幾名教授帶的博士生在觀摩。教授一邊動手術，一邊給學生講解如何處理這樣的情況。那時，我沒有感到疼痛，只是感到害羞。我告訴你，第二天最疼痛，第三天傷口就開始恢復，疼痛也逐步消失了。」他在電話的另一端，滔滔不絕地說起自己拔智齒時的感受來。

我知道他的用心，他是想轉移我的注意力。聽得出，他很關心我。而且，他說話不像他的文章中所寫的那樣口吃，很流暢，也很清晰。

「真巧，給我動手術的也是個老教授。」我笑了起來，「幸好動手術的時候，我的身邊沒有一大群旁觀者。」

「你知道嗎，今天是什麼日子？今天你給我打電話，那真是太巧了。」他猶豫了片刻說。

「我不知道，今天是什麼日子？」

「今天是我的生日，是我二十六歲的生日！今天我的小屋裡來了好多朋友。我親自下廚，做了滿桌子的菜。我們鬧騰了好幾個小時，喝酒喝得半醉。剛才，大隊的人馬才散去。現在，還有兩個朋友沒有走。剛才，你的電話打來的時候，我們在對面蕭瀚的房間裡聊天，因為我的房間裡沒有足夠的椅子。為了接你的電話，我扔下他們，回到自己的房間裡了。」他說，他感到真是不可思議——我第一次打電話居然就撞上了他的生日。這樣的偶然已經不是「偶然」了。

他告訴我，以前的許多朋友彼此都已經淡忘，相互之間都不記得對方的生日。沒有想到，在深夜還收到一個不期而至的電話。而我，根本就不可能知道他的生日，我給他打電話僅僅因為我牙疼。世界上真有這麼巧的事情？

就這樣，我們談開了。我們談起了北大，談起了文學。話題慢慢地由外部進入內部，迂迴地深入我們都想觸及的核心地帶。

我更關心他的處境。我隱約感到，他會遭到傷害。他的那些文章，那些只會帶給他坎坷命運的文章，是他生命不可割捨的一部分。人曰：「豈有文章覺天下，忍將功業誤蒼生。」要做一個有良心的寫作者，在這個時代真的如同「蜀道之難，難於上青天」嗎？

他已經下定決心這樣做。

我問他，以前到過香港沒有？他說，沒有。我便勸他說，可能的話，不如到香港去，那裡有更加自由和寬鬆的空氣，又同是華人的世界，不會產生脫離母語環境的苦惱。在那裡，可進可退，可伸可縮，既能獲得全世界廣泛的資訊，也可以繼續更加堅韌的戰鬥。

但是，他說，他決不離開這片土地。他告訴我，即使明確知道面前會有陷阱和暗箭，他也不會退卻。他說他需要的就是這樣的一種「切膚之痛」。

他談到，每年坐火車從四川到北京，或者從北京回四川，沿途經過北方那些貧瘠的省分——河北、河南和陝西，每當把目光投向窗外，就會看到一幕幕令人心碎的場面。衣衫襤褸的百姓們，與他們的列祖列宗一樣，日出而作，日落而歸。他們耕耘的大地，已經無復先祖世代的富饒；他們仰望的蒼穹，已經無復先祖世代的明淨。他們承受著大地帶來的祝福、快樂和收穫，也承受著大地帶來的詛咒、困窘和貧瘠。在今天的世代，後者遠遠多於前者。因此，他們的腰更彎曲，皺紋更深，皮膚更乾裂。每看到此，每想到此，不禁眼淚飛迸。

他還說，回到故鄉，回到村子的盡頭，會看到一排搖搖欲墜的小學教室，會聽到琅琅的讀書聲。這些生命與他的生命之間有著不可分割的血肉聯繫。他要像一顆釘子一樣釘在這片土地上。我知道他的想法，但還是費勁地勸說了他好一陣。他很固執，我說服不了他。他的固執既是他的缺點，又是他的優點。他念念不忘的是那些沉默在金字塔底層的人，我因此而欣賞他。然而，我在欣賞他的同時，卻又想保護他，想自私地為他一個人的幸福考慮。這時，我把他當作我的親人來看待。最後，我自己也彷徨於無地。

我們的通話，不知不覺就過去了半個多小時。我怎麼感到才剛剛開始？在快要告別的時候，我告訴他，我剛才好害怕他的聲音——分貝那樣的高。他解釋說，他的手機信號不好，他擔心對方聽不清楚，才特意提高嗓門。不過，當時電話連續響了兩次，他去接的時候卻都沒有人應答，他確實有點惱火，以為是誰打錯了電話卻不道歉。所以，他說話的時候的確是帶著一點火氣。

他告訴我，按照他的性格，在通常情況下遇到這樣的陌生電話，他不會再打過去追問。但是，今天晚上，鬼使神差地，他破例按照手機螢幕上留下的號碼打了過去。假如他不理睬我的電話會怎樣呢？如果他給我留的不是手機號碼，而是座機號碼，座機無法顯示我的手機號，又會怎樣呢？多少個起承轉合的偶然原因，才促成了今天晚上我們的通話。

通完話之後，我才感到身心疲憊。躺在床上歪著脖子打電話，脖子幾乎都麻木了。通話過程中，傷口的疼痛也完全被忘卻了。與知心的朋友通電話，想不到也是一劑克服疼痛的良藥。忘了牙疼，可是興奮的心呼呼亂跳。

今晚，又睡不著覺了。

廷生的日記

一九九九年十月三日

今天是我的生日，剛剛搬了新家，我請了一大幫朋友到家裡聚會。既是生日聚會，又算是喬遷之喜。在單調的學生生活中，多給自己和身邊的朋友找點快樂的名目，總是有必要的。

每次聚會，總是少不了哲學系的老朋友先剛。先剛是四川老鄉，他的相貌有一種阮籍嵇康式的古風——其實我們都不知道阮籍嵇康長得什麼模樣，但就是有這樣的感覺。他正要準備去德國念哲學，是賀德林曾經生活過的那個小城市——圖賓根。他跟我一樣，都是「懷才不遇」（沒有女孩欣賞）的男生。先剛會做一手好菜，而我也能炒出幾道原汁原味的川菜來。我們兩人的配合，簡直是天衣無縫。以前，我們也聚會，但在學校附近沒有場地，要坐很遠的車到南城一個朋友昝愛宗租的房子去。來往奔波，十分麻煩。在車上耗費的時間，比我們聚會的時間還多。現在，我的房間雖然小，但是也足夠七八個朋友「濟濟一堂」了。

我跟先剛一大早就出去買菜，然後忙了一個下午，終於擺滿一桌子的各色菜肴。幾個好朋友也陸陸續續到齊了。有的帶來水果，有的帶來酒。大家有說有笑，有吃有喝。在我安寧的生活中，難得有如此熱鬧的時刻。風捲殘雲，當桌子上的酒菜大都消失的時候，已經是深夜了。於是，一桌子的人，又開始三三兩兩地告辭了。

天下沒有不散的筵席。很快，這些朋友，畢業的畢業，出國的出國，回家鄉的回家鄉，還能夠聚會幾次呢？聚會的時候是快樂的，但聚會之後想起即將到來的離別，卻又萬分惆悵。

有兩個遠道而來的朋友不想回家，我們便到蕭瀚的房間，席地而坐，談天說地。聊到那些鄉村裡依然在受苦的父老，聊到那些城市裡不斷遭受欺辱的民工，我們的話題越聊越沉重。蕭瀚是學法律的，上研究生之前曾經長年去採訪那些來京上訪的百姓。他告訴我們，有的家破人亡的百姓，就只帶一捲草蓆，天天等在某氣勢恢宏的衙門門口。他搜集了一大箱子的資料，卻一點也幫不了他們——每到這樣的時刻，頓時感到所學的法律一無所用。大家沉默無語。

一位朋友帶來了一瓶烈性伏特加。酒性太烈，剛才一群人也只喝了一小半。蕭瀚建議說，不如我們再來一點。他的提議得到大家的回應，每個人的手上又多了一個酒杯。

我們住在六樓。周圍的高樓不多，通過窗戶可以眺望到市中心的燈火輝煌。電視塔兀然而立，毫無美感。拉上窗簾，我們的世界獨立而寧靜。

正在心情壓抑的時候，我口袋裡的手機突然響了。我打開手機，剛剛「喂」了一聲，另一邊就斷開了。剛放下，它卻又響了起來。一接聽，依然沒有回音。

手機的螢幕上是一個陌生的號碼。現在已經十二點了，誰會在這個時間給我來電話呢？這個陌生人怎麼會知道我的手機號碼呢？

也不知道出於什麼原因，我決定給對方打過去。通常我會對這種電話置之不理，然後繼續跟朋友聊天。我本來就是一個不喜歡打電話的人。我總覺得，在電話裡，人們說的話都是想好的、修飾過的、不真實的。我之所以買了一部手機，因為學校宿舍沒有安裝電話，別人找我很不方便。其實，平時很少使用。有時，在學校的圖書館裡一泡就是一整天，一整天都把手機關著。

對方的電話撥通了，我有些惱怒地詢問究竟是誰打我的手機。

是女孩的聲音，她說：「我是寧萱。」她的聲音彷彿從天外傳來，遙遠卻清晰。像一眼甘泉汩汩流淌。我一聽是寧萱，趕緊站起來，回到自己的房間裡。連燈也來不及開，就在黑暗中與她交談起來。

寧萱說，她剛剛拔掉兩顆智齒，傷口疼得厲害，忽然就想給我打電話聊聊天。她早就有我的手機號碼，卻一直沒有使用過。此時此刻，有一種壓抑不住的衝動，想要撥這個號碼。

我告訴她，不久前，我也拔過一顆智齒，也曾經連續一個星期天天都喝粥。當我講到拔牙時身邊圍著一群博士生的情景，寧萱情不自禁地笑出聲來。

我告訴她，今天是我的生日，剛剛舉行了一個朋友們的聚會。她的電話來得很及時。其實，我盼望這個電話很久了，只是沒有勇氣率先給她打過去。

寧萱在電話的那邊很驚訝，她說事先一點也不知道今天是我的生日。

這是不是天意呢？我們的認識由一個巧合連環著另一個巧合，巧得連我們自己也不敢相信。

寧萱勸我好好保護自己。她說，假如不認識我，僅僅是我的一名普通讀者，她會欣賞我的勇往直前、我的無遮無掩、我的率性而為。但是，她認識了我，成了我的朋友，她就不得不從世俗的角度替我考慮，不願看到我「赤膊上陣」，中了敵人的暗箭，而希望我選擇「壕塹戰」的方式，不要讓自己的毛髮受傷。

就這樣，滔滔不絕地，我們在電話裡聊了半個多小時，這是我使用手機以來最長的一次談話。我向來討厭那些在電話中喋喋不休的人，沒有想到今天自己卻成了其中的一員。手機都被我握得發熱了，手心的汗水在上面留下了印痕。我們卻都沒有要結束的意願。

在許多場合，我沉默的時候居多。從很小的時候起，我說話就有些口吃，不知道是怎麼發生的，連母親也不知道。在人多的地方，我一說話就「期期艾艾」的，臉憋得通紅。好多年裡，內心也因此而自卑。口吃的孩子對世界的看法與那些滔滔不絕的人不一樣。

這兩年來，我也嘗試著在大學裡演講，甚至在幾千人的大會場上演講。儘管中間也會出現若干口吃的時刻，但我的表達越來越流暢。從童年開始，口吃一直影響我與他人的交往。尤其是在打電話的時候，我會莫名其妙地感到緊張，三言兩語，連意思都還沒有表達清楚，就急匆匆地想放下電話。不知道什麼原因，今天跟寧萱談話，我感到從所未有的輕鬆，我幾乎沒有顯露出一點口吃來，我破天荒地有了想說話的欲望。我說的話比寧萱多，而寧萱在另一邊安靜地聽著。

最後，手機沒有電了。我們這才結束了通話。我戀戀不捨地放下手機，再回到蕭瀚的屋裡，他們已經改變了討論的話題。夜更深了，大家都有些倦意。而我，再也沒有想說話的欲望了，便建議說到此為止吧。於是，兩位客人在蕭瀚的房間裡打地鋪，而我回到自己的屋子。

躺在床上，翻來覆去睡不著，回想剛才自己究竟在電話裡說了些什麼，卻大都記不起來了。

第三章

葡萄園

你如同一棵鳳仙花，
來到我的葡萄園

一九九九年十月七日

今天是個別具意義的日子！

上午，和姚仁傑教授約好到他家作客。當初為那本「右派」的獄中回憶錄寫評論的時候，根本沒想到有一天能和作者之一的姚老師結緣，更沒想到我們會一見如故，成為忘年之交。我上個月在錢理群老師的引薦下和他初次見面時，他就熱情邀請我們去他家做客，說要親自下廚做川菜給我們吃。

姚老師已是七十古來稀的年紀，卻精神矍鑠，滿頭黑髮，聲如洪鐘。他的目光銳利澄澈，還保持著孩子般的真誠。在勞改營掙扎了二十年，磨難不僅沒有毀壞他的身體，反倒讓他的脊梁像鐵板一樣壓不彎。此刻，他正一個人在廚房裡忙碌著，一頭的汗水，很快就擺上了滿滿一桌子豐盛的川菜。我看了瞠目結舌，不敢相信堂堂一位生物學家也能擁有如此高超的廚藝。

姚老師是同鄉，不但會做一桌子麻辣的川菜，還可以用風趣的鄉音和我交談。飯後，他談論起勞改營中的往事來，一開口便滔滔不絕。

正在這時，我的傳呼機響了。我掏出來一看，上面赫然寫著：「寧萱小姐，請您回電話。」這是我的傳呼機上第一次出現寧萱的痕跡。我躲到陽台上去撥通了寧萱留下的電話。

「廷生，你在學校裡嗎？你猜我現在在哪裡？」她的聲音我只聽過一次，卻已建立了神奇的感應。那充滿磁性的、有水晶的質地和蘋果的香味的聲音，是獨一無二的。我從她的聲音裡聽出了她的顧盼、她的輕顰、她的小小的頑皮。

「你在公司裡？在家裡？還是……」

「都不是！我想你一定猜不到，我現在就在北京！」她在電話的那一邊得意地笑了。看來，她早已預謀要給我一個意外的驚喜。

「真的嗎？你在哪裡？我馬上來看你！」我激動得手都有些發抖了，說話也有些語無倫次。

「我是跟公司的幾個同事一起來辦事的，我們住在長城飯店。白天還有很多工作，我晚上到北大來見你吧。」

「什麼時候？什麼地點呢？由你來定吧。」我有些迫不及待了，但又知道，還得保持一點含蓄。

「那麼，六點，在北大南門怎樣？我辦完事以後立刻趕過來。」寧萱說。她感覺到我的焦急，在安撫我呢。

接著，她又有點不放心地問：「你能從人群中認出我來嗎？我的身上可沒有什麼特別的標誌。」

「我想，我應該可以認出你來。我們之間不是有『心電感應』嗎？」我毫不遲疑地說。我說話的時候，彷彿就已經看到一個女孩向我走來，一個模糊的身影，穿越曠野，穿越森林，向我走近了。

我們就這樣約定了第一次見面的時間和地點。六點，北京的天已經是半黑了。正是華燈初上的時刻。

到了快六點，我正準備出發，傳呼機響了。是寧萱的留言：「我已經到了北大南門，請快來。」我從宿舍騎著自行車趕過去。到了門口，下了車，推著車出門。心跳不由自主地加快了。

我四處張望，她在哪裡呢？

此時此刻的南門，人來人往，熙熙攘攘。在這裡等待朋友的人很多。忽然，我發現西北角站著一個女孩，高䠷的個子，短短的頭髮，清秀的臉龐，穿著黑色的短大衣。右肩背著一個黑色的小背包。因為逆光，看不清楚她五官的容貌。她靜靜地站著，像一棵春天裡的樹，長在清澈的溪水邊上，葉子茂盛而柔軟。她不像周圍的人那麼焦急不安、走來走去、甚至不斷地看錶。她胸有成竹，一副氣定神閒的模樣。一站便是一朵脫塵的蓮花，一站便將時間定格下來。

我一眼就發現了她。她是不是寧萱呢？我感覺到，她很可能就是寧萱。但我不敢直接上去詢問，猶豫了片刻，我還是採取保守的辦法：掏出手機，撥響了寧萱的手機號碼。

剛剛撥通，那個一身黑衣的女孩就徑直向我走過來，像一片雲。走到我到身邊，她微微地把頭向我這邊傾斜了一點，敞亮出溫柔的笑容，輕聲地問我：「你是廷生吧？」

我切斷手機，抬起頭來，看見她的笑容，裡面像水池一樣裝滿調皮而燦爛的陽光。她包裡的手機正在唱歌，是約翰・史特勞斯的《藍色多瑙河》。藍色的水花似乎濺到了我的手腕上。

我有些不好意思地向她點點頭，收起了手機。臉一下子就紅了。

她就是寧萱。在她那濃濃的、直直的眉毛下面，黑白分明的眼睛特別亮，像星子在閃爍，又像一泓秋水。瞬間的對視，我有一種觸電的感覺，她的眼睛太亮了，晃得我趕緊把目光移開。她有一種讓人瞬間安靜屏息的氣質，好像是從古龍的小說中走出來的古典美人，「一個女人。一個一定要集中人類所有的綺思和幻想，才能想像得出來的女人。」我有一種預感，這個女孩將改變我的生命。

這是我與寧萱打的一個照面。像是一齣經過排演的戲劇，男女演員都如此熟悉對方的台詞和動作。她的個子很高，跟我一樣高，因為我的眼睛平視著她的眼睛。古龍筆下的美女都是「長腿細腰」，她也是。

雖然她的穿著打扮很時髦，但她的氣質卻是這個浮躁的時代不配有的。第一眼看上去，她像是一個稚氣的大一小女生，而不像是有著豐富工作經驗的白領；再看一眼，就會發覺，她有一種韻味，有一種成熟女性的美。稚氣與成熟，居然同時融匯在她的身上，故而風情萬種。偏偏她又留著短短的、像小男孩一樣的頭髮，不是我所想像的長髮飄飄的樣子。

第一次見面就這樣「審視」人家一個女孩子，我還是有點不好意思。可是，她卻大大方方地觀察著我。她的目光直接地深入了我的心靈世界，像風，像光，像一支伸到水中的船槳。我還沒有來得及下命令，所有的藩籬都自動地開啟了，不需要鑰匙，也不需要密碼。

我們兩人會心地一笑，算是認識了。

我們沿著北大南門的主幹道往北走。寬闊的道路兩邊是高聳的白楊樹，秋天正是白楊樹最英俊的時刻。樹葉在秋風中沙沙作響，像是情侶之間在訴說親密的情話。從樹枝的縫隙裡可以看到天空，看到星星。在北京，並不是每天都能夠看到星星。是不是寧萱的到來，使得星星們情不自禁地張開了眸子？

此時此刻，慢慢步行的和匆匆騎車而過的學生，在我的眼裡都變得比平時可愛多了。空氣裡瀰漫著故鄉的氣味。

我帶著寧萱去我平時經常去的「家園」餐廳。我請她點菜，她點什麼我都沒有意見，只是癡癡地打量著她。她的肌膚雪白如凝脂，眉毛濃黑，鼻梁高挺。渾身上下沒有一件裝飾品，沒有戒指、手鐲、項鍊和耳環之類的年輕女孩子喜歡佩帶的東西。臉上也沒有化過妝的痕跡，素面朝天，清清爽爽，如同一朵出水芙蓉。

她脫去大衣，裡面是一件薄薄的貼身的灰色毛衣。毛衣勾勒出她玲瓏的身材，胸口的地方有幾道樸素的橫條花紋，灰白相間，沉靜中平添了幾分活潑的情調。她略顯得瘦，領口下露出左右兩塊柔和透剔的蝴蝶骨。說話的時候，兩只蝴蝶骨在輕輕地顫動，就好像兩隻靈巧的蝴蝶在飛舞著。

她說，跟南方相比，北京溫差很大，夜晚氣溫下降很快，現在雖然是十月，但還是帶了一件大衣來，晚上果然派上了用場。不然的話，剛才在校門口早被秋風凍成了冰棍。

她說話的聲音與電話裡一樣動聽。她一說話，就露出兩顆潔白的、可愛的小虎牙來。這兩顆小虎牙，使我想起曾經讓少年時代的我魂牽夢繞的「小黃蓉」翁美玲來。那時，我們班上所有的同學都對香港電視連續劇《射雕英雄傳》如醉如癡。所有的男孩子都迷上了玲瓏剔透的小黃蓉，迷上了翁美玲那兩顆古靈精怪的小虎牙。真巧，寧萱也有兩顆這樣的小虎牙。正是這兩顆小虎牙，使她在靈巧大方之外又增添了幾分天真和羞澀。

寧萱的神態裡有點拒人於千里之外的味道，彷彿對外界的一切都不以為然甚至輕蔑。但因為我從書信的往來對她有些了解，反而覺得她身上有一種需要我特別加以憐惜和呵護的脆弱。她的臉色有點蒼白，也許是剛剛拔牙的緣故，也許是工作太勞累的緣故，也許是剛才在風中站太久受了寒氣的緣故。這種白，是最珍貴的瓷器的白，讓人不敢觸摸，怕一觸摸就融化掉了。

「你在想什麼呢？」寧萱放下菜譜，打斷了我的遐思。她大概已經發現我在偷偷地打量她，臉上飛起一抹紅霞。這種紅霞與原來的蒼白相映襯，彷彿眾多雪白的李花之間盛開一樹粉紅的櫻花。

古人說，秀色可餐。原來我以為這是一種誇張的、比喻的說法，現在我第一次真切地感受到了這句話的含義。當我面對寧萱的時候，居然一點食欲也沒有，相反，寧萱倒是顯得食欲旺盛。

「這是拔牙之後，第一次吃有味道的飯菜，之前都是喝千篇一律的稀粥。今天我覺得飯菜特別香，北大的伙食還真不錯。」一眨眼間，寧萱就吃完了一碗米飯。

「今天累壞了，不停地跟客戶談判。也餓壞了。」寧萱又要了一碗米飯，有點不好意思地說。

「你的拔牙的傷口還沒有好，就被資本家派遣到北京來出差，你們老闆真是太殘忍了！」我憤憤不平地說。

「老闆不派我到北京來出差，我又怎麼能夠見到你呢？」寧萱嫣然一笑，反問我。

周圍的桌子上漸漸坐滿了人，餐廳變得嘈雜起來。然而，我們兩人彷彿在這喧鬧的世界之外。我們獨享一個自由自在的時空。

飯後我邀請寧萱去我的小屋。她點點頭答應了。我提議騎車帶她，她躊躇了一會兒才坐在後座上，卻顯得小心翼翼，好像隨時準備跳車。在前面的我，比在後面的她還要緊張，好像載著千斤重擔——雖然寧萱很輕。

出了小南門，繼續往西。寧萱安安靜靜地坐在後面，身體離我還有一些距離。她沒有伸手攬住我的腰，我卻能夠感覺到她的體溫。騎到一個路口，突然遇到了紅燈，我立刻刹車，寧萱下意識地用雙手抱住我，並發出一聲輕叫聲。我一邊如履薄冰，弄得自己出了一頭的汗，一邊卻在暗自竊喜。

寧萱一進到我的小屋，立刻在原地轉了一個圈，環顧了一下四周。家裡沒有什麼裝飾品，簡簡單單的，卻整潔有序。四周都是簡易書架，上面放滿了書籍。

「哇！你的書真多！」她感歎道，聽得出不是在故意恭維我。

誰誇獎我的藏書，我就感到無比的高興。有人是秉性難移的守財奴，我卻是一個「守書奴」。

「要是我能夠有幾個月的假期，一定到這裡來。我要把這裡當作圖書館，開開心心地讀它幾百本書。」寧萱拿起這本書，又放下，去拿另一本，好像淘氣的孩子找到一大堆玩具一樣。看來，我的藏書中，好多都是她所喜歡的。她告訴我，我的藏書幾乎涵蓋了她那不多的藏書。

我們在房間裡聊了一陣。我打開電腦，給她看我最近寫的幾篇文章，這是我對朋友的最高禮遇。她坐在平時我自己坐的電腦椅上，剛讀了幾行，便稱讚一番；再讀幾行，卻又提出不同的意見來。並且，她不等我反應過來，就徑直在電腦上「啪啪啪」地打字——她居然在修改我的文章！

「這個詞語用得不妥當！」她的語氣裡有一種斬釘截鐵的成分，讓我難以辯駁。

我珍惜自己的文字就像珍惜自己的生命一樣，從來不會讓任何人打開我的電腦、修改我的文字。誰碰我的文字，我就有一種身體受傷的感覺。今天，寧萱破天荒地這樣做了，我竟然沒有生氣，還首肯了她修改的三五個小地方。事後一想，自己都感到不可思議。

我站在椅子背後，看到了她雪白的脖子，她襯衣的領子上綴著精美的花邊。女性特有幽幽的香味傳了過來，我的屋子裡從來沒有過這種氣味。是她的體香，還是她的心香呢？

文章太多，寧萱看了幾篇，說看得眼睛發痛。我的文章，本來就無法「快速閱讀」。要在一兩個小時之內全部看完，是不可能的。

我告訴寧萱，狀態好的時候，我每天能夠寫五千字，而且一點也不會感到累。從早晨寫到晚上，除了吃飯之外，一直不休息，讓文字像流水一樣湧出來。

「你天生就是一個與文字為伴的人。只要世界上還有人喜歡讀書，你就餓不死。你的飯碗才是真正的鐵飯碗呢。」她說，她太想讀完所有的文字了，真希望目光能像鳥兒掠過大地一樣掃描過這些篇章。

但是，一會兒的功夫顯然看不完這麼多的文章。怎麼辦呢？我有了一個主意：把剛剛編輯完的新書全部複製在一張磁片上，讓她帶回去慢慢看。她還說，要幫我想一個書名，我當然求之不得。

又聊了一陣，家裡還有一點輕微的油漆味，我怕寧萱聞著難受，便建議去北大西門外的酒吧裡坐坐。她答應了，說也想體味一下我的「休閒生活」。北大西門外的小巷子裡有很多酒吧，雖然比不上城東三里屯酒吧一條街的氣派，卻也曲徑通幽，別有一種學院派的文雅寧靜。我不常去，也不知道究竟哪一家的氣氛最好。於是，我們只好隨便碰碰運氣。

推開幾家酒吧的門，裡面都很吵雜，有各色的樂隊在歌唱，都是一些浪跡在北京的、還沒有成名的搖滾樂隊。他們做著單純的明星夢，千里迢迢地來到京城。

最後，我們走進一家名叫「漂流木」的酒吧。它的門是用深色的木頭裝修的，有一種古色古香的味道，裡面安安靜靜的，僅僅放著柔和的輕音樂。溫馨的燈光下，裝飾也儉樸有致，有點海洋和沙灘的感覺。碰巧的是，酒吧裡沒有別的顧客，我們受到了隆重的歡迎。我們挑了角落的一張桌子坐下來。我問寧萱喜歡喝點什麼，她說隨便什麼都行。我便要了兩杯紅酒。

寧萱幽幽地說：「好久沒有過一個如此開心的夜晚了。」

我說：「我也是。我今天一個晚上說的話，比平時一個月說的話還要多。」那是因為寧萱的到來勾起了我傾訴的欲望啊！

在我們的身後有兩根木樁支起一張網。網的扭結處，捆著空酒瓶。一張幾平方米的大網，上面點綴了幾十個酒瓶。這大概就是「漂流木」這個名字的來歷吧。

我不禁遐想：每一個漂流瓶，大概都有自己滄桑的故事；每一次的撒網，大概都有一筆不期而遇的收穫。美國有一部電影，講述了一個關於漂流瓶的故事。由一個小小的漂流瓶，由漂流瓶中的一封信件，引出了兩個寂寞的人，以及一段刻骨銘心的愛情。我把這個故事講給寧萱聽，她笑了一笑，對我說：「我突然想寫一首小詩，題目就叫〈漂流瓶〉。我們茫然的命運，從本質上來看，與這些漂流瓶有什麼區別呢？」

「真的？快，唸給我聽聽吧。」我立刻產生興趣。我相信她是一個能夠「七步成詩」的才女。

寧萱思索片刻，便輕聲地朗誦起來：

是不是每一個漂流瓶都來自遠方
是不是每一個遠方都有一位姑娘
是不是每個姑娘都心懷憂傷
是不是每段憂傷都藏著夢想
是不是每個夢想都能乘著波浪
是不是每朵波浪都能找到方向

是不是每個方向都能望見彼岸
是不是每處彼岸都能碰上偶然
是不是每個偶然都有一雙慧眼
是不是每雙慧眼都能濕潤心田
是不是每塊心田都渴望愛情
是不是每一份愛情都能結成良緣

她那輕柔的聲音，在濃郁的燭光之中流淌著。我不知不覺地閉上了眼睛，讓全身的毛孔都盡情地張開。寧萱告訴我，這是脫口而出的一首詩歌。唸完詩歌，她累了，把兩隻胳膊放在桌子上，把半邊臉龐放在胳膊上。她的眼睛注視著咫尺之遙的燭光。她的臉龐全部被籠罩在燭光之中。她一臉的不設防，一臉的無辜，一臉的聖潔。後來，她乾脆就閉上眼睛，傾聽輕柔的音樂。她眨眼睛的時候，眸子裡的光彩，就像是深秋寒潭上掠過的點點陽光；她閉上眼睛的時候，長長的睫毛就像花園裡的柵欄，掩住滿園的春色。我們雖然初次見面，她在我的面前，卻無拘無束、落落大方，想怎麼樣就怎麼樣，無須掩飾，也不必客套。

忽然，我的心靈被什麼東西觸動了一下！心弦如琴弦。我心裡暗自想，寧萱的臉龐該靠在我的肩上。我的肩頭應當能夠承擔這樣的重量。我有一種欲望，一種想伸出手去攬住她肩頭的欲望。猶豫了片刻，還是不敢。

一晃就是十點半了。寧萱說，她得回酒店了。我想勸她再待一會兒，話在嘴邊跑了幾個來回，卻沒有說出口。

「那麼，我送你回去吧。」我替寧萱披上大衣。

我們在街道邊招了一輛計程車。我們一起坐在後座上。我們的談興還很濃，好像是很多年沒有見過面的老朋友，有說不完的往事——雖然，我們對對方的過去幾乎一無所知。

本來，從北大到長城飯店路途很長，但今天在我的感覺裡，卻是短短的一瞬間——我們還沒有談多少話，車就到了。我們靠得很近，寧萱的肩靠著我的肩，我真希望她一直就這樣靠下去。

在飯店門口，我送寧萱下車，她淡淡地、不動聲色地向我說了一聲「再見」，就轉身走進飯店金碧輝煌的大堂。甚至我還沒有握過她的手，也沒有說更多的話——我還以為，告別至少應當有個簡單的「儀式」。但是，我又該對她說些什麼呢？我有勇氣將我的感情全部表達出來嗎？

回家的路上，車上只有我一個人。外面的燈火不時閃爍進車廂裡來，跳躍在我的衣服上。我又陷入無邊的孤獨之中。幸福感和失落感一起折磨著我，我感到自己好像是一個在翻騰的海浪中時隱時現的孤島。

我要告別孤獨。

我要寧萱到我的身邊來。

我要每天都跟她待在一起。

我要我寫作的時候她就在旁邊凝視著我。

一九九九年十月七日

那天，聽說公司要派人到北京出差，我自告奮勇要去。老闆感到很吃驚，因為以前我是公司裡最不願意出差的員工。每次派我出差，老闆都得親自給我做上大半天的「思想工作」。這一次，我卻「不招自來」。我心裡卻在偷偷地笑：誰也不知道，我到北京的真正目的是去看廷生。

我多麼想早點見到他啊。我最害怕坐飛機，每次坐飛機都暈得厲害，而一下飛機又得強打精神，馬不停蹄地在一個陌生的城市裡奔波。但是，為了與廷生相見，我不再對飛機有偏見——它畢竟在空間上完全改寫了我們之間的距離。兩千里路雲和月，今天折算成了兩個小時的飛機航程。要是在古代，江南的讀書人進京趕考要走多少天呢？他們的娘子又將在家中等待多少天呢？

一到飯店安頓下來，我立刻就給廷生打電話。我想給他一個驚喜，而我確實也做到了——從他接電話的聲音裡，可以想像出他驚喜的神情。

我們約好傍晚六點在北大南門門口見面。

忙完了一天的公事，老闆在飯店裡請客戶吃飯，要我作陪。我推說太累了，有點不舒服，便溜出飯店，叫了一輛計程車直奔北大。

我站在南門西南方向的一個角落裡。這樣，我就能夠先發現他，並且先觀察他一番。我占據了一個「有利」的地形。

幾分鐘以後，我看見一個男孩推著一輛半舊的自行車從校門裡走出來。他穿著白色的夾克衫和藍色的牛仔褲，戴著一副大眼鏡，文文弱弱的。他的頭髮被風吹得亂蓬蓬的，和我想像中的書生一模一樣。

肯定是他。

我暫且不動聲色，看他能不能認出我來。他在電話裡那麼有把握，是不是真的有心靈感應？他在門口張望了一下，他的目光掃描到了我。他發現了我。他的目光差點就與我的目光相遇，但他又將目光跳開了。他似乎認出了我，卻還有些躊躇。

我心裡想，可憐的「孩子」啊，你為什麼如此害羞，不敢走過來直截了當地詢問我？不出我所料，他掏出手機，借著彩燈的燈光，埋頭撥我的手機號碼。我看著他撥號，然後把手機放在耳朵邊傾聽。

我包裡的手機響起來。我沒有接。他就站在我前方二十多步遠的地方。我直接朝他走去，在電話斷開前，我就能走到他身邊。也許，當我走到他身邊時，他還能夠聽到我包裡手機的鈴聲。

我要先開口跟他說話，初次見面就「將他一軍」，穩穩地占據上風。

「你是廷生嗎？」我站在他的左側，笑著問他。

他慌忙抬起頭來，滿臉通紅地點點頭。他看上去比實際年齡要小幾歲。不像是研究生，倒像是本科低年級的學生。

我們的眼睛相互凝視了幾秒鐘，似乎有一種多年不見的老朋友終於見面了的驚喜。

我們一起走進校門。這是北大的主幹道，兩邊古老的樓房被夜色勾勒出飛簷斗角。樹枝與屋簷融合在一起。我們就像是行走在另一個時代。

他一邊走一邊問我：「你想吃什麼菜？學校裡有各種風味的餐廳，有韓國菜，有川菜，有北京烤鴨，也有你們那裡的淮揚菜……」他真有趣，剛一見面，原來想了許久的那些客套話都忘記了，說起吃什麼菜來卻頭頭是道。

我想，他是一介書生，沒有什麼收入，我哪裡會讓他破費呢？我對他說，就去學生餐廳，隨便吃點什麼都行。再說，離開學校以後，我就再也沒有進過學生食堂，我倒想進去重溫當年做學生時候的感覺。

我們邊聊邊走，他給我介紹道路兩側的建築。建築有新有舊，新修的房子總是比不上老房子。新房子粗糙而漫不經心，老房子精緻而韻味無窮。從這些建築中我就能感覺到，這一個世紀以來，我們的審美能力大大地退化了，我們的精神生活的品質也大大地退化了。

很快，我們到了一家餐廳。正是校園裡學生們就餐的時刻，遠遠地就聽見裡面鼎沸的人聲。我彷彿回到了自己的大學時代，頓時對這個沒有多少裝修的學生餐廳感到十分的親切。

我們在二樓的座位上坐了下來。與一樓的喧囂相比，二樓顯得安靜一些。他把菜單遞給我，讓我點菜。看得出來，他很少跟女孩接觸。這種男生，一在女孩身邊，立刻就渾身不自在。

這時，我真是又冷又餓，趕緊點了三個菜，並要了米飯。我發現他在偷偷地觀察我。我的樣子不算難看吧？我心裡暗自發笑，雖然有一點害羞，卻暗暗讓自己穩住。

吃完飯，他建議去他的小屋坐坐。我答應了，以前他就在電話裡邀請我去他新搬的家，而我也對他的小屋充滿了想像。我想看看他寫作的地方、他的電腦和桌子，看看與他有關的一切。

他說，從餐廳去他租的房子，有一站地鐵的距離，他可以騎車帶我走。

「你的騎車技術行嗎？」我有些擔憂地問他。我是個膽小的女孩，除了小學時候爸爸騎車帶過我之外，我寧可自己騎車，自己掌握方向，從來就不讓別人帶我。

「沒有問題！」他拍拍胸口。

我小心翼翼地便坐到了後座上，卻還是有些不放心，反覆讓他慢一點騎。

儘管如此，在過一個路口時，還是遇到了一次小小的「險情」——他一個急剎車，我趕緊抱住他的腰，緊緊地。等到他重新開始騎車時，我急忙鬆手。他感覺到了嗎？我的心在砰砰地跳動。想到自己居然緊緊地抱住他，一點也沒有淑女的風範，我的臉上就有些發燒了。

他住的「稻香園」是一個安靜的社區。房子很老，牆面的紅磚直接露在外面。

我們來到五號樓前面。他鎖好自行車，這才發現，整座樓房一片漆黑，似乎停電了。不會這麼湊巧吧？真的停電了，我們該怎麼辦呢？如果停電的話，我不太想上去了——去一間漆黑的屋子，等於沒有去過。他安慰我說，也許上面幾層有電，都已經到門口了，怎麼能不進去呢？他很熱情，我只好勉強跟著他上了樓。樓梯間一片黑暗，我們摸索著往上走。到了六樓，進了門，一拉電燈，還好，燈亮了。

他租的是兩房一廳的小公寓。進門就是一間窄窄的小廳，另一位朋友住向北的那間，他住朝南的大間。看得出，他剛剛搬進來。他的房間，滿屋子都是書籍。家具很簡單，除了四壁的書架，就是一張寬闊的大床，一個衣櫃，一張電腦桌。東西雖少，卻整理得乾乾淨淨的，不像有的單身漢的住宅，到處是菸頭和臭襪子。

他說，他自小在母親的影響下，是一個有「潔癖」的男生。住在集體宿舍的時候，他最喜歡打掃房間。在他的帶動下，他們的宿舍每年都被評為「衛生宿舍」。

這間雅致的小房間，什麼都有，缺的就是女孩子溫馨的氣息，缺的就是一個聰慧的女主人。突然之間，我有似曾相識之感——我到過這裡嗎？在我的夢裡？

我真切地感到，我屬於這裡——這裡讓我的身心都徹底鬆懈下來。我幾乎就想拿起一本書隨心所欲地躺到床上讀起來。這裡比我的宿舍、比我的家更適合我。這裡似乎早就為我安排了一個不可缺少的位置。這簡直就是一種不可思議的感覺，難道我夢中到過這裡？

他打開電腦，給我看他新寫的文章。我坐在他的電腦椅上，全神貫注地看起來，而他站在我身後，給我指點怎樣打開視窗調出文檔。他說，我是這些文字的第一讀者。

「假如哪天我失業了，我就來給你當祕書，幫你整理文稿。」我不由自主地說出了我的心裡話。話剛出口，我又覺得有些直白了，有點後悔，有點臉紅。不知道他有沒有聽出我話裡的弦外之音來？他站在我的身後，我看不見他臉上的表情。

他說，這裡面有一本新書的書稿，已經完成了，卻還沒有一個好書名。我便自告奮勇地說，我幫你取吧，等我回去好好想想。於是，他把所有的文章都拷貝到磁片上，讓我帶回去慢慢讀。

他建議說，去附近的酒吧坐坐。我點頭同意了。

下樓的時候，樓梯很黑，他走在前面，轉過身來對我說：「讓我來牽著你走。」

我沒有拉住他伸過來的手，我輕聲說：「我還看得見，不用了。」

黑暗中，我們誰也看不見誰的表情，但是我能夠感受到他淡淡的失望，他默默地在前面走著，好一陣沒有開口。難道我的矜持傷害了他？我有點後悔——為什麼不大大方方地把我的手伸給他呢？其實，我是多麼不願傷害他啊。他跟我一樣敏感而脆弱，一點點微妙的溫度變化都能夠感覺到。

沉默了片刻，我們又開始熱烈地聊起來。我們都裝著什麼都沒有發生的樣子，一個小小的裂痕，很快就像一滴流過沙灘的水珠，消失得無影無蹤。

我們進了一間名字叫「漂流木」的酒吧。看得出來，他不是經常泡酒吧的「新人類」，這個地方就在北大西門外，他卻一點也不熟悉。

「漂流木」是我們比較了幾間酒吧後選擇的，它收斂、安靜，有一種懷舊的惆悵和回憶的溫馨。我們在輕柔的音樂裡談話。他比我想像的要健談得多，激動時略微有一點點口吃，但不像他文章裡所寫的那樣明顯。這一點點的口吃，反倒顯示出他的真誠和可愛來。口吃的時候，他會臉紅，一臉紅，他就進入了本真的狀態。

我趴在桌子上，撥弄著玻璃杯裡的蠟燭。我不願在他的面前也戴著面具。我要展現至今沒有向任何人袒露的靈魂來。

忽然，一首詩湧上我的心頭。我把這首即興的小詩朗誦給他聽。

他放下酒杯，全神貫注地傾聽。看得出來，他被深深地打動了。

夜漸深了，我得回飯店了。他提出送我回去。我們在計程車上繼續熱切地說著話。我們有說不完的話。計程車在三環路上飛快地行駛著。深夜的街道，再不像白天那樣塞車。要是可能的話，我希望它在三環上繞一圈又一圈。

似乎沒有聊多少話，車就到了飯店。我下了車，他也下車來向我道別。我有點控制不住自己了，不想離開他了。這一刻的離別，又不知道什麼時候才能夠再次見面？

我想伸出手去與他握手，但突然又想起，從他家下樓時，我曾經拒絕過他想牽我的建議。那麼，現在向他伸出手去，會不會使他認為我是一個變化無常的、情緒化的女孩呢？

我低聲地說了一聲再見，便扭頭走進了飯店。我的眼睛濕潤了，我害怕他看見我哭。

我希望他追上來，我希望他拉住我。

他沒有追上來，他乖乖地上了車。他不懂女孩子的心思。

當我回頭的時候，他坐的計程車已經開走了。

廷生的信

寧萱：

昨天晚上分別的時候，想說很多的話，還是沒有說。

在我回去的路上，車窗外不知是華燈閃爍，還是幽靈狂舞。我這個異鄉人，忽然又想起酒吧裡的那些漂流瓶，想起你唸給我聽的那首小詩。一路上，一種莫名的寂寞困擾著我，彷彿生命中的某一些部分離我而去。

沒有想到，我們第一次見面就能這麼隨意、這麼深入地聊天，彷彿已經認識了好多年。你大概能感覺得出，我是個相當內斂的人，不會輕易地去接近別人，也不會輕易地讓別人接近。

在我的生命歷程中，幾乎沒有發生過「一見如故」的事情，至於「一見鍾情」則更是天方夜譚。往往是經過很久的觀察、揣度、掂量，極其緩慢地瞭解對方，然後才成為「朋友」——我使用「朋友」兩個字很慎重，這個世界上能夠稱之為朋友的人太少了。然而，你卻是一個例外，唯一的例外。我「莫名驚詫」於你居然如此瞭解我、洞悉我的一切。而我對你也一樣。

奇蹟終於誕生。

我的文字中曾經寫到過的那個女孩，我們來往了四年，她依然「外在」於我。自始至終，兩人之間一直隔著一堵厚厚的牆，我們沒有辦法忽視牆的存在，但誰也沒有辦法拆除它。

而你，頃刻之間，就已然「內在」於我。我的每一絲情緒的變化，你都能夠捕捉到。好像若干年以前，天荒地老之時，就有一種神祕而偉大的力量安排好這一切，讓你在某個地方靜靜地等待著我。而我必須經歷過那麼多的錯誤之後，才能夠到達這裡，看到人間最美好的景色。

然後，塵埃落定，我從此將不再東張西望，不再「這山望著那山高」。

早上，我重新讀魯迅的《野草》。其中，〈墓碣文〉裡有一句話是這樣說的：「於浩歌狂熱之際中寒；於天上看見深淵。於一切眼中看見無所有；於無所希望中得救。」其實，我們的相遇本身就是「於無所希望中得救」。魯迅說，寂寞像一條「大毒蛇」，我就時常有這樣的感覺。

若遇不到你，會怎樣呢？如果一個人在曠野中跋涉太久，對他來說，惡劣的外部環境並不可怕，可怕的是他被內心的孤獨所壓垮。這些年來，我在北大得到許多師友的關愛，可是我的心靈仍然像是一顆核桃仁，被堅硬的殼包裹著，有一天，會不會粉碎呢？

墨西哥詩人帕斯在談到孤獨時還說：在這塊說大也大、說小也小的地球上，孤獨是全人類最嚴重的病症。但是，一個生活在高原上堅冷如石的夜空下的墨西哥人的孤獨，和一個生活在抽象的機械世界裡的美國人的孤獨，是截然不同的。墨西哥人活在自然力量之間，但他失去了跟那些力量聯繫的能力，所以他沉默了。墨西哥人的孤獨是一種宗教式的感情，一種孤兒式的感情，他們因為與萬物失去了聯繫而感到孤獨。而美國人生活在他們所創造出來的機器之間。他們不能在那些非人化的機器之間認出自己，他們的創造品不再服從他們，因此他們感到孤獨。那麼，我的孤獨是哪一種呢？

我從遙遠的四川鄉村來到恐龍般龐大的北京，恰恰好像從墨西哥來到美國。這不僅僅是一段身體的旅行，更是一段心靈的旅行。今天，我依然有著童年和鄉村的清晰記憶，同時也感受著現實生活深切的困擾。回鄉村去，鄉村和我都發生了深刻的變化；重新回到都市，都市卻安撫不了我的靈魂。我的孤獨兩者兼而有之——有墨西哥人的孤獨，也有美國人的孤獨。因此，要徹底醫治好我的孤獨，也就更加艱難。

寧萱，你是不是這樣一個妙手回春的醫生呢？（在你的面前，我不再口吃。）

下午，我又去為新書的出版而奔波。我本來是一個不善於同「列強」進行「交涉」的人，可是再艱難的事情，還得自己努力學習。每一本書都是自己的孩子，一定要把她送進最好的學校。目前，在作者跟出版社和書商打交道的時候，作者通常都是弱勢的一方。尤其是我的書，每一本在出版的時候都會遇到許多意想不到的困難。有時，為了讓它出版，我不得不退而求其次，放棄諸多自己的利益，即便接受一些苛刻的條件——比如大量的段落被刪掉。

寫到這裡，我又想起魯迅當年與書商之間的官司來。北新書局的老闆李小峰是何等厲害的角色，就連像魯迅這樣有「紹興師爺」背景、處世老辣的作家，也還是被他所騙。最後魯迅贏得了官司，並獲得一定的賠償，但是他付出了時間、精力和心情，依然得不償失。

在寫作上，我是一個喜新厭舊的人——我曾經對你說過，我最喜歡的作品永遠是下一本。正如一位足球運動員對球迷說：「我最得意的那個球，是我的下一個球。」對了，這本新書還沒有一個好名字，起一個好名字似乎比寫一本書還難。你能不能幫我給它取一個好聽的名字呢？

你的牙好些了嗎？注意不要吃生冷和麻辣的食物。我曾經在一篇文章中寫道，智齒與智慧有關，智齒的疼痛，不正是智慧給人帶來的痛苦嗎？然而，即使痛苦，我們也要勇敢地承受——無論如何，智慧遠比愚昧好。我當然願意當一名痛苦的哲學家，而不願意做一頭快樂的豬。

所以，有智齒應該是一件值得高興的事情，那些一輩子都不長智齒的人豈不羨慕死我們了？

但是，我想問你一個問題。一個在我送你進飯店的時候，想問你卻又沒有問出口的問題——

假如我建議你到北京來，你會考慮嗎？

會，還是不會？

廷生

一九九九年十月八日

♣ 寧萱的信

廷生：

你給我的那張磁片，我拿到公司裡，讓祕書小姐用印表機輸出一份來。沒有想到，她放了一疊又一疊的打印紙，裡面還在滔滔不絕地湧出文字。足足列印了一個多小時，書稿才列印完畢，居然有一千多頁！之後，印表機裡的碳粉也「鞠躬盡瘁，死而後已」了。

祕書小姐感到很奇怪，禁不住問我：究竟列印的是什麼？

我說，這是一個作家朋友的書稿，比公司的報告有意思多了。

你在我的面前談話，就像你的文字一樣滔滔不絕，我幾乎感覺不到你的口吃。我聽過一個故事，在愛爾蘭科克郡的一個小城堡裡，有一塊名叫「巧言石」的石頭。這塊石頭是一名勇敢的騎士涉過萬水千山找來獻給城堡的主人麥肯錫的。麥肯錫說話口吃，在戰鬥開始之前，他要向騎士們訓話。這一次，他吻了吻「巧言石」，果然說話鏗鏘有力，大大地鼓舞了士氣，取得了戰爭的勝利。後來，許多口吃的人都到科克郡來吻這塊神奇的石頭。你卻不需要去了，你已經不再口吃。難道我就是你的「巧言石」嗎？

我喜歡你的文字，也喜歡文字背後的你。晚上在宿舍裡抱著這一大包沉甸甸的稿子，一頁一頁地看，覺得似乎抱著一大筆財富。讀你的文字的時候，兩種對立的心態在衝突著，使我矛盾萬分：一方面，我恨不得立刻讀完，一瞬間就瞭解你全部的思想；另一方面，我又克制著自己急切的心情、放慢閱讀速度，擔心很快讀完以後再也沒有好東西可讀了。

你說，究竟哪種想法是對的呢？或者兩種都不對？

關於你的新書的名字，我想來想去，也頗費了一番心思。要想取個好名字，可不容易。就像你對我說的，好多時候，書已經完稿了，名字卻還遲遲確定不下來。我想了一夜，忽然想起安徒生一幅名叫《棕櫚樹下的天使》的剪紙。那是很久以前看到的：純淨的藍色背景，兩個雪白的、長著翅膀的天使，隔著一棵茂盛的棕櫚樹，款款地向對方伸出手去。他們的翅膀靈動而舒張，彷彿立刻就要飛翔。我突然來了靈感，想到一個好名字——「想飛的翅膀」。

梵谷曾經猜測說：「你不覺得安徒生的童話很美嗎？他肯定還會畫插圖呢。」是的，偉大的心靈都是相通的——被梵谷猜中了，安徒生除了給世界帶來公主和小矮人、巫師和美人魚、醜小鴨和拇指姑娘，還留下了成千幅素描、剪紙和拼貼作品。

安徒生的美術作品與他的童話一樣，是給孩子的，給善良的人們的。人們把他的小玩意當作珍品。在瑞典的時候，他為房東的小孫女剪了一座住著公主的宮殿。小女孩奔到院子裡，快活地喊叫著。結果四鄉八鄰都來看這美麗迷幻得如同夏日夢境的剪紙。老祖母捧來一大盤自製的、當地最好的薑汁餅，感謝安徒生給她小孫女的禮物，順便請安徒生剪幾個新的餅乾花樣，因為她的薑汁餅模子還是她奶奶留下來的。安徒生給她剪了幾個最拿手的：人形風車磨坊、穿靴子的胡桃夾子，踢腿的芭蕾姑娘。「太好看了，可太難了。我們可怎麼做模子？」老奶奶高興地說。

安徒生一生都在張著他那天使般的翅膀向美好的天國飛翔，同時他也割捨不下這個不完滿的、充滿了眼淚和微笑的世界。他不知疲倦地把美和溫暖帶到這個醜陋而寒冷的人間。我想，這不也是你的理想嗎？

「想飛的翅膀」——這個名字不知道你喜不喜歡呢？

我覺得，你所有的文字都可以凝聚成這個生動的意象——「想飛的翅膀」。這個意象裡有三層意思。第一層意思：翅膀嚮往天空，嚮往飛翔，本來就是天經地義的事情，這種權利是不應該受到剝奪的；第二層意思：這雙翅膀偏偏就是受到了束縛，它無法飛翔，它無比痛苦；第三層意思：儘管翅膀受到了束縛，但它依然渴望飛翔，它在掙扎，在鬥爭，它永遠也不屈服。

我想好這個名字之後，突然又想起歌手伍佰的一首歌來。你知道，我很喜歡聽歌，我的心裡裝了幾百首歌的歌詞。伍佰的這首歌名字叫〈白鴿〉，它歌唱的也是相似的意思：一隻受傷的白鴿，一顆不屈服的心靈。「前方啊　沒有方向／身上啊　沒有了衣裳／鮮血啊　滲出了翅膀／我的眼淚　濕透了胸膛……縱然帶著永遠的傷口／至少我還擁有自由」。

一隻飛翔在密密麻麻的槍口之中的鴿子，是真正的勇士。為了靈魂的自由，還有什麼不能捨棄的呢？

美國詩人蘭斯頓・休斯這樣催促說：

保有你的夢想吧，
因為夢想一旦死去，
生活就像一隻折翼的鳥，
再也不能飛翔。

廷生，讓我們永遠做有夢想的人。

你跟我談起過劉曉波，談起過少年時代讀到他的書的時候的震撼。我是上了大學之後，從一位大學老師那裡借到過他的一些書來看。我發現，他也是一個口吃的人啊，甚至比你口吃得還要厲害。我真想認識他。

我作為公司的代表在香港工作了一年。那裡有舒適的公寓、豐厚的薪水，還有美不勝收的商店、以及陽光燦爛的海灘。那裡幾乎具備了所有吸引女孩子的條件。但我還是申請回來了。朋友們都覺得我的決定不可思議：你的工作不是做得很出色嗎？如此美差，別人爭取幾年都爭取不到，你為什麼主動放棄呢？我無法向他們解釋，也不想向他們解釋。

我不屬於那個紙醉金迷的城市。那個城市裡沒有一個讓我摯愛的人，沒有一個讓我隨時隨地都可以通電話的人。我在那裡吃不好睡不香，在賓館豪華的套房裡，經常對著永遠也沒有結尾的搞笑電視劇發呆。

我可以生活在世上任何一個地方，不管是宮殿還是貧民窟、沙漠還是海洋、嚴寒的南極還是炎熱的赤道，我只需要它能夠滿足我的一個小小的條件——身邊有一個真愛一輩子的人。

你是不是一個能夠讓我信賴並摯愛一輩子的人？

與你的相遇，可能是我生命中的轉捩點。

與我的相遇，在你的生命中有沒有位置呢？

如果有的話，那究竟是一個什麼樣的位置呢？

寧萱

一九九九年十月十三日

廷生的信

寧萱：

我很喜歡你給新書起的名字——「想飛的翅膀」。這個名字，我搜腸刮肚也想不出來。給新書起一個名字，簡直比寫一本新書還要難。我決定，就用它來作為新書的名字。

劉曉波給愛人劉霞寫過一首詩〈與薇依一起期待——給小妹〉，他在題記是這樣寫道：「我們共同讀過的第一本薇依的書是《在期待之中》。她不是基督徒，卻有著難以企及的對上帝的虔誠。我喜歡她也許是因為理智，但我確信你喜歡她僅僅因為你們都是女人，都在愛的期待之中。」抄一段給你：

一本書
關閉所有的夜晚
一片龜貝竹的嫩葉
生長出上帝的箴言
執著於天空之間的空白
沒有翅膀的飛翔
比天使的姿態更接近天堂

這首詩歌的主題就是飛翔。是的，飛翔是我們唯一的命運，也是我們接近上帝的最好方式。「沒有翅膀的飛翔，比天使的姿態更接近天堂」，這是其中最打動我的兩句詩。薇依、愛、上帝、飛翔……這些意象在我心中宛如一石激起千尺浪。寧萱，有一天，我也將寫一首這樣的詩歌送給你。

我也看過安徒生的剪紙和素描，我對這些作品可以說是「愛不釋手」。你還記得拇指姑娘的故事嗎？一個女人從巫婆那裡得到一粒花種，卻從美麗的鬱金香花心裡得到了一個很小很小的姑娘。故事的結尾，在種種驚險和磨難之後，這個小小的姑娘居然找到了一個白皙、透明，戴著漂亮金冠的王子，可巧的是，他也是小小的、住在花裡。還用說？小姑娘成了花中的王后。

其實，在寫這個故事之前，安徒生就已經畫了一幅素描，線條拙樸而簡潔，像是出自孩子之手。安徒生還在旁邊加了注釋：「只要細細觀察別的花朵，我就看出不僅僅這朵花是這樣，每朵花裡都有一個搖曳顫動的小精靈，看看他們的翅膀和纖薄衣裳的樣子，就知道他們居住在什麼花裡。」我想，在原初的時代，我們人類應當都是有翅膀的。

我也很喜歡你抄給我的伍佰的歌詞。雖然不經常聽歌，但我知道，許多好聽的歌，本身就是詩歌。伍佰的歌寫的不只是鴿子的命運，而是那些有夢想的人共同的命運。

第一次與你通話的時候，我就有一種很奇怪的感覺，彷彿多年來，上帝就安排你盈盈地立在那兒，在某一條路的拐角處氣定神閒地等待著我。

我相信世界上有一種超乎於歷史規律和理性之上的力量，這種力量主宰著狂妄的人類，它可能來自於上帝，也可能來自於別的什麼地方。在它的面前，人類渺小得不能再渺小。

我們之間似乎有一種神奇的感應——你在做什麼，我能夠感覺到；我在做什麼，你也能夠感覺到。每時每刻。我們在對方的眼裡是透明的，互相之間沒有任何的祕密與隱私。

你給我寫第一封信的時間和你給我打第一個電話的時間，都不是普通的時刻。僅僅用偶然因素來解釋，是解釋不通的。然後，又是很突然的第一次見面。一切似乎都水到渠成。我自己呢，也從自己修築的蝸牛殼裡慢慢地爬出來。寧靜了好幾年的心，又變得不寧靜了。這是一件好事。因為我以前的那種寧靜是刻意為之的，是壓抑而成的。

前幾個月，我去參加一個朋友的婚禮，朋友看見我還是獨自一人，便熱心地表示要介紹漂亮的女孩給我認識，鼓勵我去追。我淡然一笑，回答他說，我已經很疲倦了，沒有力氣去「追」女孩子了。我現在的策略是「守株待兔」。

果然，我等來了你。寧萱，你願意讓我牽著你的手嗎？

廷生

一九九九年十月十八日

♣寧萱的信

廷生：

我沒有你的一張照片，卻天天都在想著你的模樣，回憶我們相見的那幾個小時中的每一個細節。你居然不費吹灰之力就進入了我的生命，我自己也不明白：我這顆不輕易接納別人的心，為什麼單單對你不設防呢？

我想飛過千山萬水來看你，我還想在你的小屋裡整天讀書。

在離開你的日子裡，我時時感到六神無主。想像著與你的重逢，心裡又充滿了不知如何是好的複雜心情。洛札諾夫說：「愛意味著『沒有你我不行』，『沒有你我難受』，『沒有你我寂寞』。這是外在的描寫，但也是最精確的。愛絕不是火（像人們比喻的那樣），愛是空氣。沒有它，就沒有呼吸；而有了它，『呼吸順暢』。就這樣。」我喜歡這種最淺白、也最深刻的描述。這也正是我此刻的心情。

你是值得我一生寄託的人嗎？你還記得那天晚上我在你的小屋裡說的話嗎——「假如哪天我失業了，我就來投奔你，來給你當祕書。」那時，你為什麼不明確地給我一個回答呢？

做詩人的妻子、做作家的妻子，首先需要的是付出——付出愛、付出真誠、付出淚水和憂傷。並且，實際將要付出的真誠、淚水和憂傷的分量，將是許多女性最初設想的若干倍。

所以，艾略特的妻子薇薇尼瘋了。在艾略特的筆下，薇薇尼被形容成一個「變化多端、令人毛骨悚然的塗脂抹粉的幽靈」。忍受不了丈夫長達十八年的冷酷無情，這個可憐的女子在瘋人院裡結束了她的生命。過去，艾略特和他的作家朋友們，都把薇薇尼描述成一個弱智的、古怪的、難以相處的女人。而在最近出版的一本英文傳記中，薇薇尼終於展露出她更真實的一面來，她讓人憐憫、讓人同情，《荒原》中的許多詩篇，都是她幫助艾略特完成的。

即使丈夫不是性格怪癖的人，但是他們作家和詩人的身分，卻常常帶給家庭動盪不安、貧困潦倒的生活。妻子們能不能承受呢？她們中的大多數人，中途都無奈地放棄了妻子的身分。

我不會放棄。一旦做出了自己的選擇，我將一輩子無怨無悔。古人說過：「舉世無英雄，誰與言奇事？舉世無任俠，誰與言情死？」窮苦、困窘不可怕，可怕的是凡庸與卑瑣。假如生活在一個平庸而無趣的時代，生命的意義也就縹緲不可知。

王小波的死，讓我難過了好久。我的床頭一直放著王小波的隨筆集《沉默的大多數》，書中王小波那高大的身影和疲憊的神態，讓我每看一眼都感到難受。

還好，我又遇到了你，如同一艘快要傾覆的小船遇到了一個溫馨的港灣。

你的心靈，能不能寬容我呢？

你的胸膛，能不能接納我呢？

寧萱

一九九九年十月二十四日

廷生的信

寧萱：

一顆星子在尋找著另一顆星子，因為在茫茫的天宇之中，每顆星子都是孤獨的。

一顆星子在尋找著另一顆星子，用它們的光芒，也用它們的生命。它們要是不發光，它們將永生。它們發了光，也許將在瞬間之內湮沒。但是，為了尋找另一顆星子，它們還是要發光。

寧萱，那天晚上，你說以後要來投奔我，來當我的「祕書」，我的內心欣喜若狂，卻不敢用一種「放肆」的方式來回答你。一時間，我弄不清楚，那是一句你「蓄意」說出來的話，還是隨口開的一個玩笑。在面對愛情的時候，我是多麼怯懦啊。那時，我真該大膽地回答你啊。我需要的不是一個「祕書」，而是一個愛人。

寧萱，我終於找到了你，我是多麼的幸運啊！想想吧，世界上有多少人孤獨地出生、孤獨地死去。他們一輩子都沒有尋找到他們的另一半。他們一伸出手去，接觸到的就是虛空。而我們，已經被幸福所包裹，安穩而喜樂。所以，我們以前受過的苦立刻都變得無足輕重了。

你在信中多次談到王小波。王小波的某些作品我很喜歡，但我不喜歡他的冷嘲。冷嘲是一柄雙刃的劍，刺傷對手的同時，也將傷害自己的生命。中國的文化人，不管雅俗，多多少少都帶有冷嘲的性格。

冷嘲在增添人「活著」的可能性的同時，也造就了人心靈深處巨大的「黑洞」。它讓中國人的生命和中國的文化延續下來，它也大大地降低了中國人生命的品質和中國文化的品質。正如洛札諾夫所說：「嘲笑並不能殺人，嘲笑只能傷人。」中國人鍾情於冷嘲，原因很簡單：越有文化的人，內心越虛弱，越需要尋找一個遁世的「藉口」。於是，冷嘲成了一層將脆弱的自己打扮得無比堅強的釉彩。恐懼和傲慢導致了人格的巨大分裂，冷嘲便趁虛而入。

而我們接受、歡迎並擁抱王小波是自然而然的：他的冷嘲切合了我們的冷嘲，他的虛無近似於我們的虛無，他的匱乏也正是我們的匱乏。

我盼望著，在未來的歲月裡，出現一位偉大的作家或者學者，他用愛來取代冷嘲，並獲得中國的知識分子和公眾普遍的理解與接納。

我盼望著，在未來的歲月裡，中國人都擁有愛的能力、中國人都用行為去實踐愛。把這片浸潤了幾千年暴力和血腥的土地播種上愛的種子。

寧萱，我的愛人，你要好好吃飯，多多吃飯，保證睡眠，保重身體。

廷生

一九九九年十一月一日

♣ 寧萱的信

廷生：

現在，已經是凌晨零點了。很有意思，我給你寫信大都是這個時間。這是我一天中思維最敏捷的時刻。

晚上，我剛剛進行了一場激烈的「辯論」。晚餐是老闆請幾名有權勢的官員吃飯，我是市場部經理，也被拉去參加。我最不喜歡出席這類場合。可是，這也是我的工作的一部分。席間，幾位身材已到了不得不減肥的官員，高談闊論「國家大事」。他們當然對目前的一切都很滿意。

我提到工人失業的問題，一名頭髮梳得油亮的官員立刻說，這沒有什麼了不起的。報紙上不是報導過，一對工廠裡下崗的年輕夫婦開了一家小吃店，生意做得紅紅火火。幾年的功夫，他們就成了大老闆。這不正說明每個人都有創業的機會嗎？

我又提到農民負擔太重的問題，又一個穿著鱷魚牌襯衫的官員說，那麼他們可以多種點果樹、多養點雞鴨。以副業支持主業，到了年底，他們何愁沒有豐厚的收入？

這些傢伙，怎麼會知道底層的生活真相呢？別人的苦楚，在他們看來，輕如鴻毛；別人的饑寒，在他們看來，理所當然。他們是「存在就是合理」的僵硬理論的支持者——然而，他們的「幸福生活」來自於特權，而並非來自於他們的聰明智慧。假如上帝立刻把他們變成沒有權力的失業工人和山區農民，他們該會怎樣呢？他們還有活下去的勇氣嗎？

以前，儘管我很討厭他們極端自私的謬論，但一般不會同他們辯論。但是，今天我實在是忍無可忍了，幾乎是拍案而起地痛斥了他們一番。或許是受到了嫉惡如仇的你的影響？

老闆在一旁不斷地給我使眼色，我假裝沒有看見。結果，弄得場面一時頗為尷尬。

好在那些官僚們都年紀一大把了，不會跟我這麼一個黃毛小丫頭過不去，他們乾笑一陣，也就過去了。他們樂呵呵地說，這個姑娘太年輕，太偏激，不瞭解國家的大政方針。

散席之後，我仔細一想，又覺得有點後悔：何必跟這些人破費口舌呢？這難道不是「對牛彈琴」嗎？他們不會永遠這樣囂張下去的，而我們也不必為他們暫時的得勢而感到絕望。

雖然已經是夜深人靜，簡易的宿舍裡又無紙可寫，但我太想給你寫信了。只好拿我的病歷來寫——撕去拔牙的一張，把空白的一頁用來給你寫信。

這種特殊的「信紙」，使我突發了兩個想法。

第一，我想起我們見面的時候，你對我說的一句話——「只要我的文字可以讓你暫時忘記牙痛，我就高興了。」你的話使我感受到一種發自內心的溫暖。廷生，不知道以前有沒有人跟你說過，擁有敏銳頭腦與尖銳文筆的你，是一個多麼真摯的、無微不至的關心別人的好男孩。

第二，這也算是沒錯吧，我也許的確是一個向你求救的病人，請你診療我幾近絕望的心靈可以嗎？或者，我們都是病人，我們都清楚地知道對方的匱乏，所以，只有當我們在一起的時候，才能讓我們的病症不治而癒。

你在信中談了很多對王小波的獨特看法，尤其是你對「冷嘲」這一根深蒂固的國民性格的分析，給了我許多新的啟示。不過，我不完全同意你對王小波的批評。我想，也許你沒看過王小波其他內容的書，如情書，是嗎？他的書信，不像他的雜文那麼深刻，但純樸得讓人心痛。

例如，他說：「我從童年繼承下來的東西只有一件，就是對平庸生活的狂怒，一種不甘沒落的決心。小時候我簡直狂妄，看到庸俗的一切，我把它默默記下來，化成了沸騰的憤怒。」他還說：「我讀過很多詩，其中有一些是真正的好詩。好詩……有一種水晶般的光輝，好像是來自星星。我希望自己也是一顆星星。如果我會發光，就不必害怕黑暗。」

你不是想知道生活中的我嗎？那麼請回頭把以上兩段話再來讀一遍，這就是生活中的我，我找不出比王小波更準確的語言了。

王小波的雜文和小說中有不少冷嘲的成分，你當然可以不喜歡，也可以批評。但是，我想向你推薦王小波的另一面，這一面你也許不知道。

在給妻子的信中，王小波說過很多關於愛、關於溫暖、關於生命的意義的話——

「今天我想，我應該愛別人，不然我就毀了。」
「我不要孤獨，孤獨是醜的，令人作嘔的，灰色的。」
「我們生活的支點是什麼？就是我們自己，自己要一個絕對美好的不同凡響的生活，一個絕對美好的不同凡響的意義。」

你喜歡這些話嗎？我希望你讀一讀王小波寫給李銀河的信。這些話，也是我一提起筆來就想對你說的。

永遠真誠的愛、真、善、美。這就是無邊的黑夜裡星星的光芒。雖然星星間相距遙遠，也許永遠沒有聚合的時候，但「只要生活中還有一雙眼睛與你一同哭泣，生活便值得你為之受苦。」我願意傳遞微弱的星光，穿過無盡的黑暗，遙遙向你表達我沉默的支持與信念。你收到了嗎？

放棄一切形式的桎梏吧！忘掉長髮，我只要與你心靈碰撞；忘掉煩惱，我只要你健康。忘掉你曾排斥的電話，想到我時隨時拿起它。我也忘掉曾經討厭的飛機，找空檔漂洋過海來看你。

病歷寫滿了，連四面的邊角也寫滿了。「臨表涕零，不知所云」，請原諒我的潦草。

你的　萱

一九九九年十一月六日

我的萱：

夜晚，我希望你好好休息，不要為給我寫信而熬夜——熬夜對女孩子的皮膚不好，大概只有這樣說，才能嚇住你吧。

你的這張空白的病歷，比其他任何的信紙都要有意思。我還從來沒有收到過用這樣的材料寫的信呢。

你在信中向我展示了另一個王小波，這也是我以前不曾關注到的王小波。他的這一面，展示了他對冷嘲的超越和否定。現在我再回過頭去檢討以前對王小波的理解。我的理解確實有不周全的地方——我對王小波的誤讀，正如別人對我的誤讀。我對王小波的認識，經歷了三個階段：第一個階段是非常喜歡。有一個老朽吳小如撰文攻擊王小波的文章太色情，我當時還回應了一篇辛辣的文字，痛斥其「看到超短裙就想到大腿」的陰暗心理。第二個階段是發現王小波的「命門」——冷嘲，進而對他的寫作姿態進行反思。第三個階段是經過你的推薦以後，重新閱讀他的情書一類的文字，發現了他內心深處的掙扎與煎熬，以及靈魂奔向愛與悲憫的趨勢。

寧萱，在人生的波濤裡，我們不要做岸邊的旁觀者，而要做勇敢的橫渡者。丹麥哲學家齊克果認為，人必須要投入生活之中，冒險到海上揚起自己的聲音，而不是自以為是地在岸邊觀看別人的掙扎與拚搏。他喜歡使用諸如「熱情」、「信心」、「悲愴性」等詞語來闡述自己的思想，這些詞語也是我喜歡使用的。齊克果說：「一個人不能播種以後立即收穫。宴席不能始於早晨，而須始於日落。同樣在精神世界，必先有一段努力工作的時期，然後光明才能到來。」這正是我欣賞並決心實行的人生觀。我不會靜靜地等待著自己被冰川所包裹，我會努力讓自己發光、發熱，讓自己去融化身邊的冰塊。與其詛咒黑暗，不如我們自己發光。

我們的生活不會是花香常漫、天色常藍，但我拒絕以冷嘲的方式介入，而以體諒和愛來面對生命。生命的意義來自於每一次對苦難的克服，而不是埋在書齋裡、文字堆中。

我相信，每一道苦痛的犁溝，都將換來一排金黃的稻穀。

寧萱，你是我丟失的那根肋骨。《聖經》說，女人是用男人的肋骨造的。在認識你之前，我用科學知識來嘲笑這種說法，我認為這只是古人編造的神話而已。男人就是男人，女人就是女人，他們之間太不相同了——無論是身體構造上，還是心靈感覺上，男人和女人幾乎就是兩個物種，簡直就無法真正達成理解和溝通。但是，認識了你之後，我開始相信《聖經》的說法，並且認為這是最美妙、最偉大的真理。那是一個多麼美好的故事啊：女人是上帝用男人的肋骨所造，是「骨中之骨，肉中之肉」。

寧萱，我親愛的人，我想，你就是我身上那根最最重要的肋骨啊。我找到了你，正如同亞當尋找到了用自己的肋骨造的夏娃。你就是我身體的一部分，是我心靈的一部分，比我原有所有的部分都要優秀。

愛就是一切。我現在也相信這句話了。校園變得比原來美麗了千百倍，從我身邊走過的每一個人、甚至我以前認為醜陋的人，都變得可愛了。而這一切，統統是因為愛、因為你的緣故。

有一位歷史學家說過，歷史是不能假設的，但我還是想假設：假如沒有遇到你，永遠遇不到你，我怎麼辦呢？

我會瘋的，孤獨會把我逼瘋的。

可是，現在遇到了你，我能夠沐浴著燦爛的陽光上路了。

廷生

一九九九年十一月十一日

第四章

蝴蝶

蝴蝶沒有死去，
只是隱沒在夜色中

我的萱：

今天淩晨，又不期然地接到了你的電話。我還在夢中，我正夢見我們在一起散步呢。當我拿起電話的時候，聽到你的聲音，我還以為夢境變成了現實。

你的聲音，是世界上最美妙的聲音，我百聽不厭。以前，我雖然有電話和手機，卻厭倦、排斥它們。有時，乾脆把電話線拔了，把手機關了。但是，現在我欣然接受了它們在我生活中的存在，因為在遙遠的地方，你的聲音通過它們傳了過來。

我是多麼盼望我們早日重逢，更盼望你來，成為這個小屋的女主人。我拿起書來，眼前全部是你的笑容，我看不下去一個字。我對自己說：你可是一個堅強的男子漢啊，你要寫作，你要讀書，你要創造出第一流的精神財富出來，為了你的寧萱，為了那些愛你的人，甚至為了那些恨你的人。我有信心做到這一切。我的彷徨和迷惘結束了。

我不能辜負你的愛，我要做一個配得起你的愛的人。你的愛是我寫作的源泉，是我生活的井水。但是，我要那種白頭的愛情，在我白髮蒼蒼的時候，仍然與愛人一起手挽著手散步。我不能承受分手的厄運，我不能直面破碎的愛情。「執子之手，與子偕老」，應該不是《詩經》上的一個神話故事。我要與愛人分享生命的愉悅，乃至分享死亡的寧靜。

法國思想家伏爾泰說，書信是生命的安慰；台灣散文家王鼎鈞說，書信是溫柔的藝術。而我想說，我要讓寫給你的情書，每一個字都像鑽石一樣閃耀著愛的光芒。我要把世界上所有美麗的東西——花朵、青草、陽光、鴿子和溪水——都變成給你的情書，裝在信封裡，寄給你。我要建造一個單單為我們倆服務的郵局。日日夜夜都有一匹驛馬在路上飛奔，為我們傳遞愛情的訊息。

我要給你寫好多的情書，我要讓情書堆滿你的房間。我要讓你讀情書的眼睛目不暇接，永遠也看不完。我事無巨細都要告訴你，都要徵求你的意見。我要讓別人都嫉妒你，因為你擁有世界上最美妙的情書。我們的愛就是最美好的愛，像驕傲的孔雀在開屏。

寧萱，認識了你之後、體驗到愛情之後，我的寫作也在發生著變化。在憤怒和尖刻的背後，有了強大的「愛」來支撐。以後的文字，將超過我以前的文字；以後的文字，將不再是我一個人生命的表達，而是我們兩個人生命的表達。

我們都不喜歡孤獨，都比不上懂得享受孤獨的詩人艾蜜莉・狄金森。我們給對方寫信是為了交流和溝通，以愛換來對方更多的愛。愛，只有在流動中才是不朽的。而艾蜜莉的信，是沒有收信人的。她的信從來不寄出去，只留給自己。她用一種隱祕的方式寫日記，她把日記本藏到連自己也找不到的地方。她失去了愛的對象與愛的勇氣。她一個人過了一輩子，在孤獨中死去。

不過，她的日記後來還是被人發現，並整理出版了。她在一篇日記中寫道：「我有我的世界可以說話，所以我用信件來表達自己的愛。我從不打算寄出去，就讓紙頁吸收我的痛就好。……但這些年來的成長帶來了平靜，也撫平了身體的傷痕。」紙頁真的能夠吸收痛苦嗎？成長真的能夠撫平傷痕嗎？我很懷疑。

艾蜜莉對人與人之間的愛和理解都抱著絕望的態度，因為她從來沒有體味到什麼是真正的愛。我相信，假如她體驗過什麼是真愛，她一定不會斬釘截鐵地說出這樣的話來。艾蜜莉曾經寫下這樣一句詩歌：一隻蜜蜂就可以締造一片草原；我卻要修正一下她的這個結論：一片青青的草原，需要兩隻親密無間的蜜蜂。

在經歷了一些事故之後，我依然保持著樂觀的態度。果然，這種樂觀不是盲目樂觀——你宛如神蹟，降臨到我身邊。剛開始，我以為你僅僅是一位匆匆的「客旅」，你路過我的陋室，接受我一次熱忱的款待而已。沒有想到，你會由「客旅」變成「愛人」，你這上帝派來的天使，一瞬間就完成了這樣的轉變。我要問：這一瞬間的轉折，前世今生的我們，經過了多少日子的孕育與修行呢？

我每天都在「家園」餐廳吃午飯。自從我們一起來過這裡，我便老是到這裡用餐。一個人當然不會去二樓點菜吃，只是在一樓吃速食。我的食欲很好，十幾分鐘就吃得乾乾淨淨，還有些意猶未盡。一邊吃，一邊仰望二樓那張我們曾經在一起的桌子，無論桌子上有沒有人，我都會想起那天我們在一起的每一個細節。

飯後我便直奔圖書館。我在北大的這幾年，一大半時間是在圖書館裡度過的。在裡面「隨便翻翻」，收穫比課堂上要大得多。圖書館就像一個巨大的迷宮，剛來的人會在裡面迷路。我知道每個閱覽室的特點，知道哪一類書放在哪一排書架上。我熟悉圖書館，就好像熟悉自己的家。在北大待了將近七年，我不知道北大的舞廳在哪裡，從來沒有進去體驗過跳舞的滋味，卻對圖書館瞭若指掌。我最大的夢想就是像波赫士一樣，成為國家圖書館裡只負責「讀書」的館長。雖然國家圖書館是一個清水衙門，卻可以滿足我無止境的、讀書的欲望。

這將是我在北大的最後一個冬天。時間過得真快，一轉眼，我已經在北大度過了七個冬天，看了葉綠、葉黃、葉落整個的七個輪迴。而我的生命，也不知不覺地發生著變化。坦率地說，北大的圖書館對我的意義，遠遠大於教授。

當年那個找不到未名湖的少年到哪裡去了呢？

當年那個在練習本上寫作文的少年到哪裡去了呢？

當年那個聽不懂教授的課、愁眉苦臉的少年到哪裡去了呢？

廷生

一九九九年十一月十七日

♣寧萱的信

廷生：

在大學裡，我也是一個自學狂，我讀的書大都與我學的專業沒有什麼關係，倒是像一個中文系的學生。

你的每封信我都會反反覆覆地閱讀。讀著你的文字，想著我們上次的會面，我的笑容就從心底湧出來。我也希望有一天到你的身邊來。我們在一口鍋裡煮香甜的飯吃，我們在一張床上安謐地睡覺。我一伸出手去，就能握到你的手；我一睜開眼睛，就能遇到你的眼睛。

你不要著急，那一天很快就會到來。我雖然不喜歡北京，但是只要你在北京，我就會把北京當作我的家。北京儘管沒有「高而藍」的天空，卻有一個暫時屬於我們的溫馨的屋簷。

我們的相識，我還沒有告訴我的爸爸媽媽——因為我們認識的經過，太富於「傳奇性」了，我都不知道該怎樣跟他們說，我更不知道他們會不會相信這一切，他們會以為這是一個童話故事。因此，要獲得他們的理解，不僅需要時間，還需要你的耐心。

我們雖然沒有天天在一起，但我們可以寫信，可以通電話。我們的心靈已經在一起了。

每天，我開著車在街道上奔波，認識一個又一個的資本家和官員。與他們唇槍舌劍、談判周旋，然後簽訂一份又一份的合同。以前，在我看來，所有的奔波都是毫無意義的——僅僅給公司帶來業務而已，與我的生命沒有內在的關係。

但是，現在不一樣了，因為想著你，想著今後我們在北京的生活，我渾身都充滿了幹勁。就是眼前這些瑣碎而平庸的生活細節，也能夠引發我無窮的興趣和好奇。

我也發現了掙錢的意義。以前，我對錢沒有什麼感覺，只要夠自己花就行了。但是，現在我卻期望掙更多的錢，我要把它們都攢起來，我要帶上所有的積蓄到北京來。雖然我的積蓄不多，但我希望這些積蓄成為你堅強的後盾。

我確切地知道，我的信是為你而寫的，而不是寫給我自己的。我也知道，信中細微的情緒變化，只有你能感覺得到。我在日記中常常提到你。每當寫到你的時候，我的筆調立刻變得舒緩起來。我把你也當成日記的一個讀者，也許未來的某一天，我會向你公開我的日記、與你分享。

我願意把我的生命全部交付給你。你願意接受嗎？接受我所有的缺點與不足——當然，如果我能夠與你在一起，我發誓要努力做一個完美的女人。你所做的一切讓我引以為傲，我也會讓你以我為榮。

我們對許多事物的看法有著驚人的相似性。尤其是對文字、對藝術。我們簡直就是對方的鏡子。

「我不能選擇那最好的，是那最好的選擇了我。」

提起筆來，我就想起了泰戈爾的這句話。它彷彿道出了我的心聲。廷生，我最親愛的人，你便是那最好的人，你是如何的慧眼選擇了我這一個樸素、冷淡、平凡的灰姑娘呢？

我要愛你，愛你的靈魂和你的身體。我要保存你寫給我的每個字，它們勝過了鑽石和黃金。

我有信心做到這些。廷生，我相信你也能做到。

聽從你心靈深處發出的聲音吧。我知道，你身邊有許多煩惱，那些妄人的唾液在你周圍飛濺。但是，你不要理會他們，你一理會他們，你就中了他們的奸計。你要珍惜光陰，做自己的事情。我希望你永遠保有一顆寧靜的心。

寧萱

一九九九年十一月二十二日

我的萱：

告訴你一個好消息，我的新書《想飛的翅膀》已經被出版社接受了。現在，編輯已經在作最後一輪的審閱。順利的話，過不了多久就能正式出版了。這本書是你起的名字，因此是我們共同的創作。以後，我的每本書都由你來命名。我的每本書都要打上你的烙印，我要讓每本書都「有我的一半，也有你的一半」。

我發現這次你的信封上有兩隻小狗——小黑狗正在與小灰狗竊竊私語，你在上面橫批了「苟同」（「狗同」）一詞。你的橫批讓我還沒有拆開信封就朗朗地笑出聲來。我的笑容像泉水一樣從心底湧出。我的歡樂全是你給予的，最近這些日子裡，我的笑容超過了過去二十六年所有的笑容。

我就像一顆正要暗淡下去的星星，你出現了，你是一顆正明亮著的星星，你的光芒照亮了我，讓我繼續發光。

我的萱，我要給你講我的家族的故事，儘管這是一個平凡得不能再平凡的家族。我的爺爺早就去世了，奶奶還健在，外公和外婆也還健在。我爸爸是遺腹子，是三個孩子中最小的一個；而我媽媽是家中的老大，有一個弟弟和四個妹妹。我呢，有一個弟弟。

我的爺爺剛三十歲就離開了人世。他只是一個普通得像一粒塵埃一樣的農民。他沒有唸過一天的書，也不認識一個字，他像千百萬農民一樣，生老病死，一輩子都在方圓幾十里的一小塊土地上。他一輩子都沒有去過省城，據奶奶說，就是五十里外的縣城，爺爺也只去過幾次。爺爺來到這個世界，除了留下一個年輕的妻子和三個嗷嗷待哺的孩子、一貧如洗的泥牆砌成的房子之外，就什麼也沒有留下了，甚至沒有一張照片。他像一滴太陽下的水珠，不知不覺就消失了。

爸爸一出生就沒了父親，他從未見過自己的父親，他不知道父親的長相。爺爺去世的時候，大伯和姑姑的年紀都還小，他們也逐漸記不清爺爺的長相了。

奶奶呢？守寡半個世紀的奶奶呢？半個世紀的時光逝去之後，她對丈夫、對那個三十歲的年輕的丈夫，還能有怎樣的記憶？清晰還是模糊？溫熱還是淡漠？

爺爺雖然沒有受過教育，卻頭腦靈活，是村子裡第一個到十里外的鎮上開了一家豆花店的人。他還是村子裡的「哥老會」的小頭目，你看過李劼人寫的《死水微瀾》嗎？裡面就有寫哥老會的「袍哥」們的章節。這些人並非後來被正統史學妖魔化的「黑社會」的成員，他們不過是在政治權力不能及的地方，民間自治組織重要的一部分，他們靠著一套世代相傳的「忠義」觀念，維持著地方的平安。爺爺性格豪邁，喜歡幫助人，成為「袍哥」的一員可謂理所當然。

四川雖有天府之國的美譽，但晚清以來一直沒有安穩過，所謂「天下未亂蜀先亂」。清政權崩潰後，四川始終與中央政府離心離德，而四川本地的大小軍閥之間則連年混戰，民不聊生。

在那樣的時代背景之下，像爺爺這樣一個卑微的小人物，縱然想要將小小的豆花店打理好，亦非人力可及。苛捐雜稅，兵禍連年，小店也就餬口而已。不過，爺爺的「袍哥」身分，讓他少有遭到地痞流氓的騷擾，也讓他娶到了村裡最漂亮的姑娘，就是我奶奶。他們一起守著這個小店，比起村裡的鄰舍，日子過得稍好一些，至少可以不必完全靠地裡的收成過活。

轉眼間，到了一九四七年。一個舊政權即將滅亡，一個新政權即將建立。老百姓不知道究竟誰在紫禁城裡坐天下，只關心這一年是不是風調雨順。該種田的還得種田，該養牛的還得養牛。對於大多數農民來說，寫在書本上的「歷史」跟他們的日常生活毫無關係。那些「偉大」的改朝換代，對他們而言，除了恐懼，沒有別的意義。

一九四七年，據歷史書上的描述，是一個充滿血與火的年分，更是一個洋溢著歡樂氣氛的年分。我翻開編年史，上面記載著這樣一系列的「大事」：

一月一日，國民政府公布《中華民國憲法》。

二月二十八日，台灣「二二八」事件爆發。

五月，各大城市學生參加反饑餓、反內戰、反迫害運動。

六月三十日，劉鄧大軍強渡黃河，揭開了共產黨軍隊戰略進攻的序幕。

七月二十二日，美國魏德邁「訪華考察團」來華。

十月十日，中共中央頒布《中國土地法大綱》。

十二月二十五日，國民政府公布《戡亂時期危害國家緊急治罪條例》。

從這些五花八門的事件中可以看出，國民黨已經是止不住的頹勢，而共產黨正在勃勃興起。攻守已經易位。

中國的新紀元即將開始，對於共產黨的擁戴者來說，幸福生活指日可待。詩人們寫作的全部是快樂的詩篇。但是，對於爺爺奶奶和他們的茅草屋來說，這一年卻意味死亡與哀痛。那些驚天動地的「黨國大事」與他們沒有任何關係。「國家」、「民族」的記憶是虛幻的，只有個人的記憶是真實的。

所以，在第一次世界大戰爆發的那一天，卡夫卡在日記中卻毫無記載。他依然在描述自己瑣細的日常生活，洗澡，吃飯，睡覺。戰爭的硝煙還在遠處，政治家們許諾的勝利以及勝利以後的幸福在更遠處。

我的萱，請允許我把眼光從編年史中轉移開來，轉移到一個微不足道的農民家中。

那一年的春天，爺爺正在田裡耕作，突然肚子一陣劇痛，黃豆般的汗珠湧了出來。鄰居們把他抬進屋裡，還挺著大肚子的奶奶慌成一團。

爺爺痛苦地呻吟著，看來患的不是小病。鄰居們建議說，得將爺爺送到縣裡的醫院去。可是，醫院對像爺爺這樣的一個農民來說，簡直就是可望而不可即的天堂——他們哪裡有錢去醫院看病呢？平時有點小病小痛，都是硬挺過去；如果病情加重了，便請在鄉間游走的郎中隨便抓兩副中藥吃。能夠治好，算是幸運；如果病情繼續惡化，那也就只能在家裡等死了。

在農村裡，生命如同稻草一樣卑賤。每一年，都有無數的生命像小草一樣在田地裡折斷。千百年來，農民都是這樣掙扎著活過來的。

奶奶拿出了家裡唯一值錢的東西——爺爺送給她的定親的禮物，一個小小的銀手鐲。她央求鄰居們用滑桿抬著爺爺到醫院去。鄉親們看著奶奶可憐，便讓她在家裡等待著，幾個精壯的男子抬著爺爺上路了。奶奶用打著補丁的衣袖給躺在滑桿上的爺爺擦了一把汗。她怎麼也沒有想到，這個男人從此就棄她而去了。

從村子到縣城的醫院，有幾十里的路。鄉親們輪流抬著爺爺奔跑著。到了醫院，醫生說這是闌尾炎，必須馬上動手術，要先交手術費。鄉親們說，大家身上都沒有錢，先拿奶奶的手鐲墊著，以後一定補上。醫生說，這個破鐲子，值得了多少錢呢？哪裡有不收錢就動手術的？這樣傳開去，人人都像你們這樣兩手空空地到醫院來，醫院怎麼辦得下去？

鄉親們流著淚哀求了半天，醫生依然不肯通融。這時，爺爺已經陷入了昏迷狀態。醫生拋開病人，拂袖而去。鄉親們只好披星戴月地抬著爺爺回家。就在回家的路上，爺爺咽了氣。咽氣的時候，他怒睜著雙眼。是因為疼痛還是因為憤怒呢？沒有人知道。

爺爺剛剛三十出頭，他是多麼地不願意離開這個世界啊——他還有妻子，還有孩子，他走了，他們怎麼辦呢？

奶奶送爺爺出去的時候，還能聽見他的呼吸，還能摸到他的體溫。僅僅過了半天的時間，送回家的卻是一具冰冷的屍體。她撕心裂肺地哭喊起來，鄉親們也陪著抹眼淚——一個活生生的精壯男人，怎麼一時半晌就沒有了呢？

奶奶哭得死去活來。鄰居們便勸說道，你肚子裡還有孩子呢，千萬要保重身體。

奶奶這才收斂了眼淚，在鄉親們的幫助下，咬著牙，變賣了小小的店鋪和一些家具，給爺爺辦完了喪事——這一不得已的決定，倒還成就了一九四九年之後這個家庭的「成分」，這個一個寡婦帶著三個孩子、一無所有的家庭，「成分」被劃為「貧農」。我大伯和我爸爸才有機會考上大學。如果爺爺沒有去世，他們的小店還在，一九四九年之後這個家庭必定被劃入「賤民」的行列。爺爺含恨而逝，反倒救了一家人。

剛辦完喪事後一個多月，奶奶肚子裡的孩子就呱呱墜地了。這個孩子，就是我爸爸。爸爸一睜眼來到這個世界上，就成了沒有父親的孩子。

先寫到這裡吧，家族的故事，一寫就收不了尾。

你的　廷生

一九九九年十一月二十七日

♣ 寧萱的信

廷生：

我們永遠是「苟同」的。無論你遭受到怎樣的困境，我都會無條件地支援你。

恭喜你的新書快要出版了，而且是我為它命名的！

我們的家庭情況居然如此相似！我的爺爺也很早就去世了，我奶奶以及外公外婆都還健在；媽媽那邊，有一個舅舅和六個姨媽，不過媽媽不是老大；爸爸那邊，爸爸還有一個姐姐，他則是三代單傳的兒子；我呢，跟你一樣，也有個弟弟。

我很喜歡聽你講「不革命的家世」。是啊，生命是何等脆弱，一個小小的闌尾炎，就能致人於死命。當年，一場瘟疫就能讓一個地方「白骨露於野，千里無雞鳴」，多麼可怕啊。

我也想給你講述一個真實的故事，一個關於我爺爺和奶奶的故事，一個關於蝴蝶的故事，一個夢想遭遇現實摧殘的痛苦的故事，一個愛情像花朵一樣凋謝、生命像蠟燭一樣熄滅的故事。

也許，它比電影故事更有驚心動魄的力量。

曾經有人問博物學家雷約翰：「蝴蝶有什麼用處？」雷約翰說：「蝴蝶可以裝飾世界、悅人耳目、使鄉村生輝，就像無數金黃的環佩點綴著田野。」他又說：「蝴蝶的美無可言喻，誰看了能不承認造物的天工而讚歎不已呢？」由醜陋的蛹變成美麗的蝴蝶，這個過程是在一瞬間完成的。我們不能不感歎造物主的神奇力量。

人類因為有夢想，而將有限的生命延展成永恆。

爺爺出生在揚州的一個沒落的紳士家庭，他是個性格寧靜溫和的書生。他學的是生物學，剛剛上了一年的學，抗日的戰火就燃到了校園裡。於是，他們背著書籍，手牽著手，徒步遷向後方的西南聯大。

一路上，爺爺與同學們風餐露宿，這是他離開家庭之後第一次吃這麼多苦。還好，因為有那麼多師生一起同行，就不覺得苦了。他們看到了學校裡看不到的一切：死亡、饑荒、洪水……他還在跋山涉水的空隙裡，看到了各地山野間美麗的蝴蝶。

一次空襲之後，蝴蝶在鄉間的斷壁殘垣間飛舞著。爺爺看呆了。

到了昆明，剛剛安頓下來，爺爺便無可挽救地愛上了昆明郊外的蝴蝶。因為愛上了蝴蝶，他將蝴蝶作為終身的研究方向——他要破譯蝴蝶的奧祕，他要認識美的真諦。我沒有去過雲南。但是，我從一些資料裡讀到，那裡有著中國種類最繁多的蝴蝶資源。

爺爺雖然學的是生物，卻癡情於文學。他故意隔著蝴蝶的翅膀觀賞文學的美。這一要命的性格因子，也流動在我的血液裡——文學同時給予了我說不完、也數不清的快樂和痛苦。在西南聯大的校園裡，爺爺與那幫號稱「九葉詩人」的同學們過從甚密。在躲警報的間隙裡，詩人們在郊外的山坡上朗誦新寫的詩歌。而戴著深度近視眼鏡的爺爺，卻全神貫注地捕捉蝴蝶製作標本。他那樣專注，以致有一次掉進了獵人設置的陷阱裡，把大腿摔成骨折，足足在醫院躺了一個月。

爺爺熱愛蝴蝶在同學中出了名，也成為聯大學生中的一個「怪人」，別人都學能夠經世致用、保家衛國的學科，他卻在研究毫不實用的蝴蝶。有人嘲笑他說：「國家都要滅亡了，自己連飯都吃不飽，居然還有閒情逸致研究蝴蝶！」爺爺卻從來不把這些風言風語放在心上。他是一個像張岱一樣有唯美主義傾向的人，他就是要去探究生命的奧祕、美的奧祕。他沒有成為一名詩人，卻成了一名專門研究蝴蝶的生物學家。他在以另一種也許更接近詩歌的形式「寫詩」。他在千姿百態的蝴蝶之中發現詩歌，發現美，發現生命的尊貴與神的偉大。

那時，與西南聯大一牆之隔的師範學校裡，有一個美麗而孤僻的女生，白衫藍裙，她注意到了為蝴蝶而廢寢忘食的爺爺。她的目光憐惜地注視著那個青年瘦弱的身影，在山嶺間時隱時現。

她就是我的奶奶。奶奶是地地道道的大家閨秀。外曾祖父是思想開明的紳士，不顧家族中其他人的反對，堅決將女兒送到學校念書。於是，奶奶成了當地第一個念完大學的女孩。奶奶喜歡讀書，寫得一手好字，還會說一口流利的英語。她不欣賞那些矯情的詩人，認為他們的長髮和菸斗不過是為了掩飾內心的空虛。她的眼光越過一大堆名士和才子，卻發現了爺爺這個沉默寡言的、眼睛如同一口古井的青年。她發現了他白皙的面孔後面善良的心。

有一天，奶奶將一隻蝴蝶的標本送給爺爺，那是她親手製作的，儘管那隻蝴蝶不一定有多麼珍稀。他們認識了，相愛了，結合了。一切都自然而然，整個過程不到一年。外曾祖父沒有干涉他們的愛情和婚姻，寬容地接受了貧窮的爺爺作為他的女婿，並且專程從老家趕來主持了他們簡樸的婚禮。

他們的愛情沒有驚心動魄的曲折，也沒有死去活來的動盪。然而，悲劇的因子在那時就已經種下。奶奶心裡明白，她對爺爺的愛超過了一切，蝴蝶不過是她接近爺爺的方式而已。

四十年代初，爺爺和奶奶遠渡重洋，到美國求學。他投到美國最有名的一位蝴蝶研究專家門下，顯微鏡下那個獨特的世界讓他心醉神迷。為了搜集各種不同的蝴蝶標本，他與導師開著敞篷汽車幾乎走遍了美國。奶奶一路跟隨，細緻地照顧著他們的飲食。爺爺在生活上是個糊塗蟲，而他的美國導師卻對奶奶的廚藝讚不絕口——哪個老外不喜歡吃中國菜呢？

美國富裕的生活對爺爺並沒有多大的吸引力。爺爺的心全都撲到蝴蝶上，他收集了一大箱子蝴蝶標本，發表了好幾篇國際矚目的論文。爺爺對蝴蝶的熱愛，連導師也自歎不如。導師說，爺爺是他一生中最優秀的學生。

五十年代初，像大部分愛國知識分子一樣，爺爺和奶奶不假思索就決定回國。他們要為剛剛成立的新中國效力，他們傾聽到了東方巨人那強有力的脈搏。他相信祖國需要他的蝴蝶研究，更何況祖國有其他國家沒有的、豐富的蝴蝶品種。然而，回國之後等待他們的絕非晴空萬里。

美國導師送走了這個他最優秀的學生。在爺爺和奶奶上船時，導師憂傷地說：「蝴蝶飛不過這麼寬闊的大洋。」沒有想到，他竟然一語成讖。

你看過學者巫寧坤寫的回憶錄《一滴淚》嗎？巫寧坤夫婦跟我爺爺奶奶是同一代人，也是那時回到國內的。在這本回憶錄中有這樣一個細節：「一九五一年七月十八日早晨，陽光燦爛，我登上駛往香港的克利夫蘭總統號郵輪，李政道前來話別。照相留念之後，我愣頭愣腦地問政道：『你為什麼不回去為新中國工作？』他笑笑說：『我不願讓人洗腦子。』我不明白腦子怎麼洗法，並不覺得有什麼可怕，也就一笑了之，乘風破浪回歸一別八年的故土了。」

果然，回到北京六年之後，巫寧坤被打成「右派」，送到偏遠的北大荒去接受「勞動改造」，拋下了年輕的妻子和兩個幼兒。從此他被當著「人民的敵人」，受盡了迫害、凌辱和艱辛，長達二十二年。而他與李政道再度重逢的時候，作為諾貝爾物理學獎得主的李政道已經是黨國領導人的座上賓，他則連蝸居的陋室都沒有。為了李政道的來訪，當局專門為他們安排了一套臨時粉刷一新、家具齊全的房間。李政道看到老朋友的這一套「新居」，彼此交換眼神，心領神會。不知此時巫寧坤回想起當年告別的那一幕，是否有萬般滋味湧上心頭？

關於我爺爺奶奶回到中國之後的遭遇，你想知道嗎？既然你的信吊我胃口，我也先寫到這裡吧，要知後事如何，且聽下回分解。

你的　寧萱

一九九九年十二月一日

廷生的信

我的萱：

難怪你是一個對「詩意的世界」懷有深切嚮往的女孩，原來這一切來自你爺爺的遺傳。他對蝴蝶的愛，與你對詩歌的愛，是一脈相承的。

今天，我有較多的空閒，接著給你講述我奶奶的故事。我的爺爺和奶奶都是不識字的農民，他們在土地上耕耘過，他們與命運抗爭過。除此之外，就再也沒有什麼值得稱道的「豐功偉績」了——那部龐大的以帝王將相為中心的歷史書，不會跟他們有絲毫的聯繫。

奶奶很少給我談起爺爺。有一次，奶奶說，你爺爺真可憐，一生都沒有穿過一雙像樣的鞋子。就連結婚的那天，也是穿著向本家兄弟借來的一雙布鞋。由於不合腳，他走路小心翼翼的，好像生怕踩死地上的螞蟻。平時一年四季，不論寒暑，爺爺都是不穿鞋的。不是不願意穿，是因為窮，買不起鞋穿。那個年代川西平原上的農民十有八九都是不穿鞋子的。

奶奶說，也是因為太窮，給爺爺辦喪事的時候，本來想給他穿上一雙新鞋才讓他入土為安的，但後來實在拿不出錢來。活著的時候沒有鞋穿，死了以後也沒有鞋穿，奶奶覺得太對不起爺爺了。後來，還是那個本家兄弟好心，送來了當年曾經借給爺爺穿了一天的那雙布鞋。儘管已經半舊了，但總算是沒有讓爺爺赤著腳入土。

奶奶講述著一切的時候，已經沒有了眼淚，她的眼淚在許多年以前就流乾了。

奶奶雖然沒有讀過書、不識字，但她是個聰明能幹的女性。爺爺去世之後，她經受住了這致命的打擊，為養活三個孩子而日夜操勞。她知道，單靠種田的收入，一家四口是無法餬口的。即使自己頂得上一個男人的勞力，但無論如何也不可能養活三個孩子。

怎麼辦呢？靠力氣，她比不了大男人；做小生意，卻又沒有本錢。原來的小店鋪早已賣給他人了。那時候，在蕭條的農村，又有多少掙錢的法子呢？於是，奶奶繼續發揮當年做豆腐的技術，通過賣豆腐來掙錢。從這一點上來說，奶奶還頗有些「商業頭腦」——而奶奶自己說，那還不是為生活所逼迫！

她買黃豆來自己磨，做豆花、豆腐以及豆腐乾，用擔子挑著到十里外的鎮上，去沿街叫賣。還是在做閨女的時候，她做豆腐的絕活就已經遠近聞名。她做的豆腐，潔白細膩，香氣濃郁。跟爺爺一起開店的時候，客人們都讚不絕口。

鄰近的幾個鄉村裡，要是哪家人辦紅白酒席，一定要把奶奶請去，讓奶奶指揮女人們做豆腐。在操辦宴席的時候，是奶奶最威風也最開心的時候。她是眾人矚目的中心，更可以獲得主人慷慨的報酬——給家裡的三個小孩帶一大碗紅燒肉和幾碗米飯回去。

爸爸說，奶奶外出幫別人做豆腐的時候，也是他和大伯、姑姑三個孩子最幸福的時候。從一大早奶奶出門開始，他們就眼巴巴地盼望著奶奶回來。年齡最小的爸爸，甚至從家門口跑到村口的大槐樹下張望，來來回回好幾次。

終於，在太陽快要落山的時候，奶奶回來了。家裡那很少有油葷的飯桌上，居然出現了一碗油花花的紅燒肉，還不把孩子們都饞死了？而奶奶通常都開心地笑著，看著孩子們吃肉，她自己一點也捨不得吃。她憐愛地看著孩子們狼吞虎嚥的樣子，眼光裡既有欣慰，也有歉疚。她想，這些可愛的孩子，應該過上更好的生活啊。

奶奶白天幹完農活，晚上又開始推著沉重的磨盤，雪白的豆漿在銀色的月光下緩緩地流淌，同樣亮晶晶的還有奶奶額頭的汗水。她經常要幹到後半夜才能夠休息。

爸爸曾對我說，有一天晚上，他突然從夢中驚醒，透過窗戶看到奶奶推磨盤的身影，眼淚刷地就流了下來。他悄悄起床地來到奶奶身邊，要幫奶奶推磨子。奶奶卻把他訓斥了一通，命令他去睡覺，不要耽誤明天的功課。奶奶說，功課最重要，一定要考上大學！

奶奶在家裡有至高無上的權威，她既是母親又是父親。在故鄉，孩子們都把父親叫作「額大」。在故鄉，還有這麼一個習俗，在沒有父親的家庭裡，孩子們一般都用對父親的稱呼來稱呼寡母。因此，爸爸從小就叫奶奶「額大」。

那天晚上，爸爸就在被窩裡含著淚水發誓：一定要好好讀書，一定要考上大學，才能對得起

「額大」！

五、六十年代，正是農村轟轟烈烈「割資本主義尾巴」的時代，奶奶這個羸弱而剛強的寡婦，居然不把偉大領袖的號召放在心上，依然挑著擔子做她的小生意。她心中只有一個真理：要生存，要掙錢，要讓孩子吃飽。她不知道誰是國家主席、誰是黨主席、誰是國務院總理，她只知道：自己是母親，一定要把孩子養大，一定要讓孩子成為讀書人。

有一天，奶奶正在鎮子上叫賣豆腐。鎮上的一個幹部盯上了奶奶：這還了得，這個女子公然敢於違背黨的政策，搞資本主義的那一套小買賣！他發現這是一個很好的反面典型，便箭步撲過來，抓住奶奶的擔子，口口聲聲地說要沒收。他的口中說著一套又一套的道理，包括偉大領袖的語錄，他希望用這些話語來威嚇這個愚昧無知的小婦人。但是，奶奶一句也聽不懂。

奶奶想著家中嗷嗷待哺的三個孩子，心一横，母性戰勝了恐懼，奮力將擔子往回奪。兩人相持了半天，對方一個腦滿肥腸、力大如牛的大男人，居然無法從瘦弱的奶奶手中奪過擔子。

正在僵持之間，鎮上的人們圍了上來，他們許多都是奶奶長期的顧客，他們家裡的飯桌上都已離不開奶奶做的豆腐了。他們也很同情奶奶的處境——一個拖著三個孩子的年輕寡婦，容易嗎？於是，他們紛紛幫奶奶說話，譴責幹部的蠻横。兇惡的幹部看到眾怒難犯，只好鬆手。奶奶趁機挑起擔子，飛快地逃進一條小巷子。肥頭大耳的鄉幹部沒有撈到油水，罵罵咧咧地走開了。

這一幕，在奶奶本人看來，也許只是尋常生活的一部分；而在我看來，簡直就是一個單純的母親與強大的國家政權之間的一場「沒有硝煙的戰爭」。這是一場偉大的戰爭。一個要撫育孩子的母親與一種不給人活路的政策之間，哪一方更有力量？哪一方是高貴的，哪一方是邪惡的？

最後，還是偉大的母親取得了輝煌的勝利。甚至在最艱難的大饑荒時期，奶奶也沒有讓三個孩子因為饑餓而浮腫。而那時，即使在許多父母都健在的家庭裡，孩子們都餓得全身浮腫，中途夭折的不在少數，差不多家家都有人餓死。

為此，奶奶付出的是雙倍的、甚至是幾倍的艱辛與努力。她耗盡了所有的力氣，操盡了一顆心。她的手上布滿了厚厚的繭子，她的黑髮在中年時候就變白了，爺爺去世以後，她再也沒有飲過愛情的瓊漿。誰願意跟一個拖著三個孩子的寡婦結婚呢？而爸爸後來說，即便有人願意娶奶奶，奶奶也不接受，她擔心別人對三個孩子不好。

許多年過去了，回憶起這段年月來，奶奶依然為自己的成就感到無比自豪。我想，這就是一個農村婦女所能創造的最偉大的事業。我敬重這樣平凡、卑微而又崇高的事業，而不敬重那些偉大領袖「打江山」和「坐江山」的風雲激盪事業。

在宏大和輝煌之中，我們發現不了美和善；美和善只存在於平凡和卑微之中。

後來，大伯和爸爸先後考上了名牌大學。爸爸的高考成績還是全縣的狀元。一家出了兩個大學生，而且還是一個羸弱的寡婦養出來的，當時在偏僻而貧困的村子裡簡直就是神話。

小村子裡大家都很窮，可是農民們依然保持著對文化和教育的尊重。農耕之家突然有了詩書的氣息，地位立刻得以迅速提升。周圍的人們開始用充滿尊敬的眼光看奶奶。可是，有多少人知道這個奇蹟是如何發生的？有多少人知道奶奶為這一榮譽付出了多大的代價？

今天先寫到這裡吧。我還盼著你的下一封信，看「下回分解」呢。

你的　廷生

一九九九年十二月八日

♣寧萱的信

廷生：

我們之間沒有任何不讓對方知道的小祕密。我們兩人就組成了一個完全獨立的世界，一個最溫暖、最甜蜜、最幸福的世界，一個百毒不侵、刀槍不入的世界。

有了你的愛，我將不再恐懼、不再憂愁、不再怨恨、也不再孤獨。有了你的愛，就如同有了一個五彩斑斕的百花園，有了一頂綴滿珍珠的冠冕。能夠分享的愛，才是真愛，如同井水一樣源源不斷；而一個人獨享的愛，則像沙漏中的沙子，得不到補充，越漏越少，最後消失。

我們的信件都被彼此的心靈閱讀著，我們的容顏都被彼此的眼睛想像著。這就是一種幸福。

你講述的你奶奶的故事，讓我感動得泣不成聲。

還是讓我繼續講述我爺爺的故事吧。五十年代初回國之後，爺爺在南方的一所大學的生物系任教。他對蝴蝶無所不知，但在其他方面幾乎可以說是弱智：他無論如何也鬧不懂那些複雜的人事糾葛和派別鬥爭，正如別人鬧不懂他為什麼會全身心地喜歡蝴蝶一樣。

爺爺很快開始了龐大的蝴蝶標本搜集研究計畫，奶奶也到一所學校教書。四口之家，其樂融融。每個月，爺爺都到野外捕捉蝴蝶，然後將它們製成精美的標本。他要讓瞬間的美凝固成永恆。他發表了多篇學術論文，在許多問題上都提出獨到的見解，在生物學界引起不小的轟動。

包括爺爺奶奶在內的所有知識分子都沒有想到，一場滅頂之災正在悄悄地降臨。他們躲也躲不掉。誰猜得到「偉大領袖」的心思呢？那個對所有有文化的人都充滿刻骨仇恨的劣等師範生，沐猴而冠、黃袍加身之後，會有怎樣的瘋狂作為呢？即使那些與他一起身經百戰的戰友們，也都被蒙在鼓裡。更何況除了蝴蝶之外在日常生活中簡直就是白癡一個的爺爺？

中國的老百姓除了安居樂業之外，別無所求。像爺爺這樣的知識分子，更是他們當中最謙卑、最溫和、最單純的一群人。但是，爺爺的命運像紙摺的小船，哪裡能躲得開風暴的摧殘呢？「覆巢之下，安有完卵」，一個以真、善、美為敵的時代，一個以血腥和暴力為時尚的時代，會寬容一個待在角落裡研究蝴蝶的人嗎？

邪惡不會有絲毫的憐憫之心。邪惡將消滅一切與美有關的人和事物。在那個時刻，邪惡正在如同洪水般的氾濫著。每一次政治運動，洪水的水位都會上升到一個新的高度。恐懼攫取了人們的心靈，他們看不到一線光明。可是，凡人們哪裡看得透這重重的煙雲？

那些敏感的文人，大都沒有堅持到邪惡退卻的那一天，他們在邪惡的折磨下倒下了。他們用各自的方式進行最後的抗爭：上吊的傅雷夫婦、服毒的翦伯贊夫婦、投湖的老舍……可是，暴君從來不會將他人的死亡放在心上。當克格勃向史達林建議說，把偉大的作家、《齊瓦哥醫生》的作者巴斯特納克搞掉的時候，史達林尚且知道，「他是天上的人，我們是地上的人，還是不要去打擾他。」這個昔日的神學生，對天上的事物還有一定的敬畏之心。而毛澤東呢，他是「和尚打傘，無法無天」，才不管你是不是天上的人呢。反之，越是天上的人，越要消滅掉。

在回國以後的十幾年裡，「莫談國事」的爺爺躲過了若干次政治風暴。從「反胡風運動」到聲勢更宏大的「反右運動」，爺爺的許多同學和朋友都被巨大的歷史漩渦席捲而去，當年那些風華正茂、生機勃勃的詩人們，如今大多家破人亡。爺爺的倖存並不是因為他的世故和聰明，而是因為他的單純與木訥。他只談論蝴蝶，不談論人。他一直沉默著，一頭躲進了自己的蝴蝶世界。他固執地守著一方小天地，一方蘊藏著無數大自然密碼的天地。在這個天地中，他如魚得水。平時木訥的他，在擺弄蝴蝶標本的時候，才煥發出奕奕的神采來。爺爺從來不在大小會議上發言，他對雪片一樣的文件一無所知。同事和領導對這名「蝴蝶癡」也習慣了，沒有強迫他發言和表態。他們幾乎忘卻了他的存在。

爺爺一天比一天沉默。他究竟在蝴蝶們身上發現了什麼奧祕？

爺爺跟奶奶都很少說話。奶奶開始習慣了他石頭般的沉默。

然而，就是爺爺這樣一個與世無爭的知識分子，一個用生物學來寫詩的詩人，「文化大革命」照樣沒有放過他。

厄運一夜之間就降臨了，毫無徵兆。

沒有別的理由，僅僅因為爺爺到美國留過學，他就被戴上「美國特務」的帽子。他成了「人民的敵人」。在那個時代，這頂帽子是致命的。爺爺跳進黃河也洗不清。那個時候，美國是一個多麼邪惡的帝國啊。

一天傍晚，大學裡的紅衛兵們闖進了爺爺的家，闖進了他的工作室。這些昨天還在課堂上津津有味地傾聽爺爺講解蝴蝶知識的孩子，搖身一變就成了從天而降的兇神惡煞。他們穿著軍裝，紮著皮帶，胳膊上戴著紅袖章。他們說爺爺上山採集標本是搞「特務活動」，他們說爺爺當年在美國的導師是「中央情報局特務」。他們強迫爺爺下跪，他們威逼爺爺交代。可憐的爺爺能夠交代什麼呢？無論如何，他也無法將溫和熱情的美國導師與邪惡的「美帝國主義」聯繫起來。他告訴氣勢洶洶的紅衛兵們，自己從來沒有做過一件出賣祖國、出賣良心的事情。

紅衛兵們有的繼續追問爺爺在美國的生活，有的開始在他的書房裡翻箱倒櫃。他們發現了爺爺掛在四壁的蝴蝶標本。這是爺爺一生的財富，他經常自豪地說：「在個人搜集的蝴蝶標本方面，我在中國可以算是首屈一指的。」他還說，這些標本不屬於他私人所有，他死了之後，要把所有的標本送進博物館，要讓更多的人參觀、欣賞和研究。

那一天，蝴蝶標本的厄運降臨了。爺爺的厄運也降臨了。

美輪美奐的蝴蝶，沒有喚起紅衛兵們最後一絲人性的光輝，反而引發了他們內心深處波濤般洶湧的邪惡。他們看到了蝴蝶標本，臉上露出惡作劇般的神情。他們動手了，用寬寬的皮帶鞭打那些弱不禁風的蝴蝶標本。他們一邊鞭打，一邊發出野獸般的狂笑。他們漲紅了臉，彷彿在實施一件偉大的工作。毀壞是快樂的，這是人性中最陰暗的一面。

蝴蝶標本破碎了，碎片在午後的陽光中飛舞著。大大小小的碎片，五顏六色的碎片，最後一次在空氣中飛舞著。爺爺的心也破碎了，每一塊碎片都浸著他的心血，每一塊碎片都對應著他的某一段生命。一向默不吭聲的爺爺哭了，像豹子一樣衝了上去。他拚命地保護他心愛的蝴蝶，用自己羸弱的身體抵擋那暴風雨般的鞭打。

學生們一點也沒有手下留情，相反，他們的鞭打更加狠毒了。他們覺得鞭打他們的教授，鞭打一個活人，比鞭打一批死去的蝴蝶更有意思。他們被邪惡所支配，還以為自己在幹一件正義凜然的事情。他們在一種有毒的文化氛圍中長大，現在他們成了魔鬼的工具。

他們打夠了，接著又去搗毀爺爺的藏書和文稿。他們翻箱倒櫃地尋找所謂的「特務證據」，找了半天卻沒有找到蛛絲馬跡。

爺爺的頭上流淌出汩汩的鮮血。他似乎失去了疼痛的感覺，沒有躲閃，沒有呻吟。他掙扎著，竭力將最珍貴的那些標本壓在身體下面。

奶奶和爸爸哭喊著，卻被另一些紅衛兵小將緊緊地抓住，不讓他們接近。爺爺最後昏倒在地上。打手們享受夠了、折騰夠了，這才揚長而去。

爺爺用一生搜集的標本，在幾個小時內就被粗暴地搗毀了。這些殘忍的年輕人，我不仇恨他們，我可憐他們。他們以毀滅美、毀滅科學、毀滅人的尊嚴為快樂，他們的幸福最後也會被自己毀滅。他們將罪行作為榮耀，將傷害作為功勞，殊不知懲罰的劍很快就要落到他們頭上。

爺爺幾天不吃不喝。奶奶怎麼勸都沒有用。他像一具木乃伊一樣躺在地上，眼睛直直地看著身邊破碎的蝴蝶的翅膀。那最後一批被他拚命保存下來的蝴蝶標本，已經滲透了他的鮮血。

幾天之後，爺爺似乎恢復了神志。他開始正常地吃飯、睡覺，開始整理被摧殘得不成樣子的蝴蝶標本、書籍和論文。他不讓奶奶幫忙。

奶奶以為爺爺挺了過去，高興地給他做好吃的。後來，爸爸回憶說，那些天裡，儘管外面暴風驟雨，家裡卻充滿了從所未有的溫馨。爺爺經常被紅衛兵抓去批鬥，但還沒有完全失去人身自由，每天晚上都能回家來。他不再躲進幾乎空空如也的工作室，而是在客廳裡與奶奶爸爸聊天。更多的時候，爺爺與還在上小學的爸爸低聲談話。在那些時刻，父子倆像朋友，又像兄弟。

後來，爸爸告訴我說，這段時間，是他與爺爺談話最多的時候。通過談話，他開始理解爺爺和爺爺的事業。他開始對古怪的父親產生了由衷的敬意——他意識到，父親是一個有夢想的人。

然而，那只是一場更加殘酷的災難前夕的平靜。奶奶和爸爸都隱隱約約地覺察到了爺爺內心的激烈搏鬥。

爸爸說，那天之後，爺爺就去意已定。他要離開這個世界，這個他無法理解的、也無法理解他的世界。爺爺心愛的蝴蝶已經隨風而逝，他再也不可能積攢起這筆財富了。他愛奶奶，可他不願意因為自己痛苦，再給奶奶增添痛苦。

他決定一個人悄悄地離開，一個人到另一個世界去尋找蝴蝶，尋找愛與美。

在最後那段日子，爺爺竭盡全力做一個好丈夫、好父親。對家庭，他有著一份負疚之心。

突然有一天，一次批鬥會之後，爺爺再也沒有回家。

夜晚，奶奶瘋狂地四處打聽爺爺的下落。然而，在那樣的年月裡，誰會關心一個「美國特務」的生死呢？大學裡掌權的造反派們，只關心他們日新月異的派系鬥爭，區區一個被打倒的教授的生命，他們哪裡會在意呢？沒有人理會奶奶的呼號。

幾天以後，消息傳來，在翠湖邊上，漂起了爺爺的屍體。屍體已經泡得面目全非，衣服口袋裡還裝著一個蝴蝶的標本。

當奶奶去現場認屍的時候，發現那個蝴蝶標本正是她當年送給爺爺的禮物。正是靠著這個蝴蝶標本，他們相識、相知、相愛。從物種來說，這不是一個珍稀蝴蝶的標本，卻是他們愛情的見證。這個標本被爺爺藏在壁櫥的底部，那天沒有被紅衛兵發現。

奶奶哭得昏死了過去。她面對著愛人的屍體，依然不明白：他究竟是喜歡蝴蝶多一點，還是喜歡自己多一點？如果是喜歡自己多一點，那麼他為什麼要瞞著自己走上了絕路，拋下孤兒寡母怎麼生活呢？如果是喜歡蝴蝶多一點，為什麼他在告別人世的時候，會帶著那個特別的標本、那個象徵著愛情與青春的標本？

我心裡難受，我寫不下去了。請原諒我在這不該終止的地方，暫時中止我的這封信吧。

你的　寧萱

一九九九年十二月十二日

我的萱：

你的上封信戛然而止，像是彈琴的人因為太投入，突然將琴弦彈斷了。回憶是痛苦的，但我們必須回憶，並且在回憶中反思。否則，我們可能再次重複上一代和上幾代人悲慘的命運。

我經常思考半個多世紀以來中國知識分子所遭遇的悲慘命運，你爺爺正是他們中的一員。半個世紀以來，對文化、藝術、科學、知識的冷漠、蔑視，乃至敵視，成為我們每天都在呼吸的空氣。

在「文化大革命」中，首先是在北京的中學裡發明了剃陰陽頭、掛黑牌子、以皮帶抽打，而那些施虐者僅僅是不到十八歲的中學生。過去，有人用單純和無知來開脫他們的罪行。單純與無知並非打人的「依據」。那些迫害者們想方設法、挖空心思從肉體上、精神上折磨受迫害者，他們並不單純，也並不無知。問題的實質在於，在整個社會的精神結構中，恨取代了愛、鬥爭取代了和平。那些現代人類生活基本的、共同的價值觀與行為準則，在我們這裡卻極端匱乏。

在我看來，你的爺爺的自殺，與王國維的自殺類似——儘管王國維是一代文化宗師，而你的爺爺僅僅是一個普通的生物教授。他們都是為尊嚴和信念而死的，為美和自由而死的。

我的爺爺，在艱辛的勞動中苦苦掙扎的爺爺，死去了；你的爺爺，在與蝴蝶翅膀的擁抱中微笑的爺爺，也死去了。他們的肉體湮沒了，他們的名字也不為人所知。

爺爺們失敗了，他們沒有獲得豐裕、自由和快樂的生活；爺爺們勝利了，他們分擔著命運的坎坷和歲月的蹉跎，他們的生命在那一剎那終結，他們的生命卻在我們的生命之中大放異彩。

我再繼續講奶奶如何呵護著三個孩子在大饑荒中活下來的故事。四川省的饑餓始於一九五八年冬，結束於一九六二年秋。四川農民整整餓了四年，是全國饑餓時間最長的省分。當時，主政四川的「西南王」李井泉，為了給中央上繳遠遠超過實際產量的糧食，在四川農村橫徵暴斂，使得有「天府之國」美譽的成都平原陷入千年不遇的大饑荒。

曾經在重慶市擔任高官的廖伯康回憶說：「在省委工作會議期間，雅安地區的滎經縣縣委書記說他那裡人口死了一半，有的村子裡死得一個都不剩，連埋人的人都沒有了，只得派另一個村子的人到這個村來埋人，埋人的人餓死了，只好再從其他村調人來。」而滎經縣離我的家鄉也就一百多公里的路程，由此可見，我的家鄉那時也遭受了多麼可怕的人禍。

後來，廖伯康向中央辦公廳主任楊尚昆反映，因為楊也是四川人，他認為楊總會努力救救鄉親的。殊不知，中共的官僚體制早已將人異化了，官越大的人，越沒有人性。楊問他，四川究竟餓死了多少人？廖伸出一個手指，意思是一千萬。楊倒吸了一口涼氣，卻不敢伸張。

奶奶告訴我，沒有糧食吃的時候，老百姓就吃原來的豬食，比如紅苕葉子，當紅苕葉子也吃光的時候，大家就挖觀音土來吃。觀音土，在我們那裡俗稱「白泥巴」，我和弟弟小時候常常挖來玩，可以捏成小泥人。觀音土當中含有大量的氧化鋁，由於顆粒細膩，給人以麵粉的感覺，但它不含一點糧食中的成分，連動物也不吃。從一九五九年春開始，四川很多地方都有人吃觀音土。把挖回來的泥土簡單處理後，就摻合著南瓜花、絲瓜花和其他野菜等做成粑來吃。有地方還有人賣土粑的。吃土後普遍反應肚子疼，屙不出，有的人誘發了不少疾病甚至死亡。奶奶說，村子裡大約有一半的人家都吃過觀音土，她自己也吃過，卻從來沒有讓孩子吃過。

那是中國歷史上一場空前的、人為的大饑荒。饑餓讓人們喪失了理智與情感。奶奶跟我講過一個故事：鄰村有一個三十多歲的女社員，將自己九歲的兒子和七歲的女兒，用牛繩拉到河裡淹死。她被捕後說，由於兩個孩子偷社上豌豆角兩斤五兩，被發現，當天中午事務長即扣了他們母子三人的飯。她提出下午要耕田使牛，只給了她一人四兩飯，兩個孩子沒得吃。下午，兩個孩子又去偷附近鴨棚的米兩斤，又被捉住。第二天，中隊長打了她兩個耳光，要她將孩子吃完的米退回去。她沒有辦法，只好將家中僅有的飯票退出。她想到，即便幹完活，一家人也吃不到飯；沒有幹完活，又要挨批鬥，所以就下了這個毒心，先殺死孩子，自己再自殺。結果，孩子死了，她還沒有來得及自殺就被發現了。

饑餓中的人比野獸還要狂野。奶奶說，為了保命，很多人連親情都不顧了。那時，爸爸在中學上學，根據規定，中學生每人擁有一本糧食本，每個月定量供應十五斤大米。這十五斤大米，當然不能完全填飽肚子——正處在長身體階段的男孩子，在沒有任何油水的基礎上，每月僅僅吃十五斤米，怎麼夠呢？但是，這十五斤大米堪稱「保命糧」，吃不飽，也餓不死。

爸爸說，假如他沒有考上縣中，而在農村裡務農，他很可能活活餓死了——在他的同齡人中，無聲無息地在田裡倒斃的數不勝數。許多童年時代的玩伴就是在那些年月裡消失的。

就是這點口糧，爸爸每月還要省上三分之一，帶回家去給奶奶和姑姑和著糠粉與紅薯葉子煮著吃。他每個星期回一次家。從縣城到村子有五十多里的山路。星期六下午一放學，他便開始出發，步行到家的時候已經是深夜了。沒有鞋穿，他的腳板在碎石路上磨礪出厚厚的繭子。

有一次，在家裡幫著幹了一整天的農活，正要準備返回學校，爸爸突然發現自己衣袋裡的糧食本不翼而飛。頓時，他如同遭到電擊一般，渾身發軟，蹲在地上半天站不起來。他想哭，但嗓子發啞，一聲也哭不出來。奶奶一聽到這個消息，發現事態嚴重——沒有糧食本，就沒有了半條命。這可怎麼辦啊？汗水一滴一滴地從她的額頭上流下來。

好在奶奶當慣了一家之主，是一個有見識、有主意的母親。她立刻詢問爸爸：「糧食本是什麼時候弄丟的？」

爸爸詳細回憶了一番，告訴奶奶說：「昨晚睡覺時還特地檢查過，那時糧食本還在口袋裡。」

既然糧食本不是在外邊丟失的，那就還有找回來的希望。奶奶立刻推想，糧食本肯定是被這一天裡到過家中的人偷走了。究竟是誰偷的呢？奶奶仔細回憶來過家裡的人。這一天，家裡只來過一個客人——那就是奶奶嫁到旁邊一個更貧困的村子的妹妹，也就是爸爸的姨媽。那天，姨媽家裡揭不開鍋了，她跑來向奶奶求救。奶奶一個寡婦，哪裡有能力救她呢？但奶奶看見妹妹實在是可憐，還是煮了兩個紅薯給她救急。姨媽千恩萬謝地抱著紅薯告辭了。

「難道親妹妹居然幹出這樣可恥的事情來？」奶奶痛苦地想。她不願意相信這是事實。可是，家裡來過的客人，除了妹妹再沒有別人。那麼，這是唯一的事實。

當機立斷，奶奶帶著爸爸飛奔向糧站。奶奶對爸爸說：「如果真是你姨媽偷走了糧食本，她一定會到糧站兌現糧食的。我們預先堵住糧站，找回糧食本就還有一線的希望。」

來到糧站，他們向工作人員說明了情況。工作人員看見一個婦人帶著一個瘦瘦的孩子，聽完他們的哭訴，立刻就產生了憐憫之心。工作人員答應他們，如果有人拿著寫著爸爸名字的糧食本來取糧食，他們立刻就把他扣下來。

奶奶沒有說小偷可能是自己的妹妹、孩子的姨媽。這個事實令她無比的羞辱。但是，這一事實很可能馬上毫無遮掩地呈現在她面前。工作人員讓母子倆躲到房間裡面，告訴他們，一有消息便通知他們出來抓住小偷。爸爸和奶奶待在糧站的辦公室裡，整整待了三個多小時。

對於奶奶來說，那三個多小時是多麼痛苦的煎熬啊：她盼天盼地，希望能夠找回糧食本，找回了糧食本，也就找回了兒子的性命；但是，她又多麼不希望發現小偷就是自己的親妹妹、孩子的親姨媽啊！以後，她怎樣面對親生的妹妹呢？

突然，外面發生了爭執。是工作人員在與一個女人爭執。聲音很大，屋子裡聽得非常清晰。奶奶一聽聲音，立刻像遭到電擊一般。她聽出了那個女人的聲音——果然是自己的妹妹！

奶奶與爸爸衝出去。姨媽先看到了爸爸，她那瘦小的侄兒。她立刻中止了與工作人員的爭執。她臉色發白，羞辱地捂住臉，背過去，一下子便蹲坐在地上。奶奶走上去，一把鼻涕一把眼淚地痛罵她的妹妹：「你怎麼這樣狠心啊，你這不是要了侄兒的命嗎？你還配當孩子的姨媽嗎？」

姨媽一直捂著臉，不敢看奶奶和爸爸，也不說一句話。糧站的工作人員被這一幕驚呆了。

突然，姨媽也撕心裂肺地哭了起來：「姐，你罵我吧，打我吧，我不是人！不該幹這樣丟臉的事。可是，我的孩子幾天沒吃飯了，就快要餓死了！我也是當媽的啊，我怎麼辦啊！」

兩個女人旁若無人地痛哭起來。她們一個哭得比一個傷心。她們引來了旁邊好多人的圍觀。反正臉面都已經撕破了，在饑餓面前，還有什麼臉面可言呢？她們索性大哭一場。

她們不知道該詛咒誰、該怨恨誰，也不知道究竟是誰造成了這一切——是生產隊長嗎？是縣委書記嗎？是省城的李井泉嗎？還是那個在紫禁城的帷幕後面「指點江山、激揚文字」的偉大領袖？

要思考並回答這所有的問題，已經遠遠超過兩個農村婦女的知識結構。她們只好相信這就是「命運」——自古以來，農民們都是這樣來解釋他們所遭遇的苦難和折磨。

幾年以後，在大學裡念書的爸爸，經過痛苦的思考，才逐漸明白媽媽和姨媽苦難的根源。讀了一大批教授借給他的「禁書」之後，他把一切都想明白了。很多年後，他把答案告訴了我。

而當下，瘦小的爸爸在一旁不知所措。他不敢去勸媽媽，更不敢去看姨媽。他一直埋著頭看著自己的腳尖，好像一切的錯誤都是自己造成的。

那一幕，僅僅是中國農民命運的一個最無關緊要、無足輕重的縮影。

後來，找回糧食本的爸爸，總算在那場災荒之中倖存下來。他沒有辜負奶奶的厚望，考上了大學，成為村子裡人人羨慕的孩子。而姨媽的兒子、爸爸的表弟，卻在饑荒中餓死了。

從此之後，奶奶和妹妹形同路人，至死不再往來。

唉，寧萱，為什麼我們要在信中講述這些悲慘的故事呢？為什麼要讓我們的青春滲透進死亡的氣息呢？因為我們的身上流淌著長輩們的血液，因為我們的性格裡蘊含著他們的基因，因為我們的生命就是他們生命的延伸。

當我回顧他們的悲慘命運時，不禁要問：生活在這片土地上的人們，為什麼要承擔如此巨大的苦難？為什麼他們享有的幸福這樣少？

愛你的　廷生

一九九九年十二月十七日

♣ 寧萱的信

廷生：

我每天都在計算著日子，是不是該收到你的信了？每個收到你的來信的日子，都是我的節日。

瑪格麗特・杜拉斯說，只有感到痛苦，她才能理解一個故事。

「如果沒有痛苦呢？」

「那麼一切將被遺忘。」

我們不願意遺忘。太多的遺忘，我們就會變成白癡。關於那場饑荒，我們本該有比《古拉格群島》更加偉大的著作，這樣才對得起那三千萬被餓死的冤魂。

那麼，讓我繼續給你講我爺爺奶奶的故事。爺爺的自殺，這場悲劇才僅僅上演了一半。對於爺爺來說，天堂的大門已經敞開；對於奶奶來說，苦難的生涯才剛剛開始。爺爺去了，奶奶留下來。女人的生命真比男人還要堅韌，對於她們來說，似乎沒有承受不了的痛苦。

我是外婆帶大的，從小跟奶奶接觸不多。在我童年的記憶裡，奶奶是個不和善的、神經質的老太婆。我不知道她的心中有那麼多血淚斑駁的往事，不知道她的世界在失去爺爺之後就陷入無邊的黑暗，我只知道她對我和媽媽都不好。她嫉妒我們，因為爸爸愛我們。她認為我們奪走了她的兒子。奶奶待人苛刻而冷漠，鄰居都不願跟她來往。除了爸爸，奶奶不愛任何人。然而，即使是她所愛的獨生子，她也老是對他提出過分的要求，「考驗」兒子的孝心。

在爺爺自殺的那一年，奶奶摔斷了右腿。

有一天，奶奶到湖邊洗衣服。那正是爺爺自殺的翠湖。為了節約自來水，周圍的居民一般都到湖邊洗衣服。這也是奶奶的習慣。那天，神志恍惚的奶奶一邊洗衣服，一邊思念著爺爺。她似乎又看到了爺爺被水泡脹的屍體。忽然之間，爺爺活過來了，從水中走出來，親切地跟她講話。她忘情地向爺爺撲了過去。湖邊的石板長滿了青苔，很光滑。奶奶仰著頭，沒有注意地面，一不小心就重重地摔倒在地。那一跤，摔得很重，她掙扎了好久都沒有爬起來，直到有好心人把她背進醫院。

這一下，奶奶摔成了嚴重的骨折。那時，大多數醫院都陷入癱瘓狀態，沒有幾個醫生還能專心致志地替病人看病。而且，像奶奶這樣「自絕於黨和人民的特務分子」的妻子，又怎麼可能享受到應有的醫療待遇呢？醫生胡亂地給奶奶上了點石膏，就驅逐她回家了。回家之後，奶奶的腿一直疼痛不已。結果，骨折的地方沒有癒合好，而且完全畸形了。奶奶的腿從此就跛了。一個跛腳的女人，一個社會的賤民，不可能再獲得愛情和婚姻。只有四十多歲的奶奶，以淚洗面，一心一意把爸爸帶大。巨大的經濟壓力和無邊的孤獨，每天都在折磨著她的神經。

奶奶對待爸爸是苛刻的，這種苛刻也可以理解為愛的極致——爸爸吃飯的時候發出了一點咀嚼的聲音，也會遭到奶奶的痛斥甚至耳光。爸爸的每一張成績單，奶奶都一個字一個字地研究。只要有一門功課的成績不是第一名，爸爸都會被勒令跪在洗衣板上。

後來，爸爸考上大學，離開奶奶過集體生活。性格孤僻的爸爸，好長時間都沒有辦法融入同學之間。他的感情世界是殘缺的，受到傷害和扭曲的。這種傷害和扭曲，顯然不單來自奶奶。直到遇到媽媽以後，爸爸才逐漸變得開朗起來。

離開了爸爸一個人生活，奶奶更是陷入恐懼和寂寞之中。當爸爸大學畢業的時候，她差不多已經半瘋了——經常目中無人、自言自語。她懷疑身邊隱藏著壞人，不讓陌生人接近她的身邊。更常常在鄰里之間宣稱：爺爺還沒有死，爺爺只是出門採集蝴蝶標本去了，爺爺很快就會回來的，帶著一大包色彩斑斕的標本回來。鄰里們都害怕了，不敢多跟她來往。於是，奶奶更加封閉、更加孤獨。她不由自主地進入了一個自己無法改變的怪圈中。

爸爸結婚以後，奶奶不願跟爸媽生活在一起，她認為媽媽從她手中搶走了爸爸。她堅持一個人住，生活在對過去漫無邊際的想像裡。她在家裡自言自語，每天翻看抽屜裡那幾個僅存的蝴蝶標本。她把標本貼在心窩裡，似乎上頭還有爺爺的體溫，爺爺的靈魂就固定在標本上。

這是我童年時代定格的一個形象：奶奶一個人待在黑屋子裡，灰白的頭髮在風中飄拂著，她臉色蒼白，皺紋滿面，醜陋而兇惡。

後來，我在相簿裡看到奶奶年輕時的照片，簡直不敢相信照片上那個美麗的新娘就是眼前這個古怪的老太太。那時的奶奶，身穿一身合體的旗袍，溫婉地微笑著，眸子宛如一池的秋水。照片上的奶奶，還真有幾分林徽音的味道。後來，爸爸告訴我，奶奶曾經是一朵驚豔的校花。抗戰前期，在一次全省女學生演講比賽中，奶奶登台演講，她的口才語驚四座，她的風采讓觀眾目不轉睛。那一年，她只有十八歲，穿著白色的旗袍，不施粉黛，像一朵剛剛開放的荷花。

當時，國民政府行政院一個高級官員的公子看上了青春貌美的奶奶，向奶奶發起密集的攻勢。但是，奶奶不喜歡這類風流倜儻的公子哥兒，她選擇了藍大褂上打著補丁的爺爺。

爸爸所講述的奶奶，與我印象中的奶奶之間，存在著一個巨大的斷裂。這一斷裂是在哪裡發生的呢？

也許是在爺爺投湖的那天。那一天，奶奶的生命也破碎了。我似乎聽見類似玻璃破碎的聲音從她身體內部發出來。美麗和善良都如玻璃一樣容易破碎。我不禁想，當年奶奶在台上演講，出盡風頭的時候，有沒有預料到她悲苦的後半生？那時，她語正腔圓，宛如大珠小珠落玉盤。她的臉色紅潤，烏黑的瀏海在陽光下閃閃發亮。

八十年代初，爺爺終於「平反」了。對於已經在另一個世界繼續研究蝴蝶的爺爺來說，這一遲到的平反，已經沒有任何意義了。但是，政府畢竟給家屬補發了幾萬元的撫恤金。

這筆錢今天看來不算多，但在八十年代初那個物質匱乏的年代裡，卻是一筆鉅款。然而，這筆錢沒有給我們家帶來快樂，反倒帶來了更大的痛苦和傷害。

這筆錢的到來，使得本來精神就有些不正常的奶奶，再度陷入極度的驚恐不安之中。她把厚厚的幾大疊錢，用針線密密麻麻地縫在身上。白天黑夜她都要跟這些錢待在一起。從此，她更不輕易出門走動，整天坐在床上喃喃自語。她是在跟天上的爺爺說話嗎？誰也不知道。

奶奶對誰都不信任。在她的眼裡，幾乎每個人都想侵占她的錢，包括她的親人在內。她從早到晚都在念叨著要保管好錢。爺爺去世後，她一度喪失的生命目標終於又找到了——這些錢就是爺爺的命，她要保管好它們。保管好了，上天國的時候就能夠毫無愧疚地跟爺爺相見了。

逢年過節，爸爸一般都會帶著我和弟弟去看望奶奶。那是我最害怕的一件事情。我一看到奶奶，看到她冰冷而凌厲的眼神，立刻就跑到角落裡去躲藏起來。而奶奶也不會跟我說任何愛撫的話，不會對我微笑，不會問我的學習成績。在她的眼裡，我幾乎是不存在的。奶奶與外婆太不一樣了——我是外婆的心肝寶貝，外婆給了我多少的愛啊。我的童年是在外婆的臂彎裡度過的。而奶奶，我對她沒有絲毫美好的回憶。

奶奶隨身攜帶著一根光滑的拐杖，即使睡覺的時候也緊緊地握在手裡。

有一次，奶奶在午睡，我和弟弟玩捉迷藏。弟弟躲到奶奶的床下。我正要探頭到床下尋找，忽然奶奶驚醒了，她從床上坐起來，模模糊糊地，摸起拐杖就要劈頭蓋臉地打過來。她以為有小偷要來偷她的錢。小偷偷走了她的丈夫，還要來偷她的錢，她一定要跟他拚了！她的白髮在風中飄拂著，她就像一個從地獄裡爬出來的幽靈。她那急促的呼吸聲就像是一頭被激怒的怪獸。

我趕緊大叫：「奶奶，我是寧萱啊！」

奶奶這才睜開眼睛，惡狠狠地看了我和弟弟一眼，什麼話也沒有說，又躺下去睡覺了。

從此以後，我和弟弟再也不敢接近奶奶了。那時，幼小的我對奶奶充滿了厭惡。我們的課文講過「守財奴」葛朗台的故事，我把奶奶看作葛朗台那種人。我甚至不願意叫她「奶奶」。

奶奶最後的日子是在我們家裡度過的。臨終的時候，她嘴裡念叨著爺爺的名字，也不知究竟是愛還是怨。她的目光掃描過枕頭邊的蝴蝶標本，也不知究竟是愛還是怨。

奶奶死的時候，爸爸嚎啕大哭。而我和弟弟卻一滴眼淚都流不出來。那時，爸爸對奶奶的感情，我們怎麼也理解不了。

爸爸一意孤行，把幾萬元的撫恤金全用來給奶奶辦喪事。爸爸堅決地說：「這筆錢害死了奶奶，就讓她一分不少地帶走吧。這筆錢是爺爺奶奶用他們的命換來的，我們誰也沒有權利花。」

他給奶奶買了最好的墓地、最好的骨灰盒，把奶奶的骨灰盒同爺爺的骨灰盒合葬在一起。他請了所有的親朋好友來參加喪事，在最好的賓館裡訂了幾十桌酒席。他說，生前奶奶得不到尊重，死後要讓她最風光。他用這種方式來補償自己那可憐的寡母。平時連一毛錢也要節約著花的爸爸，在那些日子裡，花錢如流水。

當時，我們家裡的經濟很困難。兩個正在成長的孩子，他們的學費，讓爸爸媽媽拆了東牆補西牆。本來，媽媽希望這些錢能夠用來補貼家庭的日常開支。沒有想到爸爸全部用到了喪事上，媽媽非常生氣，跟爸爸大吵了一場。媽媽說，總不能讓死人搶了活人的嘴？是已經死去的老人重要，還是正在成長的孩子重要？媽媽有媽媽的道理，媽媽的道理顯然更站得住腳。

可是，爸爸在操辦喪事的時候，已經失去了理性。他絲毫不理會媽媽的勸阻，完全按照自己的設想來辦。不僅花完了所有撫恤金，還背下了一筆不小的債務。

因為這件事，我們家好長一段時間氣氛緊張而壓抑。爸媽陷入「冷戰」狀態，他們之間幾個月都不說話。我和弟弟在驚恐之中小心翼翼地吃飯、穿衣、上學。我們觀察著爸媽陰沉的臉色，心裡充滿了對死去的奶奶的怨恨。那時，我們相信是死去的奶奶不讓我們獲得安寧的。

後來，我長大了。有一天晚上，爸爸給我講述了爺爺和奶奶的悲慘故事。他只講給我一個人聽，他沒有告訴弟弟，因為他覺得弟弟還不可能理解這一切。爸爸整整講了一個通宵，他還破天荒地抽了幾支菸，平時他從來不吸菸。爸爸講得很動情，他先哭了，我也哭了。

在這天晚上之後，我終於改變了對奶奶的看法。

那個晚上，窗外星光爛漫。星光勾勒出爸爸臉龐的輪廓。爸爸的名字裡有一個「星」字，爸爸說，他是在一個也是星光爛漫的夜晚出生的。他出生在一個小小的防空洞裡，那是抗日戰爭的最後一年，日本人的飛機還在天上飛。

在那個晚上，奶奶給我的所有不好的印象都煙消雲散了——我理解了她的冷酷，我對她充滿了同情。可惜，當我明白這一切的時候，奶奶已經不在人世了。我懊悔地想：假如在奶奶生前，給予她一分孫女的愛，她的晚年會不會出現一點亮色、會不會獲得一點幸福呢？

我喋喋不休地給你講述這麼多我們家的「歷史」，你不會厭煩吧？這些雞毛蒜皮的事情，大概每一家中國百姓都遭遇過。幸福，離中國人太遙遠了。苦難，幾乎要淹沒了我們。

我常常想起爺爺的死、奶奶的死，以及他們那些同代人的死。讓我悲哀，也讓我驕傲。我想，對於他們來說，死亡並非人格的完結，死亡也不意味著最後的屈服。尤其是爺爺，他的自殺不是想要逃避、也不是因為恐懼，乃是申明他堅守所信、乃是表示他以死抗爭。

爺爺走完了塵世的旅途，平靜而莊嚴地將自己交付給一波清水。他將穿越死亡的隧道，到達榮美的彼岸。正因為世上有太多的惡，太多的痛苦，我們才更要珍惜光陰，並好好地去愛。

我們的家庭，相隔千里，境遇也是天壤之別。但是，爺爺們的死亡，卻又有著某種神奇的聯繫——他們彷彿是同一條繩索上的麻，在不得不斷裂的時候一起斷裂了。

你的　寧萱

一九九九年十二月二十一日

廷生的信

我的萱：

寧萱，我說不出什麼話來安慰你，你奶奶的故事讓我失眠了。

我常常想，是什麼支撐著爺爺奶奶們在這個殘酷的世界上生活下去的？是愛，是對過去和將來的愛，是對逝者的愛，對子女的愛，以及對鄰人的愛。無論如何，我們都不能對愛失望。沒有愛的人生無異於行屍走肉。

這種愛不是抽象的愛，而是具體的愛。奶奶愛村子裡所有的人，愛老黃牛、小黃狗，愛村頭的大槐樹和田裡的小白菜。從這個意義上來說，這個不認識字的農村婦女，與托爾斯泰反而能夠心靈相通。托爾斯泰說，最大的罪過，是人類抽象的愛。愛一個離得很遠的人，愛一個我們所不認識的、永遠遇不到的人，是一件容易的事情；而愛你的近鄰——愛和你一起生活而阻礙你的人，卻分外艱難。

我聯想起奶奶們的命運來。她們守寡半個世紀，青春變成蒼老，紅顏變成白髮，其中的苦痛究竟有誰知道呢？即使是她們的子女，體會到的部分又占了幾分呢？更何況我們這些與她們之間橫亙著半個多世紀的孫輩了。

海面之下的冰山，誰知道有多深呢？

老樹下面的根系，誰知道有多廣呢？

當愛付出的時候，未必能得到償還，有時適得其反。但是，這樣的結果並不能讓人類停止去愛。奶奶們在命運的沉重打擊下，在時光的慢性折磨下，她們的愛有些扭曲、有些變形，但那依然是愛，是偉大的愛，是需要我們去理解、去設身處地體味的愛。

寧萱，我讀到你對爺爺的描述，就覺得眼前彷彿屹立著一棵青翠的橄欖樹，那樣優雅、高貴、亭亭玉立，蔭庇著沙漠中停息的旅人。
親愛的寧萱，天上有一雙雙眼睛在看著我們。
有朝一日，我們必與他們相聚，笑談人世的風雨，分享豐盛的生命。
有朝一日，我們將不再有懼怕、疾病、苦痛和死亡。
讓我們為死去的親人們祈禱吧，祝願他們在天國裡幸福。
讓我們為活著的親人們祈禱吧，祝願他們在今世裡平安。

愛你的　廷生
一九九九年十二月二十五日

第五章 水井

從幽暗的水井中，
打撈滿滿一水桶的星星

♣ 寧萱的信

廷生：

讀了你的信，我心裡很難受。我的眼淚模糊了你的字跡。

我想起我們的祖輩、我們的父輩，想起他們所經歷的悲劇。不管他們出身如何、地位如何，他們一生都沒有得到最起碼的幸福。

你寫的那些文字，是傷心傷神、摧肝摧肺的。可是，不寫出來，讓它們淤在血液裡，更是傷痛。那麼，還不如把它們都寫出來吧，讓我跟你一起承擔。有人來分擔的痛苦是可以被戰勝的。今天，我在讀一本美國的《國家地理》雜誌，上面介紹了沙漠中的生命之樹——棗椰樹。據說，棗椰樹喜歡頭頂烈日，腳沾涼水，像駱駝一樣，對沙漠中的旅人來說，它是不可缺少的植物。所以，人們非常尊敬棗椰樹，幾乎把它看作親人。

棗椰樹還是各種神話故事的主角。傳說上帝創造亞當之後，用剩下的泥土造了棗椰樹。所以，棗椰樹是有人性的。棗椰樹之間彼此關係親密，如果死去一棵，身旁的「朋友」會因為憂傷而不再結果。更為神奇的是，一棵雌性棗椰樹會因其「情人」被砍掉而枯死。

愛的力量真是神祕莫測。這種力量讓奶奶們掙扎著活了下去，也讓我們在面對邪惡的時候毫無畏懼。一旦產生畏懼，我們的愛也就出現了鬆動。我們離開愛情，就好像樹離開土壤。

死者和生者，究竟誰更痛苦呢？在我看來，生者更加不幸。

我在計程車上給你寫信。我正要趕去開一個金融會議。在計程車上寫信，不表明我不在乎你，而正說明你在我心目中無比重要，我時時刻刻都在想著給你寫信，我隨時隨地都可以給你寫信。我給你寫信可以不拘泥於任何形式。

昨天，我把我們的事情告訴了爸爸媽媽，果然不出我所料，他們都吃驚地合不攏嘴。我說，我準備近期放棄工作到北京去，他們則感到像是要發生一場地震一樣——在爸爸媽媽的眼裡，我現在的工作是人人羨慕的、來之不易的好工作。他們在國有企業中工作了一輩子，更看重「穩定」。現在，我卻要輕易地放棄，然後像蒲公英一樣飄到完全陌生的北京去。

他們認為我簡直瘋了。

不過，我一向自作主張慣了，他們也只能隨我去了。我要慢慢地把你的一切告訴他們，讓他們對你產生信心。我會給他們一些時間，讓他們逐漸接受我將離開他們到遙遠的北京的現實。你也給我一點時間，好嗎？我向你保證，不久之後，我就會履行我們的「約定」，到你的身邊來陪伴你。

我的工作還是老一套，每天指揮技術人員做方案，自己也到處去跟客戶談判。對我來說，它是「職業」，而不是「事業」。其實，我也夢想能夠像你一樣，靠寫作來維持自己的生活，不會很富有，也不至於太貧困。但是，我又太過慵懶，不像你勤於動筆，同時我又太依賴「感覺」——沒有感覺的時候，一個字也寫不出來。這就註定了我無法當一個合格的「職業作家」。

唉，這樣一來，我不得不與那些貪婪的商人與官員打交道。

儘管每天都生活在凡庸和瑣細之中，我依然讓自己「出淤泥而不染」。我沒有太多的欲望，自然也就不會為它們所奴役。而且，我還時時想到你，想到那些我們信守的價值觀，一想到這些，我的眼睛就發亮，我的心裡就被溫情所充滿。

愛你的　寧萱

一九九九年十二月三十日

廷生的信

我的萱：

我在校園裡安心讀書，一不小心，千禧之夜就過去了。有同學跑到附近的海淀教堂湊熱鬧，我不喜歡這種狂歡的氣氛，不是信徒，到教堂去有什麼意義呢？

你給我講的關於棗椰樹的故事，是真的嗎？地球上真有這麼奇妙的樹嗎？如果是真的，我真想有一天，與你一起到那浩瀚的沙漠之中去，看一看、抱一抱這種奇妙的樹木。

樹木與人類、與人類的愛情之間，確實有著某種神祕的聯繫。

我聽說過世界著名女高音格溫妮斯・瓊斯的一個故事。她的家住在瑞士，房子的名字叫「小天堂」，裡面種滿了她心愛的花草樹木。碰巧，園子裡的一棵樹竟然和外面的一棵樹靠在了一起。幾年以後，它們已經無法分開了。然而，鄰居偏偏是一個「痛恨」植物的老太太，總想趁格溫妮斯夫人出去的時候，悄悄砍掉院子外邊那棵正在長高的小樹。

有一天，老太太以為格溫妮斯夫人外出表演去了，便拿上工具，準備砍掉小樹。格溫妮斯夫人聞訊而出，幾乎是哀求對方不要傷害兩棵枝葉纏繞的樹。

「你知道嗎，如果砍掉一棵樹，另一棵也會慢慢死去。」她含著淚說，兩棵樹就像兩個相愛的人，如果其中一個死去，另一個必定痛不欲生。

老太太卻生硬地回答她說：「我丈夫已經死去好幾年了，那麼，我是怎麼活下來的呢？」這個故事應了你的一句老話：人與人之間的差異，遠遠大於人與其他動物之間的差異。

寧萱，你感覺到沒有，這些天來，我的性格也在悄悄發生著變化。因為有了愛，我謙卑著，感激著，我的心靈變得柔軟了，目光變得溫暖了，文字也像圓潤的玉石般散發著淡淡的光芒。與你相愛，我不再擔憂付出愛而得不到回報，我不再懼怕心靈因為不設防而受到傷害。那些將來有可能降臨到我身上的打擊，我也有勇氣來承受。每一次的打擊，將令我更加堅強，將令我們的愛更加鞏固。我願意在愛裡脫胎換骨，得到「完全」。

我願意接受你的愛，用我的心靈，用我的身體，用我的小屋，用我所有的一切。我們用一個碗吃飯，用一把傘遮雨，用一床被子取暖。

寧萱，昨天給你通電話的時候，我站在陽台上，可以望見天上的星星。我是在星光之下與你說話的。

今天，北京又降溫了，現在是一年之中最冷的時候。馬路上結起了一層厚厚的冰，走路也得小心翼翼。校園裡，騎自行車匆匆來去的男孩女孩，經常「啪」的一聲，連人帶車摔在地上。好在年輕，在地上打一個滾，爬起來拍拍身子上的冰花，也就沒事了。男孩堅強一些，立刻又翻身上車了；女孩有的卻會哭鼻子，她們的鼻子在寒風中凍得通紅，我就看到過好幾次。

剛到北京時，我也不知道地上冰塊的厲害，冬天經常摔跤——腿上、胳膊肘上摔得青一塊紫一塊，不過幾天後就恢復了；隨身攜帶的、打飯用的瓷碗卻沒有這麼幸運，摔得坑坑窪窪，脫瓷的地方成了一個個永遠的傷疤。現在，掌握了在雪地上騎車和走路的方法，我再也不會摔跤了。

未名湖成了一個冰上的世界。上次見面，我們一起行走在湖邊的時候，還是秋水盈盈。而今，人們在湖中厚厚的冰層上瘋狂地滑冰。我不會滑冰，只好站在邊上觀賞人們美妙的姿態。還有幾個小孩子坐在小小的滑雪板上，從湖的這邊滑到那邊。笑聲在風中，像冰一樣透明。

你的信又讓我想起洛札諾夫來。在相伴多年的妻子去世之後，洛札諾夫才發現他的整個世界都是靠妻子支撐的，妻子一離開，全部都坍塌了——包括文學、藝術、房屋和金錢，所有的一切。他想再對妻子說一聲「我愛你」，妻子卻永遠聽不見了。此時此刻，即使能夠點石成金，又有什麼幸福可言呢？

洛札諾夫懊悔地寫道：「我沒有把老伴兒從病魔手中解救出來。而我是能夠做到的。只須對她多一分關心，對錢幣，對金錢，對文學少一些興趣。這是我唯一的和全部的痛苦。……只有包著鐵的房子才是結實的，堅固的。我身上的鐵太少了，正因為如此老伴兒才會這麼艱難。她一個人拉著一輛大車，氣喘吁吁，苦苦掙扎。她是為我掙扎啊。如今拉車人倒下了。而我能做的卻只有哭。」愛是有重量和顏色的，像鐵一樣沉重，像鐵一樣深沉。在掙扎之中，愛方能顯示出它的重量和顏色。

洛札諾夫說：「所有的愛都是美好的，並且只有它才是美好的。因為世間人身上唯一真實的東西就是愛。」親愛的，我們將獲得愛，我們將是世界上最幸福的人。我們永遠都不分開，像兩條相濡以沫的小魚。你有這樣的信心嗎？

給你寫的信，是我一生中最激情的文字。愛使人年輕，使人單純，使人天真。

寧萱，我們的面前也有大海，有波濤。我們一起出海吧。

這些天來，我一直在讀你的爺爺奶奶的故事，也在回想我的爺爺奶奶的故事。親愛的寧萱，我們有同樣的勇氣面對厄運的降臨，我們將比祖輩和父輩們做得更加出色。我在稻香園裡有一個小小的角落。儘管稻香園裡並沒有真正的稻香，儘管這個角落僅僅是臨時租來的，但只要你來，這裡就是我的天堂。

你的降臨，將使得我的「宿舍」變成一個真正意義上的「家」。「宿舍」和「家」的區別，不在於是不是豪華的別墅與公寓，而在於有沒有一個美麗聰慧的女主人。「宿舍」是冷冰冰的，「家」是溫馨的；「宿舍」是漂泊的，「家」是穩固的；「宿舍」是一個人的，「家」是兩個人的。

我盼望著你的到來，盼望著你親自來完成我的「宿舍」到「家」的巨變。畫龍的最後一筆就是「點睛」，你的到來，將像一道閃電，照亮我這間黯淡的房間。

愛你的　廷生

二〇〇〇年一月四日

♣ 寧萱的信

廷生：

想起我給你的第一封信，已經是上個世紀發生的事情了。如果不是你的信讓我在這冷漠的天空中依稀看到星星的光芒，我不會提起這封塵已久的筆。你的信總是惹我掉淚。收到你的信時，正好我快要下班了。我一邊讀一邊流淚，顧不上周圍還有同事。祕書小姐吃驚地跑過來，問我怎麼了。我搖搖頭表示沒有什麼，還裝出一副笑臉來勸走她。

你既軟弱，又堅強。正是這樣，你才真實。我們不會忘記那些血泊和眼淚，這樣我們才有戰勝恐懼和邪惡的希望。每一個沒有被恐懼和邪惡征服的人，都是心裡充滿愛的人。

在爺爺們的眼睛裡，奶奶們就是他們的「海倫」；在父親們的眼睛裡，母親們就是他們的「海倫」——美貌是次要的，關鍵在於心靈的契合。

每一個男人心目中都有一個「海倫」。不知道，我是不是你的海倫呢？

英年早逝的台灣散文家林耀德寫了一篇題為〈海倫〉的文章。文中介紹了兩位獲得諾貝爾文學獎的希臘詩人：塞菲里斯和埃里蒂斯，他們都以「愛琴海的歌手」的浪漫頭銜聞名於世，作品也都曾以特洛伊戰爭的導火線海倫作為哀傷的主題。

地中海上陽光燦爛，他們的心靈也陽光燦爛。在陽光中的愛情，最是婀娜多姿。

埃里蒂斯筆下的美人海倫，是一個神祕而超越時空的象徵；而塞菲里斯筆下的海倫則是一個幻影，是一件空蕩蕩的白袍子，無數人為了這一虛無的美麗而被慘烈地屠殺了。這難道是美麗需要付出的代價？

我想，有錯的並非是女性的美麗，而是男人的邪惡。美麗本身是高貴的，美麗難道是一種錯誤嗎？錯的是那種妄想獨自占有美麗的狹隘心理，它最終導致了美麗的毀滅。

海倫生活的愛琴海，我覺得不如翻譯成「愛情海」。中學時候學地理，我就把「愛琴海」寫成「愛情海」，後來還遭到老師和同學的笑話。我卻固執地認為，這是我自己的理解和我自己的翻譯，我一點也不服氣。我始終認為，這片海洋是專門為愛情而誕生的。

我正躺在床上讀這本新買的《林耀德散文》，然後掏出紙來給你寫信。給你寫信，是我一天中最快樂的事情。不過，給你寫信的時候，我照樣躺在床上。字跡當然顯得非常潦草。然而，我想，只要你用心去讀，一定能夠認識所有的字。

人為什麼不在哀痛哭泣之前早一點醒悟呢？

人為什麼不在失去愛人之前早一點愛他呢？

有了愛，苦難也就變得無足輕重了。

有了愛，人的脊梁也就可以挺直了。

親愛的，我相信，愛是邪惡的剋星。我們擁有比長輩更多的愛，也就擁有比他們更多的勇氣。我記得《聖經》中有這樣的話：「愛情，眾水不能熄滅，大水也不能淹沒，若有人拿家中所有的財寶要換愛情，就全被藐視。」可見，即便是貧賤夫妻、柴米油鹽的愛情，也自有其不可蔑視的神聖性。

體驗愛，是我們活著最重要的原因。

南方的冬天是一種特別的陰冷，我們這兒見不到冰雪，我倒是很渴望見到北京的冰雪呢。如果以後我來北京定居，每年都會有冰雪為伴了。

愛你的　寧萱

二〇〇〇年一月九日

廷生的信

我的萱：

是啊，人生有多麼奇妙：我們的認識，居然是上一個世紀的事情；我們剛剛萌芽的愛情，居然跨越了一個世紀！

你在信中談到了引發一場戰爭的海倫。是的，每一個男人在心目中都有一個海倫。寧萱，你就是我的海倫啊。

為了你，我願意發起一場「戰爭」——一場與昨日的我的戰爭、一場與一切黑暗勢力的戰爭。我要做一個通體透明的人，一個好心腸的人。愛情多麼神祕，它讓人變得更加純潔了。

小時候，在成都平原的小鎮上，每當秋天的夜晚，我都和外婆一起到天井裡看星星。我是外婆帶大的孩子，我跟外婆最親。外婆一邊給我搖著蒲扇，一邊給我講解星星的名字和故事。最曲折的當然是牛郎和織女的故事了，外婆百講不厭，我也百聽不厭。我望星星望得脖子發酸，直到睡意朦朧，在外婆的臂彎裡睡去。半夜裡醒來，才發現自己被外婆抱上了床。

那時候，外婆在我心目中是最博學、最聰明的人——她居然知道每顆星星的名字。

長大了，我一個人來到北京。外婆不在身邊，我自己嘗試著分辨星星的名字。我是一個最沒有方向感的人，去過好幾次的地方，還是會迷路。但是，我這個在紅塵中經常迷路的人，卻可以在漫漫的星空中，尋找到自己喜歡的那顆星星。在北京，有星星的夜晚已經不多了。

難怪你如此熱愛詩歌，因為詩人就是使用另一種「星際語言」寫作的人，詩歌如同「星星在向你開口說話」。此刻，我想起了遙遠的俄羅斯。在二十世紀初風起雲湧的革命浪潮中，那些在白銀時代活躍的作家和詩人們，流亡的流亡，被捕的被捕，更多的人在物質上陷入困窘、在精神上陷入痛苦。他們厭惡舊時代，又對新時代充滿疑慮，就像是一個同時騎在兩匹烈馬上的騎手，身體承受著撕裂的疼痛。

而對於剛剛掌權的布爾什維克們來說，詩歌是「沒有用處」的，因此也是「不存在」的。他們只承認涅克拉索夫的意義——因為涅克拉索夫的詩歌揭露了沙皇統治時代的邪惡和黑暗，指出了在那個時代的俄羅斯誰能活得好、誰又活不下去，這是符合黨的理論的。黨的文化官員們非常厭惡那些「頹廢派」的詩歌，他們認為這類作品體現了「資產階級腐朽和沒落的生活」。領袖在最高指示中說：在一個日新月異的新俄羅斯，不應當再給這些作家和作品以生存的空間。

就在這樣一個詩歌和詩人遭到滅頂之災的時刻，女詩人苔菲講述了這樣一個神奇卻又真實的故事。有一天，有一位革命者前來拜訪苔菲，兩人討論起詩歌來。當女主人誇耀巴爾蒙特的詩歌時，客人從書架上取下一本巴爾蒙特的詩集，信手翻開，讀了起來：

鈴蘭、毛莨、甜蜜的戀人，
不可能的瞬間，瞬間的幸福

「這是什麼亂七八糟的。這些詩句有什麼意義呢？首先是意義！」革命者皺著眉頭說。
苔菲說：「那麼，我給你讀一首。」她沒有翻書，稍稍回憶了一下便流暢地朗誦起來：

我教授你星際的知識，
用山麓造就一道彩虹，
在嘈雜的歲月的深谷上
高高撐起你的樓閣……

客人一下子就被吸引住了：「什麼？能再讀一遍嗎？」
苔菲重複了一次。
「然後呢？」革命家迫不及待地詢問。

苔菲讀了第二小節和結尾：

我們沐浴著光芒和歌聲
在最後的瞬間，
將臉朝向南方。

這位客人被深深打動了。在沙發上沉思了一陣之後，他告訴苔菲說，這些詩句裡有一種他無法理解的魅力，一剎那就撞擊了他的心房。他請求苔菲將整首詩歌都抄給他，他要把這樣的詩句隨身攜帶著。

後來，這名革命者在布爾什維克革命中平步青雲，成為一個非常顯赫的領導人。他大筆一揮就可以決定無數人的生死。然而，他依然沒有忘記當年苔菲抄給他的那首詩歌，那首用「星際語言」寫的詩歌。苔菲沒有透露他的姓名，但她有些得意地指出：「他保護了很多作家兄弟，也許是那種他無法理解的星際語言影響了他。」這是一個動人的故事。「沒有用處」的詩歌具有超越金錢和權力的巨大力量。這種力量來自冥冥的星空，不是人間的律法所能左右的。偉大的詩人掌握了星空的祕密，他們使用一種特殊的密碼，編造出美輪美奐的詩句。革命家擁有人間的權力，決定國家的內外政策、某個人的生死，但他們無法侵入詩人的世界，無法遮掩住星星的光芒。

即使在那些最艱難的時代裡，詩人也不會停止他們的吟唱和仰望。身體深陷在泥沼裡，靈魂卻在高高的天空中飛翔，飛到像星星一樣的高度上。波赫士說：「正如夢境和天使所展示的，飛翔是人類基本的渴望之一。」詩人是將飛翔作為人生最大目標的一群人，如果不能在現實的世界中飛翔，便要創造出一個掙脫地心引力的、能自由飛翔的世界。

我一直就相信，在我們這個世界上，詩歌多一點，良善和美麗就多一點，相反，邪惡和黑暗就少一點。北大才女杜麗在一篇題為〈星光和泉水〉的散文中，寫去偏遠的鄉村旅行的故事。車在中途拋錨了，正在沮喪的時刻，她抬頭仰望了一下山區的夜空，神奇的景象出現在眼前：「就像一個從未領略過星光之美的孩子，我不敢相信我的眼睛：天上是一場華美盛大的星星的集會。它們是怎樣做到如此親密地共處一地而不互相擁擠，數目繁多卻如此靜穆？身居無比的高度，其光芒卻又深入地照亮每一個普通人的眼睛？」星星們以其高尚而謙遜的存在，引導著人類的心靈向著純潔、真誠的方向發展。我們每一個人的人生中都有這樣的時刻。此時此刻，我不禁想起「信仰」這個詞來——那些為我們的心靈所堅信的東西，需要我們抬頭仰望，像仰望星星一樣。

寧萱，我們相信，古往今來，偉大的文學就像星星們一樣——「身居無比的高度，其光芒卻又深入地照亮每一個普通人的眼睛」。我尊重那些使用著「星際語言」的詩人們，他們的詩歌是滴在花崗石上的水滴，再堅硬的花崗石也會被雕琢出一道痕跡來；他們的詩歌是閃爍在天幕上的星辰，再多陰雲的夜晚也總會有星辰給黑暗中行走的人指路。

愛你的　廷生

二〇〇〇年一月十三日

廷生：

親愛的，謝謝你分享了這麼多關於星星的故事。有一位詩人說過，星星般的彈孔中，流出了血紅的黎明。彼岸已經是黎明，我們這邊還是夜半。

歌手齊豫有一首歌這樣唱：「天上的星星，為何像人群一般的擁擠呢？地上的人們，為何又像星星一樣的疏遠？」這是羅青的詩吧。我也回報你一個關於星星的故事：這是俄羅斯美麗的女作家別爾戈利茨講述的故事，童年時代，有一位老人告訴她說，白天的星星比夜晚的星星更亮、更美，只有在很深很深的井裡才能看見。從那天晚上起，小女孩就有了一個壓倒一切的瘋狂的願望——看見白天的星星！

親眼看見白天的星星的願望和帶領大家一起欣賞這些星星的計畫，充滿了別爾戈利茨的少女時代。那時，正值豆蔻年華的她，還不知道期待幸福遠比擁有幸福本身更激動人心。正像預先品嘗一項宏大、複雜而又心愛的創作，往往比作品本身更能給人以莫大的喜悅一樣。

懷著追尋白天的星星的夢想，別爾戈利茨走上了漫長的文學道路。歲月流逝，她走過俄羅斯大地上的許多村莊，也看過各式各樣的水井，一直沒有放棄尋找白天的星星的願望。她相信，在俄羅斯的大地上確實有許多星光燦爛的水井，既有被童話般的牛蒡靜靜包圍的老井，也有剛剛開掘的、用水泥砌得整整齊齊的新井。多年以後，雖然沒有真正找到這樣的一眼水井，她依然無悔地寫道：「我不僅相信確有這樣的水井，並且我還希望我的心，我的書，也就是我向所有讀者敞開的心，也像水井那樣能夠映照和珍藏白天的星星——人的心靈、生活和命運。」這大概是一個詩人最美好的願望了。是的，天上的每一顆星都對應著地下的一顆人的「心」，「星」與「心」之間交相輝映。

大自然是如此奇妙和美麗，文學的作用就是將那些動人心弦的瞬間定格下來；人生是如此曲折和豐富，文學的作用就是將那些淚水和笑容描繪下來。對於詩人或作家而言，如果能在這眼深邃的水井中增加屬於自己的那一勺水、那一顆星，就是最大的成功。

讓我跟你談談外公、外婆的故事吧。在這一點上，我們也是如此相似：我們都是外婆帶大的孩子。在我小時候，父母在兩個不同的城市工作，聚少離多，他們只好將我送到外公和外婆家。那是一個白牆灰瓦，小橋，流水，人家的江南小鎮。

外公也有一番不平凡的履歷。少年時代，他被送到當地的一所教會學校念書，老師是一位名叫約翰的英國傳教士。約翰來自英格蘭一個牧草豐美的小鎮，聽從上帝的呼召，來到遠東陌生的土地上，為上帝牧羊群。師母出身於一個古老的騎士家族，也跟隨丈夫跋涉千山萬水，無怨無悔。近代以來，前仆後繼地來到中國的西方傳教士們，是一群後來被遺忘、甚至被汙名化的人群。他們不是帝國主義的先鋒，他們是愛的使者。近代中國第一個孤兒院，第一個養老院，第一所現代化的醫院，第一份報紙，全都是傳教士們創辦的啊。我們為何如此健忘呢？

外公後來告訴我，約翰是一個高個兒大鬍子，外表嚴肅，卻性情溫柔，教學的時候極有耐心，從來不打罵孩子們。他既是牧師，又是學校的校長；而美麗的師母則給孩子們上音樂課和美術課，禮拜日的時候，還在教堂裡司琴。他們的三個孩子，也都在學校裡跟中國孩子一起上課、一起吃飯，沒有任何特殊的待遇。不過，週末的時候，師母會親自烤麵包，用英格蘭家鄉的方式來烤，麵包的香味瀰漫著整個小院子。有一次，外公去找約翰牧師有事，師母將剛出爐的麵包送了他幾個，外公說，那是他一生中吃到過的最好吃的麵包。

後來，外公從省城的師範學校畢業後，又回到小鎮，給約翰當助手，再後來，成了這所小學的副校長。四十年代中期，約翰不幸患病去世，外公便挺身而出，接替了他校長的職位，讓這所學校可以繼續辦下去。那時候，小鎮上有一所公立小學，然後就是外公當校長的教會小學，後者的教學品質明顯高於前者，紳商階層的子女一般都會選擇到這裡讀書。不過，所有的孩子都要經過嚴格的考核才能進來：如果是窮人家的孩子，成績十分優異，不僅可以免交學費，還有生活補助；如果是富人家的孩子，成績太差的話，交多少錢都進不來。今天，哪裡還有這樣的學校呢？今天的學校，從小學到大學，哪個不是將賺錢看得比育人還要重？

外公是鎮上備受人們尊重的「大知識分子」。民國時代，雖然烽火連天，內戰和外辱一波接一波，但民國有民國的氣象和格局，民國有民國的明朗和澄淨。雖然算不上路不拾遺、夜不閉戶，但人與人之間和善相處，那個時候的人，還保存著人性的良善，還保持著對文明的尊重。

那時，外公不到三十歲，還有一番青年人的雄心壯志，想把學校慢慢擴展，以後創設中學部。然而，天地玄黃的歷史大變動，卻不是一個小小的教師所能判斷和預測的。大陸政權更迭以後，新政權立即宣布驅逐所有的外國傳教士，師母和三個孩子只好揮淚離開了這個他們生活了二十多年的國家，這裡本來已經是他們的「第一故鄉」了。他們不能帶走約翰的屍骨，他們也不可能想到，在十多年之後的「文革」中，約翰的墳墓會被面目猙獰的紅衛兵們鏟平。

第二步就是沒收教會學校的資產。連北京的燕京大學和上海的聖約翰大學那樣的名校都不能倖免，小鎮上的這所小學豈能獨獨倖存下來？不久，學校就換了個牌子，變成了一所公立學校，所有的課程也都來了個翻天覆地的改變，跟宗教有關的課程全改成了政治課。上級派來了黨委書記和校長。外公則被剝奪了講課的權利，上了一段時間的「學習班」，清除了所謂的「帝國主義毒素」之後，被格外開恩，安排在學校裡當門房。

這門房的職位，外公一幹就是二十多年。每天，他最早來到學校，收發信件報刊，打鈴掃地，幾乎就是幹所有的雜活。二十多年如一日，當他目送孩子們上學和放學，心中是何滋味？我沒有問過外公，不是不敢，而是不忍。

一九六六年，更大的災難降臨了。儘管外公安分守己、如履薄冰地幹他那門房的工作，但還是躲不過這場浩劫，因為他早已被劃為「歷史不清白」的那類人。「文革」伊始，這個當年英國傳教士的助手，首當其衝地成為紅衛兵和造反派鬥爭的對象。從肉體的摧殘到精神的折磨，一步步地升級。不過，外公比爺爺豁達開朗，也許跟他長期在約翰身邊的耳熏目染有關，雖然他不是受洗的基督徒，但他身上有一種悲天憫人、超然物外的宗教情懷。所以，外公沒有像爺爺那樣選擇走向死亡，而是掙扎著活了下來。活著，還是死去，他們走了不一樣的路。

外公雖然是教會學校畢業的學生，但他在骨子裡是一個很傳統的人。上教會學校前，他念過幾年的私塾。所以，他寫得一手好字，也會背誦很多古詩。我記得小時候，最幸福的時刻就是晚飯後，與家裡和鄰舍的孩子們一起圍著外公，央求他講故事。外公的心中藏了千百個讓我們永遠也聽不完的故事，有的是從《聊齋》中來的，有的是舊時的戲文裡的，還有更多的，是外公自己東挪西湊之後創作出來的。

而外婆呢，外婆沒有念過多少書，是一個典型的小家碧玉，她的針線活卻聞名於周圍的鄉鎮。如果放在今天，她說不定會被評為一名民間的工藝美術大師呢。外婆的刺繡，在當地無人能及，出嫁之前就有很多姑娘來找她學藝。也正是靠著這一手的絕活，在外公遭難之後，她才能支撐起一個大家庭來。跟你奶奶靠賣豆腐來養家餬口是一樣的，我外婆也悄悄地靠著刺繡掙了不少錢。即便在毛澤東消滅一切「資本主義尾巴」的時代裡，這些生活在社會底層的女性，不懂得經濟學的女性，卻成為最早的「商品經濟」的實踐者。在苦難的面前，女性比男性還要堅韌。即便在那些不讓人活的最殘酷的時代裡，作為妻子和母親的她們，出於對丈夫的愛、對孩子的愛，也能在巨石的縫隙裡擠出小小的一片天地來，呵護著家人活下去。

奶奶跟我不親，外婆卻是跟我最親的。小時候，外婆常常把最好吃的東西給我留著，因為還有其他的表兄弟，回來時都會翻箱倒櫃地找東西吃，外婆便將桂花糕等各種點心，藏在一個裝針線的匣子裡。她在門口等待我放學，一見到我像一朵花蝴蝶一樣飄回來，立即神祕地把我帶到她的房間，從衣櫃的頂上取下針線匣子，拿出糕點來給我吃，還四處打望一番，悄悄對我說：「不要讓哥哥、弟弟們看到了！」因為孫輩中只有我一個女孩，外婆就把我當心肝一樣疼著。

寫了這麼多，累了。先到這裡吧。廷生，你也向我談談你的外公外婆吧！

你的　寧萱

二〇〇〇年一月十八日

廷生的信

我的萱：

親愛的，我們都是在小鎮上長大的孩子。我常常想，小鎮上的孩子有什麼好處呢？首先，他們不像大城市的孩子那樣，在鋼筋水泥的森林裡長大，不知道花草樹木、鳥獸蟲魚的可愛。小鎮或近山，或近水，與大自然融為一體，所以，小鎮上的孩子等於是在大自然中長大的。其次，小鎮上的孩子又不像農村的孩子，在文化的荒漠中懵懵懂懂地成長。小鎮上的孩子，周圍有人文環境，承繼文化傳統，知書識禮。魯迅、郁達夫、胡適、徐志摩，都是從小鎮上走出來的文豪，「腹有詩書氣自華」，有玲瓏剔透、多愁善感的心思。

我對文字的熱愛，始於外公閣樓上的那些線裝書。那是外曾祖父留下來的書，外公將它們藏在閣樓的夾層裡，終於逃過了紅衛兵的抄家。這些線裝書中，有《詩經》、有《全唐詩》、有《紅樓夢》……記得多少個夜晚，我在昏黃的燭光下，忘情地閱讀這些書籍。直到外婆怕我太勞累了，心疼地走進來，滅掉蠟燭，強迫我上床睡覺。

那麼，故事就要從外曾祖父開始說起。我小時候，見過外曾祖父幾面，如今只有一個模糊的印象了。比較清晰的一段記憶是，我還在上幼稚園的時候，有一次外曾祖父來看望我，因為外公是他的長子，母親是他的長孫女，我是他的第一曾外孫，所以他特別疼愛我。那一次，外曾祖父帶著米花糖、桃片糕等一大包糕點來，顫巍巍的爬上我們家住的四層樓。他還非得讓我當著他的面吃上幾口，他在旁邊笑眯眯地看著。那一刻，大概是他晚年最快樂的一刻了。

外曾祖父是一個醫術高超的中醫。據說，他的醫術是好幾代傳下來的，到了他這一代，繼承了一間鎮上最大的藥房，名為「永康藥房」。他們三兄弟一起經營，沒有幾年的時間，便搞得風生水起，紅紅火火。外曾祖父自己研製和生產一些藥丸，其中有一種專治感冒發燒的藥丸，又便宜療效又好，不僅全縣的老百姓都知道，即便是鄰縣甚至省城的人，也都聞名跑來購買。外曾祖父說，給人看病、抓藥，一靠經驗，二靠良心。一塊錢可以看好的病，絕不收兩塊錢；一塊錢的藥，也絕不收兩塊錢。這些藥丸，價廉物美，薄利多銷，最後利潤也十分可觀。

後來，我異想天開，有一次跟外公說，要是爺爺生病的時候，遇到外曾祖父，也許就不會死了。但後來外公說，那時候你爸爸媽媽都還沒有出生呢，兩家人根本不認識，兩個鎮子相隔了好幾十里地呢。更何況，你外曾祖父專攻中醫，中醫治療慢性病的效果很好，但像闌尾炎這樣需要立即開刀動手術的病，還真是非西醫不可。所以，即便是你爺爺到了「永康藥房」，你外曾祖父也治不了他的闌尾炎。我這才重重地歎口氣，打消了這個「改寫歷史」的念頭。

那是四十年代初期，抗戰的硝煙席捲了大半個中國。國民政府選重慶為陪都，四川成為抗戰堅實的大後方。許多大學、企業和機關也都遷移到了成都平原。在那個國破家亡的時代，成都平原大概是唯一一處人民安居樂業的桃花源。

外公說，早年創業的時候，外曾祖父和他的兩個兄弟一起，一個人負責上山採藥，他們用的中藥，如果本地有的，大部分都是自己上山去採，這樣能夠保證品質；一個人負責加工製作，前院是藥房的鋪面，後院就是作坊，擺設著各種製作藥丸的工具；還有一個人就在店鋪前面接待客人，同時診斷一些尋常的疾病。三個人天天都是起早貪黑，才使得藥房的生意越來越好，創下一份小小的家業。所謂小小的家業，如今還在的，就是當年小鎮上最漂亮的那個三重院落的房子了。前面的門臉，已經不復當年木板拼合的模樣，修成了千篇一律的捲簾門。後面的院子倒還保持原樣，外公外婆搬到縣城之後，已經賣給了別人。

到了五十年代初，整個院子都被政府沒收了，全家一起被掃地出門。前面的門面成了政府的供銷社，後面的房子成了鎮上的招待所。「文革」結束後，「落實政策」，這才將後面的半個院落歸還給外公，這裡就成了我童年玩耍的天堂。那時，爸媽在樂山的礦井上工作，還沒安頓好，我便在老家跟外公外婆住在一起。雖然只剩下半個院落，但還有寬闊的天井、甘甜的井水、雕花的木窗、罩著蚊帳的大床、長長的樓梯，甚至還有一個像魯迅筆下的「百草園」那樣的後花園，外公種植了好多花草和中藥。

抗戰結束時，外曾祖父專門到六十公里外的省城成都去考察，看看有沒有可能開一家分店。他差一點就盤下省城的一家藥店。不過，後來鄉下的地價猛跌，他把多年的積蓄拿出來買了二十多畝田。他在本質上還是個保守的鄉紳，而不是一個有進取精神的商人和資本家。結果，沒有收幾年的租子，一九四九年變天之後，所有的田地都被沒收，而且一家人還被劃為「地主」，從此當了幾十年的「賤民」。小時候，小朋友們吵架的時候，就有人說，你外曾祖父是地主，你外公是地主的兒子，你媽媽是地主的孫女。每當聽到這樣的話，我都感到不可思議。因為在我的印象裡，外曾祖父哪裡有半點小說和電影裡那種地主的派頭，他節衣縮食，勤儉持家，自己捨不得吃一塊糕點，最多就是買一把炒胡豆來下酒吃。

外曾祖父身上還有一個致命的「歷史污點」——他曾經當過「保長」。那時候國民黨政權實行保甲制度，從稅收到徵兵，最基層的工作就交給保長來負責。因為外曾祖父在當地頗有人望，鎮長便不由分說地將「保長」的職務安到他的頭上，他想不當也不行。其實，鎮長的心思任人皆知：因為外曾祖父家境殷實，如果完不成稅收等任務，就讓他拿自己的錢來墊付。幾年的保長生涯，外曾祖父不僅沒有撈到什麼好處，反倒是自己貼了不少錢。然而，就是這樣一個沒有「品級」算不上「官」的保長，在一九四九年之後，就成了一個大問題——這不是國民黨的餘孽嗎？

外婆說，五十年代初暴風驟雨式的政治運動中，一家老小沒少受罪。鎮壓反革命是紅色王朝的開國鑼鼓。舊政權的中下層官吏，農村裡的鄉紳階層，城市裡的幫會異教，幾乎一網打盡。僅就官方的統計和毛澤東本人的講話，就有數百萬之巨。在中國歷史上的歷次改朝換代中，這一場血腥屠殺是最為殘暴的。暴力革命需要流血，革命成功則需要血祭。那個時候，沒有法律，沒有法庭，一切都是勝利者說了算。

可是，像外曾祖父這樣的一個大家族，又算不上失敗者啊。他們根本就沒有參加過國共之間的血腥拚殺，他們只是安安分分的老百姓。只是比普通人勤勞一點，聰明一點，所以也就富裕了一點而已。但是，他們卻成了被革命的對象。外曾祖父的家被抄了又抄，凡是值一點錢的東西，都被搶走了，連一張收條都沒有。東西也不知道最終落入了哪些人家。

外曾祖父被五花大綁去陪了好幾次殺場，旁邊的人都被槍殺了，嚇得昏厥過去的他，被押回去，仍然五花大綁著扔在死牢裡。這種「陪殺場」的酷刑，不是中國獨有的，當年杜思妥也夫斯基也有過這樣的遭遇。幸虧外曾祖父從來沒有做過虧心事，才被好心人從死刑名單上刪去了。他最終逃過了一劫。當他被釋放回家的時候，已經不成人形了。

外婆說，家人給外曾祖父清洗身體，那幾處被捆綁幾天幾夜的地方，肌肉已經潰爛了，有的地方甚至長出了蛆蟲。但是，一家人除了相對垂淚之外，還能到哪裡去伸冤呢？幸虧家人精通醫術，上山採了些草藥敷上，才讓外曾祖父沒有落下殘疾。而外曾祖母卻投井自盡了。士兵和暴民逼迫她說出將金條藏到哪裡去了，他們拿著鋤頭在院子四處挖掘，什麼都沒有找到。一個小康之家，哪裡會有金條呢？外曾祖母告訴他們說，她一輩子都沒有看過金條是什麼樣子。而那些毆打她的民眾，許多居然是昔日他們曾經免費施藥的人。一夜之間，他們的面目為何變得如此猙獰？他們強迫外曾祖母背著磨盤在地上爬，嫌她爬得不夠快，還用鞭子抽打她。入夜，人們散去了，外曾祖母從地上爬起來，到內室換了一身乾淨衣服，一扭頭就跳進了後院的那眼大水井。在那個疾風暴雨的時代裡，一個如此卑微的「地主婆」的死亡波瀾不驚。

外曾祖母的慘死，外曾祖父不能有一句怨言，工作站的領導說：「誰讓她自絕於人民？」外曾祖父只能悄悄地將妻子掩埋了，還得若無其事地活下去，繼續接受人民群眾的「再教育」。後來，外曾祖父被剝奪了製藥、行醫和經營藥房的權利，成了一名每月領五元錢工資的清潔工，從小鎮的這頭掃到那頭。再後來，經過一位朋友的關照，外公在一所學校當老師，這才勉強養活一家人。另外，外曾祖父真是一個心靈手巧的人，他很快就學會了編織籮筐、背篼、掃帚等竹製品，鎮上趕集的時候賣一點，或者直接換一些糧食，全家總算勉強可以維持溫飽。

寧萱，為什麼我們一講起家族的歷史，就有這麼多可怕的故事？我們家的故事和你們家的故事，少有風和日麗，多為霜刀雪劍。難道這一百年來，大部分中國人都是如此悲慘嗎？

愛你的　廷生

二〇〇〇年一月二十三日

♣ 寧萱的信

廷生：

不是我們有意選擇苦難來傾訴，像祥林嫂一樣；而是，我們的生活本來就是充滿了苦難。有時候，我都不知道祖輩和父輩是如何挺過來的，卡夫卡說：「挺住，就意味著一切！」這句話適用於這一百年來的中國人。

波蘭詩人揚・雷宏尼說過：「在春天，就讓我看見春天，而不是波蘭。」波蘭詩人米沃什說，這句話概括了每一位波蘭作家所感受到的那種撕心裂肺的感覺。只寫個人生活，只寫諸如時間流逝、愛與死等「普遍人性」的問題，似乎是很容易做出的選擇。但在這一切的背後，「另有一種東西始終潛伏著。」波蘭的命運，跟我們是多麼地相似啊，那句詩歌也可以改為：「在春天，就讓我看見春天，而不是中國。」只是，他們已經走出了黑暗，我們仍然在黑暗中。

我讀過作家章東磐訪談一批當年滇緬戰場上的老兵的文章。其中有一位名叫張子文的老人，小時候是縣太爺的公子，抗戰軍興，血氣方剛的他投筆從戎，投考中央軍校，專習炮兵。一九四四年，他隨遠征軍參與滇西反攻戰役，官拜少校，隨侍總司令衛立煌左右。日本投降後，他脫下戰袍，任教於保山一中。一九五六年，仍在授課的他被叫去「談話」。沒有想到，黑暗驟然開始，沒有預警，沒有權利的告知，沒有申辯的機會，因為根本沒有審判。從此，他被投入監獄，那黑暗一聲不吭地延續了二十六年。曾經熱血沸騰的軍官，如何熬過這望不到盡頭的苦難？

重回人間，張子文已經五十二歲了。他獲得了「平反」，也就是說有了重新做人的資格。他在獄中的二十六年，是不能溫習英文的。不講英語尚能留在歷史反革命的隊伍裡，只消說一句英語，哪怕在夢中，恐怕即刻會升格為美國特務，那時勾連上美國對任何個人都是天塌地陷的大災難，何況不由分說成了歹毒的、雙手沾滿人民鮮血的美蔣特務？然而，張子文在與世隔絕二十六年之後，重新上講台，仍然是教英語，是全校最好的英文老師。

又過了二十年，已經退休的張子文老師、昔日的張子文少校，與來訪的、當年曾經並肩作戰的美國老兵重逢，他們用流暢的英語交談。老人語氣平和，無論是講到當年血肉橫飛的戰場，還是講到二十六年的監獄和勞改營的生涯，都雲淡風輕。美國老兵的胸前掛滿各式勳章，而張子文的胸前一枚勳章都沒有。他曾經有過的那枚勳章，早就含淚銷毀掉了。但是，這絲毫也無損於他的偉大。面對這一幕，章東磐這樣寫道：「今天，我寧可原諒那苦難的造就者，因為他們也曾掙扎於政治對手的血腥清洗，恐懼使人瘋狂。但我絕不原諒今天仍然視民族苦難於無睹的任何一個人，要麼你不講歷史，要講就講出不幸的真實，讓我們的後代子孫再不要踩進那樣血腥的陷阱。」可惜，今天孩子學習的歷史教科書上，仍然寫滿了謊言，仍然沒有張子文他們的位置。

我的外公沒有張子文那麼大起大落、可歌可泣的履歷。「文革」結束，獲得平反，他被安排到一所中學裡當英語老師，這個過程，倒是與張子文很相似。外公又教了十幾年的書才退休。落下了二十多年的英文，他重新拾起來的時候，居然是如此自然而然。好像那本英文詞典昨天剛剛合上一樣。要是這二十年，他一直站在講台上，不知會多教多少學生呢。可是，外公沒有任何的怨恨，廢寢忘食地教育那些孫兒輩的學生們。他的大部分工資都花在訂閱各種英文報刊上了，在整個小鎮上，沒有哪家有他那麼多英文資料。他最後這些年教的學生中，高考的時候出了好幾名縣上的狀元、榜眼和探花。一談起那些學生來，他就眉飛色舞的。不過，最讓外公驕傲的還是我和弟弟，以及幾個表哥表弟，我們全都考上了重點大學。

廷生，你知道嗎，我的英語的啟蒙，還是外公的功勞呢。老師們都說，我的英文發音比他們英語專業出身的都還要標準。大概，因為外公的英文是從約翰牧師和師母那裡學到的，有一種字正腔圓的英格蘭味道吧。

愛你的　寧萱
二〇〇〇年一月二十八日

進了。

廷生的信

親愛的寧萱：

我的英文一塌糊塗，連滾帶爬才勉強及格。要是有你外公當老師，我的英文一定可以突飛猛進了。

實際上，中國的每個家庭的百年史，都是一部催人淚下的悲劇。不過，像我們這樣將悲劇當著悲劇來講的人並不多，更多的人是將悲劇當成了喜劇。正如米沃什所說：「芸芸眾生的個性受到了壓抑，他們的嘴臉受到了扭曲，變得跟漫畫一樣。作為波蘭人，我們也生著這樣的面孔。這造成了我們痛苦的情結。」

接著講外公的故事吧。外公說，外曾祖父那代人，頭上頂著地主的帽子，其實一天福都沒有享過，一根燈芯都要分成兩根來點，更不用說錦衣玉食的日子了。而外公呢，雖然被外人稱呼為「大少爺」，卻從小便在藥房裡幹活，幾乎就是一個不拿工錢的童工。

後來，外曾祖父才將外公送到鄰縣大邑縣的「文彩中學」讀書。「文彩中學」是大地主劉文彩所創辦的。他也是一個被妖魔化的人物，五十年代被樹為反面典型，「聽將令」的藝術家根據偽造的文字創作了「收租院」的雕塑，送到全國巡迴展覽。劉文彩的驕奢淫逸、花天酒地，激起了勞動人民的痛恨。在這種痛恨情緒的驅使下，又有不知多少所謂的「地主」被活活打死。

後來，嚴肅的歷史學家才考證說，劉文彩的莊園裡根本沒有當年渲染得如同人間地獄般的「水牢」，那幾個地下室，是劉家儲存食品用的。而當年人人都知道的那個細節——劉文彩的姨太太喜歡吃雞爪上的那塊脆骨，所以一頓飯要殺幾十隻雞——一直健在的當事人、那個出身貧寒的姨太太，八十年代才對記者說出了真相：那時雞爪子沒有人吃，她節儉慣了，飯後撿來啃，根本沒有專門要吃脆骨這回事。

這個一直活到八十年代末的「姨太太」，也是一個很有意思的人。她後來對記者說，老爺對她很好，有情有義，從來沒有打罵過她。所以，即便在「文革」的風頭浪尖上，造反派讓她揭批劉文彩，她也始終一言不發。這種經受了時間考驗的感情，比起一些表面上相敬如賓、齊眉舉案的文人夫妻來，更加真實而堅韌。老舍為什麼會投湖自殺呢？就是因為他不僅在外邊遭到紅衛兵的羞辱，在家中也得不到一點溫暖，他的妻子和孩子都跟他「劃清界限」，所以他才陷入絕望，走入死地。

在「文彩中學」學習的那幾年，是外公一生中最快樂的時期。老師都是劉文彩重金聘請來的北大、北師大的畢業生。每堂課都很精彩。外公說，今天的中學裡面，很難找到那麼優秀的老師了。民國時代，許多中學老師甚至比大學教授還要優秀，葉聖陶、豐子愷、朱自清……這些文學大家，都曾經是中學老師。

外公告訴我，劉文彩確實富甲一方，但他的生活並不奢華，比起今天的那些大款來，他簡直算是刻苦己身了。他的錢，很多都花到辦學校、辦醫院和修路上。有時候，劉文彩會到學校巡視，他衣著樸素，行事低調，從來沒有趾高氣揚地向師生們訓過話。校長請他講話，他說，我是個粗人，哪裡有資格講話呢？有時候，他還笑瞇瞇地在窗口聽老師講課。有一次，傳說學校裡有個老師是共產黨的地下黨員，員警要到學校來抓人，當然要先徵得劉文彩的同意。劉文彩說，我們學校的老師，你們一個也不能動，一句話就將那個老師保了下來。

我外公後來也當了老師。「文革」期間，由於父輩的牽連，他當然被剝奪了當老師的權利。這段經歷倒是跟你外公一樣。在最艱難的時期，外公與外曾祖父一起編草鞋、草帽以及各種竹製品賣，而外婆則製作酸辣蘿蔔片，在學校門口擺一個小攤。外婆的蘿蔔片切得像紙一樣薄，調料也加得恰到好處。一分錢十片，是很多孩子們都離不開的美食。有時候，外公也來幫外婆看攤子，替換外婆回家吃飯。學校裡的老師和學生出來了，見到外公，都會禮貌地打招呼，叫他「周老師」。外公也沒有覺得擺攤就是斯文掃地，他笑呵呵地給孩子們夾蘿蔔片，然後看著他們狼吞虎嚥。外公和外婆雖然已經淪落到了社會的最底層，卻始終沒有喪失自己的尊嚴。

在我小時候，外公和外婆已經不再擺攤了，但他們仍然經常做蘿蔔片，是做給家人吃。酸辣蘿蔔片是我童年百吃不厭的零食，我饞了，就大聲喊：「外婆，外婆，我要吃蘿蔔片！」最疼愛我的外婆便立刻到廚房裡忙乎起來，片好蘿蔔，調好調料，醃上個把小時，就可以吃了。現在，遠在北京，我最想吃的，還是外婆做的蘿蔔片。

今天，跟我一同租這套房間的朋友蕭瀚，晚上做了一道炒年糕，請我一起吃。這年糕是他的親戚從江南帶來的。是很黏很瓷實的那種，本身沒有味道，可以跟臘肉、蔬菜炒在一起，很好吃。我立刻就想起了你。你的家鄉與蕭瀚的家鄉相隔不遠，都是煙雨迷濛的江南。你們那裡，大概也有吃這種年糕的習慣吧？小時候，你是不是經常吃外婆做的年糕？

我是吃著外婆做的年糕長大的。我外婆做的年糕遠近聞名，跟我奶奶做的豆腐一樣，堪稱地方一絕。不過，我們家鄉的年糕，與你們那裡的有所不同，我們的年糕是鬆軟的米糕，做成馬蹄的形狀，俗稱「馬蹄糕」。味道是甜的，不加一點糖和香料，單靠大米本身的味道，就已經香甜得讓人「愛不釋口」了。這種年糕，可以切成片，放在鍋裡用油煎，香氣撲鼻；也可以放在爐火上烤，冬天的晚上都會生爐子，燒炭，放在炭火上烤，外焦裡嫩。

我在一篇文章中說：「沒有外婆的童年是殘缺的童年。」這句話可能太絕對了一點，但我對此深信不疑，至少是我自己體驗到的「相對真理」。果然，也贏得了不少讀者朋友的共鳴。

我們都是外婆帶大的孩子。外婆帶大的孩子，與土地和飛鳥、與藍天和白雲、與青山和綠水之間，有著濃情蜜意。

外婆的善良，像蜜一樣，釀著孫子孫女們的心。因此，這些孩子都是善良而敏感的。

愛你的　廷生

二〇〇〇年二月二日

廷生：

我也好想吃你外婆做的蘿蔔片啊，那酸辣的味道讓我滿口生津。江南人一般不吃麻辣的味道，我卻是一個例外。

我的老家在揚州城外的小鎮上。小鎮在一條小河邊，外婆還在老家守著宅子，不願意進城來。因此，逢年過節我們一般都回去團聚。如果你來的話，我們將把你當作我們家的新成員。外婆將像愛我一樣愛你。她會做她最拿手的芙蓉鯽魚給我們吃——我猜想，你讀到這裡一定會猛咽口水。你是個小饞貓。好了，我不吊你的胃口了。

春節時候回老家，是坐小船回去的。揚州是一座水上的城市。在揚州，最美妙的事情就是坐船。我從小就在水邊長大，經常坐各種各樣的船。最不能忘懷的一次，是在船上待了整整一個星期，看夠了風景和人物。

那時，外婆在一家造紙廠工作，秋收之後，造紙廠的小船開到外地去收購稻草，作為造紙的原料。我便賴著外婆要跟她一起出門，外婆拗不過我，只好把我也帶上。那一個星期，我們的小船沿著大運河的舊道慢慢悠悠地行駛著。那是我小時候離家最遠的一次。坐船才有真正出遠門的感覺，因為船在水上，離開了陸地，便有了「漂泊」的體驗。跟坐汽車和火車大不一樣。

我們在船上做飯吃，我們在船上睡覺。我們的船每天晚上都停泊在不同的碼頭。

沿岸是寬闊的平原和收割之後的稻田，稻草的香味飄上船來，稻田裡的蚱蜢也跳上船來。田裡的農民和他們黝黑的孩子，都直起腰來，微笑著向我們招手。我就像一個凱旋歸來的大將軍，一直不知疲倦地站在船頭。我的胸口，掛著一隻外婆用線拴著的小蚱蜢。

有一天晚上，我們的船到了一個小鎮。碼頭上貼著色彩斑斕的招貼，恰好那天晚上鎮上演出一場揚劇。外婆便帶我上岸，我們一起去看。這是我第一次看演戲。那時，我只有五、六歲，也不大看得懂故事，只是看了幾個飄來飄去的美女。外婆好像還買了乾絲給我吃，但具體細節我都記不清楚了，只記得劇名是《鴻雁傳書》。那麼，講的該是柳毅和小龍女的故事？

後來，我在外婆的懷裡睡著了。什麼時候回到船上，我一點也不知道。直到第二天醒來，我們的船已經開到了一個陌生的水域。昨天晚上的那個小鎮，已經被拋在身後，再也看不到了。

以後，我離開外婆進城上學，再也沒有這樣的機會坐船外出了。現在，我經常這樣想：要是能夠誰也不告訴，悄悄地跳上一艘小船，沒有目的地，隨意地逛它個十天半月，那該有多好。可是，也只能想想而已。連曠達如神仙的蘇東坡也歎息說，「長恨此身非我有」——人生中有多少逃脫不了的束縛啊，說到底，我們的生活大半都是「身不由己」的。

與陸地上的凝固停滯不同，船上的生活卻是靈動而飄逸的——充滿了種種不確定的可能性。在揚州，船就是生活的一部分。

愛你的　寧萱

二〇〇〇年二月九日

第六章

蘆葦

壓傷的蘆葦，
它不折斷

萱：

寧萱，你在水邊度過的童年，真是令人神往。你與外婆的那次遠行，使我想起了魯迅筆下的《社戲》。其實，我也有跟你相似的童年。我生活的那個小鎮，旁邊也有兩條小河。那時候還沒有什麼工業污染，河中隨手便可以撈到魚蝦。小時候我身體虛弱，外公是當地有名的中醫，給我開出的藥方是每天吃一條清燉的小鯽魚。那時，吃魚不用到市場買，而是直接到河邊釣。

經常是一大早，太陽還沒有出來，天色灰濛濛的，我就跟外公扛著魚竿出發了。我們也不多釣，每次就釣一條。然後踩著河邊沾著露水的小草回家。回家的時候，太陽還沒有出來，天色卻開始亮了。

通常都是外婆親手做給我吃，外婆的廚藝一大家人都趕不上。雖然是虔誠的佛教徒，長年吃素，但為了我這個寶貝的小外孫，她不得不「殺生」。剖魚之前，外婆要念上好半天的佛經。

現在，我身在北京，心中時常想念外公外婆，想念那水邊的童年。寧萱，我猜想，你的外婆跟我的外婆一樣慈祥而善良。她會把我也當作外孫的，正如我的外婆也會把你當作外孫女。這樣，我們兩個都多了一個外婆，不是嗎？

這幾天，我寫了好幾篇關於「文革」的文章。我們這一代人，很少有人像我這樣對「文革」感興趣的。我對「文革」的思考，最早來自於父親的啟迪。父親是「文革」的親歷者和旁觀者。

父親在重慶大學剛剛完成一半的學業，「文革」就爆發了。山城重慶居民自古性格火爆，因此「文革」爆發之後這裡的武鬥急劇升級。父親耳聞目睹了那慘烈而血腥的一切。如今的沙坪壩還保存有全國最大的死於武鬥的紅衛兵墓地。

第一次帶給父親巨大震撼的，是校長之死。

當時，重慶大學的鄭校長，是名德高望重的「老革命」，七級幹部，級別比當時的重慶市市委書記和市長還高。鄭校長很關心學生的生活，常常到宿舍樓裡一間宿舍一間宿舍地看望學生，問寒問暖。他走在校園裡，會主動地跟每個認識或不認識的師生打招呼，跟學生們關係很親密。

父親是他們班上最窮的學生，領取的是特等助學金。念了兩年多的大學，他還沒有穿過一雙鞋子。不管是寒冬臘月還是酷暑炎炎，他都是光著腳板。冬天，腳上凍出一塊塊紅通通的凍瘡；夏天，重慶的石板路被太陽照得滾燙，走路時只好保持著一種蹦蹦跳跳的姿勢。

那時候的伙食是大家一起吃，不過一般都吃不飽。有錢的同學吃完大鍋飯後，自己再去添點宵夜、點心之類的。父親完全靠助學金，根本不可能有這樣的享受。他最愛的有兩種東西，都是奶奶給他準備的，每年寒假回家過年，都讓他帶到學校：一是一罐辣椒醬，二是一罐自己家熬的豬油。吃飯的時候，在碗裡加半勺辣椒醬和半勺豬油，比什麼山珍海味都香。

那時候，大家都很窮，只有一個幹部家庭的同學手腕上戴著一只手錶，大家都羨慕得不得了。但是，就在普遍的窮困中，窮到像父親這樣幾年沒有穿過鞋子的學生還是不多。父親心態很坦然，他光著腳去上課、去圖書館，從來都是健步如飛、昂首挺胸。

父親說，窮不是恥辱，懶惰才是可恥的。父親床頭的蠟燭經常亮到深夜。我看過父親學生時代的筆記本，密密麻麻的蠅頭小楷讓我為之驚歎。大學四年，父親的學習成績一直都非常優秀。他說，一想到在家裡辛勤耕作的母親和姐姐，他就不敢偷一點懶。

有一次學校召開頒獎大會，父親作為受表彰的十個優秀學生之一，上台領取獎狀。鄭校長在頒發獎狀的時候，注意到了穿著一身洗得發白的帆布衣服、光著腳的父親，這個貧寒而英俊的小伙子給老校長留下了深深的印象。

會後，鄭校長專門派老師找到父親，把他叫到校長辦公室裡。父親第一次來到校長寬大的辦公室，心裡還忐忑不安。他沾滿泥土的腳掌在門口磨蹭了半天，在祕書的催促之下，才敢踏進校長辦公室的地毯上。沒有想到，校長親自給他倒了一杯花茶，並親切地詢問他的生活和學習情況。當瞭解到父親是一個寡婦帶大的孩子、而且在系裡品學兼優時，老校長感歎了半天。

沉吟片刻，老校長突然問父親：「你的腳有多大？」

父親沒有想到老校長會問這樣一個奇怪的問題，但他還是老老實實地回答了。

老校長笑了：「你的腳跟我一樣大，我們都是大腳漢子。」他立刻吩咐祕書按照父親腳的大小去買一雙布鞋。

布鞋很快買來了，老校長把它遞到父親的手上，對父親說：「孩子，這雙鞋我送給你了。」

父親漲紅了臉，推辭說不能收校長的禮物。老校長說：「你爸爸如果還活著，年紀大概跟我差不多，你就當是父親送你的禮物吧。」聽老校長這麼說，父親只好收下了這份特別的禮物。

這雙布鞋是父親一生中穿的第一雙鞋。他平時一般都捨不得穿，只有在逢年過節或者班級舉辦活動的時候，才拿出來穿一兩次。

他萬萬沒有想到，「文革」一開始，首先被打倒並遭到殘酷迫害的是鄭校長。

一九六六年七月，工作組將被打倒的鄭校長押著在校園裡遊行。老校長頭髮凌亂，只穿著短褲和背心，臉上還留著被毆打的傷痕。這時的山城重慶，就像是一個高溫的大蒸籠，人們則像是蒸籠裡的蝦子。在毒辣的陽光下，老校長臉上的汗水和血跡流淌在一起。

昔日衣冠整潔、一絲不苟的老校長，尊嚴已經蕩然無存，但他還是努力挺起腰板。他那雪白的頭髮，在陽光下閃爍著光芒。他光著腳，走在滾燙的石板路上。他艱難地走著，一步一挪。後面押送的學生不斷地推他，好幾次，他差點摔倒在地。

周圍有幾百個師生在圍觀。有人在默默地看著，眼神裡充滿了同情；也有人在大呼小叫，像在過狂歡節。可是，沒有一個人敢上前去攙扶老校長或制止這一殘酷的行為。那是一個恐怖籠罩著每個人心靈的時刻。每個人都是汪洋中的一條小船。人人都學會了明哲保身。

這時，遊行隊伍走到了學生宿舍區。父親在二樓的宿舍裡讀書，突然聽到外面震天的喧鬧聲。他探出頭去一看，立刻如同遭受了電擊一般：被侮辱的居然是他最尊重的老校長！

他看見周圍劍拔弩張的人群，看見踉踉蹌蹌的老校長，看到了老校長的赤足。他驚呆了。半晌，父親回過神來，他趕緊從箱子裡拿出那雙只穿過幾次的布鞋來，然後箭一樣地跑下樓。他拚命地擠進人群。驕陽下，他擠出了一身大汗。他衝到了老校長的面前，他的那雙年輕的、黑白分明的眼睛，注視著老校長那雙蒼老的、佈滿血絲的眼睛。老校長認出了這個學生，他想張嘴說話，乾裂的嘴唇動了動，卻沒有發出聲音來。

父親蹲在了老校長的面前，他把一隻布鞋套在了老校長的腳上。

旁觀的人們驚呆了。工作組的押解人員也驚呆了。鄭思群已經成了眾所周知的「特務」、「內奸」，居然還有學生光天化日之下與他套近呼！這還了得！

工作組帶頭的人立刻走上前來，一把將父親推開。他厲聲質問：「你是哪個系的學生？你跟鄭思群是什麼關係？」

父親手裡還拿著一隻鞋，他只來得及給老校長穿上了一隻鞋。他還想上前去幫校長穿另一隻鞋，這時已經有另一個造反派威風凜凜地站在他的前面，不讓他接近老校長。

父親不是一個大膽的人，他從小性格就很內向。在眾目睽睽之下，父親結結巴巴地回答說：「那，那……總得讓人家穿上鞋子吧！」

「你這是什麼意思？你這是小資產階級的溫情脈脈！革命又不是請客吃飯。在翻天覆地的革命中，不是你死，就是我活！鄭思群是劉鄧走資派在重慶大學的代表人物，打倒鄭思群！」那個帶頭的高年級學生甩手就給了父親一記響亮的耳光。

那一記耳光，打得父親眼冒金星，臉上火辣辣的。

他眼睜睜地看著老校長被押走了。老校長回頭最後看了他一眼，那一眼裡包含了複雜的含義，有感激，有欣慰，有堅定，有憤怒……。父親說，直到今天，他也沒有完全理解老校長那最後的一瞥。老校長穿著一隻鞋子緩緩離開的背影，長久地留在了父親的記憶裡。那是父親最後一次見到老校長。

半個多月以後，工作組突然宣布，鄭思群校長在他被關押的松林坡招待所畏罪自殺。父親後來告訴我，他還真感謝那一耳光。那一耳光徹底地將他打醒了。「文革」剛開始時，他還輕信報紙上的宣傳，心裡很興奮。然而，那一響亮的耳光讓他認識到「文革」的本質，讓他比他的同學們早覺悟了好幾年。

從此，父親疏離於外面如火如荼的「文革」進程。同學們都覺得很奇怪，像父親這樣出身貧農、根正苗紅的學生，為什麼不積極參加「文革」，而成了一個「逍遙派」？原因只有父親自己知道，他埋藏在心底裡，不敢跟任何人講。

留下的那隻鞋，父親一直保存著。直到十多年以後，「文革」結束，鄭校長平反了，學校召開追悼會，父親才把它帶到會場，抱著它對著老校長的遺像深深地三鞠躬。

寧萱，這就是發生在「文革」中的一個窮學生和一位老校長的故事。

還有一個好消息要告訴你，我的碩士論文快要完成了，我的題目是跟晚清有關的。這些天來，我每天都泡在北大的圖書館裡查看各種資料。看著一百年前的史料，真是感到歷史像泉水一樣，在我的指縫中汩汩地流淌。

愛你的　廷生

二〇〇〇年二月十四日

廷生：

每天都在盼望著你的信，我想，給我寫信的時候，是你最自由的時候。不像寫書或寫論文，不用加注釋，也不怕編輯的刪改。

二月，是江南最冷的時候，我穿上了一件鮮紅的羽絨服。你還沒有見過我穿鮮豔的衣服的模樣，一直以來我都喜歡穿顏色素淡和樣式簡單的衣服。可是，愛上你之後，我突然對鮮豔的衣服有了興趣。大概是因為心境發生了變化，衣服就是女孩子的心情呀。

媽媽打來電話說，她們的工廠停產了，用最「時髦」的話來說，媽媽「下崗」了。媽媽是一家大型紡織廠的廠醫，她從衛校一畢業就分到廠裡，一幹就是三十年，真可算是「以廠為家」了。廠裡幾乎所有的女工她都認識，大家都說，她是醫務室裡待人最誠懇、最熱情的醫生。

我和弟弟小時候，就在工廠大院裡長大。這是一個有幾百個火柴盒一樣的樓房的大院，是一個工人的大村莊。每個樓房都有六層，紅磚牆面，非常社會主義。每個樓都幾乎一模一樣，只有側面寫的數字不一樣。一座樓裡住的，大都是一個車間或部門的同事。同樣級別的職工，住同樣的面積和套型。我們家是雙職工，所以是兩室一廳，還不錯。

小時候，放學了，我和弟弟便去媽媽工作的醫務室，等媽媽下班，一起回家。我和弟弟在旁邊的一張桌子上做功課。有一次，我們偷了醫務室裡的針筒和聽診器，回到家裡，我和弟弟玩起了醫生給病人看病的遊戲。我來扮演醫生，弟弟來扮演病人。我先用聽診器放到弟弟的肚子上，裝模作樣地聽了一會兒，說：「你拉肚子了，要打針！」於是，我就把針筒吸滿了水，注射到弟弟的棉褲裡面。媽媽下班回來，看到弟弟的褲子全都濕了，一開始還以為他尿濕了。後來，弟弟才招供說，是我幹的。於是，我被爸爸打了一頓。

現在回憶起在工廠的大院裡面度過的童年，甜蜜又憂傷。我們一群女孩子，沒有現在的女孩子的洋娃娃及各種漂亮的玩具，但我們有我們的樂趣，比如搜集色彩鮮豔的糖紙。那個時候，糖還是稀罕物，生病的時候，爸爸媽媽或者叔叔阿姨，才會買糖和水果罐頭來安慰。我喜歡搜集糖紙，每逢遇到一個人，都會叮囑說，要幫我搜集糖紙啊。而弟弟是最熱心的助手，直到有一次，一個大哥哥嘲笑他說，一個男孩子，幹嘛玩這些女孩子的東西。他才不再幫我了。

還有一次，大概是一九八三年吧，我八歲的時候，一天放學後，剛剛來到媽媽的醫務室，就有很多穿著警服的人站滿了廠區的幾座重要的大樓。平常經常嗑瓜子的胖科長，今天穿得格外整齊，跑過來對醫務室裡的人們說：「鄧小平主席來視察我們廠了，要去旁邊的車間，科室裡的人不得擅離職守，不能出門！」

那個時候，我還搞不清楚鄧小平主席究竟是誰，對他長什麼模樣充滿了好奇，便貼在醫務室的玻璃窗上望呀望，把鼻子都壓扁了，卻只看到一個長長的車隊，然後是一群戴著大蓋帽的員警。「鄧主席」究竟是什麼模樣，始終沒有看到。媽媽說，鄧主席是個矮子，周圍那麼多保鏢和隨從，都是精挑細選的高個子，所以遠處根本就看不到他。我偶爾一抬頭，就看到對面的樓上站著好多荷槍實彈的士兵，警戒著四周。那時，我心裡想，多大的排場啊，一個人出門，要這麼多人伺候著，不就是外公講的故事裡面乾隆皇帝下江南的場面嗎？

上大學之後，在工廠大院裡生活的時候就很少了。寒假我會回家，但暑假通常不回家。我喜歡旅行，如果勤工儉學攢下錢來，我就和同學一起到全國各地去旅遊。當年一起長大的小夥伴們，漸漸失去了聯繫。大院成了記憶中的一座島嶼。

隨著時間的推移，這批當年羨煞別人的「現代化樓房」，越來越破敗了。廠裡效益不好，也沒有錢來修繕。工人區變成了貧民區。這一次，媽媽告知「下崗」的消息，才又回想起來。媽媽說，這麼大一個廠，怎麼說破產就破產了，幾萬人不得不默默地接受這樣的結局：廠裡說，如果職工們想被納入社會保障體系、每月發給五百元退休工資的話，就得每人先交兩萬元。大家都感到很困惑，感到很不公。媽媽說，她也弄不清楚這究竟是什麼道理：工人們辛辛苦苦工作了一輩子，承受了一輩子的低工資，到頭來享受應得的退休金，卻還得各自掏出兩萬元的鉅款來。

這個命令被堅決地實施了。家裡沒什麼存款，媽媽很發愁。我知道以後，就在我的存款中拿了兩萬元給媽媽。這可是給她的「救命錢」啊。媽媽比她的同事們幸運，有我這個能幹的女兒。可是，那些子女的經濟狀況也不好的父母們（媽媽的很多同事，一家人都在一個廠裡，一家人同時「下崗」），怎麼拿出這筆錢來呢？如果拿不出來，她們不就被拋進了一個無底的深淵之中？

唉，讓人氣憤的事情，每天都在身邊發生著。我們逆來順受太久了。

愛你的　萱

二〇〇〇年二月二十日

廷生：

前兩天的信剛寄出，我又想給你寫信了。

下班後，在家裡看光碟，看了奇士勞斯基執導的《紅》、《白》、《藍》三部曲，你一定也看過吧？你最喜歡哪一部呢？我最喜歡的是《藍》。

奇士勞斯基在一次訪談中講到過兩件小事。一次是在巴黎郊外，一個十五歲的少女認出了他，走上去對他說，看了他的電影之後，她真正感覺到了靈魂的存在。大師說：「只為了讓一位巴黎少女領悟靈魂真的存在，就值得了！」

還有一次是在柏林大街上，一個五十歲的女人認出了他，拉著他的手哭起來。原來，她的女兒雖然與她住在一起，卻形同陌路人有五、六年了。前不久，母女一起看了大師的《十誡》，女兒流著淚吻了母親一下。大師說：「只為那一個吻，為那一個女人，拍那部電影就值得了。」

人性的悲苦折磨著大師，他只活了五十五歲。然而，他的電影是他生命的延伸，他的電影不朽，他的生命也不朽。

由此，我想，你的寫作、你的抵抗、以及我們所有人的生活和奮鬥都是值得的——只要我們背後有愛的支撐。愛是柔弱的，但它無往而不勝。

談起「文革」，便不能忘記那些「思想史上的失蹤者」。我們曾經分享過《沉淪的聖殿》中詩人們的故事，包括慘死的郭世英。你知道跟郭世英同一個案子，也就是所謂的「太陽縱隊」和

「X詩社」案，還有一個重要人物張郎郎嗎？

張郎郎的父親可是延安時代的紅色畫家，中央美術學院的院長。可是，他天生就有自由的基因，與郭世英一樣，當他們的父親逐漸被體制所扭曲和定格的時候，他們卻開始了求索自由的悲愴之旅。就因為寫了一些反動詩歌、傳播了紅都女皇的小道消息，這群年輕人被一網打盡。他們父親的地位已經搖搖欲墜，哪裡還敢施加援手？毛澤東深知，思想的反動是最危險的事情，他當年不過是一個從窮鄉僻壤出來的名不見經傳的師範生，卻能顛倒中國，這群世家子弟，又懂英文，又能讀馬列，會畫畫，會音樂，更是潛在的顛覆者。

於是，這群青年人都被判處重刑。張郎郎最初被判死刑，跟遇羅克、沈元等著名的思想犯關在同一個監獄裡。等待死亡降臨的日子，對於一個只有二十出頭的年輕人來說，是什麼滋味呢？

在監獄的學習班上，張郎郎發現了一個名叫孫秀珍的美女，「別看她這個名字簡直俗不可耐，可她那個人，絕對清純出眾。……我到底還是學美術科班的，別看她一點兒不張揚，一點兒不打眼，低眉順眼，說不出的溫柔而迷人。在鐵窗水泥塊中，更透出一股不凡。」她不是林昭那樣的反叛者，她的男友想叛逃到蘇聯去，出於愛情的緣故，幫他傳遞資訊，最後成了叛國者。

張郎郎找到一個機會給她遞紙條。在監獄中遞紙條，可不比我們在學校裡遞紙條那麼容易。後來，他們找到一個萬無一失的辦法：將信釘在垃圾箱的箱底，趁著倒垃圾的時候交換。他寫的那些類似波特萊爾的憂傷情書，給了她瞬間的喜悅和安慰。或許，那只是她暗夜中的一縷微光。

他寫的那些信，她只給小李一個人看過。一次她們嬉笑著看完以後，小李說：「他這麼動心動肺地喜歡你，將來，出去以後，沒準你們倆還真有戲。」她苦笑著說：「我已經是殘花敗柳了，而他不過是個學生，是個孩子。他哪兒知道我呀，等他瞭解我了，還有什麼戲？我們只有此時此刻，哪兒有什麼將來。」

張郎郎在回憶文章〈寧靜的地平線〉中，講述了一個感人至深的細節。有一次，他被拉出死牢，押上卡車，以為末日降臨了。手腕腳踝都被鐐銬磨得鮮血淋漓，只得撕開自己的襯衣，慢慢綁裹自己的傷口。這哪裡是要處決頂天立地的野狼呢，就想讓你像一條癩皮狗一樣被悄悄處死。

剛剛上車，一個熟悉的身影也被架上車來，正是他心中的戀人——孫秀珍。那天，她好像自己好好地梳洗打扮了一番。這一次，一輛大卡車只拉他們兩人。他想：「大概今兒就是我們的大限了。最後的日子，還有一個心儀的伴侶，還不錯嘛。」

隊長叫她和他背對背坐下，臨坐下來，她假裝看落座地方的時候，和他在百分之一秒中交換了深深的一瞥。不知道她如何電擊了他。他心裡一個微小的金色火苗，被她的目光點燃。

他穿著一件藍色的棉大衣，她穿著一件碎花小棉襖。他們溫柔地靠在一起。四面的員警互相打招呼，開著玩笑。員警與囚徒是兩類人。這會兒，員警眼裡根本沒有這兩個死囚。他們也對員警視而不見。此刻，整個世界上，他心裡只有她。

車開動起來，他用自己的肩胛骨緊緊地靠著她。她也儘量靠近他。他們的生物電和熱量通過後背在無形中濃度交換。在那段時間裡，他心裡慨歎不已，沒有想到在死刑號，還能與她有一次真正的零距離接觸。兩個死囚，這樣緊靠在一起，在那些日子裡，那天是唯一的幸福。

原來，他們是被拉到官園體育場去參加批判大會，而不是上殺場。他們倆是「唱頭牌」的。大概在那批死囚中，也就他們倆，還在堅持著最後的浪漫。

這確實是最後的浪漫。沒多久，孫秀珍與遇羅克、沈元等人一起被點名叫走，架上了汽車。張郎郎等到最後，卻沒有被叫到。

筒道裡死一樣的寂靜。那天，他們都沒有回來。孫秀珍，她真的就這麼走了？他還苟活著，卻從此見不到她了。心頭滴血。

後來，張郎郎才知道，有關方面兩次都決定槍斃他，最後還是周恩來寫了「留下活口」四個字，才保住了他一命。再後來，張郎郎到了美國，在美國外交學院教中文。在那片新大陸，他也許可以慢慢醫治心中的傷口。

廷生，我們能有張郎郎那樣剛強嗎？那段死亡路上的愛情，真是驚天地泣鬼神呢。人之偉大，就在於即便陷入絕境之中，都還有愛的能力。在這個意義上，荒淫無恥的毛澤東一輩子都不知道什麼是愛，什麼是幸福，他可以殺害千千萬萬的無辜者，卻不能摧毀人類對愛和幸福的嚮往。

不過，我們都是軟弱的人，上帝憐憫我們，沒有讓我們生活在那個可怕的時代。

愛你的　寧萱

二〇〇〇年二月二十二日

萱：

印象中，你一直穿著黑色的衣服，所以我真想看看你穿上紅色的衣服是什麼模樣。我不要看照片，我只要看真人。然而，現在，我只能在想像中一次次地描摹。

你是一個看不出年紀來的「天山童姥」：穿上「寶姿」的職業套裝，就成了經理級的白領麗人；穿上「淑女屋」的裙子，立刻又變成了一個小中學生。

你知道嗎，我覺得，你穿著白色的衣裙可能更好看。有一天，我掙到了錢，別的什麼都不買，就給你買一櫃子的衣服，特別是雪白的長裙。我要看你的長裙在風中飄揚的樣子。

曾經有好長的一段時間，我不再相信愛情。我懷疑人與人之間、男人與女人之間、尤其是我這樣的男人與女人之間，能否達成真正的心靈溝通。在相當長的一段時間裡，我都對愛情持絕望的觀點，並寫下了許多「絕望」的文字——也就是那些最受你垢病的文字。

終於有一天，山重水複疑無路，柳暗花明又一村。你向我走來，你勇敢地牽著我的手，我們兩個人絕塵而去，像楊過和小龍女，又像是電影《畢業生》的結尾。你的勇敢讓我仰視——我要用一顆怎樣的心，才能承擔這份勇敢、這份愛呢？

你就是我的大地、我的天空、我的海洋。狄蘭・湯瑪斯說：「從你的眼睛裡我看見人類最高的光芒在閃爍。」你不在我的身邊，我的心空蕩蕩的。我二十六年的生命，全是為了等待你的來到。你來了，它便像牽牛花一樣為你開放，只為你開放。

我是一朵卑微而凡俗的牽牛花，我長在一垛古老的紅磚牆上。我生命的光輝，正是從這磚石冰冷的縫隙裡迸放出來。你讀過那首詩人專門為牽牛花寫的詩歌嗎？——

只為了一個早上的光榮
你且延伸卑微而頑強的生命
無論向上或是向下
攀纏滿笆籬的
不就是陣陣呼喚初春的號聲？

我就是詩中那朵牽牛花，一直在等待著你眷顧的目光。我身體的開放，就是我無聲的呼喚。張郎郎那段沒有結果的愛情，是那個黑暗時代最閃亮的人性之光。毛澤東可以剝奪他們的自由乃至生命，卻不能剝奪他們愛的能力。而毛澤東這個混世魔王，既不愛任何人，也不被任何人所愛，他患上了梅毒，仍然瘋狂地去傳染那些他看中的年輕女孩。當他眾叛親離地死去的時候，最後召見掌握兵權的葉劍英，想向他托孤，卻已經說不出話來了。幾個月後，江青、毛遠新被一場宮廷政變一網打盡，毛澤東自己淪為「反革命分子家屬」。歷史的懲罰來得如此之快！

請讓我繼續講述父親在「文革」中的經歷吧。「文革」不僅奪走了老校長的生命，還奪走了父親的室友、一個張姓同學的生命。張是父親的好朋友，他的死，同樣給了父親巨大的震動。

那時，系裡每天都要開會學習毛主席的最高指示。會議一般由班上的同學輪流念《人民日報》的社論和消息，再由積極分子們登台講述心得體會。

張同學有嚴重的口吃，平時就是大家嘲弄的對象。在公眾場合，他幾乎不開口說話。非說話不可的時候，也是憋了半天，臉漲得通紅，才說出幾個沒有連續起來的「字」。他最害怕的事情就是上台讀報紙。可是，那個時候，誰敢宣稱我不願意讀報呢？

輪到張讀報的那天，他戰戰兢兢地上台了，可是越緊張就越容易犯錯。

他高度近視，戴著一個大眼鏡，把臉幾乎跟報紙貼在了一起。他朗讀了一兩句，還顯得比平時順暢。突然，一句如同平地響雷的話，從他的口中冒了出來：

「混入革命隊伍的漢奸、工賊、叛徒毛主席……」

頓時，教室裡的空氣凝固了，大家面面相覷，不敢做聲。

原來，由於近視，更由於太緊張，他看錯了行，把這一行的「劉少奇」三個字看成了下一行的「毛主席」三個字。他全神貫注地調動嘴巴，希望讓自己不結巴地讀出聲來，卻完全沒有去想讀的每句話究竟是什麼意思。說出這句話後，張還沒有意識所犯的錯誤，還想繼續往下念。

這時，台下團委的幹部才醒悟過來，立刻衝上去從張的手中奪過報紙。

張這才意識到自己已經犯下了不可饒恕的錯誤，他臉色發白，渾身發抖。他不知所措地看著台下黑壓壓的幾十個人，汗水從額頭上一滴一滴地往下掉。大家誰也不敢發出一點聲音來。偌大的教室安靜得像一個墳墓，大家聽見張臉上的汗水掉在地上的聲音。

兩個身材高大的學生頭領站起來，像老鷹拎小雞一樣擰著張的衣領，把他拖出去了。張神情恍惚，像是患了夢遊症的病人，沒有掙扎，也沒有辯解，彷彿被拎走的不是自己，而是別人。

緊接著，另一個學生頭領上台宣布，剛才發生了一起極其嚴重的現行反革命事件。他們決定立即向公安局報案。在公安人員到來之前，所有人都不准離開。公安人員要向大家詢問情況。

半個小時以後，警車呼嘯而來。一大群員警衝了進來。剛才，張被帶到旁邊的教員休息室看管起來。現在，他又重新被帶回了教室。

一名臉色鐵青的幹警拿出文書，當場宣布了對張的逮捕，並讓他在文件上面簽字。張的手哆嗦得像一個嚴重的傷寒病人，他一連掙扎了好幾下，都拿不住筆，更無法寫字。最後，還是員警幫他托著手腕，讓他在文件上按下了一個鮮紅的手印。然後，在場的所有人都必須留下一份書面證詞。一直折騰了幾個小時，大家才准離開。而張被呼嘯而去的警車帶走了。

後來，公安部門調查出，張的爺爺是國民黨黨員，還曾經擔任過鄉長。於是，問題越來越嚴重——他肯定是故意辱罵毛主席，他在瘋狂地向無產階級政權發起進攻。

一個月以後，張的公判大會在沙坪壩區召開。周圍十幾所高校的幾千名學生都趕去參加，還有許多好奇的市民跑來圍觀。這次公判大會是有關部門故意安排的，目的是對那些「反革命分子」起到某種威懾作用。張被判處二十年有期徒刑。一句話，他的一生從此便毀了。父親說，他在人群中遠遠地看到了這個平時就跟他生活在一起的同學。本來個子就很矮小的張，被五花大綁著，在兩邊高大威武的民警的襯托下，簡直就是一個侏儒。繩索緊緊地勒進他的身體裡。

張的眼睛絕望地看著台下。那一天，台下幾乎有上萬人。父親回憶說，張的眼睛裡是一片空白。那一刻，父親就意識到，張以後肯定會出事的——他的眼睛裡什麼都沒有了，連起碼的生活的意志都沒有了。果然，僅僅兩個月以後，便有消息傳出：張在監獄裡自殺了。

大家誰也不敢議論這件事情。尤其是張的室友們。父親他們被公安詢問了無數次，問張平時的表現，張說過什麼反動的話等等。這件事情之後，大家都杯弓蛇影，經常疑神疑鬼。前車之鑑就在面前，誰還敢露一點口風？

一次是老校長的死，一次是朝夕相處的同學的死，死得那樣慘烈，那樣迅速。

比起那些直到林彪摔死之後才覺醒的同學，父親的覺醒整整早了五年。兩個生命的消失，讓他及早開始了對「文革」的反思。他的覺醒得益於身邊的鮮血——這究竟是他的悲哀呢，還是他的幸運？這點鮮血僅僅是開始。此後，重慶的武鬥更是陷入血雨腥風之中。每次數千人、上萬人的武鬥，都會死亡數十人乃至上百人。

在槍林彈雨中，在喊打喊殺中，父親對「文革」的看法繼續深化。他學的是工科，但與那些不聞世事的理工科學生不同，他對人間的善惡、真偽有著敏銳的辨別能力。他很早就看透了「文革」的真相與毛澤東的獨裁本質。在林彪事件之前，他就感覺到，毛澤東才是中國所有災難的根源。

後來，林彪父子折戟沉沙，毛澤東為了宣揚其罪行，下令公布林立果等制訂的機密文件。該文件直接譴責毛澤東「是一個懷疑狂，虐待狂，他整人哲學是一不做，二不休」，「他每整一個人都要把這個人置於死地而方休。」

這正是那個時代最可悲的地方：民間會思考的大腦都被敲碎了，會說話的舌頭都被割掉了。張郎郎、郭世英他們全都成了關押在監獄裡的死囚。最後，剩下的能思考和說真話的人，居然是根正苗紅的副統帥的兒子。這一次，偉大領袖弄巧成拙，搬了石頭砸了自己的腳。毛澤東殺害了肉體意義上的林彪父子，林彪父子卻摧毀了毛澤東打造的偶像崇拜系統。

父親是個非暴力主義者，厭惡權力，他的想法也深刻地影響了我。從很小時候起，我就對所有暴虐和血腥的東西充滿了厭惡，對當官的人也充滿了猜疑和不信任。許多小孩子都有過喜歡穿軍裝、玩戰爭遊戲的成長階段，我卻沒有，我從小就不喜歡這些玩意——後來偏偏被迫接受了一年的軍訓。我堅信：任何「主義」的實施，都必須以尊重人的生命為前提。而崇拜權力是人的本性，在小學裡，就有那麼多孩子爭先恐後地當少先隊的小隊長、中隊長和大隊長，我卻從小學到碩士，從來沒有當過什麼「長」。我也幾乎不參加所謂的「集體活動」，除了不得不跟大家一起做可惡的廣播體操。

今後有可能的話，我想對「文革」問題作一些研究。對我來說，這既是權利，又是責任。我最關心的是暴政怎樣使得人性沉淪的。在史達林時代的蘇聯，巴斯特納克講過一個故事：一個人跑來要他在一封聲討圖哈切夫元帥的公開信上簽名。巴斯特納克拒絕了並說明原因，那人聽後失聲痛哭，說詩人是他見過的最高尚最聖潔的人，還熱烈擁抱了他；但隨即此人便徑直去找祕密員警告發了他。而在中國，即便到了後毛澤東時代，這種恐懼造成的人格分裂仍然在繼續。作家白樺也講過一個相似的故事：當白樺的《苦練》受到鄧小平親自點名批判的時候，一時間可謂烏雲密布，如同毛澤東策劃批判《海瑞罷官》一樣，彷彿一場小型的「文革」又要開始了。有一個無名的讀者來到白樺的住處，扛了一塊大石頭給他，一句話都沒有說就走了，一切盡在不言中：他希望白樺像這塊石頭一樣堅持下來。詩人艾青聽到這個故事，專門來看望白樺，與白樺抱頭痛哭，並且說，這就是一個作家最大的榮耀。然而，第二天，作家協會召開批判白樺的會議，艾青做了長篇發言，惡狠狠地批判白樺反黨反社會主義的「狼子野心」，白樺在台下看到老詩人青筋暴起、白沫橫飛的模樣，簡直不相信這就是前一天到自己家中安慰和交心的那個人。

這一個世紀以來，中國經歷了多少戲劇化的變革啊——在這一場場的變革之中，幾乎所有中國人的命運，都是一齣開演以後就無法預料結果的戲劇。你的外曾祖父是這樣，我們的爺爺奶奶、外公外婆乃至爸爸媽媽們，難道不也是這樣嗎？我們這代人，要竭力走出這樣的惡性循環。

愛你的　廷生

二〇〇〇年二月二十五日

♣ 寧萱的信

廷生：

廷生，跟你寫信的頻率，越來越密了；跟你打電話的時間，也一次比一次多。

還沒有收到你的回信。今天一大早，我趴在床上給你寫信，頭未梳，臉未洗，卻在鏡中看到自己滿面的光輝，雙目灼灼的閃亮。因為我剛才一直躺著看你的信、讀你的書——我把你的信和書隨身攜帶著。一段段誠摯的文字攪活了我滿身經脈，啟動了我熱血沸騰。

你知道嗎，我通常都是拿著手機，躲進小小的浴室裡，坐在馬桶上，然後輕輕撥通你的電話。這裡是一個最私密的空間，誰也聽不見我們倆親密無間的對話。

有時，同屋的女孩小星等久了，在外面狠狠地敲門。等我出來，還來不及開口，小星就衝著我大聲喊：「一天到晚，寫什麼信，打什麼電話！只有廢話沒有行動！你愛他，就趕緊付諸行動，衝到北京去擁抱他、嫁給他！現在不是一個害羞的年代，女孩子照樣可以主動！」

小星說這些話時，故意裝出一副兇神惡煞的模樣，把我給逗笑了。小星是公司的一個普通文員，小我兩歲。在辦公室裡，我是她的上司；下班後，她卻是我最親密的小姐妹。我們經常一起去逛街，一起去買衣服，她有什麼心裡話都會一五一十告訴我。而我跟你之間的交往，也瞞不過她的眼睛。她大學剛剛畢業，在戀愛和事業上都沒有遭受過什麼挫折，所以還是一副天不怕、地不怕的「新新人類」的神態。在愛情問題上，她是一個完完全全的「行動主義者」——只要愛，就立即用行動來實現。她現在的男朋友，就是她用「女追男」的方式「俘獲」的。小星說，現在的好男孩太少了，一旦發現一個，就要毫不猶豫地「準確出擊」。

每當我寫信時，小星就經常故意在我面前高聲歌唱：「十個男人七個傻，八個呆，九個壞，還有一個人人愛。姐妹們，跳出來，就算甜言蜜語把他騙過來，好好愛，不再讓他離開。……如果相愛要代價，那就勇敢接受他。」這是台灣歌星陶晶瑩唱的一首流行歌，陶晶瑩是個才女，歌詞都是自己寫的。小星喜歡陶晶瑩的歌，不過，這個時候大聲唱，讓我的信幾乎都寫不下去了。

這個精靈古怪的女孩，她是在用這首歌「鼓勵」我呢。不過，我覺得，用這首歌來形容你，倒是滿貼切的——你就是唯一值得我去愛的男人。看到神采飛揚的小星，我頓時覺得自己好像已經老了。我原來覺得自己有勇氣去追求愛情，可是跟她相比，還是顯得略遜一籌。小星的意見，與你的願望倒是一致的——你不正在北京守株待兔嗎？

寫論文是一件很辛苦的事情，你一定要注意身體，不要讓自己勞累過度了。身體永遠都比論文重要，對嗎？寫論文之餘，多給我寫幾封信。不是給你增加任務，而是希望你在寫論文之外，換一換文筆，調節調節心情。翻譯莎士比亞的大師朱生豪的情書比你寫得好，你要「好好學習，天天向上」啊。哪一天你寫得比他好了，哪一天我就飛到你的身邊來。

你每封信都在催我到北京來。我想，那一天不遠了。有一天，假如出現一個讓我感到非得立刻到北京不可的機緣，我會毫不猶豫就動身。父母有弟弟在身邊照料，在我現在的生活中，沒有太多值得留戀的東西——我想放下就放下，不會有絲毫的猶豫。

我給你草擬了幾句「最高指示」，你好好聽著——「請走人行道，按時去睡覺，三餐要吃飽，衣服不能少，每天想著我，早請示，晚彙報，不許到處跑！」

你如果執行得好，我以後定有「獎賞」。你想要什麼樣的「獎賞」呢？你曾經告訴我，小時候最喜歡看漫畫故事《丁丁歷險記》，我也喜歡。那對倒楣的杜邦兄弟讓我笑出了眼淚。我跟弟弟經常搶著看。你要是好好執行我的最高指示，我就獎勵你一套彩色的《丁丁歷險記》，好嗎？

愛你的　萱

二〇〇〇年三月三日

廷生的信

萱：

我們走到一起來，簡直就是一個奇蹟。我學文學，你學金融；我在學院內，你在商場中；我在風沙撲面的北京，你在楊柳春風的揚州。除了上帝以外，誰能作這樣奇妙的安排呢？

我要在天花板上寫滿你的名字，讓它們像一雙雙的眼睛一樣日日夜夜都注視著我。

誠然，我們會有衰老的一天。那時候，我們不愁沒有事做：把這些年裡積攢下來的一大箱子情書展開，一封封地重新閱讀。每一封信都對應著一段青春時代意氣風發的歲月，每一封信都對應著一種青澀年華欲語還休的心情。重新的閱讀，卻能夠讀出不同的滋味來。因此，我們不會匱乏和空虛，也不會害怕衰老。我們擁有對方，也就擁有了世界。那將是怎樣的一種幸福啊！

我的碩士論文斷斷續續地寫了三個多月，就快到「殺青」的階段了。

這些日子，你還有機會到北京來出差嗎？什麼時候，我們才能再次見面呢？我等待太久了，你總在遠方，在我眺望不到的地方。

你同屋的那個名叫小星的女孩太可愛了，她說出了我的心裡話。她讓你衝到北京來擁抱我、嫁給我，你快一點來呀！

寧萱，我當然知道你理解並支持我的立場，我們的愛正是從這種「苟同」中開始的。我需要的愛，離不開精神上的愉悅和融合。雖然我一個人在北京，但我心中有了你，就不再孤獨了。更何況你已經答應我，在不久之後你將到北京來，與我時時刻刻在一起。那麼，我就忍受這黎明前最後的黑暗吧。充滿著希望的忍耐，本身就蘊含著快樂和甜蜜。

你的「最高指示」，我一定會不折不扣地執行。不說別的，僅僅衝著那套《丁丁歷險記》，我也要努力奮鬥一番。我心甘情願當一頭笨驢子，追逐你掛在前面的胡蘿蔔。不過，你也要注意身體，下次見面，我希望看見你能長胖一點，不要太像林妹妹了，要像薛寶釵多一點。那樣的話，我也獎勵你一個禮物——一套《史努比漫畫集》。這就叫做「以其人之道，還治其人之身」，這是《天龍八部》中姑蘇慕容家的武功。

這些天來，我的創作狀況非常好，首要的原因是有了你的愛。一邊寫論文，一邊寫些小文章。論文我計畫寫到十萬字左右才收尾。寫一篇大論文，就好像搭建一座「七寶樓台」。一般來說，用在前期醞釀的時間，要多於實際寫作的時間。心中有了一張詳盡的圖紙，施工就易如反掌了。我每天按時吃飯、按時睡覺，不浪費一分鐘時間。每天讀書和寫作的時間可以達到十二個小時以上。我幾乎沒有一點疲倦的感覺——從早到晚都精神抖擻的。

這幾年來，我的讀書量和寫作量都是驚人的，我的新作一篇接一篇地問世。有時，我也為自己旺盛的創造力感到驚訝。認識你之後，我的創造力更是直線上升。你是我的「催化劑」啊！一想到你，我就氣定神閒。天下人全都不理解我也沒有關係，只要你一個人理解我，我就滿足了。

你看到我寫的批評余秋雨的文章了嗎？我的著眼點不在於「余秋雨」，而在於「懺悔」。然而，媒體對精神性的探討沒有興趣，將我的批評扭曲成文人相輕的一場決鬥。

關於懺悔，對於遠離神的「神州」來說、對於遠離信仰的人們來說，確實是一個陌生的「生詞」。在這樣的背景下，即便是最真誠的呼籲，也無異於「對牛彈琴」，然後是群起而攻之的遭遇。一般的中國人以為，認罪和懺悔是一件可恥的事情；而在有信仰的人看來，認罪和懺悔卻是一件榮耀的、有尊嚴的事情，是一個人和一個民族理性與道德成熟的標誌。在《巴比倫猶太教法典》中，有這麼一段話：

> 教士艾黎札說：「在死亡之前的某一天懺悔。」
>
> 他的門徒問：「人們怎麼知道自己死亡的日期？」
>
> 「所以更有理由今天就懺悔，」教士艾黎札說，「以防你明天就死去，所以說一個人的整個一生應該在懺悔中度過。」

這部古老的法典中還說：「在懺悔者站立過的地方，連最正直的人也羞於立足其上。」該法典指出：「不管是誰，在他爬上斷頭台接受懲處的時候，如果他能找到偉大的辯護者，他就可能被拯救下來。但是，如果他找不到這樣的辯護者，那麼他就只能死。」然而，在我們這個更加古老的國度裡，對懺悔的呼籲居然被理解為對他人的侮辱和強制，這是一種多麼可怕的誤解啊。

掩飾罪行，是第二次的犯罪，而且比第一次更加嚴重。這樣，不是人戰勝了罪惡，而是罪惡吞沒了人。這樣的人，一生都只能在罪惡的陰影下苟延殘喘，一絲陽光也照不到他們臉上。最典型的例子就是，「文革」結束後我們讀到大量控訴式的、或事後諸葛式的作品，卻難以見到對自己在「文革」中的言行捫心自問乃至自責懺悔。那些毆打老師的學生，有幾個站出來向老師道歉的呢？關於「文革」以及此前的一系列政治運動，我們看到的大多是受害者的回憶錄，卻見不到一個迫害狂、或者是在集體無意識中迫害他人的人，寫下充滿懺悔精神的文字。

在中國，懺悔僅僅作為一個抽象的概念和理論而存在，懺悔沒有跟個體的、具象的人勾連起來。作為單個的、鮮活的人，全都湮沒在龐大、蕪雜的群體當中，結果便是人人都理直氣壯地說「法不責眾」。懺悔不是針對你、我、他，而是針對虛幻的「我們」。轉移視線的一個最聰明的辦法，就是「五十步笑一百步」：看，還有人比我更壞、更卑劣，你們譴責他吧，為什麼要揪著罪過輕得多的我不放呢？看，既然作為罪魁禍首的毛澤東都還繼續受到官方的尊崇和人們的膜拜，那麼我們這些脅從者就不必深究了吧。

我看過一部名叫《莫札特》的電影。這部電影從一個人懺悔乃至精神失常的回憶視角，展示了一名牧師因為嫉妒莫札特的才華，而將這名少年天才迫害致死的過程。後來，這名牧師良心發現，內心無法得到解脫。深重的懺悔精神使他終於陷入難以自拔的地步，他割開自己的血管結束了生命。這個故事是虛構的，它卻展示出西方人生命中懺悔精神的重要性。有了懺悔，方有健康的人格狀態；有了懺悔，方有飽滿的精神生活。

我們對罪惡無比痛恨，正是因為自己也沾染了罪惡；我們對光明無比嚮往，正是因為自己曾經在黑暗中摸索。我們並沒有外在於罪惡與黑暗。

愛你的　廷生
二〇〇〇年三月九日

♣ 寧萱的信

廷生：

我沒有告訴過你，你怎麼知道我喜歡史努比？你如果送我史努比，我會毫不猶豫地「笑納」的。我一看到漫畫上的史努比，或者做成各種各樣小飾物的史努比，就情不自禁地想起你來——史努比是一個可愛的小狗，最大的心願是寫小說，經常爬到屋頂上發呆。他是不是跟你一樣傻（或者一樣聰明）呢？

你想我的時候，是不是在看我的照片呢？我想你的時候，就看你的文章。每個字裡都有你的音容笑貌。你的每一篇文章我都要做第一讀者，好嗎？我不在乎在南方，還是在北方，甚至在海外的一個孤島上，只要我們在一起，就是天堂。

我剛剛完成一次艱難的商業談判，然後與幾個老闆一起吃完飯。我不喜歡金碧輝煌的酒店，而喜歡你們學校那個簡單樸素的「家園」餐廳。那是一個很樸實、卻又很溫馨的名字。我們第一次見面就在「家園」餐廳一起吃飯，這又是一個巧合——它已然預示著我們之間關係的發展，我們將擁有自己的「家園」。因為有你跟我在一起，那裡的飯菜顯得那樣可口。

我盼望著再一次走進「家園」餐廳。更盼望著吃到你親手做的四川回鍋肉，而我也親手做揚州獅子頭。我的手藝是外婆親自傳授的，有著「家學」淵源。以後，你每寫出一篇好文章，我就會做一盤最好吃的獅子頭來獎勵你。人們都說，寫作的人是「食肉動物」，寫作的時候腦力消耗很大，必須吃肉，不吃肉就寫不出好文章來。在你身上，也是如此吧？

你在寫作的時候還想著我，讓我好高興啊。在你的文字中，會有我生命的痕跡。閱讀著這樣的文字，我彷彿被幸福擊中了腰眼。這種幸福遠遠勝過你送給我貴重的禮物。你的文字就是你送給我最好的禮物。如果在認識我之後，你的文字反倒變少了、變差了，那我覺得不如不認識你；我希望，我的出現能推動你的寫作熱情，也希望我成為你靈感的源泉。以後，你要在回信中告訴我你寫作的進展，這將是你不能忘記的「例行公事」。

下一次的相聚，不會太久。在你畢業之前，我一定會來看你。然後，我們再商量，如何安一個小小的「家」，好嗎？

我完全贊同你寫一些「文革」的文章。我們這個民族永遠是「向前看」和「向錢看」的，遺忘就成了可以讓人們更好地生存下去的本能。只要那個人的屍體還放在水晶棺中，只要那個人的畫像還掛在天安門城樓上，這就說明「文革」並沒有真正結束。「文革」只是中國百年來鋪天蓋地的黑暗的一部分。你有沒有發現，面對黑暗時，女性的表現通常優於男性？例如在野外受傷失血，女性維持生存的時間總是長於男性。因為女性有月經這個特殊的生理現象，每個月都會大量失血，已經有了相當之承受力。而男性卻無法承擔此種創傷。在精神上也是如此吧。

所以，我是個女性主義者。放眼中國百年之歷史，秋瑾、林昭、李九蓮……那麼多女子，冰清玉潔，上善若水。孟子說：「貧賤不能移，富貴不能淫，威武不能屈，此之謂大丈夫。」中國的男人，有幾個符合孟子的這個標準呢？中國的男人，十有八九都像是太監——我記得你寫過一篇名為〈太監中國〉的文章，結果發表的時候被編輯改成了〈中國太監〉，那個編輯還挺狡猾的，知道怎麼改可以通過審查。但是，詞語的次序一顛倒，含義就相差十萬八千里了。

你大概讀過報導文學作家胡平寫的《中國的眸子》吧？主人公李九蓮的故事感動得我掉了好多眼淚。李九蓮出生於江西贛州一個工人家庭，「文革」開始的時候，她正在念高三。她和許多學生一樣，參加了學校的造反派學生組織，還到北京天安門接受毛澤東的檢閱。後來，武鬥越來越殘酷，她對戰友說：「再搞第二次『文化大革命』，就是打死我，我也絕不參加！」

李九蓮給在部隊的男朋友曾昭銀寫信，在信中對「文革」、毛澤東和林彪都提出不同看法。這是情竇初開的少女寫給男友的第一封信，談的全部是國家大事，沒有一點兒女私情，今天看來簡直就讓人不可思議。曾昭銀很快將李九蓮給他寫的信件交給部隊政治部。隨後，信被轉到贛州革委會保衛部。保衛部追查到李九蓮，搜查了她的家，發現了她的日記，認定她的信是反動匿名信，日記是反動日記。她將毛澤東比喻為「殘冬日光」，她說出了當時許多人不敢說的心裡話——「幹部下放勞動，這期間的血淚何其多！青年學生到農村去，這期間的痛苦和絕望又是何其多！」「我們的家庭只是整個社會的縮影，即由幸福走向痛苦。這樣的家庭有多少？」「既然是搞社會主義，為什麼人們逐漸陷入痛苦和貧困，難道這是所謂的『共產』嗎？」

「文革」雖然結束了，但黎明尚未到來。在黎明前最深的黑暗裡，李九蓮被吞噬了。當局在贛州體育場召開三萬多人的公判大會。身著黑色囚服的李九蓮，最後押進會場，五花大綁，四人按跪。腳上嘩嘩鐵鐐，背插古老亡命牌：「現行反革命李九蓮」八個字之上，一道朱色斜勾，以示問斬。為了避免她開口說話，她的下顎和舌頭，早被一根尖銳的竹籤刺穿成一體。

李九蓮被架上死囚車，遊城一周後，被押到西郊青光嶺。臨刑，她昂首不跪，行刑者射彈擊腿，她一邊不支跪下，一邊慢慢回過頭來。未等她再轉過頭，槍聲又響了，她撲倒在地。當時，為了向上級彙報，執行者還拍了一張照片：李九蓮倒臥在兩棵幼松之間，偏過來的臉上，眉頭皺結，雙眼微瞪，鼻子在流血，半張開的嘴裡也在流血。《中國的眸子》發表後，胡平收到了一位讀者的來信，他就是當年負責押送犯人的民兵，他在信中寫道：「槍聲很快響了，是用半自動步槍打的，距離只有一米半，從後背打入，共打了三槍，又補了兩槍。末了，一鴨公嗓員警報告執行官問要不要再補槍？執行官背著手，聲音有些發虛地說：『算了，活不了了……』」

這麼多年過去了，李九蓮案雖然早已在胡耀邦的批示下得以平反，但那些製造此案的直接或間接的殺人者呢？聯繫到你上封信中談到的「懺悔」的話題，夜深人靜的時候，有誰懺悔過呢？

他們不懺悔也能安然入睡。我們這個民族，個個都被鍛煉成了「鐵人」。從當了告密者的曾昭銀，到那些投票贊同槍決的省委常委，以及贛州當地的官僚、員警和劊子手，甚至包括那些興高采烈地圍觀的群眾……所有人都沉默至今。沉默啊，不是爆發，而是滅亡。

每個時代，都有這樣的好女子。讀林昭、李九蓮她們的故事多了，這才恍然大悟，為什麼陳寅恪要花費數年心血為明末清初的名妓柳如是立傳。那個時代，沒有一個男性站立得住，倒是這個風塵女子，為這片河山挽回了一點顏面。而陳寅恪在紅衛兵的口號聲中，寫這個遙遠的故事，也恍若寫一部自傳吧。這個民族，因為誕生了李九蓮、林昭等巾幗英雄，歷經浩劫依然存續下來；可是，這個民族，因為拒絕懺悔，選擇遺忘，至今仍然在專制的泥潭中打滾。

廷生，我們力量有限，我們不是參孫那樣的巨人，不能一下子就顛倒乾坤；但是，我們可以像填海的精衛那樣，為了光明的到來，每天都做一點點努力。

愛你的　萱

二〇〇〇年三月十四日

廷生的信

親愛的萱：

我也想你，我想你的時候就是看你的照片，一張你穿紅毛衣的照片，一張你穿白毛衣的照片，一張短髮的照片，一張長髮的照片，「讀你千遍也不厭倦」。我記得你告訴過我，你小時候是個胖女孩，你老爸都擔心你嫁不出去。我倒是無法想像你小時候的模樣，能夠給我一張你小時候的照片嗎？我小時候是個小瘦猴，體弱多病，鄰里都擔心這個孩子養不活呢。

寧萱，那個「家園」餐廳，雖然不是北大味道最好的餐廳，卻因為我們的第一次吃飯是在那裡，所以就成了我最愛去的地方。是啊，我們會有自己的「家園」，我們會一起做一大桌子好吃的菜，請好多朋友來一起吃。

寧萱，我們的情書真是特別，常常是討論那些沉重的話題。我當然讀過胡平的《中國的眸子》，八十年代報導文學熱期間產生的好作品，我後來幾乎全都找來讀過，本來還想寫這方面的論文，老師說，題目太「敏感」，不容易通過。我仔細一想，也是，這些名作的作者，大半都流亡在海外，是名字不能出現在媒體上的「敵對分子」。

從柳如是到秋瑾，從林昭到李九蓮，這是一部弱女子反抗暴政的歷史。在西方，還有阿赫瑪托娃，還有薇依，還有法拉齊。你說得對，陳寅恪寫《柳如是別傳》，其實也是在為林昭和李九蓮她們作傳。他選取這樣一個「婉孌倚門之少女，綢繆鼓瑟之小婦」，由「竊見其孤懷遺恨」而表彰「我民族獨立之精神，自由之思想」，顯然有深意在。

寧萱，這幾天，我正在讀《此恨綿綿無絕期——郁達夫愛情書簡》，因為要給你寫信，所以我常常找那些最多情的作家的情書來讀，看看我有沒有他們寫得好。郁達夫是我最喜歡的民國作家之一，與其說他是作家，不如說是詩人。他是可敬的，以文人的羸弱之身，在南洋那異國的土地上與日本侵略者周旋，最終以身殉國；他又是可愛的，可愛體現在他對愛情的全身心投入上。他的一生，幾次婚姻均不幸福，但始終沒有放棄對愛的追尋。尤其感人的是，郁達夫與王映霞的戀愛和婚姻，這段戀愛與婚姻點亮了他的生命，也耗盡了他的生命。

郁達夫這樣寫道：「別人讚你的美，我聽了心裡很是喜歡，就譬如是人家在讚我一樣，映霞，我與你已經是合成一體了。我真的這樣想，假如你身上有一點病痛，我也一定同時一樣可以感到。所以前幾天，你有了精神上的愁悶，我也同時感到了你這愁悶，弄得夜不安眠，食不知味。這幾天，你的愁悶除掉了，我也就覺得舒服，所以事情也辦得很多，飯也比平時多吃了。」

這一段話也是我想對你說的話。我們之間不也是有一種心電感應嗎？存在於我們之間的種種巧合，任何人也無法安排，唯有上帝能夠安排。人與人之間的緣分和感應，無法用科學來分析和解釋。誰能說得清楚，我為何會認識千萬里之外的你呢？

人類的愛情都是一樣的，從《詩經》時代一直到今天，人類都在愛情之中徜徉和掙扎，也在愛情之中歡歌並微笑。寧萱，讓我們自己也成為幸福的人吧，在思念中發酵愛情。

一天又過去了，該休息了。此刻，你已經進入夢鄉了吧？有沒有夢見我們在一起呢？

夜已深，這封信先寫到這裡吧。

愛你的　廷生

二〇〇〇年三月十九日

廷生：

親愛的，你想我的時候，果然是在看我的照片。那麼，是照片上的我好看，還是現實生活中的我好看？我不會給你我小時候的照片的，那時我還是醜小鴨呢，後來才長成小天鵝的。醜小鴨的照片，我就「敝帚自珍」吧。

廷生，我們一次見面就「一見鍾情」，不久以後就大膽地「私定終身」。這是一場我們自己都沒有預料到的「閃電戰」。看來，緣分真是一種奇怪的東西。在愛情的問題上，只要我跟你對愛情的理解是一樣的，我們就該堅執我們所信，且不管別人怎麼想。

這幾個月來，我們雖然沒有每天都在一起，卻比世界上所有的戀人都親密。泰戈爾說：「我從床上坐起來，看到窗子上方銀河熠熠生輝，彷彿是一個寂靜的世界著了火，於是我很想知道，此時此刻她是否做了一個同我的夢押韻合拍的夢。」我們的夢一定是押韻合拍的。我們會夢見一樣的青天白雲，一樣的翠山綠水，一樣的繁花似錦。我們一起夢見黑暗被一道光劃破，我們一起夢見魔鬼被裝進潘朵拉的盒子。我們的眼中永遠閃爍著星光，我們的心中永遠流淌著甘泉。

親愛的，你的信中引用的是郁達夫的情書中最精彩的句子。不過，郁達夫的情書還有兩個特點，不知道你發現沒有？

特點之一，就是他不斷地給王映霞彙報自己寫作的進程，讓愛人分享寫作的快樂和艱辛。他詳細地談每天寫了多少字，計畫幾天寫完一篇小說等等，就好像小學生給父母老師彙報學習進程一樣。因為寫作是郁達夫生命所繫，他一生中大部分時間都花在寫作上，所以他在信中有很大的一部分都是在談寫作的甘苦，談得那樣投入、那樣沉醉。

比如——

「今天又寫成五千字，那一篇〈遲桂花〉怕要二萬多字，才寫得完，大約後日可以寄出。只能給《現代》。……我的成績很好。這一篇〈遲桂花〉，也是傑作，你看了便曉得。」

「這一忽〈遲桂花〉正寫好，共五十三張，有兩萬一千字……〈遲桂花〉我自以為做得很好，不知世評如何耳。但一百元稿費拿得到的話，則此來的房錢飯錢可以付出矣。」

談起自己的寫作，郁達夫滔滔不絕，尤其是談到正在寫作的得意之作，他更是容光煥發，彷彿重新獲得了青春。他在信中提到的〈遲桂花〉，既像散文，又像短篇小說，是其精品中的精品。可惜，後人對這篇文字注意不夠。我卻認為，這篇文字，堪稱郁達夫的壓卷之作。

可惜的是，王映霞對於郁達夫寫作的快樂和艱辛的理解卻十分有限，她更喜歡那些熱鬧的交際圈子。她願意分享郁達夫的名聲，卻不願意分擔丈夫創作所需要付出的巨大的辛勞。這自然為他們的愛情埋下了一個悲劇的根由。

廷生，我卻深深地理解你。雖然不在你的身邊，但是讀你的信的時候，我覺得就在你書桌旁注視著你。我願意去做那些最無聊的工作，也要掙錢來養家，讓你沒有後顧之憂，安心地寫作。

郁達夫的情書的特點之二，他在許多信中都談到稿費的多少，談到與報刊的「討價還價」，談到要存錢來買房子、資助家鄉的親人。郁達夫很看重金錢，這恰恰是他率真的一面，也體現出他身上與傳統知識分子不一樣的現代意識。金錢是一種中性的東西，金錢本身並沒有罪惡。文化人的知識生產和文學創作，同樣需要獲得相應的報酬。「君子愛財，取之有道」，我不相信某些文人唱的高調，我認為知識分子不應當「恥於談錢」。在這一點上，郁達夫是「健康」的，而非「扭曲」的。他不掩飾自己的本性，這也正顯露出他的可愛來。

廷生，我預見到你未來生活的試煉與蹉跎，我雖軟弱，卻有同樣的勇氣，與你相伴一生。

愛你的　萱

二〇〇〇年三月二十四日

第七章

睡蓮

此刻，你的身體和靈魂，
像睡蓮一樣緩緩向我綻放

萱：

親愛的，你的問題，我該怎麼回答呢？照片上的你很美，現實中的你也很美，這樣的回答，不會得罪女孩子吧？

我把自己的生活安排得井井有條。我的論文進展得非常順利。今天一天，我就寫了三千多字。在寫作論文的同時，我還忙裡偷閒，寫點其他的小文章。你不用為我的身體和精神狀態擔心。我每天的活動範圍很小，偶爾去東門外的那間名叫「雕刻時光」的小咖啡館喝杯熱巧克力，或者去附近的萬聖書園買書，然後就是看看電影。

反倒應該由我來提醒你：一定要注意休息，工作不要太投入。資本家永遠是資本家，他們是「吃人不吐骨頭」的。你要保持好的食欲和好的睡眠。你要是再瘦了、再憔悴了，我要去找你的老闆論理的，我要理直氣壯地對他說：「寧萱是我的愛人，不是你們公司的奴隸！」

現在，我談論江南，特別是你童年生活的揚州的興趣，超過了談論四川的興趣。這是因為愛你的緣故，我愛你，也就愛上了生養你的那塊土地。

關於揚州的風物，我以為最有意思的一本書是《揚州畫舫錄》。作家阿城在《威尼斯日記》中，表面上是在寫威尼斯，暗地裡卻在寫揚州。在他看來，威尼斯和揚州是一部「雙城記」。阿城不斷地提到《揚州畫舫錄》，他為身邊沒有這本書而感到遺憾，只好憑藉記憶談論書中那些有趣的情節。

《揚州畫舫錄》中，最有意思的是畫舫的名字。有大雅者，也有大俗者；有的得名於船的形狀，有的得名於船的主人，也有取之詩詞典故。總之，每個名字都讓人過目不忘。

例如，得名於船主的模樣的：有一條船名叫「盧大眼高棚子」，棚子就是可以擺放三張桌子的大船，也就是「大三張」。「盧大眼」是船主的名字，他原來是販賣私鹽的，坐完牢之後，從黑道轉入正行，改業為舟子。這個名字讓人過目不忘，船主的形象數百年之後依然栩栩如生。

有一條船名叫「葉道人雙飛燕」。主人是個道士，四十歲的時候還照樣吃葷菜，五十歲的時候就開始辟穀。他身穿白衣，頭戴方笠，打槳在紅蓮綠葉之間，旁若無人。

得名於船本身的形狀的：有一條船名叫「一腳散」。這是一條靈巧的小船，船的甲板非常薄，人們便誇張地給它改了這樣一個名字。與之相似的另一條船名叫「一擲一個洞」。其他還有：大元寶、牛舌頭、玻璃船等等。

有一條船名叫「訪戴」，顯然得名於《世說新語》中「雪中訪戴」的故事。舟子的名字叫湯酒鬼，卯飲午醉，醉則睡，睡熟則大呼：「酒來！」因此，每次載客人都是到了深夜才能夠歸來，而且是舟中的客人自己划船。到了岸邊，船上杯盤狼藉，都由客人任意收拾，客人只聽見他在舟尾雷鳴般的鼾聲。

這些名字真是情趣盎然。我想，這才是最成功的廣告詞，對比今天電視上、報紙上的那些廣告詞，這些畫舫的名字天然拙樸，真氣貫通，雅到極致是乃是大俗，俗到極致是乃是大雅。

《揚州畫舫錄》基本上是寫實的，卻也點綴著幾個優雅的鬼故事。其中一個鬼故事發生在見悟堂附近：「是地多鬼狐，庵中道人嘗見對岸牌樓彳亍而行。又見女子半身在水，忽又吠吠出竹中，遂失所在。又一夕有二犬嬉於岸，一物如犬而黑色、口中似火焰，長尺許，立噙二犬去。又張筠谷嘗乘月立橋上，聞異香，有女子七八人，皆美姿，互作諧語，喧笑過橋，漸行漸遠，影如淡墨。」這樣的文字真可以百讀不厭。在今天平庸的日常生活中，在今天科技的一統天下中，我倒對這些奇異詭譎的想像充滿了懷念。

《浮生六記》是我喜歡的另一本與江南有著深刻淵源的書。那裡面的愛情，真是天上的愛情。林語堂說過，芸娘是中國文學中最可愛的一個女人。寧萱，如果我是沈復，你就是我的芸娘。沈復筆下的芸娘，相貌跟你確實有幾分相像呢——「其形削肩長頸，瘦不露骨，眉彎目秀，顧盼神飛，唯兩齒微露。一種纏綿之態，令人之意也消」——親愛的，你自己說，這是不是像在寫你的模樣呢？看來，古往今來，最可愛的女子都以兩顆小虎牙為標誌，芸娘如此，我少年時代暗戀過的扮演小黃蓉的翁美玲如此，你也是如此。

北京的天氣開始轉暖，但北京幾乎沒有春天。直接從寒冷的冬天過渡到炎熱的夏天。即使存在一個極其短暫的春天，也是風沙撲面。春天北京的風沙最厲害，尤其是最近幾年來，已經發展為一瞬間暗無天日的沙塵暴。

愛你的　廷生

二〇〇〇年三月二十九日

廷生：

親愛的，你說的很對，北京哪裡有春天啊，真正的春天在江南。

《浮生六記》裡的那段愛情確實令人神往，也讓人哀傷。沈復和芸娘心靈相通，共同欣賞對著一池映日芙蓉，一起喝著一碗荷葉稀粥。他們在順境中分享快樂，在逆境時分擔坎坷。你還記得他們那段深情的對話嗎？

沈復說：「惜卿雌而伏，苟能化女為男，相與訪名山，搜勝跡，遨遊天下，不亦快哉！」

芸娘說：「此何難。俟妾鬢斑之後，雖不能遠遊五嶽，而近地之虎阜、靈巖，南至西湖，北至平山，盡可偕遊。」

沈復說：「恐卿鬢斑之日，步履已艱。」

芸娘說：「今世不能，期以來世。」

沈復說：「來世卿當作男，我為女子相從。」

芸娘說：「必得不昧今生，方覺有情趣。」

在我們今天的生活中，有多少情人會如此對話呢？在我們今天的生活中，這樣的愛情已經成為遙不可及的神話。這明明是沈復如實的記載，很多人偏偏以為，都是些虛構出來的童話。他們理解不了人間居然有如此美好的東西。

我給你講一個我身邊的故事。

大學時候，我的同宿舍，有一個名叫雯的女孩。她美麗聰明，從大學一年級起就打定主意要出國留學。每天從早到晚，她都抱著一本英語書念念有詞。後來，她的身邊出現了一個男朋友。我們聽說，他是雯的老鄉，高考的時候，雯是地區的文科第一名，而那個男孩是理科第一名。狀元配狀元，倒還算是「門當戶對」

那是一個高大沉默的男孩，他每次來找雯的時候，都靜靜等候在女生樓前面，不像其他男生那樣，因為等得不耐煩而在外邊大呼小叫、鬼哭狼嚎。躁動的學校裡，像這樣內斂而安靜的男孩已經很少了。男孩對雯無微不至——幫她到教室裡占座位，幫她到食堂裡打飯，堪稱她的「大管家」和「全職保姆」。男孩對雯百依百順——雯讓他往東，他從來不敢往西，幾乎就是她的奴僕。有時，我們都開雯的玩笑說，你這個打著燈籠也難找的男朋友，簡直就是從天上掉下來的一塊餡餅。我們都覺得雯是一個幸運的女孩。當時，他們是同學們都很看好的一對情侶。他們在校園裡像蝴蝶一樣飄來飄去。

然而，我逐漸發現，他們之間存在著一種不對等的關係。

有一次，雯要去報名考托福。那時正是大學裡考托福的高峰期，報考點前人山人海。許多人提前十幾個小時去排隊報名。本來是第二天清晨開始報名，有人在前一天凌晨就坐在大門外面。

那是一年中最冷的時候，男孩半夜裡就起來，裹著一件軍大衣，去幫雯排隊。第二天早上，男孩拿著領取到的報名表格興沖沖地跑回來。一夜沒有睡覺，他的眼睛裡佈滿了血絲，頭髮亂蓬蓬的。雖然裹著厚厚的軍大衣，但他還是凍感冒了，連說話的聲音都沙啞了。雯卻絲毫不去關心男朋友的身體，她獨自樂呵呵地拿著報名表格，開始研究該怎麼填寫。她沉醉在那一個個複雜的表格之中。她從那些表格之中看到了自己未來的幸福。

從這個小小的細節上，我就敏銳地發現，男孩對雯的愛，遠遠超過了雯對男孩的愛。

我當然沒有權利指責雯的自私，但是，我相信一點：真正的愛情必須是平等的，各自給予對方的愛，在天平上應該是平衡的。只有這樣的愛情，才有可能持久穩固。就好像一條船的左右甲板，如果一邊輕，一邊沉，船就會沉沒。其他同學都不相信我的判斷和推測。他們認為，雯與男孩之間從來不吵架，和和睦睦的，一起吃飯，一起自習，簡直就像一對甜蜜的小夫妻。

畢業以後，雯順利地拿到了美國簽證，到美國一所有名的大學念書去了。然而，男孩由於英文底子不太好，雖然竭盡全力考了兩次托福，都沒有過關。

突然有一天，男孩給我打來一個電話，用帶著哭腔的聲音告訴我，雯提出跟他分手，語氣堅決。他找不到別人訴說失戀的苦惱，因為我是雯的好朋友，便給我打電話，想跟我聊聊。聽到這個消息，我很吃驚。雖然早有預料，但沒有想到會來得這樣快。那時，我正在上班，正在接待一個前來商談合作的客戶，我便告訴他，等下班後，我們約個地方談談。

晚上，我約他在一個咖啡館見面。他含著眼淚告訴我，雯在電話中冷冷地向他提出分手，毫無商量的餘地。雯說，因為他遲遲不能出國，她再也不能等了。雯的這一決定，事先一點徵兆也沒有。前一次的通話在一個星期以前，兩人還談得好端端的。因此，這個消息對他來說，幾乎就是平地起驚雷。雯在電話裡平靜地說，她身邊有很多男孩子追她，她選擇了一個香港富商的兒子。她準備畢業後就跟對方結婚，然後定居美國。她還像沒事人般地祝他「幸福」。

那天晚上，男孩喝了很多酒，說了很多話。我一直在旁邊傾聽著。後來，他喝醉了，趴在桌子上一動不動。我只好打電話給他的同事，請他們來送他回家。我獨自一人回家，這個城市依然燈火輝煌。晝伏夜出的年輕人越來越多，他們都是哈日哈韓族的打扮，快樂得沒心沒肺。街上漂亮的汽車也越來越多，汽車裡的人呢，長得越來越胖，開始為他們的高血壓擔憂。

雯和那個男孩的故事，只是一個極其普通的大學裡的愛情故事，沒有波瀾曲折、回環往復。這樣的故事，在大學裡隨便一撈都有一打，每天都在不緊不慢地發生著。但是，我從當中發現了這個時代愛情的危機——愛情在瞬息萬變的現實面前，顯得那樣孱弱不堪。

我猜想，雯並不愛他的男朋友，她只是覺得，那時候她身邊需要一個男孩，需要一個幫助她的男孩。她不願意做出任何的承諾——「承諾」好像本身就是一個過時的詞語。沒有了承諾，她就可以不斷地進行選擇，只要每一次的選擇都能夠改變她在現實中的處境。

而愛情，僅僅是選擇過程中的策略之一。既然是策略，就可以隨心所欲地改變。到了最後，是不是「愛情」已經不重要了：身分、金錢和地位成了更具決定性的因素。

我不願意成為這種「現代」女孩，我更願意獲得純真的愛情，即使必須付出貧困、坎坷、磨難的代價。我的思路跟別人恰好相反：只要擁有了愛情，其他一切的困難都是可以克服的。

你說是嗎？如果愛情降臨在我們的生命之中，那麼正像泰戈爾所說：「從今起在這世界上我將沒有畏懼，在我的一切奮鬥中你將得到勝利。你留下死亡和我作伴，我將以我的生命給他加冕。我帶著你的寶劍來斬斷我的羈勒，在世界上我將沒有畏懼。」

今天的人們在酒吧昏暗的燈光下尋找愛情，有幾個人找到了沈復和芸娘的那種單純而簡單的幸福呢？

沈復和芸娘曾經到滄浪的鄉下居住，那裡沒有城市的喧鬧，「繞屋皆菜圃，編籬為門。門外有池約畝許，花光樹影，錯雜籬邊。」好一個神仙的居所。芸娘對沈復說：「他年當與君卜築於此，買繞屋菜園十畝，課僕嫗植瓜蔬，以供薪水。君畫我繡，以為持酒之需。布衣菜飯，可樂終身，不必作遠遊計也。」今天，誰還有這樣的想法呢？今天的女孩子，大多像雯一樣，感情在她們的心目中並沒有多麼的重要。而我，卻想做一個現代的芸娘。

愛你的　萱

二〇〇〇年四月五日

廷生的信

萱：

不能吻到你，就吻吻照片上的你吧，請你批准。

如今，隨著電話、傳呼機、互聯網的普及，寫信的人越來越少了。我從小就喜歡寫信，中學的時候，我發表了一些文章之後，就有天南海北的小讀者給我寫信，大都是同齡人。由此，我搜集了很多漂亮的郵票；由此，我也認識了許多不同地方的青少年，瞭解到他們各自不同的生活。從中學到大學，我的信始終是班上最多的。

在現實生活中，我是個不善表達的人，更是個不知道如何談戀愛的人，而在書信中，我自由了，不再有任何的障礙。所以，寧萱，我們的愛情一大半都是通過情書來實現的。不過，當你來到北京，真正與我生活在一起的時候，你不會失望的，現實生活中的我，並不比文字中的我差。

這段時間，我正在讀捷克作家哈維爾的書《獄中書簡——致親愛的奧爾嘉》。當年，哈維爾因參與起草和組織呼籲保障人權的《七七憲章》而被捕入獄，服刑四年。在相當長的一段時間裡，捷克當局不允許哈維爾與奧爾嘉見面，企圖通過這種隔絕的辦法讓這對恩愛夫妻屈服。對於心心相印的哈維爾和奧爾嘉來說，這無疑是一種最殘酷不過的折磨。缺乏自信心的統治者，只能用這種「偷偷摸摸」的方式來施行邪惡，彷彿是小孩子的惡作劇。

於是，剩下的聯繫紐帶就只有書信了。每個星期，哈維爾可以給妻子寫一封四頁的信。監獄當局對這些書信有嚴格的規定：信的筆跡必須能清楚辨識，不允許有任何更動塗改，也不允許在信中開玩笑，因為開玩笑意味著「思想改造」沒有收到應有的效果。「我們的信不想被打回來，就必須遵守這些愚蠢的規定。」多年以後，哈維爾在訪談中回憶那段艱難的日子時說：「奧爾嘉和我至少有兩百年沒有互相表白愛情了，但我們倆都感到彼此是不可分離的。的確，在我的獄中書信裡，你不會看到很多專門寫給我妻子的由衷的私房話。但即便如此，我想奧爾嘉也是這些書信的主角，雖然她確實是隱而不現的。」讀到這裡，我多麼珍惜我們自由通信的權利啊。我擔心，有一天如果我們失去了這樣的自由，我們還能像哈維爾和奧爾嘉那樣「恒久忍耐」嗎？

剛剛失去自由的時候，哈維爾沒完沒了地向妻子提出請求和要求，不斷地交給她許多應完成的任務和須送給他的物品的清單，他略帶冷嘲地管它們叫「指示」。他為他們在郊外的農舍感到擔憂，不僅因為它得經常維修，而且房管部門似乎想將它沒收。他催促妻子用他們那套公寓房去換另一套，去買些新家具，找個工作，學開車。他埋怨妻子不常寫信，沒有回答他的問題，說她即使告訴他一些消息，也不夠具體，以致他無法知道她每天在幹些什麼。在這些嘮嘮叨叨的背後，我可以感覺到哈維爾在突然被割斷與朋友和同事的聯繫後那種焦慮。這恰恰是偉人身上的渺小、偉人身上的真實。從劉曉波在獄中給劉霞的書信中，我也發現了這樣的焦慮——比起那些光鮮得沒有一點疤痕的半人半神的「英雄」來，哈維爾和劉曉波的軟弱、敏感更讓人感動。

奧爾嘉當然理解丈夫的焦慮。她知道，丈夫不是神，丈夫身上存在種種庸凡之處。於是，她竭盡將「家」的感覺帶給他，讓他知道，無論他什麼時候回來，「家」依然像他離開時那樣溫暖。「家」在捷克語有「親密感」之意。有了奧爾嘉，即使在監獄之中，哈維爾也體驗到「家」所蘊含的「親密感」。哈維爾是在一個嚴厲而又慈愛的母親懷裡長大的，所以時刻都需要一個精力充沛的女人在身邊以便隨時求教。在奧爾嘉身上，他真正找到了最寶貴的東西：她能對他變化不定的思想作出反應，對他放蕩不羈的想法提出冷靜的批評。劉霞之於劉曉波不也是如此嗎？

這些書信，一般人讀著也許會覺得太平淡。殊不知，這種平淡正是哈維爾的個人風格。真正具有悲劇精神的，不是呼天喚地、嚎啕大哭，而是微笑中的點點淚花。即便在方寸的牢獄之中，哈維爾也沒有放棄尋求詩情畫意。有一次，妻子給他郵寄來問候卡，卡片上特意灑了幾滴香水。那些僵硬如石、行屍走肉般的安全局官員和獄卒，自然聞不到香水的味道。他們像陰溝中的老鼠一樣，只對那些熏天的臭氣有反應。而就是這淡淡的香味，讓哈維爾激動了好幾天。他在給妻子的回信中甚至要求說：「把香水灑在上面真是個好主意，我認為每封信你應該都這樣處理。」那香味讓他想起了他們的家，他們窗外的那叢雛菊。他更想像出妻子在窗前的書桌上寫信的情景，微風拂面，花香滿溢。正是對生活細節的詩意開掘，使他擁有了對抗邪惡的勇氣。如果有一天，他感覺不到卡片上香水的味道了，他也就臨近了崩潰的邊緣。

後來，他們好不容易爭取到一次探監的機會。在這次會面中，哈維爾一直保持著溫和、沉靜的狀態，這讓在一旁監視的安全人員感到困惑。是因為分隔的時間太長，他們的感情變得淡漠了嗎？恰恰相反。哈維爾深知，只有這樣，才能讓那些邪惡的力量和無恥的看客深感失望。會見室中隱蔽的攝影機一定在悄悄工作，錄影帶會迅速傳遞到黨中央的辦公室去。他們不是不痛苦，而是不能讓那些黨棍們看到他們的痛苦。而壞人陰謀的落空，就是哈維爾和奧爾嘉的勝利。最寬闊的河流是最平靜的，風暴的中心也是平靜的。正是這種平靜，保持了愛的完整與新鮮；正是這種平靜，有力地抵抗了惡劣的外部環境，甚至將監獄變成天堂。

劉曉波第二次被捕後，與劉霞的見面也是如此平靜。他們的婚禮是在獄中舉行的，沒有婚紗照，因為攝影師的照相機突然壞了，他們便將各自的單人照拼貼起來黏在結婚證上，這是全世界唯一的一份如此「不吉利」的結婚證了吧？可是，他們的愛情卻成為這個平庸時代的傳奇。

哈維爾一位獄友在給妻子的信中，有許多肉麻的「貼心話」。那位獄友的妻子在信中勸告哈維爾說，下一封信裡，應該寫點這樣的文字。於是，哈維爾動筆寫了一封真正的「情書」，結果他發現這是一封失敗的家書。後來，哈維爾如此總結說：「奧爾嘉和我從來就沒有養成互相表達情感的習慣。我們兩人都是有節制的；不過我們的節制有不同的原因，她是出於自尊，而我卻是出於害羞。」哈維爾確實是一個很羞怯的人，我看到他的照片的時候，就有這樣的感覺。即便他後來貴為捷克共和國總統，對全國民眾發表電視講話的時候，還是保持著那種普魯斯特般的羞怯的氣質。他寧願躲在窗簾後面，也不願置身於群眾的激流之中。

不過，唯有愛情可以讓一個羞怯的人變得瘋狂。瘋狂也是羞怯的另外一面啊。寧萱，我也是一個害羞的人，口吃，敏感，尤其不知道如何與女性交往。但是，在給你寫信的時候，我卻克服了這種羞怯，大膽地將「愛」說了出來——不說出來的愛，就不是愛。在這一點上，我並不同意哈維爾的觀點，他有點太將妻子當作摯友了。而在我的眼中，你除了是我的摯友，更是我悉心呵護的小姑娘。你說對嗎？

通常，奧爾嘉是哈維爾的第一讀者。即便不是第一讀者，也是判斷他的作品好壞的「主要權威」——這是哈維爾的話。寧萱，你也將是我所有作品的第一讀者！我知道，從你而來的，除了讚揚之外，更多的必然是嚴厲的批評。你對文字的敏感到了極其嚴苛的程度，如果我的文字能夠通過你的「法眼」，自然就能獲得讀者們的認可。

這幾年，東歐思想逐漸受到中國知識界的重視。蘇聯和東歐劇變之後，中國的媒體老愛報導他們的日子如何艱難，好像是教導民眾說，你們乖乖享受動物莊園裡的生活吧，民主不能當飯吃。看看蘇聯東歐的人民，如果他們不放棄共產黨的統治，繼續走社會主義道路，也不至於如此落魄。其實蘇聯東歐人民的處境比我們好多了，他們已從黑暗中走出來，雖然轉型期會有各種問題與挑戰，但畢竟走上了民主化的正軌。而我們呢，還沒有找到避免崩潰的方法和方向。

我最欣賞的哈維爾的思想便是：活在真實中。我的生活與寫作的目標亦如是。有了哈維爾以及「哈維爾群體」，是捷克的幸運。哈維爾在當代思想史中的「反極權主義」占有中心地位。他的寫作，代表著捷克思想和人類思想中最崇高的那一部分。正如哈維爾的老朋友、心理學家內梅茨所說：「哈維爾給捷克文學帶來的『新事物』是：他總是那麼寫，好像書報檢查制度不存在似的。如果他不想寫某種東西，他就不寫；如果想寫，他就只按照他認為正確的方式來寫。」哈維爾自己也說：「我是一個作家，我的天職令我覺得道出我賴以生存的世間真理是自己的責任。」在他的作品裡，沒有一句誇張和辱罵的話。他的寫作風格和態度，也驗證著他堅貞的理念——即使是在民主和人道的準則似乎已經毫無希望地喪失的時候，也不背棄這些準則。對我來說，雖不能至，但心嚮往之。

誠然，哈維爾和奧爾嘉的偉大是我們難以企及的，但他們對生活的基本態度，我們卻可以學習和借鑑。如果我們有一天也陷入相似的處境之中，我們的表現能有他們的十分之一嗎？

愛你的　廷生

二〇〇〇年四月十三日

廷生，我的愛人：

好吧，你可以吻我的照片，這是我「特批」的。

我看了你信上寫的哈維爾和妻子的通信，我很想讀。我都等不及了，巴不得這本書就在我的手邊，就在我的案頭，就在我的枕下。特別是我的枕頭附近，放了好多好多的書，從最厚重的長篇小說，到女孩子看的美容雜誌，五花八門的。

告訴你一個好消息。你先猜猜，是什麼消息？

五一節，我們要放七天假，我要利用這七天假到北京來看你。雖然我不喜歡坐飛機，但我還是要飛過萬水千山來看你。我要嘗試一下做稻香園的女主人是什麼滋味。也許，我喜歡上了這個身分，我就不走了。

廷生，這是不是一個好消息呢？你準備用什麼樣的儀式來歡迎我的到來？

我已經在準備行李了。本來沒有太多的行李，提前半天準備就可以了。但是，我還是禁不住提前一個多星期就開始整理。彷彿準備好行李就意味著要出發了。

一想起要到北京來，我就感到自己被幸福包裹著。我該帶些什麼來呢？帶我最絢爛的衣服，或是最樸素的衣服？我只要你喜歡。我要把我最美麗的一面呈現在你面前，看得你眼花繚亂。我還要帶給你江南的點心和茶葉，帶給你江南的煙雨。可惜揚州的風光帶不走。要是我擁有某種魔法，能夠把它們像一幅畫一樣折疊起來，帶到北京來，在你的面前展開，那該有多好！

下個星期，我就去預定機票。然後，再把航班號告訴你。你到機場來接我，在那擁擠的人流中，看我們誰先在人群中看到對方。上一次在北大校門見面的時候，可是我先發現到你的，我看到你在那裡猶猶豫豫的。這一次，你可不能落後了。

今天代表公司去參加一個企業的新聞發布會。開到一半，覺得沒有什麼意思，便從飯店裡溜出來。每天，在這個世界上都有無數這樣的會議在籌備和召開。在這類會議上，總是一些自以為是的商人滔滔不絕地發言。他們認為自己掌握了整個世界，可以將世界像地球儀一樣撥動；他們以為有了錢就有了一切，每一句話都會像風一樣四處傳播；他們以為自己可以支配別人的身體乃至心靈，像魔術師一樣點石成金。

現在，我坐在一個寬敞的街心花園裡晒太陽。一邊晒太陽，一邊就想給你打電話。撥通你的電話，才知道你在圖書館裡查資料。我有些後悔——打擾了你做論文；又有些得意——為了接我的電話，你飛快地從圖書館裡跑出來，說話還有點上氣不接下氣的，可見我的電話在你的心目中還是有分量的。

我們的電話一直通到手機沒電才罷手。這使我想起電影《甜蜜蜜》中的一句台詞：「等下次，攢夠了錢再打給你。」那是一個純潔如水的女孩，給在遠方的男孩打完電話時說的一句話。這句話讓我流出了眼淚。國際電話費很貴，女孩打工掙的錢，大半都花在電話上，她從來都不心疼。因為相愛的人在打電話的時候，滋味是「甜蜜蜜」的。以前，你曾經心疼我的電話費，我告訴你說，我的手機費公司報銷。你這才放心大膽地跟我聊天。其實，說資本家支付我的電話費是騙你的，怕你不跟我多說話。和你通電話、給你寫信，是我一天中最幸福的時候。你呢？

今天天氣真好。暖風習習，春陽融融。我坐在一個噴泉池邊上，臉上是暖和的陽光。把研討會的文件來給你寫信，真是人生一大樂事啊！文件是用上好的複印紙列印的，背後是乾乾淨淨的白色，正適合用來寫信。這種樂事，比之金聖歎的「不亦快哉」來，也毫不遜色。

你不會怪我的調皮吧——一點也不講究，一會兒用病歷，一會兒用文件，從來不正襟危坐，鋪紙研墨，構思提綱，字修句改，其實這才說明我無時不刻在想念著你，隨時隨地在想寫信給你，我才瞧不起那些有事情才相求的聯繫呢。

真的，多想永遠與你在一起。一想到你，就讓我覺得心裡暖洋洋的。我不要孤獨，我要相知、相愛、相攜、相依。漫漫人生路，我要與真心相愛的人一起度過。

你知道嗎？我從小是一個多麼純潔的女孩子啊，心裡、眼裡，容不下一點汙跡。我是如此挑剔、執著、敏感又脆弱，這使我註定在這冷酷險難的世界上會摔一大跤的。我雖然鼻青臉腫地站了起來，卻一度被害怕和無助籠罩著，幾乎對美好的生活失去了信心。

我的敏感甚至到了接近於病態的程度。我不看武俠小說，不看槍戰電影。我接受不了一點點的暴力，甚至是藝術作品中的暴力。每當我在電視中看到一個演員被傷害了一下，他身體的某個部位流血了，我自己的身體也立刻就有相應的反應——如果演員的手腕受了傷，我自己的手腕也突然產生疼痛的感覺；如果演員的腿腳受了傷，我自己的腿腳也突然產生疼痛的感覺。

於是，我不斷受傷，像一朵無助的花。

可是，多麼好，我遇到了你。雖然，你也和我一樣，一顆赤子之心，兩隻少年之手面對未卜的未來、無底的社會。可是，既然我遇到了你，就不再覺得孤苦無依，我覺得自己充滿了柔情，充滿了力量，充滿了和平安寧和包容一切的愛意。來吧，無論是怎樣的艱難險惡、淒風慘雨，劈頭蓋臉地來吧，因為我們在一起，拉著手，直著腰，迎頭而上吧。

我不怕頭破血流，也不怕無路可走，因為和你在一起。我們倆就是對虛偽冷酷世界的最大挑戰，讓我們自己勇敢地成為勝利、成為奇蹟吧。我的愛人，你敢嗎？我不要聽你的回答，所有的回答都只是「此刻」的回答。我要慢慢地陪著你走，慢慢地知道結果。

抬起頭來，不覺自己成了街心花園裡的一道風景。胡同裡的孩子們在旁邊打鬧著。算了，不寫了。最後送你兩句我剛聽到的歌詞——「想一想鄰居女兒，聽聽收音機，看一看我的夢想還埋在土裡。」

愛你的　萱

二〇〇〇年四月二十一日

廷生的信

萱：

親愛的，我把你的照片放在我的枕頭下，每天睡覺前看了又看，吻了又吻。幸虧我事先裝在塑膠套裡面，否則照片早就磨損了。

你到北京來，對我來說，真是一個天大的好消息。我的生活中，已經很久沒有出現這樣的好消息了。杜甫詩云：「花徑不曾緣客掃，蓬門今始為君開。」我這裡，沒有開滿鮮花的小徑，卻有一顆單純直白的心。我要整理房間的每一個角落，在桌子上擺上一束迎春花。你就是春天，花朵們都在迎接你的到來。

我們自從見第一面之後，一眨眼就有半年的時間了。我每天都在想著你，這時我才知道思念一個人的滋味是什麼。柳永說：「衣帶漸寬終不悔，為伊消得人憔悴」，以前讀到這兩句詩，覺得不可思議——思念的魔力真有如此之大嗎？現在看來，才感到詩人一點也沒有誇張——對愛人的思念真的就像磨盤一樣，每時每刻都在折磨人。

自從認識了你之後，在我的面前，整個世界都發生了變化。我對美好的東西更能感悟了，我對邪惡的東西更不能容忍了。我簡直想讓自己成為純淨劑——讓美好的東西充滿我們的生活，而邪惡的東西灰飛煙滅、蕩然無存。

你記得嗎，在《想飛的翅膀》中，我寫了這樣的一句話：「你從遙遠的地方來看我，我準備了枕頭，讓你在群山的懷抱中輕輕地呼吸。」這句看上去最不經意的、平淡無奇的話，卻是我最喜歡的一句話。為這本書設計封面並繪畫插圖的畫家，算得上是一位難得的文字知己。他在幾十萬字中挑選了幾段，根據它們的意思來畫插圖，其中就有這段話。事先，我並沒有告訴他，這句話是我最用力的一句，他卻用他的慧眼自己找出來了。他畫了一幅簡潔而富有詩意的畫：一個小小的房子，一間發著光的窗戶。後面是一片隱隱的青山，門前蹲著一條小狗。而一串凌亂的腳印表明，客人已經來臨了。

我無法給你這樣一所世外桃源般的房子，我只有一間小小的蝸居。房子後面也沒有隱隱的青山，而是喧鬧的街道。它雖然有「稻香園」之名，卻名不副實。不過，我的確準備了枕頭，嶄新的天藍色的枕頭，讓你美美地做一連串藍色的夢。而我將在一旁，靜靜地傾聽你的呼吸聲。

真巧，「稻香園」讓我想起了《聖經》中的一個地名——香草山。稻和草都是有香味的，那香味就像陽光將人豐豐富富地充滿。香草山是一個像伊甸園一樣，充滿著純真、幸福、罪孽與苦難的地方，它既是一個不可抵達的彼岸世界，也隱喻著我們所生存的現實世界。香草山上有香草，有羊群，還有牧羊人，因此它還有另外一個名字——山羊山。

德國女作家烏拉・貝兒凱薇琪在小說《黑白天使》中，多次運用「山羊山」這一意象。不到十歲的少年主人公賴因霍爾德得知自己患有心臟病後，跑到山羊山上，渴望自己強壯並獲得自信。此後，每當遇到挫折和困惑，他便到山羊山尋求慰藉，而這片神奇的土地一次次地都能給予他力量。

在那最黑暗的納粹時代，賴因霍爾德成了一名預備軍官。元首告訴這些年輕的孩子，他們在共同譜寫一曲「從灰燼中復興的英雄史詩」。然而，對照身邊的一切，賴因霍爾德感到鏗鏘有力的誓言「如同象牙一樣華而不實」。在執行屠殺猶太人政策的時候，他開了小差，逃進了俄羅斯森林。當他重新回到山羊山的時候，他想起了母親曾經告訴他的箴言：「我們的上帝是唯一的上帝，我們應該為他服務而不是別的什麼人。」

每個人、每個民族，都有屬於自己的山羊山（香草山）。在那裡，他們洗滌罪惡；在那裡，他們尋找愛情；在那裡，他們獲得力量；在那裡，他們傾聽真理。

「稻香園」就是我們的山羊山、我們的香草山。寧萱，你說是嗎？

我的論文已經完成了，離答辯還有一個多月的時間。最後還可以作一些細微的修改。工作量不會很大了。所以，你到北京的時候，正是我放鬆休息的時刻。

我要每時每刻都陪伴著你，我要與你一起享受每一秒鐘的快樂。你來之後，我不願再放你走了，我要留你在我的身邊，永遠。

愛你的　廷生

二〇〇〇年四月二十五日

廷生的日記

二〇〇〇年五月一日

關於寧萱的上一封信，她稱之為「小破信」。

寧萱在電話裡告訴我，當時她在街心花園邊寫完信之後，想找一個信封。然而，周圍都是大商場，要找賣信封的地方簡直就是大海撈針。她便繞過龐大的建築群，走進一條幽深的小巷子，果然發現有一個小小的雜貨店。在小雜貨店裡，她買了一個單薄的信封和一張最普通的郵票。周圍沒有郵筒。她在迷宮一樣的小巷子裡轉悠了半天。最後，終於找到一個鐵銹斑斑的郵筒，像是幾個世紀前的遺物。當時，她有點懷疑這個郵筒是否還能使用。在把手中的信投進去之前，她還問了問旁邊的街坊。他們說郵筒可以使用，每天都有郵差來取信。於是，她就冒險試一試了。她告訴我，這封信是否能收到，就看我的運氣了。反正這封信裡也沒有什麼重要的消息，而且我們的聯繫方法還有電話。

卻沒有想到，這封「小破信」比平時寄的特快專遞還要快。真是奇怪，它只在路上走了兩天，就到了北京，一般來說，這樣的平信需要走一個星期。我又仔細看了看信封上的郵戳，簡直就不相信自己的眼睛。那麼，這封信是天使幫助我們傳遞的？不然，效率低下的郵政部門，不可能在兩天之內就把信從揚州送到北京。沒有別的解釋，我只好相信：神蹟在我們身邊出現了。我要好好收藏這封「小破信」。

現在是中午。三天前，寧萱打電話告訴我，她的飛機今天下午五點到北京。我告訴她，我一定準時去接她。

從一大早起，我就忙碌開來。擦窗戶、拖地板，累得滿頭大汗。我要清除房間裡所有的塵埃，讓這個房間真正窗明几淨。一邊勞動，一邊想起了軍訓時候的大掃除，教官戴著白手套來擦拭桌子和窗台，看看有沒有一點灰塵。那時，我們是被動的；如今，我是主動的。我還將前幾天買的藍色被單和枕頭換上，那是北京深秋的天空的顏色。這個「家」，是我給她的，也是她給我的，我們兩人將一起讓它變得越來越漂亮。

將房間收拾妥當之後，我拿起一本書來，嘗試著看了幾行，卻一點也看不下去。滿眼都是寧萱的影子，滿眼都是她的音容笑貌，她占據了我生命的每一個縫隙。我彷彿聽到她輕快的腳步聲。

此刻，寧萱在哪裡呢？午飯之後，她該出發了吧？她正坐著計程車奔向機場，還是已經在機場的候機廳裡等候？

在這一段時間裡，我的心很亂，我做不了別的事情。於是，又拿出她給我寫的信來，一封封地看。這些信件，我藏在一個漂亮的裝過餅乾的鐵盒子裡。每一封我都看得幾乎能背誦了。它們是我最寶貴的財富。我把它們裝在一個精美的盒子裡，遇到有什麼不開心的事情，便拿出來看幾段。它們果然像靈丹妙藥一樣，讓我立刻如沐春風，忘卻了那些煩惱。每一封信的背後，都有一個特殊的日子；每一封信的背後，都有一段特殊的心情。

忽然，這些信變得很遙遠很遙遠，因為寫信的人立刻就要到我的身邊來了。此時此刻，我重新看這些信件，感覺真的跟以前不一樣。

我不斷的看手錶，終於到了出發的時刻了，我換上一件乾淨的灰色夾克，在鏡子裡照了半天。以前，我是很少照鏡子的。今天，心中有點緊張：我在她的眼睛裡將會是什麼樣子呢？

今天的日記暫時寫到這裡。

二〇〇〇年五月二日

現在是五月二日的早晨，窗外明媚的陽光已經射進來。我坐在床角補寫昨天的日記。

寧萱還在藍色的枕頭上酣睡。她累了。她的臉上還帶著一抹淡淡的紅暈。我伸出手去，輕輕撫摸一下她的頭髮，宛如在夢中。這個童話故事中的公主，是怎樣來到我的陋室中的？

昨天中午兩點，我從稻香園出發，坐車直奔首都機場，到機場的時候還不到三點，提前了整整兩個小時。直到抵達飛機場，我才安下心來——這幾天，我一直擔心會遲到。有一天，我夢見去機場接寧萱，我塞車了，結果到機場的時候，機場已經一個人也沒有了，我到處尋找寧萱，在空蕩蕩的大廳裡呼喊她的名字，卻沒有人回答。正在此時，我醒來了，驚出了一身的冷汗。

我去機場接過好多次人，從來沒有像昨天那樣焦急而緊張。因為，我將迎來我一生中一個巨大的轉折。也許，接來的這個女孩今後就是我終身相依為命的妻子。

首都機場巨大的候機大廳裡，人來人往。廣播裡，不斷地播出各種各樣的消息。

我不明白，這個世界上為什麼有這麼多匆匆往來的人？他們的奔波，都有明確的目的嗎？他們上路的時候，是帶著憂傷還是喜悅？我總想從人們臉上的神色中探究出他們內心世界的變化。

巨大的顯示幕上，有密密麻麻的航班號以及起飛和降落的時間。有的按時到達了，有的晚點了。每當有一架飛機到達，顯示幕上這個航班號碼的前面就閃爍紅燈。我在候機大廳裡蹓躂了一段時間。這段時間實在太難以消磨，我走來走去，好像已經過去了一個世紀。

寧萱在電話裡告訴了我她的航班號，我抄在一張小紙條上。這時，我拿出小紙條。其實，航班的號碼我早已倒背如流，根本不用拿出來看。但我還是害怕出現失誤，便多此一舉地將小紙條拿出來，對照顯示幕上的航班號碼。再低頭看一看腕上的手錶，居然才過去半個多小時。那架從南方飛來的飛機，還得有一段時間才能夠到達呢。

這最後的一個多小時的時間，讓我有度日如年的感覺。在不同的心情下，時間的密度也是不同的。

突然，顯示幕上我所等待的那個航班號在閃爍了。我沒有攜帶任何明顯的標識，寧萱會不會看不到我呢？我緊張地注視著出口的人流，生怕錯過了。她不是跟我有個約定嗎？看誰先看到對方就算誰贏了。人流一波又一波地出來了，像是一群看不到盡頭的螞蟻。可是，走過了幾批人，還沒有看到寧萱。我開始焦急了。我不停地踮著腳尖拚命往裡面看。

我多麼希望眼光能像一塊磁鐵，而寧萱就像一根針，磁鐵一下子就將針吸在了上面。旁邊一位也是在等人的老先生，看到我急不可耐的樣子，便告訴我，從指示燈閃爍到旅客出來，其間還有將近二十分鐘的時間，客人出站的時候需要走過漫長的通道，並且還要等候他們托運的行李。

我這才舒緩了一口氣，我情不自禁地告訴老先生，我在等待我的女朋友。我原本是一個內向的人，不會如此直率地向一個陌生人說自己的心裡話。今天，我沉浸在一種充沛的激情之中，我簡直就想衝到機場的廣播室裡，對著機場裡的所有人高呼：「寧萱，寧萱，你在哪裡？」

終於，電光火石般，我看見了寧萱。她穿著白色的高領毛衣、黑色的褲子，正背著背包大步流星地向我走來。一身上下黑白分明、沒有一絲雜色的她，在人群中顯得十分突出。

我老遠就發現了她。她周圍的人都成為一道背景，一些呆滯的背景，只有寧萱是靈動的。她好像是乘風破浪的船頭，劃開兩邊的水面。我想呼喚她，距離又太遠，便趕緊向她揮手。

那一刻，雖然處在一棟巨大的鋼筋水泥建築之內，但我彷彿置身於百花園之中。我聽見了小鳥的鳴叫，聽見了花朵開放的聲音。我聞到了松柏的香味，也聞到了水邊的濕氣。

我發現了她，在水一方的佳人。

剛開始，她一邊走，目光一邊向前方搜尋著。她還沒有發現我。我更加大幅度地向她揮手。我幾乎就要跳了起來。我的心也在胸腔裡面蹦跳著。這時，她也看見了在人群中的我，她的臉上露出燦爛的笑容，她向我揮揮手，她還是有點羞澀，只是輕輕地揮手。

我們的眼光交織在一起。

那一瞬間，雖然身邊有無數的人，人們在高聲交談著、互相握手寒暄，但我彷彿感到這個世界上只有我和寧萱兩個人，我們彷彿是在燦爛的百花中徑直向對方走去……。剛一走神，寧萱已經走到我的身邊。這一次，她主動向我伸出手來。我緊緊握住她的小手，有點涼的小手。我聞見她身上的幽香，輕輕地把她拉近我，我們擁抱了一下。她的臉上泛起淡淡的紅暈。

我們挽著手出了大廳。我接過她的包的時候，我的另一隻手很自然地就拉住了她的手。她不再像上次那樣躲閃了，她衝著我笑了笑：「你的手真暖和。」

寧萱套上黑色的大衣，這才顯出成熟而穩重的職業女性的氣質來。我們坐上計程車。這是我第二次與她一起坐車。上次，車駛向的是分別；這次，目的地卻是我們自己的「家」。

在車裡，我問寧萱：「這次坐飛機，沒有頭暈吧？」

「沒有，我想著快要見到你了，今天飛行的時間也彷彿縮短了許多。不過，我累了。」她自然而然地把頭靠在我的胸口。

記得第一次見面，我們分別的時候，晚上我送她回賓館，她的頭不經意地靠在我的肩上。而這一次，她像一隻溫柔的貓，主動地蜷縮在我的胸口。我的胸口是她的港灣。我的心跳如鼓點般劇烈，她一定聽到了。我撫摸著她的頭髮。半年了，她已經留起了好長一段的頭髮，濃密烏黑油亮的頭髮。這可是為我而留起來的啊，我的心中一暖。她的頭髮中散發出一股淡淡的幽香，我貪婪地聞著這香味，幾乎醉了。

寧萱嬌羞地晃晃頭，大概是我把她弄癢了。我把她往懷裡輕輕地一攬，摟著她的肩。

「我最怕飛機了，飄在半空中，有一種虛空的感覺。我閉目打個盹吧。」寧萱輕聲說。

我點點頭，輕輕地拍拍她的肩頭。懷中溫香軟玉，一刹那間，我覺得自己是如此幸福：擁有一個愛人，也就擁有了世界。孤獨像潮水般退去，我像一個柔軟的島嶼，在海洋的中心展露出自己的身軀。

她像孩子一樣依偎在我的胸口。汽車在三環路上奔馳著，沿途的高樓大廈逐次閃開。她的呼吸是均勻的，她把心交給了我。我低頭注視著她的脖子，雪白的脖子上一層細細的茸毛。我伸出手去，小心翼翼地撫摸她那像玉石一樣溫潤的脖子。我俯下頭去，輕輕地吻了一下她的脖子。

她在我的懷裡扭動了一下，模模糊糊地說：「你弄癢了我。」她的眼睛半閉著，她在悄悄地看我呢。

車到了稻香園。我們上樓放下包，準備回學校吃飯。

寧萱仔細看了看房間，然後對我說：「這一次，房間似乎更加乾淨了。」

我回答說：「當然啦，今天有最尊貴的客人降臨。」

說話間，就下了樓。北京的春天，風沙很大，一出門便遇到了沙塵暴。沙粒乾燥的氣息撲面而來，幾秒鐘之間，唇舌之中就有沙粒侵入的感覺。從山清水秀的江南，來到粗洌的北京，真是難為寧萱了。風沙吹得我們幾乎睜不開眼睛。我們手挽著手走路，恨不得全部的身體都貼在一起。我們不讓我們的身體之間有一點的縫隙。

我們又走進學校裡的那家「家園」餐廳。進門之前，我心裡想，要是我們上次坐過的那個座位還空著就好了，那樣的話，我們還是坐上次坐過的那個座位。一走上二樓，我首先便把目光瞄準我們上次坐過的那個角落。心中的石頭一下子就落地了：那個座位還空著。我們徑直向那裡走去，簡直就像是去搶占一個至關重要的高地。坐下來之後，我們才面對面地笑了。

吃完飯，我們一起去未名湖。校園的每一條路我都耳熟能詳，我閉著眼睛也知道怎麼走。畢竟，這個地方我已經待了將近七年。但是，今天走在校園裡，感覺跟平時完全不同。因為寧萱在我的身邊。她一個人就改變了整座校園。她不停地問我，這座建築是什麼，那座建築是什麼，她的每一句詢問，都挑動了我對校園的新奇感。

很快，我們就走到了未名湖。湖邊，我曾經一個人來了無數次。心情煩躁的時候，來這裡讓自己安靜下來；心情歡悅的時候，也來這裡，讓湖水和高塔分享我的快樂。湖和塔幾乎成了我生活重要的一部分。我經常面對著它們自言自語。

過去，我的身影與塔的影子一樣孤單。今天，我卻攜著我的愛人來了。

寧靜的湖，高聳的塔，你們該為我而高興啊。

我跟寧萱在湖邊找了張椅子坐下來。湖邊的人漸漸多起來，寧靜中又有了一點喧嘩。從我們坐的地方往前望去，一半身子淹在湖水中的石魚和博雅塔成為一線。塔投下長長的身影，在朦朧的夜色之中顯得有些神祕。

寧萱說，湖邊有點冷。我便脫了外套給她穿上。她穿著我的外套，別有一番「英武之氣」。我們都情不自禁地笑了——她為我的關愛而欣慰，我卻在笑她穿上我的外套之後的男孩子氣。

她向我靠過來，我伸出手去緊緊地把她摟在懷裡。剛開始，她還想輕輕地推我，後來也伸手來緊緊地抱著我。我們恨不得兩個人融化合為一體。

天地間所有的聲音都消失了，我只聽見她急促的心跳。

我的臉緊緊地貼著她的臉。她的肌膚像緞子一樣光滑。她閉上了眼睛。隨著逐漸加快的呼吸頻率，她紅潤的嘴唇也微微地顫動著。我把我的嘴唇迎了過去，像是一個乾渴的旅人尋找一口甘甜的井水。燦爛的星光下，我們完成了第一個吻。她依偎在我的懷中，坐在我的腿上，我摟著她細細的腰。她閉著眼睛，臉頰貼著我的胸膛。我這才覺得沒有辜負這片美麗的校園——沒有愛情，它的美麗豈不白白浪費了？有了懷抱中的寧萱，未名湖的景物頓時靈動起來。寧萱的到來，宛如畫龍點睛的那一筆。

我們在湖畔說了好多話。不知為什麼，我突然變得滔滔不絕起來。

寧萱托著腮，在旁邊靜靜地傾聽著。天上有星光，地上有她的明眸，她的眸子的光芒，超過了星星的光芒。她時不時地插上兩句，每一句都說到了我心坎上。

我們又回到小屋。這間小小的房間，雖然沒有一件奢華的、甚至是「必須」的電器，卻也能暫時為我們遮蔽風雨。我們可以過最簡單的生活，卻不能忍受沒有愛的生活。我們可以降低對物質生活的要求，卻不能降低對精神生活的要求。我們可以跟愛人分擔匱乏與艱辛，卻絕不接受嗟來之食。我們不羨慕國王的宮殿，因為我們不懂得宮殿裡的勾心鬥角；我們擁有了愛情，天涯海角，也能夠隨遇而安。我們終於共同在一個屋簷下，終於擁有了一個「家」。這個家看似從天而降，卻又是我們日夜祈禱的結晶。

我們沒有開燈，只點燃一根細蠟燭，躺在床上，臉貼著臉說話。時間的流逝，在此刻突然停滯。沙漏不再往下面漏沙子——我們彷彿進入另一個時空。我們不疲倦，也不睏，就這樣一句接一句地說了下去。說我們的祖輩、父輩，說我們自己。說那些傷心的事情，也說那些快樂的事情。說到後來，覺得說話也是多餘的，只顧著注視對方的眼睛，目不轉睛地，然後笑個不停。

我便湊過去舔她的眼睛。她的睫毛好長好長啊。還有她筆挺的鼻梁。

我們一次又一次地深吻，每一次都直到喘不過氣來才分開。一開始她的身體很涼——我記得她說過，她是寒心的動物，是一塊千年的寒玉。而我，卻是一團燃燒的火。我要融化這塊寒玉。

我撫摸著她的身體，從耳垂到肩頭，從腰肢到腳丫。她的肌膚細膩如玉，晶瑩剔透。剛剛接觸她的身體，她似乎有點害怕，身體像觸電般顫抖。漸漸地，她適應了我的撫摸。我身上的體溫逐漸傳給了她。我們的手臂纏繞在一起，我們的雙腿纏繞在一起。在熱切的親吻與撫摸中，我們擁有了對方。

那塊失散的肋骨又找回來了。

不知不覺地，天色亮了，新的一天開始了。

♣寧萱的日記

二〇〇〇年五月二日

昨天趕了一天的路。從南方到北方，終於到了稻香園，到了我自己的家。這麼快的速度，是借助我曾經討厭過的飛機。如果沒有飛機，我們的相逢，不知要花多少的時間，肯定會讓他望眼欲穿。

這幾年來我坐了無數次飛機，以前每次都會暈機。這一次，既沒有頭暈，也沒有感到漫長。以前坐飛機外出，等待我的是一連串的商務談判；而這一次，等待我的卻是我的愛人、我的新家。一想起「愛人」和「家」這兩個名詞來，我的心中就暖乎乎的。

飛機到了首都機場。下飛機的時候，我甚至有點著急，我沒有托運的行李，背著隨身攜帶的包，便昂首向候機口走去。

我攏了攏耳朵背後的頭髮。他說他喜歡長髮，我就把頭髮留了起來。中學時候我曾經留過很長很長的頭髮，我的頭髮一度是全班女孩子中最長、最濃、最黑、最漂亮的。後來，遇到一件傷心事，我一狠心，便把瀑布一樣的長髮剪掉了。好多同學都覺得可惜。但是，我覺得，剪去長髮，便如同剪去一段不成熟的日子。短髮的我，節省了不少梳頭的時間。更重要的是，短髮掩飾了我脆弱的一面。跟陌生人初次見面，一頭清爽的短髮能夠給對方留下精明能幹的印象。

此後，我一直保持著「超級短髮」，而且逐漸發展到越來越短——幾乎跟小男孩的平頭一樣短。難怪第一次與他見面的時候，他會大吃一驚。他說，他想像中的我與他見到的我，只有一點不一樣——就是頭髮。

自從跟他見一面後，我便一直把頭髮留著，卻從來沒有跟他說起。我想給他一個大驚喜。

遠遠地，我就看見他在向我招手。也真難為他的，他眼睛近視，在擁擠的人群中，居然一下子就把我分辨出來了。更何況我的髮型已經發生了很大的變化。

我想，他不是用眼睛看，而是用心在感覺。我也向他揮手，我們的視線匯合在一起。

我們居然可以一句話也不說，就全然知道對方的心思。我本來就是他身上的肋骨啊。儘管前方有那麼多等待接站的人，我卻如入無人之境，我的眼裡只有他，那裡只有他一個人。

我像貝殼一樣向他敞開。

我加快步伐向他走去，看他著急的模樣，簡直就要衝過警戒線了。我三步併作兩步，走到他的跟前。他還在癡癡地注視著我，甚至連接過我的包也忘記了。我提醒他，像一個任性的孩子一樣對他說：「發什麼呆啊，人家背著這麼重的包走了好長的路，你也不幫一幫。」

廷生這才有些驚惶地從我的手中接過包。片刻的忙亂之後，他伸手來挽著我，我把手給了他——這一簡單的牽手，延宕了半年多的時間。

「你看，我的頭髮，變樣了吧？」我撥弄一下頭髮，得意洋洋地對他說。心裡巴望著能夠得到他由衷的讚美。

「我早就發現了，你的頭髮都這麼長了。」他的眼光裡全是濃濃的愛意，他還伸手摸了摸我的頭髮，頭髮在風中調皮地飄動著，不順從他的撫摸。他說我的頭髮裡有淡淡的幽香。

在計程車上，我將頭埋在他懷裡打了個盹。當我睜開眼睛往車窗外看的時候，三環路上有一個巨大的房地產廣告：「你在北京有個家。」忽然，內心有個小小的感動：我在北京將有個家了。小時候，家算不上一個多麼溫暖的地方，爸媽常常吵架，我天天都盼著早點長大，早點考上大學，離開這個家，一個人獨立生活。如今，我卻如此渴望有一個家，一個屬於自己的家。

我們到了家——還是那個落寞的住宅區，還是漆黑的樓道，一切都沒有變化。只是，樓下盛開了一束金黃的迎春花，他說，這些迎春花是專門歡迎我的。

我上次來的時候，還是秋天，現在卻是春天了。

我上次來的時候，是一個短髮的現代女子，這次來卻是一個長髮的古典女子。

廷生的房間裡，還是一切依舊。滿屋子的書，那台筆記型電腦靜靜地隱藏在書堆之中。這半年多以來，他在電腦前又寫出了多少文字呢？他又讀完了多少本書？

小房間裡面，唯獨發生變化的，是床上換成藍色的床單，還有兩個並排的藍色枕頭。他告訴我，上午還特意把這對新買的枕頭放在陽台上晒了一陣，枕頭上還留著今天的陽光的香味，枕著它睡覺，夢裡也會充滿陽光。我羞紅了臉，沒有回答他的話。

簡單地洗一把臉，我們便回學校吃飯。我說：「還是去上次的那家餐廳吧。讓我們重溫一下昔日的記憶。再說，那裡的菜做得真不錯。」

有意思的是，我們上次坐的那個座位還空著，好像是專門為我們留的。

這一次，他坐在對面，毫不害羞地「審視」起我來。他的臉龐紅彤彤的，好像是喝醉了酒。我向他撇一撇嘴，開玩笑地說：「你現在怎麼敢這樣肆無忌憚地看我？」然後，從桌子下面伸出腳去，輕輕地踢了他一下。

這次吃飯，又是我占了上風。我點的菜跟上次一模一樣。他沒有吃多少，我卻拿出橫掃千軍的架勢來，一口氣吃了一大碗飯。也許，只要與他在一起，我的食欲就能夠出奇地好。我一邊吃，一邊對他說：「你養得起我嗎？你看，我這麼能吃。」

我給他講了一段三毛的故事：荷西向三毛求婚時，突然問道：「你吃得多嗎？」三毛說不多。荷西沒說話，三毛又小心翼翼的說：「以後還可以再少點。」於是荷西說：「你嫁給我吧。」

廷生說：「你嫁給我吧，你以後還可以多吃點。」他惹得我忍不住笑了起來。

吃完飯，天色已經全部黑了。沸騰了一天的校園，終於進入相對的安謐之中。教室和圖書館的燈一盞盞地亮了。

「去未名湖邊散散步吧。」他提議。他驕傲地拉著我的手，彷彿要向每一個同學宣告：她是我的愛人！他步履輕快，像要飛起來。我幾乎是被他拖著走，都跟不上他了。

一路上，他興奮地向我介紹北大的建築。哪一棟教學樓他經常去，哪一間教室比較容易找到座位……看得出，他無比地熱愛這座校園。儘管在文字中他對北大有不少激烈的批評，但在骨子裡他是深愛北大的。正因為愛得太深，他的筆下也就更不留情面、更不願意掩飾現實的缺陷。

還有兩個月就要離開這個校園，我感覺得出來，他還是有一點戀戀不捨。但是，他又不能永遠待在這裡，就好像真正的大樹不能永遠生長在溫室裡。他說，在這個校園裡，他留下了一生中最寶貴的七年的青春歲月。他的精神在這裡成長壯大。他幾乎每天都去圖書館，卻一次也沒有進過舞廳。他是這座校園裡最平凡的一個「清教徒」。現在，在離開的前夕，感情很複雜，既有些厭倦，又有些留戀。他說他要走出去，將來有一天再回來。

而我，離開校園已經有好幾年了，這種感覺已經逐漸淡漠。我對自己的校園沒有像他這樣刻骨銘心的感情，但我理解他所有的感受。

我們坐在湖邊，星光從樹梢之中透過來。

湖心島邊光滑的石舫上，有人在玩耍著，好像在跳舞，歌聲飄了過來。

我們像磁鐵一樣靠在一起。他緊緊抱住我，我也向他迎了過去。女孩的羞澀在一瞬間全部消失得無影無蹤。我把手放在他的肩，他的肩並不寬闊，有兩塊嶙峋的骨頭，這個男人，天生就挑不起扁擔啊。

廷生嘴唇焦急地尋找著我的嘴唇，第一次卻沒有成功。我心裡暗暗發笑，好笨拙的一個男生啊。他的嘴唇滾燙，像是著了火。我閉上了眼睛，溫順地迎接他。這一個吻，彷彿過去了一個世紀甚至一個千年，這是一個似乎永無休止的長吻。直到我快要透不過氣來，我才輕輕地推開他。

我披著他的外套，我們挽著手繞著未名湖走了好幾圈。旁邊，有幾個大一的新生在高聲談論他們的老師。他們無所忌諱、高談闊論。這種充沛的自信是新生們專有的權利。我們相視而笑，我們也有過這樣的時刻，而且我們至今還在保持著這樣的心態。

夜深了，我們牽著手回家。沿途的店鋪漸次熄滅了燈，關了門。海淀這一帶，是文化教育區，不是商業繁華地帶。晚上，幾條街道都顯得很冷清。

進了房間，他緊緊地把我擁入懷中。我差點都喘不過氣來。他說，他害怕失去我，失去上帝派遣到他身邊的小精靈。

我安慰他說：「我會來到你身邊的，我會用一輩子的時間來陪伴你。」我說這句話的時候，用的是斬釘截鐵的口氣，眼睛裡還放著熠熠的光芒。

我發現，此時此刻是他最脆弱的時刻。他外面那層堅硬的殼脫去了，他只會在我的面前脫去，甚至在父母面前，他都不會如此放鬆。此時此刻，我需要像母親一樣愛撫他。不，比母親還要親密。我是他的情人，他的愛人，他的身體的一部分。

我們擁抱著躺在床上，肩並著肩，在昏黃的燭光下，斷斷續續地說了好久的話。講我們的家史，好多細節是以前信中沒有寫到的。我們都流淚了，卻又都歡笑了。我的眼淚流在他新準備的枕頭上。他伸出舌頭來吮吸我臉頰的淚水，用手撫摸著我光滑的肩頭和脊背，我的肌膚。我的身體像睡蓮一樣向他張開。他的身體宛如一塊滾燙的石頭，我是一捧雪，一下子就被融化了。我剛撫摸他的時候，簡直就像是被燙了一下；而他剛撫摸我的時候，卻像是被冰了一下。

他的體溫，像電流一樣往我的骨頭縫裡鑽，我的身體也開始發燙了。然後，我向他發出呼喚。一陣欣悅的疼痛之後，我們融化成了一個人。

他流了好多汗，這個多汗的孩子。他身上的汗味真好聞，他的汗黏在我身上，也讓我的身體濕漉漉的。我累了，不知不覺地睡著了。只記得蜷縮在他的臂彎裡，他暖和的臂彎裡。我是一個性寒的人，以前在大學宿舍裡睡覺，經常半夜裡被凍醒。然後，起床來給自己再加一床被子，或者輕輕地叫醒下鋪那個胖胖的女孩，像一條魚一樣鑽進她的被窩，跟她一起擠著睡。而當我抱著渾身滾燙的廷生睡覺時，就像是冰遇到了火，被他融化了。他給了我無窮的熱量。在他的臂彎裡，我感到一種從所未有的安全和溫暖，就像種子找到了生根發芽的地方。

尋找一個終身可以依靠的丈夫，不就是尋找一個晚上可以溫暖自己的人嗎？

我整個晚上睡得很香，也沒有做夢。很久沒有睡得這麼沉了。

早上，當我醒來的時候，他不見了。是閃亮的陽光把我從睡眠中晃醒的。北京唯一比江南好的，就是有燦爛的陽光。幾乎每天都是晴朗的天。這是一間朝南的屋子，一大早就有陽光流淌進來，它們像小孩子一樣，爭先恐後的湧進我的懷抱。一撲進我的懷抱，卻又突然消失了。對陽光的擁抱，讓我又想起昨天晚上擁抱他的感覺。

我揉了揉眼睛，我的愛人，他到哪裡去了呢？他為什麼把我一個人丟在屋子裡？我扭過頭去，發現他在枕頭上放著一張小紙條：「廚房裡有麵包、優酪乳和新鮮的草莓，這是我為你準備的早餐。我出去買菜了，你好好睡覺，起來以後自己先吃點早餐。我馬上就回來。我們一起做午飯吃。」讀著他熟悉的字跡，一股暖流湧上心頭。我終於有了一個家！

從中學起，我就在學校裡過住校生的生活。這種單調的集體生活既讓我自立，也使我孤獨。我常常感到自己像一隻被牧人丟失的羊羔，在茫茫無涯的原野上彷徨。我沒有自己的家，也不知道家在哪個方向。初中、高中、大學一直到工作，集體宿舍裡，有時是八個人，有時是六個人，有時是兩個人。我跟同屋一般都相處得非常好，有好吃的大家分著吃，打掃時大家爭著幹，一幫小姐妹相親相愛。然而，那畢竟不是家，那些一模一樣的房間裡，每年都會搬進一批嶄新的學生，就好像是稻田裡每年都會長出一茬稻穀一樣。因為沒有愛情，也就沒有回憶。

我時常陷入一縷一縷的寂寞之中，這些寂寞纏繞著我，讓我無法自拔。我的學習很優秀，我的工作很自如，我的收入也很豐裕，可是我依然覺得：生命中最重要的東西我一直都沒有獲得。

現在，這個家就在面前，我就在這個家之中。他就是上帝派到我身邊的使者。

此刻，我被喜悅所籠罩了。這種喜悅將伴隨我一生。

廷生曾經告訴我，他可以一手拿筆寫作，一手拿鏟子炒菜——難道今天他要向我展示他在廚房裡的手藝？

我聽到有鑰匙開門的聲音，果然是廷生回來了。我蹦蹦跳跳地跑過去迎接他。他扔掉手中的兩大袋子菜，衝過來將我抱在懷裡。我們只是半小時沒見，卻像過了好久好久。他將我抱了起來，在空中轉了一圈又一圈，直到我們都轉暈了，一起倒在床上。

♣ 寧萱的日記

二〇〇〇年五月五日

這幾天，我們一起去頤和園，去天壇，還有那些一般遊客不會去的地方——老北大的紅樓，陶然亭和法源寺。好多地方，都是以前廷生在信中寫到過的，也有他自己都沒有去過的。有時我們坐計程車，有時我們坐公共汽車和地鐵，還有的時候，我們乾脆就騎自行車，廷生借來了蕭瀚女友的自行車，我們往西山騎車，也就半個多小時的路程。廷生帶我去看了西山梁啟超的墓地，他說他最佩服的就是「獻身甘作萬矢的，著論求為百世師」的梁啟超，他的論文也跟梁啟超有關，可惜今天不能像梁啟超那樣自由地辦報了。

到了北京，當然要吃當地的小吃。北京小吃雖然比不上江南的精美，但我偏偏愛上了炸醬麵。一天就吃了兩頓。我還喜歡聽餐廳裡年輕跑堂的吆喝，那一口京片子，尾音拖得很長很長，像是在唱歌。不過，廷生在飲食上卻沒有我這麼開放和多元，他不喜歡炸醬麵，就是喜歡他們四川的擔擔麵。

廷生還帶我去跟他的幾位老師見面。這個單純的男生，最尊敬的就是老師，他最愛的就是我，所以要將我帶到老師面前去炫耀呢。他的這點小小的算盤，我哪看不透呢。

其中一位是包遵信老師。以前，廷生就常常跟我談到包老師。我是大學的時候讀到包老師主編的「走向未來」叢書的。在九十年代的思想荒蕪中，在只有工具理性而缺乏人文關懷的經濟學教育下，本來是沒有機會接觸到八十年代的社科書籍的。恰好遇到了一位八十年代在大學念研究所的年輕老師，他發現我是一個愛讀書的女孩，借了一些書籍給我看，其中就有「走向未來」叢書。再後來，廷生告訴我說，他跟包老師過往甚密，這一次我到北京，他會帶我一起去拜訪。

包老師住在塔院社區，坐半小時的公共汽車就到了。社區裡也是清一色的舊樓房，我們坐電梯上了七樓，穿過一段長長的走廊，才找到包老師家。剛一敲門，便是一陣狗叫。廷生說，那是包老師的寵物「泡泡」。

包老師來給我們開門，他是一個矮小的、黑黑的老頭兒，眼睛鼓鼓的，精神矍鑠。穿著很樸素，灰色的坎肩，圓口的布鞋。八九之後，他被關在牢房裡好幾年，出來後一無所有。他卻絲毫沒有被打垮的模樣，身上有一種老祖先包公那種剛正不阿、凜然不可侵犯之氣。

老頭兒一看見我，眼睛更鼓了，然後對廷生說：「這就是你跟我說的那個姑娘嗎？你這個才子配得上這個佳人嗎？」

我一下子就喜歡上了這個老頭。天南海北地聊了兩個多小時，大都是我和包老師在說話，廷生反倒插不上嘴了。包老師對我說：「廷生這個小伙子，我都把他當著自己的孩子了。那麼，你做我乾女兒吧，外面有好多小女孩都說是我的乾女兒，我還不承認。」

這個老頭兒真可愛，主動提出當我乾爹呢。我說，當然是求之不得了，有這麼好一名乾爹。

包老師一聽，立刻樂開了花，說：「今天人逢喜事精神爽，收了個真正的乾女兒。今天我來請客，旁邊有一家菜館，鐵板茄子是一絕。」果然，這是我吃到的最好吃的鐵板茄子了。

還有一位就是錢理群老師。九十年代的北大，錢老師差不多是唯一的「亮色」，既是學生最喜愛的一位老師，也是校方最不喜歡的一名教授。北大百年校慶的時候，他的一篇反省北大的傳統與現實的文章，讓那些媚官媚商的校領導如坐針氈。

錢老師雖然不是廷生的直接導師，卻對他影響甚大。《火與冰》就是錢老師寫的序言，錢老師說，他是一個「醒著的青年」。是啊，今天，大部分的青年都睡著了，或者在半夢半醒之間。廷生卻一直都醒著，所以他跟錢老師一樣，有著「豐富的痛苦」。

錢老師是個胖老頭，模樣很像古龍。身材矮小不說，頭大如豆，眼小嘴大，喜歡古龍的朋友如此形容說「矮肥而富有魅力的身材」。古龍在《大人物》中塑造的英雄人物楊凡，就是他自己的自畫像，也像是在描述錢老師——「矮矮肥肥，圓圓的臉，一雙眼睛卻又細又長，額角又高又寬，兩條眉毛間幾乎要比別人寬一倍。他的嘴很大，頭更大，看起來簡直有點奇形怪狀。」

錢老師一見面就是哈哈大笑，笑起來的時候，眼睛完全瞇成了一條縫隙。不過，談起今日北大的種種怪現狀來，他就連聲歎氣了。他說，前幾天北大的一個社團請他作講座，一切都安排好了，臨時卻來電話說，講座被取消了。因為學校保衛部說，不能請錢某人講。一個教授，除了上課之外，不能在自己任教的學校裡公開演講，而且要由保衛部來判斷誰可以講，誰不可以講，這樣的大學如何能夠辦成世界一流呢？

我說，我最大的遺憾就是沒有上中文系，否則我要當錢老師的研究生了。

錢老師立刻擺擺手說：「千萬不要當我的研究生，我最害怕年輕漂亮的女孩子了。我這個人大大咧咧的，不知道女孩子千回百轉的心思，我得出來的經驗是，越漂亮的女孩，心思越多，我一不小心說句話，就得罪她們了。」

我說，錢老師，你這可是性別歧視，現在女生的成績就是比男生好，你不想收也不成。

錢老師說，不是性別歧視，你看我的頭夠大了，再有情緒多變的女學生，肯定讓我更加頭大呢。然後，又是哈哈大笑。

再有一位就是姚仁傑老師。我記得廷生的信上說過，我跟廷生第一次見面的那一天，正好是他在姚老師家中做客的那天。那麼，姚老師是我們愛情的半個見證人了。

姚老師跟錢老師一樣，也是住在燕北園，從北大騎車十五分鐘就可以到。他果然如廷生描述的那樣，是個具有詩人氣質的人，卻成了生物學教授。他說話聲如洪鐘，帶有濃濃的四川口音。

姚老師一看見我就說：「果然是揚州美女。」然後又對廷生說：「上次在校園裡碰見你跟一個女生走在一起，那個女孩不好！」我轉臉去看廷生，他趕緊解釋說：「那……那是一個中學同學，是普……普通朋友，她……她想考北大的研究所，來向我……我打聽情況。」聽到廷生結結巴巴的解釋，姚老師又朗聲大笑了。

姚老師最喜歡談的便是二十年在勞改營裡的生涯。他說，他是靠著生物學的本領才逃過了差點餓死的厄運。他提出科學種菜和養豬，以及加工各種農產品的方法，讓農場的收益大大提高，農場的幹部便安排他當上了工作相對輕鬆的技術員，口糧也比一般囚犯多些，這樣才倖存下來。

跟不講究衣著的包老師和錢老師不一樣，姚老師穿著筆挺的西服和鋥亮的皮鞋，頭髮也染得漆黑，梳理得一絲不亂。他說，即便在那最艱苦的日子裡，他也將自己收拾得乾乾淨淨的，連那些管教幹部也比不上他，這樣就能夠在他們面前保持做人的尊嚴。要是自己都邋邋遢遢的，都不尊重自己了，那麼這個人就完了。

姚老師還講到「等乾牌」襯衣的故事。那時，勞改營的囚犯們都只有一件襯衣，沒有更換的，一般人都是一個星期甚至兩個星期才洗一次。他卻每天都洗，晚上睡覺前洗乾淨，然後第二天早上再穿。沒有肥皂，他就採集皂角自己製作了一種特殊的洗衣粉。所以，他每天都穿著乾乾淨淨的衣服，他將這件後來洗破了的襯衣命名為「等乾牌」，就是等它乾了之後接著穿。

廷生是那種悶騷型的男生，在老師們面前拘拘束束的，放不開，沉默的時候多，有了我在，場面頓時活躍起來。我是那種心中沒有權威的女孩，跟這些老先生都能沒大沒小地開玩笑。結果，廷生所有的老師都比喜歡他還要喜歡我。

這些老師個個都有說不完的故事，個個都是一本打開的書。他們都是「有怪癖亦有深情」的人。這幾天，我有機會認識了這幾位老師，我的世界也就慢慢地與廷生的世界重合了。

第八章

泉水

愛情像泉水一樣流淌，
從此不再有死亡

二〇〇〇年五月七日

我登上了回去的飛機。這是我無數次旅程中最特別的一次，也是讓我悲欣交集的一次。這次，在北京待了一個星期，我彷彿過了一生，又好像只眨了一下眼睛。這七天裡的每一秒鐘，都像一幅幅照片定格在我的心中，讓我回味無窮。

七天勝過七年。

我真真實實地跟我的愛人一起生活了一個星期。在這七天裡，我們每時每刻都相依相伴，寸步不離。他就在我可以擁抱到的地方，我牽著他的手，握得很緊，把他的手都握出了紅印。我害怕他突然離我而去，那麼我還能夠平靜地回到我昔日的孤獨之中去嗎？

在房間裡的時候，我可以聽見他輕輕的呼吸聲。然後，我在他的呼吸聲中安然入睡。

他寫作，我在一邊看書；他去圖書館，我也跟著去。北大的圖書館大得超出了我的想像。面對著這浩如煙海的書籍，就如同面對天穹上燦爛的星辰，個人顯得多麼的渺小。他指著一個座位告訴我，那就是平時他經常坐的位置，他在那裡看書、寫論文、甚至給我寫情書。那個座位在閱覽室的東南角，上午陽光充足。於是，我也坐到那裡看書，我的臉沐浴在陽光下。我一邊看書，一邊得意地想像著，在以前那些日子裡他如何在這裡給我寫信。想著想著，我的臉上就洋溢著幸福的笑容。那也許是我最美麗的時刻。我驕傲地想，要是達文西看見了我此時此刻的笑容，他會情不自禁地在畫布上留下一筆的。我的微笑，將比蒙娜麗莎的微笑還要神祕。子孫們會絞盡腦汁地追問：她何以綻放出如此純粹的笑容？

在外面玩回來晚了，我們便一起煮麵條吃。最普通的番茄雞蛋麵。不過，他照樣要在裡面放大勺大勺的辣椒。我們各自一個大碗，像是在吃山珍海味。我想起他以前在一封信中曾經寫到過的軍訓生活，那時他和戰友們也把一碗麵條當作人生中最大的快樂。其實，人是很容易滿足的。

家裡沒有洗衣機，我便把兩人的衣服都泡在臉盆中洗。我第一次洗這麼多的衣服，第一次給男孩子洗衣服——除了我弟弟之外。我一邊洗衣服，一邊情不自禁地哼起歌來，發自內心的快樂是無法掩飾的。當我把衣服一件件地晾在陽台上的時候，好像做了一件偉大的事業，比簽訂了一份上百萬的合同還要高興。

廷生忽然從我身後伸出手來，緊緊地把我摟住，摟得我快要透不過氣來了。我故意發出尖叫，清脆的聲音像破碎的玻璃一樣，在陽光下飛翔。他輕輕地替我吻去額頭的汗水。

早晨的陽光從晾衣架上的衣服之中透過來，我呼吸著菊花的香味，閉上眼睛，依偎在他的懷抱裡。我輕輕地吻著他的喉結，他被我弄癢了，朗朗地笑出聲來。然後，他纏著要吻我的額頭、我的臉龐和我的唇。我開始還試圖躲閃，但很快就放棄了，我以更快的速度吻著他。

時間要是在這一刻停頓，我願意付出浮士德的代價。

他是一個標標準準的好男子。不抽菸、不喝酒，生活非常有規律，這在從事寫作的年輕人之中實在是很少見的。與他凌厲而尖銳的文風不同，他在日常生活中非常溫和而節制。他對我的照顧，從吃飯到穿衣無微不至。他是一個天生的好丈夫，即使他不是一個下筆千言的寫作者、不是一個挑戰邪惡的思想者，他身上的千般好處，也會讓我由心動而歸屬。

在機場分別的時候，我走入離開的通道，與他揮手告別，他的身影一從我的視線中消失，我的眼淚就奪眶而出。我發現我是如此地愛他——我想一直保持著在他懷抱中的感覺。

他像一團火，將我這塊千年的冰融化了。這時，我才知道什麼叫「相見時難別亦難」。

我答應他，今年之內，我將到北京跟他一起開始新的生活。

我在飛機上寫下這篇日記。我的心好亂，從來沒有這樣地亂，我不知道該寫什麼。我是那樣想給他寫信，雖然我們剛剛分開不到一個小時。

我像快要淹死的人一樣，我把他當作一根救命的稻草——我必須時時刻刻跟他在一起。

♣ 寧萱的信

廷生，我親愛的人：

我是在飛機上給你寫這封信的——我一上飛機就想給你寫信。因為在飛機上沒有辦法跟你打電話，便壓抑不住地想用筆來聊天。

我把信紙夾在一本精美的民航畫報中，畫報上恰好有一組北京漂亮的四合院的照片。四合院原來是平民百姓的住宅，在今天地價飛漲的北京，卻成了「尊貴人士」的府邸，開發商動輒要價數百萬。剛闊起來的人們，為了顯示有文化，第一步就是「復古」。

要是在以前，我會羨慕那些住在其中的人們——請原諒小女子的一點點虛榮。我會想，要是自己住在裡面，擁有一個大院子和一棵大樹，該有多好。現在，我不再羨慕他們了，因為有了你，我就有了一切，其他我都不需要。我們雖然沒有歐陽修和蘇東坡那宏大的「平山堂」，卻有自己的稻香園，有自己的香草山。

分別的時候，你一改你以往的靦腆，在眾目睽睽之下吻了我。

在這突如其來的愛情面前，我們都有點喜不自禁。愛情來臨這麼快，我們都沒有充分的準備。丘比特從來都搞「突擊」，他的箭突然射出，根本不徵求當事人的同意。

這些天裡，我們在未名湖邊轉了一圈又一圈，你大概是想把這些年來的孤獨徹底扭轉過來，讓湖光塔影羨慕死我們吧。

湖邊正是楊柳依依的季節。夜晚，我們在石舫上相擁，我喜歡這個簡潔流暢的石舫，頤和園那個石舫太奢華了，不符合我的審美觀。我們坐在光滑的石板上，月光像流水一樣傾瀉下來。我在你的耳邊輕輕地唱歌。我想把我會唱的所有歌曲都唱給你聽，我想把我過去經歷的所有生活都講給你聽。

詩人奧登說過：「我們應當相親相愛，否則就會死亡。」我真想把這句話高聲告訴機艙裡的每一個人，告訴那些疲憊的商人和心事重重的官員，告訴那些認為權力比愛情更有力量、更有價值的人。他們的煩惱，他們的憂愁，都因為不知道這句話、或者沒有在自己的生活中實施這句話。他們擁有權力、金錢、別墅和名車，可是，假如沒有愛，他們依然一無所有。

我想起了我們公司的老闆來。他是一個地地道道的香港商人，有美國哈佛大學的博士學位。即使在香港，他的資產據說也名列前茅。他的名下有酒店，有報紙，有電視台，有龐大的工廠和港口……它們分布在大陸、東南亞和歐美各地。他一年中有一半的時間在世界各地飛來飛去。他雲遊四海，去照看、去管理那外人數不清的、只有他自己清楚的財產。

他富可敵國，他一呼百應。他真的幸福嗎？他不幸福。

他的妻子是一個跟他一般厲害的女強人。他們之間的關係，與其說是夫妻，不如說是生意上的夥伴。他們共同白手起家，艱難創業——那時候，可能還有過一段相親相愛的日子。但是，事業有成之後，他們都不愛對方了。他們在高層會議上公事公辦、唇槍舌劍，因為折服或壓制對方而洋洋得意。他們在公司占據對等的職位，在他們眼中，「職位」比人更重要。

在其他的公眾場合呢，他們會攜手參加，並做出一副相敬如賓的姿態來。而在私人生活中，他們各自有各自的情人，互相之間心照不宣，公司裡的高級職員也大都知道一點蛛絲馬跡。

他們不會離開對方。因為，一旦他們分手，公司的股票就有可能大幅下跌。很明顯，他們之所以還在一起，維持著這已經沒有愛情的婚姻，不過是為了維持金山般的財富罷了。

我會羨慕他們嗎？不，我憐憫他們。

有一次，老闆找我談話，他說他很器重我，鼓勵我努力工作，他會給我升遷的機會。公司最高決策層在十六樓，我辦公的地方在十樓，老闆便對我說：「你好好努力，幹不了幾年，就有希望升到十六樓來。欲窮千里目，更上一層樓。上到這裡，你會發現，在下面看到的景物都會呈現出一派嶄新的面貌。我相信，上來以後，你就再也不願意下去了。」

我在公司裡向來都是充當「顛僧」的角色。我敢於在老闆和總經理面前說一些反對、甚至諷刺他們的話。這個角色，有點像在史達林面前裝瘋賣傻、說點真話的大音樂家蕭斯塔科維奇。史達林為什麼沒有殺掉蕭斯塔科維奇呢？我想，在一大群溜鬚拍馬和唯唯諾諾的下屬面前，這些權勢者也需要「顛僧」的提醒和嘲諷，就像牛需要牛虻一樣。

那次，聽了老闆「語重心長」的話，我立刻反駁說：「我只想把本職工作幹好，一點也不想升遷，也不想做女強人。我喜歡在十樓看風景，十樓有十樓的自由。如果我到了十六樓，視線當然更加開闊了，但是說不定連看風景的時間都沒有了。我從來對生活沒有太高的奢望，所以我一直過得很快樂。而且我相信，我比你快樂。」

老闆聽了我的一席話，臉色為之一變。他沉思了半天，沒有想出一句話來回答。

在我的這一席話中，一定有打動他、刺痛他的地方。我的內心是純淨的，什麼誘惑也不會擾亂我的心神。我願意過快快樂樂、單單純純的日子。世界上畢竟還是有那麼一些不愛權勢的人。

比如《笑傲江湖》中的令狐沖和任盈盈，他們不理解江湖上的那些爭權奪利之輩，「掌門」和「教主」真的有那麼重要麼？在愛情面前，絕世武功輕如鴻毛。又比如天真的茜茜公主，她只愛自由不愛王冠。天真無邪的茜茜對年輕的丈夫、歐洲最有權勢的奧匈帝國的皇帝說：「假如你不是皇帝，我們會更加幸福的！」再比如你和我——我們都願意做「臥龍崗上的散淡人」。

你曾經告訴我，北大裡面也存在著兩類截然不同的人。那些夢想著「學而優則仕」、「醒掌天下權，醉臥美人側」的所謂優秀學生，畢業之後一般都順利地進入國家部委、銀行和大公司。他們春風得意，卻從來不曾享受過心靈的自由。而那少部分渴望乘風馭露、獨與天地相往來的異人，則紛紛去了學校，甚至去了邊疆和寺廟。他們也許貧困潦倒，卻在與春花秋月的對話中悟出了生命的真諦。這兩種人對生命的基本態度，決定了各自對前途的設計，也決定了他們以後的人生道路。他們構成了北大的兩極。

顯然，你屬於後者。你真有意思，念了十幾年書，從幼稚園到研究生，居然從來沒有擔任過學生幹部。難怪有同學說你是「閑雲野鶴、世外高人」。這有點嘲諷的味道，我想，對你來說，是不是「高人」倒在其次，「閑」卻是真的。「閑」的背後，意味著自由和獨立。

「閑」意味著放棄，放棄那些不該有的貪婪和欲望；「閑」也意味著堅守，堅守那些不能妥協的價值和原則。什麼東西該我有，什麼東西不該我有；什麼東西我需要，什麼東西我不需要，我知道得清清楚楚。心中就像一面鏡子一樣。

不去求那些不該我擁有的、我也不需要的東西，而那些該我擁有的、我也需要的東西，必將自然而然地進入我的生活之中。就像是你，如同神蹟一般，突然出現在我的生命當中，沒有刻意的安排，也沒有蓄意的計畫。

親愛的廷生，我們是幸福的。你那小小的稻香園的房間，就是我夢中的天堂。這個小小的鳥巢，我將趕來與你一起修築，讓我們像兩隻小小鳥一樣，從遠方一片一片銜來乾草。這些乾草將幫助我們戰勝寒冷的冬天。

我們有了一座屬於我們的香草山。

愛你的　小萱兒

二〇〇〇年五月七日

廷生的信

親愛的小萱兒：

又一次送走你。我跑出機場大廳，想尋找一個能夠看到飛機起飛的角落。然而，首都機場的飛機太多了，我眼睜睜地看著它們一架接一架地起飛，卻不知道你坐在哪一架上面。

上一次，是送你到酒店的門口；這一次，是送你到機場的入口。

上一次，告別的時候，我連你的手都不敢牽一下；這一次，我卻大膽地在眾人的面前擁抱你、親吻你。

上一次，我是懷著好奇心會見一個陌生的女孩；這一次，我是確定了一生相伴的妻子。

上一次，我們是極其偶然的相遇和相識；這一次，我們已經融合成最親密的一對情侶。

我們在一起雖然只有短短的幾天，但彷彿過了一輩子、甚至已經是老夫老妻了。我們已然開始策劃未來的家庭，探討油鹽柴米的價格。

每一個瑣細的環節，都灌注了浪漫的色彩；每一格未來的時間，都充盈著幸福的想像。

我們開始細細地商量，你來以後，家裡立刻添置一個小冰箱，一個微波爐，一個電鍋，我們要有板有眼地過我們的「小日子」。這表明，我們已經進入愛情最實質的一個階段。

沒有經過什麼波瀾，小溪就平靜地流進了大海。

萱，我的愛人，在昨晚的夢中，我又見到了你。我夢見我們在瘦西湖的畫舫中談話。撐船的正是郁達夫筆下的船娘。我夢見我們一起吃你外婆親自為我們做的揚州獅子頭。我們在你的老家——那個被樹蔭籠罩著的院子裡玩耍。突然，我們都成了孩子，一起牽著手背著書包去上學。你在課堂上搶著回答那些沒有人答得出來的問題，你得到的老師的表揚總是比我多，我都有些嫉妒了。我整個晚上都在做夢，又夢見我們一起在北京的這幾天。在夢中，我把這幾天裡我們一起相處的每一個細節都重新回顧了一次。

我們一起在頤和園僻靜的草地上親吻，我們一起爬上恭王府的大戲台跳幾步圓舞曲。我們一起去拜訪幾位老師，第一次見面，他們對你的喜愛一下子就超過了我，不是愛屋及烏的緣故，而是他們喜歡你的單純與執著。

我們一起去逛超市，買各式各樣孩子們愛吃的食品。在乾淨而整齊的超市裡，你一隻手緊緊地牽著我的手，另一隻手在貨物的架子上指指點點。我們就像一對已經開始過小日子的小夫妻。我也是個愛吃零食的人，你喜歡吃的話梅、杏仁、牛肉乾，我都喜歡吃。這種瑣碎而物質化的生活，也是我們生活的一部分。我們都很喜歡逛超市，超市是一個最庸常也最真實的地方，它測試著個人對日常生活的觸角。在超市裡我們經常會出其不意地發現一兩種新的零食，我們會像哥倫布發現新大陸一樣欣喜若狂。我要的不僅僅是柏拉圖式的、純粹的精神戀愛。我想，我們分享一袋話梅的時刻，也是愛情最豐美、最華麗的時刻。

你離開的前一天，我們一起去了什剎海邊的宋慶齡故居，那裡曾是清代大詞人納蘭性德的家。曾經鐘鳴鼎食，後來衰草枯楊。再後來，成為征服者分配給「同路人」的戰利品。我們希望找到一點關於納蘭的遺跡，但是除去一個小小的碑石，別的什麼都沒有留下。而他痛苦的愛情和不幸的早逝，卻勾起了我們的傷感。那一個小小的園子，沒有什麼遊人。我們卻流連了整整一天。別人以為我們是來看宋慶齡的遺物，誰知我們卻是來弔唁可憐的納蘭。

我還夢見在我們的小屋裡，我一遍又一遍地呼喚你的名字，然後伸出手去擁抱你。你像小貓一樣蜷縮在我的胸膛上。最初，你的肌膚是冰冷的，我慢慢地將它暖和。我是火，你是冰，火能夠融化冰。漸漸地，我們的身體都變得像火一樣滾燙。你側著身體，背對著我，翻看著我小時候的照片。你那像緞子一樣光滑的後背上，有一粒小小的胭脂痣。我用舌尖輕輕地去舔它。因為癢，你的雪白的肩輕輕地動了兩下。

我夢見你穿著粉紅色的襯衣和白色的長裙，那是「淑女屋」的樣式。像一個高中生。你的長髮已經長到了腰間，有風徐徐吹來，把它吹拂到了我的臉上。頭髮裡有桂花淡雅的香味。你好像要在風中緩緩飄走。於是，我悄悄地把你的一縷髮絲含在嘴裡。

永遠愛你的　廷生
二〇〇〇年五月十三日

廷生，我親愛的人兒：

你不要擔心我。我回去以後，吃得好、睡得香，工作也愉快。

原來，由於工作的壓力，我經常失眠，有時還不得不服用安眠藥來讓自己入睡。自從認識你以後，我的心靈進入一種寧靜而充實的狀態，就再也沒有發生失眠的情況、再也不用吃安眠藥了。我經常是一覺就睡到天亮，在夢中有你最甜蜜的吻和最溫柔的安慰。

我在北京找到了最好的藥方——那就是你。我一想起世界上還有你憐愛我，我那顆曾經惶惑的心就安定下來了。同事們都說，這些天來，我的臉上洋溢著歡樂的笑容，他們問我一定是有什麼原因，我卻不告訴他們。我不會廢寢忘食地給資本家幹活，在「偷懶」這一招上，我比你要聰明得多。你是一個實心眼的人，我卻是一隻有七窟的兔子。我知道，我現在從事的，僅僅是謀取基本物資的職業，而不是能夠在其中體驗到創造的快樂的事業。既然是職業，便於我如過眼雲煙，我從不引以為豪，也自信招之即來，棄之何惜？

不久以後，我將到北京來跟你一起生活。那時，我照樣會去尋找類似的一份職業——我僅僅是用它來獲取相應的物質報酬。有一份穩定的收入，也就讓你能夠安心寫作，不必受到外物的牽累。我願意以我的工作來養你。俗話說，一流的男人靠老婆，說的真對！

將來，到了我們可以徹底擺脫物質匱乏的那一天，我也會跟你一樣，回到書齋裡寫我自己的文字，並且，我要與你比試，看誰寫得更好、看誰的文字更有魅力。我已經想好一部長篇小說的提綱，那將是一篇超越張愛玲的小說，你不要認為我在吹牛，總有一天你會看到並大吃一驚的。

最近我在報上看到許多辱罵你的文字。因為你提出懺悔問題，觸怒了不少「正人君子」，他們不惜用最骯髒的語言來辱罵和貶低你。你在風頭浪尖上，於是明槍和暗箭一起來了。

剛開始，我一邊讀那些文字，一邊感到無比地生氣——因為那些文字裡流淌著毒液。你的純真、你的勇敢、你的悲憫，為什麼遭到大多數人的誤解和嘲笑呢？更有人故意曲解你的意圖，他們別有用心地往你的身上潑髒水。他們把水攪渾，然後想混水摸魚。我不能容忍他們氣勢洶洶地衝上來，企圖蘸著你的血津津有味地吃「人血饅頭」。

後來，我也漸漸想開了。這正是你的命運和選擇啊——假如他們不辱罵你，才說明你的文字沒有力量呢。他們回擊了，因為你刺痛了他們，你讓他們出醜了。他們的辱罵，恰恰從反面說明了你的價值。你像一根刺一樣鑲嵌在他們最敏感的部位。你讓他們難受了，你讓他們丟臉了。

辱罵也許是你遭受的最輕微的傷害，在今後的日子裡，必將有更嚴峻的考驗在等待著你。我已經隱約看見了。但是，請你放心，當那些更艱巨的日子來臨時，我已經來到你身邊。我要在你最艱難的時候到你身邊，跟你一起承受風風雨雨——我要牽著你的手，不打傘，在風雨中行走。

在這些幾乎是鋪天蓋地的辱罵之中，我有點擔心你沉不住氣，亂了心神。此刻，你最需要的是安靜。你對懺悔的呼喚，並不是意味著你自己要去充當法官的角色，嚴厲審判那些有罪的人；恰恰相反，你是以一種卑微的心態，以對自身的深刻反省開始的。我讀了你的那些文字，很明顯，你從來就沒有要置身事外、冷眼旁觀的意思。你明白，「罪」就好像一根刺一樣，深深地扎在自己的靈魂之中——你坦白地表示，自己並不比那些被你批評的人清白。因此，你在批評他人的同時，自己的心靈也在接受著過濾和淨化。

那些惱羞成怒的人真可憐。我們更應當憐憫他們，正如憐憫我們自己。他們不知道，罪本身並不是最可怕的，最可怕的是死不認罪、是對人的罪性的漠視。他們陷入迷狂的狀態，還拒不承認，反倒把清醒的人當作瘋子。他們像狗一樣撕咬清醒者，消滅清醒者。他們以為這樣做了之後，他們的世界就天下太平了。

如此看來，安徒生的《國王的新衣》並不是寫給孩子看的童話，而是寫給成年人的寓言。

廷生，你多次把自己比喻為那個高聲喊出「國王什麼也沒有穿」的小孩，你從來沒有把自己看作是英雄——事實上，以你溫和靦腆的性格，你也不可能是一個英雄。你僅僅是用孩子的眼睛來觀察，用孩子的嘴來表達。你放心，你不是孤獨的。你的陣營中，即使沒有一個戰友，也還有我呢。不管別人怎麼看你，我永遠都站在你這一邊。

你案頭的燈光又點亮了吧？我想念著你那間稻香園的小屋。我願意棄廣廈千萬而尋一溫暖的懷抱，即使豪華如五星級酒店，沒有愛與情義，沒有相扶相助，也不過是我眼中的水泥加地毯！

廷生，我親愛的人，我馬上就要變成一個赤足的灰姑娘了，丟掉眩目的水晶鞋，像個無助的孩子一樣，小賴皮般地跟著你。哪怕千里萬里，哪怕流放牢獄，只要有你，有你的愛，有信仰，有善良，我覺得我就是最富足的人了，可以傲視巨賈親王呢！

夜黑了，我的燈亮了。

你來了，我的愛醒了。

愛著你的　小萱兒
二〇〇〇年五月二十日

廷生的信

親愛的小萱兒：

要是我的童年時代就有你這個灰姑娘陪伴，我會有更多甜美的回憶。想像著兩個牽著手的小孩，我就情不自禁地微笑了。

我想跟你分享我的童年。我的童年，一半時間跟外公外婆一起住，一半時間跟父母一起住。那時，父母在川西的一個煤礦工作。父親大學畢業之後，主動要求到「最艱苦的地方」去，這是他們那一代人所共有的意願。於是，他被分配到大渡河邊的一個煤礦從事施工設計。這個煤礦名叫「新華礦山」，是一個普通得不能再普通的名字，我猜想全國各地一定有好幾十個叫這個名字的煤礦。後來，母親也調了過去。

由於礦源逐漸枯竭，「新華煤礦」在九十年代初就停產了。前兩年，有一次，我與朋友出門旅行，路過那裡，從車窗向外望出去，到處是淒淒的荒草、頹敗的房舍。彷彿那是一片史前的化石。我再也找不到童年的夢幻了。於是，我只好徹底地求助於記憶。

小時候，我曾經跟隨父親到幾百米深的礦井下。那是一段漫長得彷彿沒有盡頭的隧道，瓦斯燈一路通明。沿途，父親會遇到許多滿臉黝黑的礦工，他們都親切地跟他打招呼，然後伸出黑黝黝的手來摸我雪白的臉蛋。

我繼承了母親和外婆皮膚的特徵，皮膚像雪一樣白、像玉一樣嫩。小時候，人們憑藉我的膚色來判斷，常常以為我是一個女孩。我那雪白的皮膚，在礦井下面，被閃亮的瓦斯燈一照射，幾乎是透明的。難怪那些寂寞的叔叔們都想來摸一摸，他們似乎以為我是一個玩具呢。

被他們這個摸一下、那個摸一下，我的臉便成了一個大花臉。回家的時候，母親很心疼，埋怨父親半天，隔了很久都不讓父親再帶我下井。

我呢，卻不理解母親對我的心疼，一心想著再次下井去。孩子總是喜歡另一個神祕的世界。井下，在像煤一樣沉重厚實的寂寞中，礦工們經常放開嗓子唱歌，他們的聲音粗野而高亢。有時候，沒有歌詞，只有簡單的調子。由於處在坑道之中，空氣不太流通，他們的歌聲也顯得更加渾濁，回音也更加悠長。那是人間最美好的音樂。

父親大部分時候都會深入到井下去，親自指揮工人們施工。他雖然是大學生，但跟大字不識的工人們非常親密，就像兄弟一樣。他說，寧願跟這些直腸子的礦工在一起，也不願在辦公室裡跟那些表面上文質彬彬的傢伙耍心眼。

下井的機會畢竟不多，更多時候，父母都上班去了，我一個人在家裡玩。所謂的「家」，就是沿著山岩而建的那一大排簡陋的平房中的一間。父親在屋子後面靠著山岩搭建了一個小棚子，暫且充當廚房。煮飯用的燃料，就是那些挑剩的、成色不好的煤塊。那些煤塊燃燒的時候，經常冒出濃濃的煙霧來，熏得一家三口眼淚和鼻涕一起流個不停。

這樣的家，並不是一個完全封閉的空間。屋子裡可以捉到蟋蟀之類的小蟲子，有時，牠們就在房間的角落裡鳴叫，我爬到床下尋找半天也找不到。外面，有一人排挺拔的大樹，樹幹上時常出現啄木鳥，啄木鳥會在樹幹上啄出一首首輕快明朗的曲子來。蟋蟀、啄木鳥還有青蛙，牠們組成了一場特殊的家庭音樂會。夏天的晚上，我們一家三口坐在門口快活地傾聽著這美妙的天籟。

然而，也發生過一兩次意外。有一天，我在床上睡午覺，母親回來之後，剛剛掀開被子，嚇得魂飛魄散——原來，被子裡除了我之外，還躺著一條小蛇。小蛇就躺在我的手臂旁邊，也不知道躺了多久，我們居然一直都相安無事。

那時候父親還在上班，母親不敢去抓蛇，趕緊跑到鄰居家，央求隔壁的老工人胡師傅來幫忙。胡師傅經驗豐富，一進門來，鐵鉗般大手只一抓，便將小蛇抓在手中。他告訴母親說，這是一條無毒的蛇。母親這才鬆了一口氣，幾乎癱坐在門檻上。而我一直還在甜美的睡夢中，嘴角流出的唾液打溼了枕頭。爸爸回家後，立即在房間的角落裡撒下石灰，在門口掛上艾草。

當幾天之後母親告訴我這件事情的時候，那條曾經與我同被共枕的小蛇，已經躺在老師傅的藥酒瓶子裡面。我經常與鄰居的幾個小孩子一起趴在老師傅的桌子邊上觀察這條凝固的小蛇，並得意地向他們宣講我的「勇敢」。

童年的礦區生活，對我來說，最快樂的有兩件事情：一是吃粉蒸排骨，二是看露天電影。

每到週末，礦區的公共食堂都會賣一道名菜：粉蒸排骨。山區的農民都養羊，羊肉價錢比豬肉便宜，食堂便買來給工人們改善伙食。所有的人都憑菜票買一份，家家戶戶享受的待遇都一模一樣。下午，離吃晚飯的時間還早，我便纏著母親帶我去食堂排隊。食堂離我們家有一段半個小時的山路，得翻過幾道小山崗。食堂與煤礦的行政機關修建在一起，在山頂的一片平地上，是礦井上最大的一個大廳。平時，大人們也經常在裡面開會。

遠遠的，我們還行走在小塊的菜地之間的時候，粉蒸羊肉的香味就飄了過來。去食堂買粉蒸排骨的路上，還會碰見好些平常在一起玩的小孩，他們也都是由父母帶著，手上也拎著一個大瓷碗。我們各自炫耀著各自的瓷碗，彷彿誰的瓷碗大，誰就是孩子中的頭領。

去的時候幾乎一路小跑，回家的時候歸心似箭。一到家，我便迫不及待地打開瓷碗，粉蒸排骨的香味頓時瀰漫在整個屋子裡。爸爸媽媽都吃得很少，把最好的肉省給我吃。那時，我長得瘦弱多病，是爸爸媽媽的「重點保護對象」。

那美味的粉蒸羊肉永遠留在我的記憶裡，那個賣粉蒸肉的胖大師傅的笑臉也留在我的記憶裡。大師傅很喜歡我，他每次都會「偏心」地給我的碗裡多加兩塊排骨。他經常跟父親開玩笑說，你們家孩子的臉蛋，就好像剛出籠的粉蒸肉。那時，儘管他多給了我兩塊肉，我在心裡還是很恨他——因為他對我的這種可笑的形容，很快就在小夥伴中間傳開了。

以後，我們全家都離開了礦區。我再也沒有吃到過那樣好吃的粉蒸排骨了。也不知道煤礦停產以後，胖師傅到哪裡去了。我想，他要是自己去開一家餐館，憑他那套手藝，餐館的生意一定會十分火爆。

在礦區，另外一大樂趣就是看露天電影。露天電影在礦區的大壩子裡放映。我們一家一般都會提前兩三個小時就去占座位，父親把我扛在頭頂，母親則拎著兩把竹編的小椅子。一家三口，組成其樂融融的隊伍，浩浩蕩蕩地出發了。

現在，當年看過的電影一部也記不清了，我卻還記得天上閃閃的星星。是不是那時我看星星的時候反倒比看電影的時候要多呢？對於我們這些孩子來說，最高興的倒不在於電影的內容和故事，電影吸引了大人的注意力，我們就可以為所欲為了。

在正式電影還沒有開始之前，放映員一般會加演一些小片段，大部分是已經很陳舊的領袖人物活動的新聞簡報。如果放映的加演片段是自然風光，孩子們就會騎在父親們的頭上，尋找從後面射來的光束，然後做出各種各樣的手勢。這些手勢在雪白的螢幕上變得巨大而靈活。於是，孩子們都發出歡快的笑聲。酣暢淋漓的笑聲在廣大的場地裡此起彼伏。

即使在正式的電影開始之後，我們也不會老老實實地從頭看到尾。還不到一半的時候，孩子們就在人群中鑽來鑽去，玩起了捉迷藏。這些調皮的孩子，有的跟我一樣是礦區職工的孩子，有的是附近農民家的孩子。大家不分彼此，玩得非常有默契，片刻的功夫便如同一家人一樣。「工農聯盟」在成人的世界裡只是口號，在小孩的世界裡卻真正實現了。

散場的時候，大人們往往大聲喊著各自孩子的名字，孩子的應答從各個角落發出來。這一場景有些混亂，又有些溫暖。剛剛互相熟悉的孩子們，又戀戀不捨地分開，各自像小磁鐵歸向大磁鐵一樣，奔向各自的父母。孩子們純真的友誼，多半是在大人們聚精會神地觀看電影的時候產生並鞏固的。我還記得一些有趣的綽號和靈活的臉龐，他們成為我童年生活永不褪色的背景。

寧萱，你有過類似的童年生活嗎？那個偏僻而困苦的礦區，在父母們的回憶裡，會有些苦澀的味道；在我的回憶裡，卻充滿著甜蜜和溫情。

有一個平常很愛逗我玩的「眼鏡叔叔」，他是一個比父親更年輕的、剛畢業不久的大學生。礦上的叔叔很少有戴眼鏡的，因此我們這幫小孩子便叫他「眼鏡叔叔」。眼鏡叔叔長得很英俊，剛剛結婚，還沒有小孩子。因此，他們夫妻倆都特別喜歡小孩子。他們經常帶我上山捉麻雀，阿姨的兜裡總是裝著棒棒糖，一支接一支地塞給我。

眼鏡叔叔家裡有很多書，這是最吸引我的「釣餌」。跟外公家的那些中國古典文學作品不一樣，眼鏡叔叔家裡的書多是外國文學，從安徒生童話到凡爾納的科幻小說，從《一千零一夜》到《普希金詩歌選》，不管是否看得懂，我一本接一本地像流水一樣讀了下去。

礦區的孩子都好動，很少有喜歡讀書的。發現我對書有著天生的親近感，眼鏡叔叔便讓我無條件地分享他的藏書。這個祕密只有我和他知道。

突然有一天，眼鏡叔叔在煤礦塌方中死去了。事先一點徵兆都沒有。塌方是在一瞬間發生的。還來不及呼叫一聲，他和另外幾個工友就被埋在幾百米深的坑道裡。人們搶救了幾天幾夜，然而救上來的卻是幾具面孔扭曲的屍體。這是很久以後，我從大人們口中的隻言片語中聽到的。

大人們從來沒有正式告訴我眼睛叔叔已經離開人世了，連父親和母親對我也守口如瓶。然而，從此以後，眼鏡叔叔再也沒有在我的生活中出現過。很長的一段時間裡，他那年輕的妻子天天在房間裡哭泣，出門的時候也是神情恍惚的。我叫她，她看了看我，好像從來就不認識我一樣，不答應我。她再不給我棒棒糖吃了。

那是我第一次接觸到死亡。那是第一個跟我有著親密關係的人離開我。然而，那只是一絲憂鬱的陰影，並沒有遮住我心頭的陽光。很快我又蹦蹦跳跳了。

後來，父親調動工作，我們一家離開了礦區。很多年過去了，我依然想念那裡的青山、那裡的礦井和那些童年的夥伴。我再也沒有跟他們見過面。現在，即使再見面，我誰也認不出來了。後來，只是輾轉聽說煤礦效益很不好，工人的日子很難過。

有一次，父親的一位同事寫信給他，傾訴了生活的艱難，他們每月只有一百元退休金，有時還不能按時發出，因此連基本的生活都無法保障。父親拿著信歎了半天的氣，給這位同事匯去了五百元。雖然這僅僅是杯水車薪，但畢竟是一點心意。

寧萱，我一邊在給你寫信，一邊又想給你打電話。我想聽聽你電話裡的聲音，請你在電話裡給我唱一首歌。我記得我們在未名湖邊的那些夜晚，你的歌聲在我的耳邊蕩漾。

可是，我的手機又沒有電了，我只好先充著電，繼續把這封信寫完。寫完信，手機也就充滿了電，我就可以聽見你的聲音了。

今生與來世都愛你的　廷生
二〇〇〇年五月二十五日

♣寧萱的信

親愛的廷生：

今天，轉眼就是我們通信一周年了。去年今日，我們還是陌生人；今年今日，我們已經是世界上最親密的人。

你在山區奔跑的時候，我卻在水邊戲水。我是我弟弟的「司令」，他永遠都跟隨著我。有時候，真想童年再來一次，我們互相進入對方的童年。那麼，我們在一起玩，弟弟怎麼辦呢？你告訴過我，也有一個弟弟，那麼就乾脆讓兩個弟弟一起玩吧。

對你來說，礦區的生活是一筆寶貴的財富。路遙的《平凡的世界》就是寫礦區生活的，我高中時讀這部小說，感動得流下了不少的淚水。我能夠想像出井下生活的危險、枯燥與乏味，在幽暗的坑道中，必須讓自己的心靈成為一個小小的太陽。心靈會發光，就不必恐懼黑暗了。

這兩天，我正在讀一些關於曼德爾施塔姆的文字。我喜歡那些羞怯、靦腆、沉默寡言的人。在羞怯、靦腆和沉默寡言的背後，是純真和善良、高貴和堅強。那些羞怯的靈魂，就好像在風中搖曳多姿的橡樹，樹葉的縫隙間有燦爛的陽光飛揚，而樹枝執著地伸向天空。這些樹一點也不驕傲，卻只與天空親吻。那個時代，詩人還不如乞丐。曼德爾施塔姆家裡的兩個房間，有一間被一個專門打小報告的人占有。後來，他們乾脆就被掃地出門。

夫妻兩人坐在大街上，丈夫對妻子說：「應該學會改變職業。我們現在成了乞丐。」妻子回答說：「乞丐在夏天日子好過一些。」

女詩人阿赫瑪托娃聽到曼德爾施塔姆朗誦的最後一首詩是〈基輔街頭……〉。其中有這樣的句子：

你還沒有死，還不是孤獨一人
暫時還有乞丐女友
你可以欣賞壯麗的平原
黑暗、寒冷和暴風雪

無論日子如何艱難，妻子娜嘉一直跟丈夫在一起。有一次，他們寄居在阿赫瑪托娃家，當主人剛剛在沙發上鋪好被褥，曼德爾施塔姆就躺在上面睡著了。娜嘉坐在一旁，溫和地看著丈夫入睡。阿赫瑪托娃到外邊辦完事回來，曼德爾施塔姆醒來，向她朗誦了這首詩。阿赫瑪托娃重複了一遍。曼德爾施塔姆說了聲「謝謝」又睡著了。

「美麗新世界」不允許文學流浪漢的存在。一九二八年，曼德爾施塔姆被捕，此後輾轉於蜘蛛網一樣的古拉格群島。當他被關進單人囚室之後，不斷地敲門。獄吏問他需要什麼，他說：「你們放我出去，我生來就不是蹲監獄的。」由此只能招致一場毒打。詩人為囚徒的身分感到羞愧，雖然這並不是他的錯。獄卒們則認為他是一個不可理喻的瘋子。是的，瘋子，當年俄羅斯的先知恰達耶夫不也被沙皇定義為「瘋子」？曼德爾施塔姆羞怯的靈魂，在黑獄中發著微弱的光。

一九三八年，曼德爾施塔姆死在遠離故鄉一萬里的地方。他有病，躺在篝火邊讀佩脫拉克的十四行詩。他曾經連末開的水也不敢喝，但他身上卻有真正的勇氣，這股勇氣陪伴了他一生。曼德爾施塔姆從被害的地方只發出過一封信，是寫給弟弟亞歷山大的，因為他無法跟妻子聯繫上。在信中，他傷心地詢問道：「我親愛的娜嘉，她在哪裡？」他還請弟弟給他郵寄禦寒的衣物。親人給他寄了個包裹。包裹被退了回來，收件人已不在人世。這位羞怯的詩人，這位連螞蟻也不願傷害的詩人，無聲無息地消失在集中營深處，是千千萬萬囚徒中的一員。

但是，曼德爾施塔姆的詩歌沒有消失，他的詩歌像風一般奔跑。在長達半個多世紀裡，他的名字在蘇聯文學史上失蹤了，正如他肉體生命的失蹤一樣。一九七一年，當曼德爾施塔姆的遺孀編撰的紀念文集《背離希望的希望》在西方出版，一場詩歌的地震傳回俄羅斯，正如詩人希尼所說：「現在如果在俄羅斯出版一本曼德爾施塔姆的詩歌選集，將會在頃刻之間銷售一空。」數十多年之後，這一幕在俄羅斯成了現實。

狼群是兇猛的，羔羊是軟弱的；帝國是短暫的，詩歌是永恆的；掌權者為所欲為，詩人固守角落。

俄羅斯真是一個讓人神往的地方。俄羅斯吸引你的，顯然不僅僅是那片廣袤的原野和濃密的森林，而是那一顆顆在苦難中掙扎、卻始終不屈服的心靈。說到底，更是那些美麗溫柔而無比堅強的俄羅斯女性——你的那點心思還能瞞得過我？

不過，那樣的女性並非只有俄羅斯才有，我不就是嗎？與俄羅斯一樣災難深重的中國啊，你何時才能擁有與俄羅斯一樣高高聳立的白樺樹？親愛的廷生，給我們的愛情染上俄羅斯的色彩吧，而我就是那個遠道而來的俄羅斯姑娘。

一輩子都愛你的　萱
二〇〇〇年六月二日

廷生的信

小萱兒，我世界上最親愛的人：

一看日曆，這才驚覺：我們相識已經一年了，長，還是短？寧萱，我們不是認識了一年，而是認識了一生一世。我們在前生就是愛人，就是夫妻。

你在信中談到俄羅斯，談到曼德爾施塔姆，正如你所說的那樣，我有著揮之不去的俄羅斯情結。我仰望俄羅斯，是想去俄羅斯尋找溫暖。

俄羅斯人對英雄的理解，與中國人有所不同：中國的英雄通常都是「生得光榮，死得偉大」的一代完人，是用「特殊材料」製造的人；俄羅斯的英雄通常都是「有缺點的人」或「柔和的人」，與普通人並無重大區別，不是尖利的銳角，而是溫柔的圓弧。我從來都不相信中國文學中「高」、「大」、「全」的英雄，個個都風風火火如晴天霹靂，時刻關懷天下興亡，而不會在意身邊的孩子、貓狗與花草。其實，真正的英雄通常都是溫柔、羞怯而靦腆的，比如遇羅克、張志新和林昭。他們的眼睛裡綻放著純真的光芒，一開口說話，臉上便浮現一抹羞怯的紅暈。遇羅克入獄之後，依然保持著孩子般的心境。他將食物分給生病的犯人，寧可自己挨餓。張志新惦記著孩子的衣服，想給孩子編織毛衣而不得。林昭用草繩編織一隻小船，送給前來探監的友人張元勳，她夢想像這隻小船一樣，漂泊到天涯海角。他們以謙卑的姿態面對悖謬的世界，並始終微笑著。

你看出了我那一點小小的「心思」。是的，我曾經渴慕俄羅斯的男性，因為在他們身邊有那麼多偉大的女性。現在，我不再羨慕他們，因為你來了，你就是從俄羅斯降臨的小姑娘。

萱，我想永遠擁抱你，讓我們互相溫暖對方，讓我們的肌膚像水草般互相溼潤。除了小時候被父母和外公外婆抱以外，好多年了，我沒有擁抱過別人，也沒有被別人擁抱過。我的身體、我的肌膚、我的靈魂一直處於饑渴和乾涸的狀態。直到遇到你，沙漠中終於湧出一眼泉水。

我想擁抱你，想擁抱天下所有的人，孤兒和寡母，乞丐和罪犯，愛我的人和恨我的人。這種願望我早就萌發過，直到與你相遇，它們才不可抑制地凸顯了出來。我發現了我肌膚的饑渴。

我想起了很小的時候讀過的一個童話故事：

從前，從前，有一個悲傷的天使，他悲傷是因為他只有一隻翅膀，不能在天空中自由地飛翔。直到有一天，他發現一個和他一樣只有一隻翅膀的天使。因為瞭解彼此的寂寞，他們不禁擁抱在一起。他們的翅膀也因為激動而顫抖起來。就在這時，他們驚訝地發現，他們飛了起來。我們都是單翼的天使，唯有彼此擁抱，才能飛翔。

讓我們在擁抱中學會愛——我們應當相親相愛，否則就會死亡。寧萱，我們曾擁抱過，還將長久地擁抱。

對了，四天前，是「六四」十一周年，周圍沒有人記得這個日子，這可是在北大啊。或者，有人記得，卻不敢說出來。中午，我沒有吃飯，禁食一頓，用這樣一個怯懦的方式，來紀念那些死不瞑目的亡靈吧。

永遠屬於你的　廷生

二〇〇〇年六月八日

♣ 寧萱的信

我最親愛的廷生：

是的，我們的相識已經一周年了。這一年來，發生了多少按照人的意志、能力、計畫都不可能實現的事情啊！我回憶我們相識和相愛的每一個步驟和環節，稍稍有那麼一點差錯，我們就擦肩而過了，就各自在自己的世界裡孤獨一生了。我現在都不敢想像了，假如沒有你，我的日子如何繼續下去呢？

那麼，是誰安排了這一切呢？

廷生，我的愛人，在這封信裡，我要告訴你一個祕密——我們為什麼會相識的祕密。

我們的相識，沒有父母的命令，也沒有媒人的穿針引線——如果硬要找出一個媒人來的話，那就是你的處女作《火與冰》。

我曾經隱隱約約地告訴你，那本書不是我去書店買的，而是通過別的管道讀到的。其實，去年上半年，我就在大小書店裡看到了《火與冰》。但是，我一直沒有拿起來翻看。我是一個很挑剔的人，看書首先看封面，我要求書的封面應當精美細膩，或者素雅大方。而《火與冰》的封面，不知什麼原因，設計得花裡胡哨的，我很不喜歡。再加上封面上那些故作驚人之語的廣告語，更讓我反感——後來，我才知道那都是書商的點子，與你沒有任何的關係。

那是去年六月二日的下午，我下班回到宿舍裡，覺得很無聊。本來想找同屋的女孩一起去逛街，但她早已同男朋友一起出去了。

我便下樓隨便逛逛。我們住在一個龐大的社區裡，這個新型的居住社區，一切服務設施應有盡有，幾乎可以做到足跡不出社區，就能夠滿足生活中所有的需要。對我來說，卻有一個需要滿足不了——我是個書蟲，我需要一家小小的書店。但是，社區裡一直沒有書店，也許這裡都是來去匆匆的工作一族，他們哪裡有時間買書和看書。

前幾天，我突然發現對面一樓的角落上，闢出一間小屋，開張了一個小書店。藍色的招牌，設計得很精美別致，上面用藝術字很醒目地寫著「曉蘭書屋」——一個最普通不過的名字。

那幾天，我工作太忙，沒有時間進去看看。今天，算是偷得浮生半日閑，我便走進去，心裡想：真好，就在身邊開張了一家小書店，再也不用走很遠的路去找書了。

果然，這是一間不錯的小店，雖然只有二十多平方米的樣子，卻一點也不顯得擁擠。書架上的書擺放得整整齊齊，中央的架子上還放著卡帶和CD。空間充分利用，卻又錯落有致。書架還安裝著滑輪，可以輕輕地推動。從書店的裝修中可以看出，主人一定是個有品味的年輕人。

「同學，你想看什麼書？我能幫你的忙嗎？」忽然，有人在背後問我。是年輕男性的聲音，嗓音很渾厚。

「同學」，這是一個久違的稱呼，既親切又有點陌生。那天，我穿著白色的襯衣和牛仔短褲，看上去確實像是一個還在念大學的女生。

我回過頭去，看見一個跟我年齡差不多的男孩，他的皮膚有點蒼白，臉上稜角分明，像是一個體育明星。立刻，我就為我的這個聯想感到後悔了：他坐在輪椅上。現在雖然是六月的天氣，他的腿上還搭著薄薄的毛毯。

他向我微微一笑，自我介紹說：「我是這家書店的主人阿明。小店剛剛開張，還請多多關照。」

「我想找點有意思的書看看。」我告訴他，我不喜歡那些流行讀物，希望能夠找到一兩本「與眾不同」的好書。

「喏，這本，我想你一定會感興趣的。」阿明把輪椅向前搖了幾步，手指在我右邊書架上的一格閃電般地一掠，立刻從中間準確地抽出一本封面花花綠綠的書。

我定睛一看，正是那本好幾次與我擦肩而過的《火與冰》。

「這是一本好書，」阿明把書遞給我說，「這本書我最喜歡看。你看，它都已經被翻破了。我這裡，其他都是剛剛買回來的新書，言情啦，武俠啦什麼的，只有這本是我自己收藏的舊書。本來我捨不得拿出來，但後來想，讓更多的朋友讀到它，才算是不辜負它呢。」

我把書接過來，仔細一看：果然，這本書都快要散架了。我猶豫了一下，不忍傷害阿明熱情的眼光，便交了二十塊錢的租金，讓阿明登記好名字，拿著書回家了。

回到宿舍裡，我泡上一杯濃濃的紅茶，抱著姑且一讀的態度，躺在床上讀起來。這一下，就再也放不下了。整整一個通宵，我讀完了你的這本《火與冰》——從第一頁到最後一頁，能夠讀到的，一字不漏。天黑了，然後天又亮了。我統統不知道。我完全沉浸在這本書所創造的一個獨特的世界當中。

晚上我甚至沒有出去吃飯，只是簡單地沖了一杯果汁，啃了一個麵包。

這本書確實很舊了，許多地方都有折角的痕跡，中間的書脊還有鬆動，有幾頁早已不知所蹤。還好，它不是一本小說，否則的話，中間丟失一部分情節，豈不讓讀者牽腸掛肚？我跟著書中的文字、跟著寫這些文字的人，一起悲哀、憤怒、欣喜和微笑。一邊讀，我就一邊想，這本書的作者是誰呢？真是一個七十年代出生的年輕人嗎？我一定要想辦法認識他。

那時，我就決定要給你寫信，一定要給你寫信。

我讀過的書，向來都是過目不忘。我很少保留讀完的書，但是這本書我卻想留下來。雖然是一本舊書，但我寧願賠償二十元的押金，相當於自己重新買了一本新書。我轉念一想，阿明的那句話忽然浮上我的心頭——要讓更多的朋友讀到它，才算是物盡其用。我又打消了這個念頭。

於是，第二天清晨，我把書拿去還給阿明，交了五毛錢的租金——五毛錢，比我想像的一元錢便宜一半。

廷生，你是我五毛錢就找來的愛人啊。別人要花幾百元在報紙上登徵婚廣告，我們的認識，居然只需要五毛錢。這真是世界上最便宜的「婚姻介紹」方式了。我想，如果世界上所有的人都通過這樣的方式相識、相知、相愛，那該有多好啊！

還書的時候，阿明微笑著問我：「我向你推薦的這本書怎麼樣？你一個晚上就看完了？」我也以微笑回答他：「這確實是一本好書，謝謝你的推薦！」

我們聊起了這本書。阿明說，這是他一年多以前買的，在大學同學之間流傳了很久，以至於收回來的時候，都面目全非了。他說，最吸引他的是作者的真誠和坦率。真誠和坦率，是我們這個時代最匱乏的品質。

而我，讀完這本書以後，顯然有更多的感觸。《火與冰》擊潰了多年以來我對自己心靈的封鎖。趁著讀完之後的激動，我給你寫了第一封信——我最初的感想都在那封信中，你可以找來重新看看。本來，我對收到回信並不抱太大的希望，因為信封上寫的是一個模糊的地址，更何況讀者給作者的信件通常都石沉大海。然而，奇蹟發生了。

我們的愛情居然是從一個小小的書店開始的，你相信嗎？

此後的一兩個月之間，我跟阿明也開始熟悉起來。我時不時地去他的小店租書或者買書，時不時地跟他聊上幾句。他說，這個小店是他的一個理想，也是一個讓他能夠自力更生的事業。

他很喜歡讀書，也很喜歡音樂，小店的角落裡，還放著一把老吉他。看得出來，它屬於那些校園歌手，已經用得傷痕累累。那麼，他也有過跟我相似的大學生活？在我下班經過小店的時候，經常聽見阿明在裡面自彈自唱，他唱的是羅大佑的那些老歌。憂傷而懷舊。

不唱歌的時候，他就推著輪椅在店裡來來去去，整理那些被顧客弄亂的書籍，或者擦拭書架上薄薄的灰塵。他把書店打理得像一個溫馨的驛站。他還告訴我，書店裡的廣告、招貼等等，全部都是由他親手設計的，基本體現出他當初的想法。書籍和唱片的擺放，每一個小巧的標籤，包括在書籍背後蓋上的那個小紀念戳，都耗費了他無數的心血。

他是一個哀傷的人，從他的眼睛裡可以看出來。他的哀傷不僅是因為自己殘疾的身體，一定還有別的什麼原因。但是，他從來都不跟我談他個人的生活，他只談論書籍和歌曲。他的額頭，有被生活傷害過的痕跡，也有與生活抗爭的痕跡。他很少跟顧客說話，除了少數幾個熟人。他一般都在角落裡沉默著，在一本筆記本上寫著些什麼。

有一天，我買了兩本新書以後，交完款，隨口問了他一句：「你的書店為什麼取名叫『曉蘭』呢？這個名字太普通了。你應該取一個更有詩意的名字啊。」

阿明聽了我的話，眉毛突然一跳，好像被一根針刺了一下。他立刻又恢復了平靜，淡淡地回答說：「隨便取的名字，也沒有什麼別的考慮。」

我敏銳地感覺到，自己似乎說錯了什麼，我似乎在某處傷害了他。我只好又找了幾句不相干的話來敷衍過去，然後匆匆離開。幾天後再去書店，阿明又像什麼都沒有發生過，跟我有說有笑，向我介紹幾本新到的書。

那段日子，我跟你的通信漸漸進入佳境。我也常常到阿明的書店去，每次都順便看看書架上那本《火與冰》還在不在。多數的時候，它都不在架子上。我想，它也許被放在某一個慧心人的床頭或者桌上呢。

三個月以後的某一天，我去書店，發現看店的不是阿明，換上了一個梳著麻花辮子的小姑娘。我問她阿明到哪裡去了，她說，阿明是她哥哥，這兩天生病了，她來幫忙照看兩天。我挑完書，便與姑娘聊起來。趁著這樣的一個機會，我想向她打聽一點她哥哥的情況。沒有想到，小姑娘輕輕地歎了口氣，給我講述了一個動人的故事。

她告訴我，阿明原來是體育大學的學生，是個很優秀的田徑運動員。阿明有個名叫曉蘭的女友。他們一起訓練，一起讀書，一起唱歌，他們是學校裡的金童玉女，準備畢業後馬上結婚。畢業前夕，他們一起去參加攀登雪山的活動。他們兩人都是老登山隊員，登山是家常便飯。而且，對他們來說，那並不是一次艱難的攀登，他們以前攀登過更高、更危險的山峰。

那次活動，開始得非常順利。然而，中途卻出現了嚴重的意外事故——曉蘭繩索上的鐵環突然鬆動，而雪山上大風暴越來越猛烈。曉蘭試圖向阿明靠過去，就在她即將靠近阿明的時刻，突然摔下了幾十米的山坡。阿明為了搶救愛人，迅速向山坡靠近。要是在平時，這樣的攀登並不太難，可阿明此刻太緊張、也太焦灼。正當他要靠近時，一下子失足了，像一隻風箏一樣搖搖晃晃地摔出去，摔到曉蘭身邊十多米遠的地方。

也不知道過了多久，他們從昏迷中清醒過來，互相掙扎著向對方爬過去，雖然只有十多米遠，卻如同兩萬五千里的長征。他們的手向對方伸過去。一握住對方的手，又都再次昏迷過去。

當他們被搶救回大本營的時候，曉蘭已經因為傷勢過重而離開了人世，她還沒有來得及跟愛人說最後一句話。而阿明則摔斷了雙腿，下半身癱瘓，從此只能坐在輪椅上。

知道真相之後，阿明一度想自殺。失去了愛人，失去了雙腿，他幾乎失去了生活全部的意義。這種災難降臨在任何人的頭上，都將是一道難以闖過去的門檻。在很長一段時間裡，黑暗籠罩在他的頭上，他看不見一絲光明。

然而，有一天，阿明看見床頭放著一張曉蘭的照片，那是曉蘭的母親特意放在那裡的。照片上的曉蘭，剛剛上大學，自信而自豪。她甜甜地笑著，似乎在對他說：你一定要好好地活下去！你悲傷，我也會悲傷；你快樂，我才會快樂！

那一瞬間，阿明意識到，自己絕對不能垮掉！這個世界上還有那麼多愛自己的人，而曉蘭還在另一個世界注視著自己呢。他終於挺了過去。在親人和朋友們的鼓勵下，阿明重新鼓起勇氣，開始去實現另外一個夢想。於是，他開了這家小書店。為了紀念死去的女友，他用女友的名字「曉蘭」作為書店的名字。他通過這種方式來表達無法實現的愛情。

週末清晨，沒有一個顧客，小姑娘跟我一起坐在書架背後的小板凳上，向我細訴整個故事。

我萬萬沒有想到，在這個小書店的背後，還有這樣一段曲折的人生經歷。

廷生，我的愛人，生活本身就比作家們筆下的小說更動人。

我讀的那本破舊的《火與冰》，只是從印刷廠裡流淌出來的千百本中的一本，卻是我們愛情的殿堂中一塊堅實的奠基石。

時刻愛著你的　小萱兒

二〇〇〇年六月十日

廷生的信

小萱兒，我的愛人：

好想你啊，如今才知道想念確實是撕心裂肺、牽腸掛肚的，帶來一陣陣身體的疼痛。即便是半夜裡，也輾轉反側，閉目禱告：上帝啊，將寧萱放置在我的身邊吧。如果我有一張阿拉伯的飛毯就好了，把你一裹，就帶來了。

好想你啊，夢想著我們一起在圖書館裡看書的畫面，那時我心猿意馬，不知在看書，還是在看你，滿眼都是你，書上的文字變成了一串串活動的螞蟻。你卻埋頭讀書，不理我，假裝不知道我在看你。不過，我知道，你在心裡笑我呢。

沒有想到那本《火與冰》的背後，還有這麼一段曲折的故事。我相信，文學相較於獨特而豐富的人生來說，總是蒼白而單調的。生活本身的傳奇性，是任何偉大的藝術家和文學家也望塵莫及的。如果有機會，我一定要去那個小書店看看，一定要跟那個名叫阿明的男孩子好好聊聊。如果他喝酒的話，我將與他一起一醉方休。不知道那本破舊的《火與冰》還在不在阿明的「曉蘭書屋」裡？如果還在，我願意拿一本嶄新的去換回那本破舊的。那本書雖然破舊，卻有特殊的紀念意義——它是我們愛情的見證。

我感到自己是幸運的，我選擇了文字作為安身立命的根基。通過文字，我認識了或遠或近無數的朋友，認識了阿明這樣沒見過面的朋友，更認識了你——我終身相伴的愛人。回顧這些年來的讀書生涯，有那麼一些書籍改變了我生命的質地，比如《鐘樓怪人》、《罪與罰》，比如八十年代蘇曉康的報告文學《烏托邦祭》，以及那本官方炮製批判劉曉波的書《劉曉波其人其事》。

我寫作的時候，經常遇到「無言」——從現有的詞庫中，找不到合適的詞語和說法來表達我想表達的感情、想法和意願。現代漢語和當代漢語都被權力和金錢污染了。它們所受的還不僅僅是輕度污染，在我看來，是重度污染。這種污染不僅沒有引起注意、受到治理，而且依然在肆無忌憚地進行著。

比如，「愛」這個字，我使用起來常常有一種彆扭的感覺——因為「愛」已經被附加上許多本來不屬於它的成分。一看到「愛」字，我們反而聯想起與之相反的東西來。

又比如，「懺悔」這個詞語，你以前在信中也談到，在中國人眼中，它由救命的良藥變成了致命的毒藥。在這樣的前提下，我們又怎麼能夠期望開創出令人心靈豁然開朗的懺悔境界呢？

在以前的信中，我跟你談到過當代詩歌的狀況。我說過，首先必須恢復當代漢語的純粹性和自由度，才有可能用它來寫詩。其實，何止是詩歌，寫作其他的文體，也需要這樣一個前提。

現在，最讓人反感的不是官僚的講話，而是孩子的作文。孩子們從剛剛識字起，就開始學習在日記和作文中編造謊言，以求獲得老師的獎賞與青睞。他們沒有童心，沒有童趣，過早地被成人世界俘虜。可憐的孩子，在他們自己都不知道的情況下，成為撒旦向上帝討價還價時候的人質。

我們絕大多數的孩子都在說假話、寫假話，最後進入到一種「不自覺」的、「條件反射」的狀態。對母語的污染是從孩子開始的，就如同對一條大河的污染是從源頭開始的。當孩子們都在比大人還嫻熟地說假話的時候，這種文明也就只剩下一副沒有任何有機成分的空殼了。

漢語的問題，豈止在漢語本身？

救救漢語，就是救救孩子、救救父母和老師。救救漢語，就是讓已經鹽鹼化的心靈重新變成百花齊放的沃土；救救漢語，就是讓已經斷流的大河重新匯集起縷縷的甘泉。對漢語的拯救，實質上是對我們的精神世界的一次大換血。

我們在使用這種語言的同時，其實我們是在被這種語言所使用。我們以為我們在真實地表達，其實我們的表達是在事實的真相上面再次掩蓋上一層塵土。

吻你的手指頭的　廷生

二〇〇〇年六月十五日

第九章

蜂蜜

你從遠方來，
我們一起採蜜築巢

廷生，我一生最愛的人：

在我們通信的這一年裡，我的生活發生了根本性的變化。心裡有了一個愛人，眼裡的世界也像是抹上了一層淡淡的玫瑰色，即使我在寫一份無聊的商務報告，也像是在寫一首詩歌。這些天裡，我像生活在一個做不完的夢中，又像生活在一種源源不斷的激情之中，我不再思考，我被喜樂浸透了。

我換回了那本破舊的《火與冰》。我拿著你送給我的那本嶄新的書，到阿明的書店裡去交換。我一直沒有告訴阿明，一年之前我通過他的小書店認識了你，一年後我與你就已經成為無法分開的愛人。說他的小書店是我們愛情的發源地，一點也不誇張。

阿明覺得我的要求很奇怪，他不知道我為什麼要用一本一模一樣的新書換舊書。

「兩本書的版本都是一樣的，你為什麼要以新換舊呢？」阿明迷惑不解地問我。

「這是一個重要的祕密，我將來會告訴你原因的。」我故意在阿明面前賣個關子。

我想，不妨把這個祕密再保持一段時間，有一天，你到揚州來的時候，我帶你到他的書店裡去。然後，我隆重地向他介紹你，再向他講述我們的故事。那時候，他將是怎樣地驚訝啊。

阿明同意了我這個「古怪」的要求。

阿明跟我說過，兩年前他還在念大三的時候，偶然間讀到你的這本《火與冰》，頓時像遭到電擊一樣。他心中原有的那些教條一夜之間就被顛覆了。阿明立刻把這本書推薦給室友看，大家都被迷住了。後來，阿明想跟室友一起坐火車到北京尋找並看望《火與冰》的作者。國慶假期，一切都安排好了，兩人一起背上旅行包來到火車站。然而，天公不做美，他們的計畫在最後時刻功虧一簣：因為錢包被偷走而走不成。後來由於學習越來越忙，北上的計畫一再推延，直到畢業都沒有能夠成行。這成了阿明的一個難以彌補的遺憾。現在，他身體殘疾了，更不方便出門。

阿明講述這個故事的時候，我差不多在一邊「偷著樂」。我想，不久的將來，我把你直接帶到這個小書店裡，給你們製造一次充滿傳奇色彩的見面。

這也算是對阿明不知不覺地給我們倆牽線的一種報答吧。

這本《火與冰》已經比一年以前我遇到它的時候更加破舊了。自從我讀完之後，它又在許許多多人的手中流傳。這一年當中，又有多少人讀過它呢？其中，有沒有像我這樣的「知音」呢？我猜想，阿明的登記簿上大概有詳細的紀錄。不過，我沒有請求他給我翻看——他會對我的舉動感到更加迷惑不解的。

回到家裡，我用透明的膠紙黏好書脊，並且用牛皮紙把它包起來。經過我的修補和包裝，舊貌換新顏，又像是一本新書了。我到北京來的時候，會帶著它，把它作為我送給你的定情禮物。這個禮物比鑽石和黃金更加珍貴。這本書雖然是你的處女作，但它比你以後寫的所有的書都更重要。你以後的書，在思想和文采上，都必將超越這本書。但是，它們再也沒有可能像《火與冰》這樣徹底地改變我們兩人的生活。

我讀完你的來信，有很多感想。我認為，漢語的問題說到底就是：漢語的枯竭，是因為生命的枯竭。因此，拯救漢語，也就是拯救生命。而要恢復漢語的活力、恢復我們生命的活力，首先必須恢復的是我們愛的能力。一個民族的復興，最根本的就是精神的復興。

記得從念小學的時候起，我們就被灌輸這樣的結論：中華民族是熱愛和平的民族。然而，在我們汗牛充棟的史書上，殘酷的內戰比比皆是，動不動就是血流成河、伏屍百萬。血性和暴戾之氣充斥著《二十六史》的每一頁、每一行。直到今天，還有那麼多的人充滿著戰爭的狂熱，時不時地叫囂「打到彼岸去」。這讓我懷疑：我們真的是一個熱愛和平的民族嗎？

一位詩人寫過這樣的詩句：「每一顆子彈射向的都是一位母親的胸膛」，這是我所讀到的對戰爭最真實的寫照和最深刻的控訴。只有從石頭蹦出來的傢伙，才會對這樣的詩句無動於衷。

寫到這裡，我就想起了一首名叫〈花朵們哪裡去了〉的英文歌曲：「花朵們哪裡去了？花朵們被姑娘們採去了。姑娘們哪裡去了？姑娘尋找她們的丈夫去了。丈夫們哪裡去了？丈夫們當兵去上前線去了。士兵們哪裡去了？士兵們被埋葬在墳墓裡了。墳墓到哪裡去了？墳墓上開滿了美麗的花朵。」那些崇拜暴力、血腥和戰爭的人，真該每天都聽一聽這首歌曲。

有了你的愛之後，我也開始用這種愛去對待身邊所有的人。出門的時候，我總會準備一點零錢，給那個每天在我們社區門口的地下通道裡拉胡琴的老人。看上去，他已經在外邊漂泊很久了。

永遠愛你的　小萱兒

二〇〇〇年六月二十日

小萱兒，我的愛人：

我們再也不能分別了。沒有你的日子，食不甘，寢不安，我的生活一下子就好像失去了「定海神針」。

上週，我到了一趟西北，並且抽了兩天跟當地人一起到鄉下看了看。回來以後，難受了好幾天。心裡有太多不得不說的話：關於我們曾經在土地上耕作的先輩，關於所有的中國農民；關於這片富饒或者貧瘠的土地。我從土地上走來，有著真切的鄉村生活的記憶。我與土地之間依然有一條剪不斷的臍帶。當我走遠的時候，臍帶牽扯得我胸腹之間隱隱作痛。

「鋤禾日當午，汗滴禾下土」，一千多年了，中國農民體力勞動的艱辛卻一點也沒有改變。在遠古時代，所有的人類都是農民，都是不顧寒暑、不避風雨，在土地上辛勤耕作的農民。因此，所有人都是農民的後代。

在中國，「農民」不單界定著一種職業，更是「賤民」的同義詞。

我的家鄉是成都平原，素有「天府之國」的美稱。可是，今天的「天府」再也不成其為天府了。大量的年輕人湧到外面去打工，男的做苦力，女的當「小姐」——並不是他們願意這樣做，而是因為殘酷的現實生活將他們逼到了那一步。如果待在家裡，無論付出多少勞動，連肚子也填不飽；於是，他們只好背井離鄉，尋找別的生路。

四川民間流傳著一個叫「土地爺搬家」的笑話，從古代講到今天，從來不會過時。從前有個縣官，三年任滿，抱著搜刮來的白花花的銀子回家。回到家裡，縣官得意洋洋地揭開最大的一個箱子，驚奇地看到一個白鬍子老頭躺在財寶上，縣官喝道：「何方老頭，鑽進我的箱子幹啥？」老頭答道：「小的是老爺治下的土地，只因老爺把小神管轄的泥巴刮走了三尺，小神無地容身，只好隨老爺來此求碗飯吃。」笑話諷刺官僚入骨，卻也飽含了農民無限的辛酸。

去年，就在我們縣最窮的那個鄉，出了一個考上清華的狀元。他們家裡並沒有歡天喜地，而是愁眉苦臉——一年上萬元的學費和生活費，對孩子的父母來說簡直就是天文數字。家裡能賣的豬、牛、雞、鴨全部都賣掉了，能找到資助和借款的親戚朋友也都找過了，還是離實際需要有巨大差距。後來，全村子的人都被發動起來，每家人十元、五元地給這個聰明懂事的孩子湊學費，就連村裡的五保戶老太太也掏出了二十元錢。孩子帶到北京的，是用白布包裹起來的鼓鼓囊囊的一大包零錢，讓收費的老師和周圍的同學大吃一驚。

第一年勉強維持下去了，第二年呢？

在那些貧困的鄉村，希望小學似乎搞得很熱鬧，可誰心裡不明白——這不過是某些人沽名釣譽的手腕罷了。從法律上來說，希望工程是一個違法工程，它嚴重違反了〈義務教育法〉——既然實施義務教育，何來失學問題？既無失學問題，何來希望工程？從邏輯上推理，就是自相矛盾的。從實施上來說，它又給各級貪官污吏們提供了一次中飽私囊的好機會。海外的捐款究竟有多少到位了呢？我有一個大學同學，就在某省負責希望工程的部門工作，一個小小的科室，居然購買了好幾輛高級轎車。他們哪裡來的錢呢？

塗脂抹粉也罷，杯水車薪也罷，希望工程以及後續的燭光工程等等，都無法從根本上改變農民子女受教育的狀況。新聞上不是報導了嗎——某個希望小學的樓房因為偷工減料而倒塌了，傷亡了幾十個小學生。每個鮮活的生命，也就只值幾千塊錢。父母們在悲傷之餘，只能老老實實地接受這點可憐的「買命錢」。在農村，人的生命本來就輕賤如野草。後來，大概連主辦希望工程的部門，自己也覺得不好意思，終於悄悄地終止了它。

那麼，農民有沒有可能離開土地、到城市尋找機會呢？農民逃離土地，奔向城市，試圖選擇其他生存機會，命運又如何？

有一個笑話說：小學老師教小學生認識共產黨的黨旗，是鐮刀加錘子的圖案。老師說，鐮刀代表農民，錘子代表工人，那麼，鐮刀加錘子是什麼意思呢？老師希望孩子回答的「正確答案」是：「是工農聯盟！」一個小男孩舉手要回答，老師點了他，他筆挺地站起來說：「鐮刀代表農民，錘子代表工人，那麼，鐮刀加錘子就是農民工！」

在城市裡，挖地溝的是農民，修馬路的是農民，蓋大樓的是農民，運糧賣菜的也是農民，掃馬路搬垃圾的還是農民……他們幾乎包下了城市一切髒活和累活。但城市依然強烈地排斥他們，將他們看作過街老鼠。

我經常在北京的建築工地上看到來自四川的農民工拖著疲憊的身影，聽到他們說著熟悉而親切的家鄉話。中午，他們通常蹲在工地旁邊滿天的風沙之中，每人端著一個搪瓷盆，一大盆水煮白菜，三五個饅頭，吃得津津有味。勞動了一年，運氣好的能夠拿到工錢，高高興興地回家過年；運氣不好的，工錢被包工頭拖欠甚至賴帳，他們只好含著眼淚擠上回家的火車。

一個小我五歲的老鄉，千里迢迢到北京來打工。他在一個建築工地上幹了一年。年終的時候，卻被包工頭欺騙了，一分工錢都拿不到。他眼淚汪汪地來找我，向我借回家的路費。他來到我的宿舍，我一見到他便大吃一驚：他穿著一身看不出顏色來的舊軍裝，肩上已經磨破了一大塊。腳上的膠鞋也露出了腳趾頭。他告訴我，包工頭與地方官員和員警都勾兌好了，民工們稍有反抗，便會遭到打手們的毒打。即使他們去報警，員警們睜一隻眼閉一隻眼，根本就不予理會。在員警的眼裡，民工根本算不上「人」，民工的生命也輕如鴻毛——你們才是不安定的隱患呢，我們不抓你們就算好的了，你們也配來報案？

我親眼看到，在某個繁忙的地鐵站口，停著兩輛警車。那些沒有暫住證的外地農民像一群綿羊一樣，蹲在警車裡發抖。這時，如狼似虎的員警又攔住一個農民模樣的外地人。此人在馬路上好端端地走路，哪裡想到禍從天降。他哆哆嗦嗦地拿出暫住證，在他的眼中，員警簡直就是天王老子。一恍間，員警將暫住證撕得粉碎，略帶嘲笑地問：「你還有暫住證嗎？」這個農民目瞪口呆，未醒悟之間，已被像狗一樣拎上警車。他們很快就會被拉到郊縣去挖沙子，然後裝在悶罐車裡遣返回鄉。

這樣的農民可憐乎？可悲乎？

每次看到這樣的情景，我心中都充滿了憤怒，卻沒有勇氣走上前去替這些無辜的人辯護。我害怕自己也受到相似的侮辱。然而，怯懦本身就是一種侮辱，它時時刻刻在折磨著我。

我記得泰戈爾說過：「我對這些農民懷有深深的憐憫；必須把食物徑直送到他們的嘴裡，否則他們就完了。當大地母親的乳房乾癟了的時候，他們不知所措，只會哭喊。然而，饑腸剛一填平，他們就會忘記自己過去的所有苦難。」印度跟我們一樣，也是一個農民的國家。印度的農民也在一片廣大的黃土地上苦苦掙扎著。

印度的農民是不幸的，但又是幸運的，他們有像甘地、泰戈爾、德蕾莎修女這樣一些與他們一同承擔苦難的心靈。

我們國家的農民呢？梁漱溟和晏陽初發起「鄉村建設運動」，但那已經是很久很久以前的事情了。而梁漱溟還當面遭到毛澤東粗魯的羞辱呢。

每時每刻都在愛著你的　廷生

二〇〇〇年六月二十六日

♣ 寧萱的信

廷生，我全身心愛著的人：

是的，我們很快就會重聚，而且從此永遠在一起。沒有你的日子，我也是一天也過不下去。我再也不能習慣以前那種一個人的生活了。半夜裡醒來，你的呼吸好像就在我的耳朵邊上，讓我癢癢的。

廷生，我理解你的悲憫之心。我去過一所民工子弟學校，給那些一年級的孩子上語文課。孩子們都很聰明，但他們所接受的教育，能夠成為他們未來謀生的基礎嗎？

廷生，你知道嗎，最近在你們家鄉四川發生了一個可怕的事情：在四川成都郊外的一個社區裡，一個居民向員警報告說，旁邊一戶人家傳出陣陣惡臭。當員警強行打開門時，發現了一個三歲女孩已腐爛的屍體，門上還有她的手指抓過的痕跡。法醫認為，這個女孩死於乾渴和饑餓。

次日，《成都商報》刊登了小女孩死亡的消息，並尋求她失蹤的母親的線索。記者很快找到了答案：小女孩三十九歲的母親，是一名染上毒癮的女子。她們母女被那個負心的男子拋棄之後，作為下崗工人的年輕媽媽艱難地撫養著女兒。她經常去超市偷食物回來給女兒吃。這天，她將女兒一個人鎖在家中，就出門故技重施了。沒有想到，這次她被抓，被員警監管起來。

雖然她給員警下跪哀求，請他們通知家屬，幫助照顧家中的小孩，卻遭到員警冷酷的拒絕。派出所就在她二姐家的對面，距離不過一百米。但在她的苦苦哀求之後，沒有一個員警去通知她的二姐。直到十七天之後，孩子的屍體被發現。

我決定為這個小女孩的死絕食一天。

小女孩的死亡昭示著，這是一個沒有愛的世界。我們所有人都可恥地參與了這樁罪惡的行徑，沒有人真正置身於事外。事件發生之後，《華盛頓郵報》發表評論說：「這個小女孩的死，是一系列中國司法系統缺陷的最新案例。」而網路上，很多人發出追問：「這是什麼樣的國家？什麼樣的社會？中國真的崛起了嗎？」

我不知道這是什麼樣的國家，什麼樣的社會。在史書上，「人相食」是最頻繁出現的字眼；在現實中，人與人互相傷害，互相仇恨，每個人都是另一個人的地獄。而我，還有同情心嗎？

清晨七點，鬧鐘響起，我醒來，默默禱告：「親愛的主耶穌，我把今天的一切都交托在你的手中，我或向左，或向右，都必聽見心中有你對我說，這是正路，要行在其間。阿門！」

起床後，習慣地打開錄音機，在讚美詩的歌聲中開始新的一天。歌聲響起，是馬丁・路德作詞的《馬槽歌》：「遠遠在馬槽裡，無枕也無床，小小的主耶穌，睡覺很安康。眾明星都望著，主睡的地方，小小的主耶穌，睡在乾草上。」

在這悠揚寧靜的歌聲中，我忍不住鼻子發酸。這多像小思怡唱的歌，我多希望她能夠在天堂裡歡樂地歌唱。

七點五十，我出門去上班。

社區裡很安靜，有老人在鍛鍊，有孩子在玩耍，還有人在遛狗。老闆們的豪華轎車正在啟動。他們也許都不知道小思怡的慘痛。

自我知道那個死去的小女孩的那一刻起，就再也不能若無其事、平靜如常了。孩子充血嘶啞的喉嚨和抓踢出血的手腳，像尖刀一樣插進了我的心。這悲痛和恥辱籠罩了我，我甚至恥於說我為孩子的死而絕食一天，在這樣的沉重面前，一天的絕食是多麼輕飄飄啊。

路上下起了雨，越發堵車了。車流如蝸牛般緩慢。車內人並肩接踵，個個面無表情，車外大小車潮如湧，互不相讓。

八點半，到達公司所在的大樓，總算沒遲到。電梯裡無數的白領麗人和西裝革履的男士擠在一起，焦急地看著手錶，等待打卡。有人還提著早餐——星巴克的咖啡、永和的豆漿、麥當勞的漢堡……各種香味瀰漫。

兩位小姐在輕聲交談，一位問：「你不是減肥嗎？」

另一位回答說：「這是剛推出的脫脂無糖的健康早餐啊，卡路里特低……」

我的胃開始隱隱作痛，忽然想起了何勇的歌：「我們生活的世界，就像一個垃圾場。人們就像蟲子一樣，在這裡邊你爭我搶。」

九點整，我喝了一杯水，開始工作。向資訊產業部申辦國內互聯網視頻點播業務許可證，向國家廣電總局申辦視聽節目網路傳播業務許可證，向文化部申辦經營性互聯網文化業務許可證。

大家在網路上玩的每一個遊戲、下載的每一個電影，都要經過這些繁瑣的審批程序，由多個國家部委頒發許可證方能與大家見面。但這些官員們根本不看電影更不玩遊戲。那他們審些什麼呢？我還是在申請書中寫道：「本公司保證在節目營運過程中時刻接受政府相關管理部門的業務指導和政策審查，遵守國家相關法律、法規，與黨和國家的宣傳政策保持高度一致。」

工作時我總有一種很矛盾的感覺，一方面覺得自己提交這樣的保證好像是為虎作倀，愧對像小女孩這種強權之下的犧牲者，可另一方面又覺得網路還是有用的，小女孩的事不就是通過網路才公開的嗎？我們還是要爭取更多的空間，為網友提供更豐富的資源。可自己心裡還是很不安。

在電話、電腦、傳真中匆匆忙忙了一上午，我開始感到胃越來越疼，沒有吃早餐，忙碌的工作，使饑餓感格外明顯。辦公室裡咖啡飄香，我忍住想喝一杯的欲望，倒了一杯水。小女孩連一杯水也沒有。

中午時間，大家都去吃飯了。我打開信箱。昨天告訴幾個好朋友我今天絕食的消息，並請他們也關注小女孩的消息。

有個朋友反問說：「絕食是為了求得自己良心的平安嗎？」

我回答說：「不是求良心平安，而是公開表明自己的抗議態度。不在乎絕食的形式，在乎我們抗議的態度和公開的勇氣。」

另一個朋友說：「我們絕食有用嗎？」

我回答：「有用，多一個人多一份力量，人多了，就形成輿論，輿論壓力可以推動事件的調查解決。」

同事們吃飯回來了，手裡還拿著餐後水果。我感覺更餓了，胃裡像伸出千萬隻手，在抓在撓。我閉上眼睛，想像孩子在門上抓出的血印。

下午的時間格外漫長，我今天也奇怪地格外感到餓。

我曾經為加班餓過，也曾經為節食餓過，甚至為賭氣餓過，可今天卻似乎難受的不能堅持，不過大半天而已啊。可能是上帝想讓我真正體會到饑餓的痛苦，不使我陷入遊戲式的輕鬆吧。

下午公司開了一下午會，我頭昏眼花，手腳冰涼。我體會到人在饑餓的時候會特別冷，我現在越來越感到恥辱了，通過這短短的絕食，我不僅沒有一點點彷彿做了好事的感覺，反倒發現自己從來沒挨過餓，沒吃過苦，沒體會過被凌辱、被欺壓、被拋棄、被慘殺的滋味，同樣的時間，同樣的天空下，那麼多人在受苦，我卻沒有為他們做過什麼。

我有同情的資格嗎？我根本沒有「同」過情，我知道他們的感受嗎？

六點，下班了。有的同事仍在加班，有的同事去健身，有的同事去約會聚餐，有的同事去上進修課程。我一點力氣也沒有，饑腸轆轆、頭重腳輕地隨著人群走出大廈。

街上大大小小的飯館開始喧鬧起來，門口的轎車停得滿滿當當。觥籌交盞，歌舞昇平。張楚的歌聲響徹大街小巷：「上蒼保佑吃完了飯的人民，請上蒼保佑有了精力的人民。」

可憐的小女孩，讓我可恥地陪你餓一天吧。從昨天晚上八點到明天早上八點，我要堅持陪你三十六個小時，原諒我並接受這微弱而有限的心意吧。

我們在街頭相遇，我們卻擦肩而過。

熙熙攘攘的人群，從這棟高樓，來到那棟高樓。在高樓中的每扇窗戶，每個房間，可都有一個母親和一個女兒？

面無表情的人群，沒有人對別人的故事感興趣，人人都在生活的重壓下咬牙支撐。要繼續支撐下去，就得讓自己更加冷漠。

我打開今天的報紙，赫然發現有這樣一個通欄的大標題：中國水稻技術將為世界消除饑餓作出貢獻。文章中說：中國和其他國家在水稻科技等方面展開日益深入的合作，中國先進的水稻育種和基因技術，將為解決世界人口的饑餓問題作出更大的貢獻。

科學家的本領真了不起。他們解決了物質匱乏的問題，今天物質豐富已到了幾乎氾濫的地步。誰還記得「誰知盤中飧，粒粒皆辛苦」的古訓呢？但是，科學真能解決這個彎曲悖謬的時代的所有問題嗎？比如愛的缺失、美的扭曲和暴力的氾濫？科學能夠拯救小思怡的生命嗎？科學能夠避免小思怡挨餓的境遇嗎？科學家回答說，那不是我們的責任。那麼，是誰的責任呢？

先知那痛徹心肺的譴責隱隱約約地從遠方傳來：你們耕種的是奸惡，收割的是罪孽，吃的是謊話的果子。有多少人聽見了先知的斥責？有多少人置若罔聞？又有多少人將先知看作瘋子？

被關在家中的小姑娘，我們倆都在挨餓。但我的餓跟你的餓不一樣。我的餓怎麼能跟你的餓相比呢？我是為了你，你是為了誰呢？

七點半，終於到家了。我換了衣服，一口氣喝了兩大杯水。還有一個漫漫長夜，遠在天國的小姑娘，我們倆一起度過吧。讓我們牽手，讓我們擁抱，讓我們一起歌唱，讓我們一起禱告。我相信，你在天國中必有絕美的玩具，那裡再沒有饑渴與冷眼，你的笑聲在白雲上迴蕩，你的笑臉在藍天上映照。

你是那麼弱小，我也毫不強壯，我們都會被饑餓打倒。可是有主耶穌與我們同在，他愛我們，無論生死，永不分開。

親愛的廷生，你聽到這個故事之後一定很難過，一定會失眠，但我還是情不自禁地告訴你。我知道，你的寫作，一直將這些被侮辱和被傷害的人放在中心位置。這樣，那些權貴者勢必不喜歡你。爸爸媽媽看了你的書，一方面很欣賞，另一方面卻又很擔心。他們說，要是再來一次「反右」和「文革」之類的政治運動，你一定會有牢獄之災的。

在此之前，他們希望我找到一個學理工科的男朋友，這樣可能會安全一點。可是，我對他們說：「爺爺不也是學生物的嗎？他照樣沒有能夠逃過劫難。」我想，有的東西是我們必須去承擔的，想躲也躲不掉。我深深地知道，做你的妻子，不是來分享你的榮譽，而是來與你相互攙扶著走過漫長的、沒有盡頭的坎坷之路。

用全部的心靈來愛你的　小萱兒

二〇〇〇年六月二十九日

廷生的信

小萱兒，我的海倫：

我看到那個可憐的小女孩的悲劇了。我也看到有網友為她發起了接力絕食活動。你是「一個人的絕食」，讓我這個軟弱的人羞愧——我太貪吃了，不敢絕食，哪怕是一天。可是，小萱兒，在佩服你的同時，我又為你的身體擔憂，你太弱了，又絕食，如何受得了，我寧願替代你絕食。我的脂肪比你多，不怕。

今天，我們在百年紀念講堂裡舉行畢業典禮。當我穿上碩士服裝的時候，千般滋味湧上心頭。典禮中最重要的一項就是把碩士帽上的帽穗從一邊撥到另一邊。這輕輕的一撥，真算得上是「二兩撥千金」。六年的小學、六年的中學、一年的軍校、四年的本科、三年的研究生，整整二十年的校園生涯，頓時就結束了。古人說「十年寒窗」，而我付出的是多了一倍的時間。

尤其是要離開北大。說了許久的離開，等到離開真的到來時，終究還是有些不捨得。突然間，有點羨慕繼續上博士的那幾個同學了。他們還可以留下來，至少三年。

我跟幾個同學穿著長袖飄飄的碩士服裝，在校園裡轉了一圈，挑選了幾處景點拍照留念。今天的校園裡到處是穿著碩士和博士服裝的畢業生。有的畢業生全家都來了。

來到中文系門口，正好遇到了系主任費振剛先生。這幾年來，費先生對我的關心，如同「隨風潛入夜，潤物細無聲」的春雨。當壓力和非難一起侵襲而來的時候，每次都是費先生出面幫助我排解和消除，而且他從來不告訴我。

好幾次，遲鈍的我還被蒙在鼓裡，一點風吹草動都沒有感覺到。事情過去以後，系裡別的老師告訴我，校方的某某領導甚至是教育部的高官，點名批評我的某篇文章出格、思想有問題，要求中文系對我嚴加約束甚至加以處分。在危急的時刻，是費先生挺身而出，申明北大「思想自由、相容並包」的傳統，他寧可自己承受巨大的壓力，也不讓我這樣的青年學生感受到絲毫的壓力。他說，當系主任，最重要的工作就是要給師生創造一個安心讀書和自由思考的環境。這樣將學生放在心上的老師，如今越來越少了。

巧遇費先生，讓我喜出望外。我趕緊跑到費先生跟前，要求與他合影。他的白髮與我的黑髮之間，隔著一段漫長的歲月；然而，他的心靈與我的心靈之間，卻完全可以融會貫通。他微笑著跟我們一一合影，並衷心地祝福我們在未來的人生道路上一帆風順。他告訴我們，送走我們之後，他也快退休了。他意味深長地對我說，以後的風霜，可要由你自己去面對了。費老師跟我一樣，也是一個說話有些口吃的人，不太善於表達，很多學生說他的課比較平淡。但我卻欣賞和敬重這種雲淡風輕。想到就要離開這樣的恩師，心裡還是有點傷感。然而，我又欣喜地感到，我是幸運的，從小學到大學就不斷遇到一位又一位的良師益友。

親愛的寧萱，只可惜今天你沒有來參加我的畢業典禮。我的幾個同學，他們的妻子和女友，有的從外地趕來，有的專門請假前來，跟他們一起分享此刻的欣喜。我還幫他們照了好些照片。此時，我都有點嫉妒他們了，而我心愛的人啊，還在千里之外。

你離開我的小屋已經一個多月了，我卻還在試圖尋找你的氣息。在枕頭上，在書頁裡，在鏡子中……你走的時候，忘記帶走你的牙刷。於是，這些天來，我便用你的牙刷刷牙，就像是在親吻你，因為牙刷上面還有你嘴唇的氣息，也有你的笑容和歡樂。我用它，它便把這一切都「傳染」給我了。我被幸福一層層地包裹起來，就像是睡在蓮花中的嬰兒。

我想起了巴斯特納克對茨維塔耶娃的描述，以及對他們的愛情的頌歌。他寫道：「我置身於一個充盈著對你之愛的世界，感受不到自己的笨拙和迷茫。這是初戀的初戀，比世上的一切都更質樸。我如此愛你，似乎在生活中只想著愛，想了很久很久，久得不可思議。你絕對的美。」

其實，茨維塔耶娃一點也算不上是美人——她長著一張男人般的大臉，顴骨非常突出，稜角極其分明。她的神態不溫柔，甚至有點冷酷，也許是僵硬窘迫的生活將她折磨成這樣。但是，在巴斯特納克的眼裡，她有無法抗拒的魅力。茨維塔耶娃那驚人的魅力是詩歌給她的。為了愛情，她可以不顧一切，如她在詩歌中所宣誓的：

我要從所有的大地，
從所有的天國奪回你，
我要從所有的時代，
從所有的黑夜那裡，
從所有的金色的旗幟下，
從所有的寶劍下奪回你。

茨維塔耶娃的一生是不幸的。她愛過很多人，從里爾克到巴斯特納克，但這些都是純粹的精神之愛。她現實中的家庭生活卻陷入困頓之中，她的丈夫是沙皇軍隊中的軍官，在蘇德戰爭爆發之後被以「特嫌」的罪名判處死刑。她早就預料到了自己的結局——「因為一定要選擇，於是我便立即終生選定了……憂鬱的思想，倒楣的命運，艱難的生活。」

一生沒有獲得過愛情的茨維塔耶娃，最後選擇了在房間裡自縊而死。臨死之前，她還記得童年時候第一次跟隨母親去觀看的那齣歌劇。那時她才六歲，按照年齡她本來應該喜歡童話劇，她卻愛上了普希金筆下的奧涅金和塔姬雅娜，愛上了他們的愛情。許多年以後，她說：「我觀看的第一場愛情劇事先註定了我未來的一切，註定了我心中不幸的、不是相互的、不能實現的愛情的全部激情。我恰恰是從那一刻起便不想成為一個幸福的女人，因此我註定沒有愛情。」

而我們，卻比她幸運得多，我們獲得了像蜂蜜一樣甜美的愛情。

上次來北京，你在枕頭上熟睡的時候，我在一旁端詳你，靜靜地端詳了一個小時，真個是「看你千遍也不厭倦」。那時，你睡著了，你不知道呢。而我，也不知道你的夢究竟是怎樣的。

我把你露在外面的胳膊送進被窩裡。你細長的胳膊，像一隻江南水鄉的蓮藕。那時，我想，時間就這樣停滯了該多好。我們再也不分開，我們擁抱著，將工作全都拋在一邊。

因為愛情，不妨也享受一下從來沒有享受過的懶惰的滋味。

可惜，走得最快的，永遠是快樂的時光。

每時每刻都在愛著你、吻著你的　廷生

二〇〇〇年七月四日

廷生的信

小萱兒，我一生的伴侶：

今天，是我離開學校的第一天。一大早，我便去我要工作的那個文學研究機構報到。但是，他們卻告知，你的報到手續被凍結了，單位不再接收你了。那麼，我手上白紙黑字的協議與合同難道就不負責任地作廢了嗎？

在我離開北大的第一天，邪惡終於像瘋狗一樣撲過來啃我的腳後跟。它不敢正面撲過來，而只敢在我的身後偷偷地咬我一口。我飛起一腳將它踢翻。我早就料到我會與邪惡狹路相逢。

在北大的時候，儘管也有壓力，但是「大樹底下好乘涼」，有像費振剛先生這樣愛護我的老師替我遮風擋雨，我倒也過得自由自在。我知道，一旦離開北大，離開這棵大樹，所有的風雨都將由我來直接面對。我預料到了，只是沒有想到它來得這樣快、這樣富於戲劇色彩。

沒有人跟我說明是什麼理由。他們只是含混地說，這是上面的命令，他們也沒有辦法。於是，我便去找「上面」──所謂「上面」，就是那個主管作家事務的龐大機構。我的行為有些林沖闖白虎堂的味道。不過，林沖是誤闖，我卻是有意地去闖。

我要像秋菊一樣去「討一個說法」。然而，狡猾的官僚們卻不給我一個說法，他們拿不出一個「手諭」來。於是，我們開始爭吵起來。

突然，從四面八方的辦公室裡衝出一大群人來。他們一上來便辱罵我，有一個壯漢甚至想伸手打我，他的眼睛裡露出狼眼的光芒，使我想起了魯迅先生在《狂人日記》中的描述。

他們為什麼如此痛恨我呢？原來，我的主動上門，傷害了他們作為「準官僚」的自尊。他們心裡想，你一個剛畢業的學生，我們想怎麼對待你就怎麼對待你，你居然敢上門來「討說法」，你不是「反了」嗎？他們看見我跟他們的上司爭吵，頓時感到掙表現的時候到來了，升遷的機會到來了。他們越是賣力地攻擊我，他們的上級就越是賞識他們的「忠心耿耿」。這個世界上，有很多人以低於狗的原則來維持生活。

據知情人士告訴我，我被這家巴金先生宣導成立的研究機構拒之於門外，是因為我的某些文章惹的禍。我不知道這是不是問題的癥結所在，但我認為：一個公民在憲法和法律允許的範圍內，有思考、言論和寫作的自由。我的論文和文章都發表在國家公開出版的報刊雜誌上，我的著作也全都是由國家正式出版社出版發行的。在法律的意義上，我毫不畏懼地對自己的每一篇文章、每一個字負責。

對於一篇文章、一本著作，作為讀者（當然包括某些級別不等的官員在內），當然可以智者見智、仁者見仁。作為作者，我也會虛心地傾聽來自各方的批評意見（自然包括某些官員的批評意見）。當然，經過我的獨立思考之後，是否接受這些意見，同樣是我的自由。

如果某些人士對我寫作的立場和文章中具體的觀點有不同看法，完全可以直接找我溝通和交流，也可以通過其他途徑向我轉達。

進一步說，如果某些人士認定我的哪篇文章、哪個觀點違反現行法律法規，甚至有「政治傾向問題」，也完全可以在公開場合指出和批判，然後使用法律的手段來處理。

但是，某些人士既沒有私下與我交換意見，也沒有公開宣布我的文字存在著什麼樣的問題，卻採取了最等而下之的辦法——全然是幕後黑箱操作，通過打電話的方式層層傳遞命令，向我射來一支餵了毒藥的暗器。他們剝奪我作為公民的工作權，企圖藉此來壓制不同的聲音。

然而，對知識分子「不給飯吃」的時代已經結束了。此處不給我飯吃，我自可在彼處獲得飯吃。只要我還有腦袋、還有手、還能寫作，就不會被餓死。我相信我的生存能力比某些官僚強得多——假如他們沒有了身上的官位，在完全的市場經濟條件下，這些除了當官以外什麼事情也不會幹的傢伙，只有活活餓死。在今天的俄羅斯，不是有許多前蘇聯時代飛揚跋扈的「政工幹部」，因為無法適應變化的時代，又沒有一技之長，最後淪落為救濟金領取者嗎？

而我，除了寫作，還可以幹很多的事情，甚至粗礪的體力活——在今天，生存已經不是一件太困難的事情，不像茨維塔耶娃所面對的那種絕境，留給她的只有死路一條。

在米蘭・昆德拉的《生命中不能承受之輕》中，主人公湯瑪斯是一個優秀的外科醫生，卻被當局剝奪了行醫的權利。那是蘇聯軍隊直接開進布拉格的黑暗年代。作為一個知識分子，湯瑪斯不可能不表達自己的抗議。

因為這種表達，湯瑪斯「自動」地下降到了社會的最底層。剛開始，他在一家離布拉格約五十英里的鄉村診所裡混，每天乘火車往返兩地，回家就精疲力竭了。

一年後，他設法找一個強些的差事，得到的卻是布拉格郊外某個診所裡更低的職位。他在那裡不可能幹他外科的本行，成了什麼都幹的通用品。然而，就是這樣的工作，湯瑪斯也受到了騷擾。國家內務部的祕密員警約他喝酒，誘騙他發表悔過的聲明，並許諾一旦悔過，他將重新回到原來的醫院，發揮他的專長。湯瑪斯拒絕了。醫生是國家的雇員，國家將再次向他施加壓力。然而，他的立場巋然不動。於是，他成了一名窗戶擦洗工。

就在那個風度翩翩的祕密員警跟他談話之後的第二天，他就去診所辭了職。他估計，在他自願降到社會等級的最低一層之後（當時各個領域有成千上萬噸知識分子都這樣下放了），員警不會再抓住他不放，不會對他再有所興趣。一旦他落到階梯的最低一級，他們就再也不能以他的名義登什麼聲明了。道理很簡單，沒有人會信以為真。這種恥辱性的公開聲明只會與青雲直上的簽名者有關，而不會與栽跟頭的簽名者有緣。

他拿著刷子和長竿，在布拉格大街上逛蕩，感到自己年輕了十歲。賣貨的姑娘叫他「大夫」，向他請教有關她們感冒、背痛、經期不正常的問題。看著他往玻璃上澆水，把刷子綁在長竿的一端，開始洗起來，她們似乎有些不好意思。只要她們有機會擺脫開顧客，就一定會從他手裡奪過長竿，幫他去洗。

中學時候，這段情節就給我留下了深刻印象。我那時就發誓：湯瑪斯的選擇，也將是我的選擇。

從那個「準官僚機構」的大樓裡走出來，我瞭望北京灰暗的天空，心情卻出奇地好起來。我跑到街邊的公共電話亭裡給幾個好朋友打電話，約他們一起去吃「金山城」的重慶火鍋。晚上，我們吃了幾十盤菜，喝了幾十瓶啤酒。他們沒有安慰我，因為他們知道我不需要安慰。他們也沒有鼓勵我，因為他們知道我不需要鼓勵。

我們一起談天說地，不亦快哉。朋友大多是所謂的「自由業者」，他們向我敬酒，祝賀我進入他們的行列。我們成了最後一桌離開的客人。我們離開的時候，每個碟子都已空空如也。

我沒有遭到侮辱，遭到侮辱的是那些企圖侮辱我的人；我沒有感到恐懼，感到恐懼的是那些在帷幕背後玩把戲的人。我的心靈澄明歡樂，就是對他們最好的回擊。戰爭還沒有開始，我就勝利了。

親愛的寧萱，即使我什麼都沒有了，只要我有你，我也比那些囂張的官僚們幸福一百倍。

回到家裡，我在睡覺前翻開紀伯倫的文集。真巧，我一下子就看到了那篇名叫〈星相學家〉的散文詩：

在聖殿門前的影下，我的朋友與我見到一個盲人安靜地坐在那裡。我的朋友說：「看，那是本地最有智慧的人。」

於是我丟下朋友，走到盲人面前向他致意，我們攀談起來。

言談間我問：「恕我冒昧，您自何時起雙目失明？」

「出生以來。」他回答道。

我又問：「那麼你是追循哪條智慧之徑而行的呢？」

他答道：「我是個星相學家。」

他把手貼在胸前，接著說：「我觀察著各種恒星、衛星及所有星宿。」

是的，當淺薄者嘲笑盲人的時候，他卻不知道自己的內心一片漆黑，而盲人的內心星光燦爛。

誰真正理解這個世界？

誰真正生活在快樂之中？

這個世界上，究竟誰是盲人呢？

這個世界上，究竟誰是智慧的人呢？

永遠愛你的　廷生

二〇〇〇年七月六日

♣ 寧萱的信

親愛的廷生：

這是你命中註定的磨難。正如一句老話：經歷風雨，方見彩虹。你氣定神閑地面對它的來到，我感到很高興。我實在是沒有看錯你。

親愛的廷生，我在信中曾經談到耶穌之死。耶穌死的時候，原來那些似乎很忠實的信徒們都離開了，守在他身邊的卻是抹大拉的妓女馬利亞。直到被釘上了十字架的時刻，塵世間也沒有幾個人理解耶穌的所作所為。但這並無損於耶穌的偉大。耶穌的故事告訴我們：我們不必花費寶貴的光陰去乞求他人的理解。

在我看來，不被他人理解並不一定是一種痛苦。擁有我的理解，擁有我的愛，你就應當滿足了。至於其他人是否理解你，隨他們去吧。你只需要做到「無愧我心」。那些辱罵者，最後辱罵的是他們自己的尊嚴；那些潑髒水的人，最後潑出的是自己的良心。那些躲在陰暗的幕後放射暗箭的人，終究有一天燦爛的陽光會刺瞎他們的眼睛；那些踩著別人的身體登上高樓的人，終究有一天會隨著高樓的崩塌而化為灰燼。

我相信，無論遭遇到什麼樣的傷害甚至迫害，你不會放棄對真實的探求和對正義的信念。真相絕對不會永遠湮沒在發黃的書頁之中，公正也絕對不會永遠懸掛在遙遠的天邊。我想，你的所作所為清楚地表明，你在爭取孩子的權利，孩子「我口說我心」的權利。也就是安徒生筆下那個孩子的權利：道破神聖的國王什麼也沒有穿、並且不受到任何制裁的權利。我們失去這種寶貴的權利已經很久了。

我更相信，你不會在第一次打擊中就倒下，我們並肩進行的戰鬥、將貫穿我們一生的戰鬥，才剛剛開始拉開序幕。有的美女，明眸皓齒，卻沒有靈敏的心靈；有的盲人，衣衫襤褸，卻用心靈洞見了天國。我認為，美麗的極致是人格、精神、靈魂三者皆美。如果用這個標準去衡量，那麼世界上最美麗的女性就是德蕾莎修女，就是翁山蘇姬，就是這些最柔弱也最堅強的女人。

廷生，我最愛的人，你的信來得真是太巧了，正在我即將讀完翁山蘇姬的傳記的時候。我做不到像她那樣孤身挑戰軍政權，但我可以從她的身上汲取追求美善的勇氣。與她遭遇的一切相比，如今擺在我們身上的壓力算得了什麼呢？此時此刻，我讀到了你信上的壞消息。這是一個壞消息，同時更是一個好消息。如果沒有這個消息的話，我一時還難以對自己的未來下決心。

我相信，這個時刻也是上帝的安排。廷生，我最愛的人，我意識到，我等待一年之久的契機終於來臨了。現在，在你第一次遇到艱難困苦的時候，我決定啟程到北京來，來跟你一起面對未來更大的暴風雨。

今天，我收到你的來信之後，沒有徵求父母和任何朋友的意見，我徑直走進了老闆的辦公室，向他提出辭呈。老闆驚訝地半天說不出話來。昨天我們都還在一起探討一個新的商業計畫，今天我卻突然要辭職，他確實一點心理準備都沒有。

老闆問我，是不是工作遇到什麼麻煩了，他一定出面幫我解決。我搖搖頭。

老闆沉吟了片刻說：「那麼，有人出更多的錢請你嗎？我給你加薪好了。」這是他們一貫的思路。他們總是認為錢可以解決所有的問題。我微微一笑說：「不是錢的問題。您即使給我加十倍的薪水，我也不會留下來的。我的辭職純粹是一個私人的原因。我要離開揚州，到北京去。」

我答應他用一個星期的時間完成交接。我會讓我的助手瞭解每一項工作的進程，不至於我一走，我手上的工作就陷入停頓。老闆見我態度堅決，也只好歎了口氣，同意了我的辭呈。他還說，我離開前，他將舉行一個宴會為我辭行，感謝我這幾年來為公司的付出。這個平時聰明絕頂、深藏不露的資本家，難得有這樣的對員工真情流露的時刻。

未來的一個星期，將是繁忙的一個星期。除了交接工作之外，我還將把這個「驚天」的決定告訴父母，爭取他們的諒解和理解。反正木已成舟，他們不同意也得同意了。

在這個公司工作了兩年，總的來說還是比較愉快的，也結識了好些關係不錯的同事。想到突然之間就要離開，心中還是有點發酸。這種感覺，跟你離開北大時候的感覺相似。

親愛的廷生，你再堅持一個星期吧。一個星期以後，我就到你的身邊來了。

這一次，我永遠不離開你了。

永遠愛你的　小萱兒

二○○○年七月十一日

廷生的信

小萱兒，我一生相依為命的伴侶：

我讀完你的信以後，高興地在房間裡轉起圈來。你終於要來了，「盈盈一水間，脈脈不得語」的日子終於就要結束了。

那麼，我還要感謝那些向我放暗箭的人了？他們大概做夢也沒有想到他們的弄巧成拙吧？我們的婚禮，是不是應該請他們出席，當我們的證婚人呢？

誰能相信呢：厄運降臨的時刻，正是愛情成熟的時刻。再也沒有人能夠分開我們了，即使去西伯利亞，我們也將一起同行。我們將永遠生活在陽光下，而與黑暗絕緣。我終於悟出了這樣一個道理：與其詛咒黑暗，不如讓自己發光。

假如我們自己能夠發光的話，愛就會降臨到我們的生活之中，同時我們也能將愛傳播給別人。你記得有一部美國電影《讓愛傳出去》嗎？那個在單親家庭中長大的小男孩，卻立志將愛傳遞出去。雖然身邊很多人都在嘲笑他，認為他在做一件不可能的事情，註定了會失敗，雖然他死在了一個壞人的刀口下，他卻用自己短暫的生命改變了這個曾經無比冷漠的小鎮。

小萱兒，我們還有愛的能力，真好。寫到這裡，我突然想起了沈從文說過的一句話：「我行過許多地方的橋，看過許多次數的雲，喝過許多種類的酒，卻只愛過一個正當最好年齡的人。」我也是的，愛上了一個正當最好年齡的人——他成功了，我也成功了。

沈從文的靦腆是出了名的，據說他第一次登上大學講壇的時候，望著滿滿一教室的人，緊張得說不出話來，呆呆地站著，幾乎有整整十多分鐘的沉默。好在下面的學生們大多讀過他的作品，是他的崇拜者，所以沒有人起哄。大家都靜靜地等待著他，用期待的、鼓勵的眼光看著他。

等到他安定下來開始講課，滔滔不絕地講了起來，只用了十分鐘的時間，就把一個小時的講義講完了。這份講義他準備了好幾天。剩下的時間，他不知道該說什麼好。他拿起粉筆，轉過身去，在黑板上寫下了一行字：「我第一次上課，見你們人多，怕了。」

沈從文愛上了當時的學生張兆和。凡是沉默寡言的人，一旦墮入情網，時常是一往情深，一發而不可收拾。沈從文一封接一封地給張兆和寫熾熱的情書，卻遭到了頑固的拒絕。寫了一年獨白式的情書後，沈從文沒有得到任何的回答。他傷透了心，「因為愛她，我這半年來把生活全毀了，一件事不能作。我只打算走到遠處去，一面是她可以安心，一面是我免得煩惱。」

沈從文去向校長胡適辭行，胡適追問出了事情的原委。胡適是個愛才如命的學者，他勸沈從文留下，並答應幫助他促成此事。

這時，正好張兆和來向胡適告狀，說沈從文的表白擾亂了她的學業。張兆和特意挑出情書中的一句話：「我不僅愛你的靈魂，我也要愛你的肉體」——這已經大大違背了師道的尊嚴。胡適沒有處理作為老師的沈從文，卻主動當起老師和學生的「媒人」來。這名堂堂的大學校長，不斷地向張兆和誇獎沈從文是個天才，認為「社會上有了這樣的天才，人人都應該幫助他」。

我不禁感歎：多麼有趣的校長，多麼有趣的老師，多麼有趣的學生，多麼有趣的時代！

精誠所至，金石為開。張兆和的態度逐漸產生了變化。他們通了四年的信以後，終於有了結果。當時在青島大學任教的沈從文，千里迢迢地跑到張兆和蘇州的家中，正式向她求婚。

返回青島之後，沈從文在給愛人的信中寫道：「如爸爸同意，就早點讓我知道，讓我這個鄉下人喝杯甜酒吧。」張兆和在徵得父親的同意之後，給沈從文發了一封電報，寫道：「鄉下人，喝杯甜酒吧。」

寧萱，我也是一個鄉下人，我也想喝一杯甜酒呢。

今天你的來信就是這樣的一封電報。

在電話裡，我把你的一切講給父母聽。但是，我沒有告訴他們我失去了工作，在他們那代人的眼裡，工作和戶口之類的東西還很重要。而在我們看來，那些都是身外之物。我告訴他們，我們是多麼地相愛。

他們很高興，雖然還沒有見過你，但他們相信我的眼光。他們說，讓我們春節回家舉行婚禮。我對婚禮這種古老的儀式並沒有什麼興趣，不過我願意順從父母的意願，讓他們分享一下我們的幸福。親愛的寧萱，你說好不好呢？

愛你、擁抱你的　廷生

二〇〇〇年七月十五日

♣ 寧萱的信

親愛的廷生，我為你感到自豪的廷生：

你的那杯甜酒喝得也太容易了。沈從文當年還寫了四年的情書呢，你只寫了一年，就等來了這杯甜酒。你這個沒有耐性的小傻瓜，真是走運啊——連那些壞人也來幫你的忙，促成我們的愛情結出甜美的果實。

我也很喜歡沈從文向張兆和求愛的故事。畫家黃永玉在《太陽下的風景》中這樣描述表叔沈從文與嬸嬸張兆和的愛情和婚姻，他經過近距離的觀察發現了張兆和在這個家庭中的重要性。表面上看，沈從文該是一個人生經驗豐富、人情練達的「鄉下人」，而張兆和則是「合肥四姐妹」之一的大家閨秀，沈從文的生存能力應當比張兆和強些，實際上恰恰相反，若非張兆和的「掌舵」，沈從文早已觸礁而沉。親愛的廷生，我想，我也會在我們的家庭中扮演同樣的角色。而我們之間的相處將更加和諧、更加幸福，因為我們倆「同」的一面遠遠大於「異」的一面。

說到婚禮，我當然願意跟你一起回老家去舉行婚禮。跟你一樣，我也不喜歡繁文縟節。與其舉行婚禮，還不如出去旅行。你在信中無數次向我描寫了你家鄉的一切，那「遮不住的青山隱隱，流不斷的綠水悠悠」，我真想去看看，那比婚禮更加重要。

不過，如果父母希望我們舉辦一個正式的婚禮，我也願意回去讓父母高興高興——我的出現，對他們來說肯定是意外之喜。你這個不招女孩喜歡的木訥兒子，居然如此輕易地就抱得美人歸。父母終於可以把照料兒子的接力棒傳遞給兒媳，他們可以鬆一口氣了。但是，在高興之餘，我還是有點緊張——不是嗎，雖然我自信並不「醜」，但所有的媳婦總是害怕去見公婆的。

自從決定搬到北京，我就像個即將辭世的人，開始清點自己的「遺物」。我第一次驚奇地發現，原來令我留戀不捨的物質世界是多麼不堪一擊，我甚至找不到捨不下的東西。一大櫃子昂貴的職業套裝，一大箱子淑女尖頭皮鞋，乃至首飾、手機、皮包、手提電腦等等，我已經不願意把它們當作「財產」了。我將穿著純潔樸素的套頭毛衣做全世界最幸福最清貧的新娘。

你會笑我的孩子氣嗎？

親愛的廷生，我要到你的身邊去，做你溫柔而堅強的妻子。

這句話是如此平常而輕易，卻是我用盡一生，拚卻全力而對你所說的最沉重的允諾。生平第一次我放下矜持，相信自己可以深深地去愛一個人，卑微地去愛一個人，無求地去愛一個人，全身心地去愛一個人，原來相愛如此美好，愛到深處如此美好。我現在一開口便想讚美愛情，一提筆就想給你寫信，一睜開眼就在想你，一閉上眼你就出現在我夢裡，我從未想過會有一個人如此占據我的整個身心，更未想過被愛占據的身心會是如此甜蜜！

生命意義何在，是真，是善，是美，更是愛；是光明，是溫暖，是笑，是歌，是情義。讀你的書，在滿篇滿紙非憤怒即悲涼的文字裡，我卻赫然看到字裡行間充滿著一個字——愛。我彷彿看到一顆赤子之心，熱誠的、無所防備而備受傷害的心，卻依然如此深沉苦痛地愛著這個被其所怒斥的世界、人生、祖國、大地、同胞，以及卑瑣而苦難的生活，和愛的人。

還記得我給你的第一封信中所說的嗎？我引用了羅素的話：「支撐我生活的動力，便是對愛情的渴望、對知識的渴求，以及對於人類苦難痛徹肺腑的憐憫。」現在，我要對你說，讓我們在一起，以愛為力量，以古今中外所有偉大的心靈和高尚的思想為武器，以真誠、同情、全部的身心，走到苦難的人群裡，去痛徹肺腑地愛他們，幫助他們，給他們我們全部微薄的溫暖和贈與，為人類的苦難，痛其一生不改其衷，為真善美的世界奉獻一生而無怨無悔，勇敢地握著我的手，無畏的憑著我的愛，走上前去吧。

廷生，我以你為傲，我想對你的每一位讀者說那句舊話：「只要生活中還有一雙眼睛與你一同哭泣，生活便值得你為之受苦。」所有真摯地尋求生活意義的人，便是這樣一雙雙的眼睛。

廷生，我最親愛的人，我就是你的這樣一雙眼睛，永遠堅貞地與你一同哭泣，一同歡喜，一同被苦難和邪惡刺痛而受傷，一同被愛情與美好滋潤而明亮。所以，來吧，苦難的生活，我們是如此相愛的人，我們也是如此勇敢地熱愛著你！

我把這封信寄給你，多想把我的心、我的人一同寄去。我願意為你放棄塵世的喧囂與霓彩，追尋寧靜的心靈，溫馨的情義。

堅強的廷生，失去工作，畢業就是失業，這實在算不了什麼。你可以在家寫作，我出去工作。我掙來的錢足夠我們過小康的生活。我們都不奢靡，只要我們不為欲望和物質所驅使，我們就是自由的，我們就是幸福的。那麼，那些企圖以剝奪你的工作機會來打擊你的人，就不能如願了。所以，今天發生的一切，僅僅是「至暫至輕的苦楚」，而等待我們的將是「極重無比的榮耀」。

廷生，我明天就去訂機票，後天就到你身邊。

永遠愛你的、忠貞不渝的　小萱兒
二〇〇〇年七月二十日

廷生的日記

二〇〇〇年年七月二十五日

我的工作合同被非法撕毀，我不會屈辱地接受這樣的結果。我準備今天上午去國家人事部尋求勞動仲裁。有沒有結果是一回事，我必須按照天賦的人權做我自己應該做的事情。

昨天，寧萱打電話告訴我說，她第二天下午就要飛到北京來了，從此再也不離開我了。

於是，今天我作了這樣的安排：上午去國家人事部跑一趟，檢驗一下這個社會是否真正存在著法律條文的公正性，下午直接去機場接寧萱——今天，將是我這一生一個重要的轉捩點。

去人事部的結果，正如之前的設想。侯門深似海，要進部委的大門，得費九牛二虎之力。在門口的傳達室打了半天的電話，才有一個年輕的工作人員出來接我，是個剛從中國政法大學畢業的大學生，還沒有染上太多的官僚氣和「單位氣」。他仔細看完我的申訴資料後說，我遭遇到的是一個法律的灰色地帶——違約的某協會，雖然是一個龐大的部級單位，但名義上卻是「人民團體」，不隸屬於國務院。因此，人事部門的仲裁法規無法約束它。

我問：「那麼，是不是說他們就可以隨便違約而不受到任何懲罰呢？」

這位比我還要年輕的大學畢業生聳聳肩膀，用無可奈何的語氣對我說：「確實是這樣。到目前為止，這是一個灰色地帶。我們愛莫能助。」

我感到自己好像卡夫卡小說中那個在城堡外徘徊的主人公，我陷入的是「無物之陣」，是無所不在的荒謬。

拿到了一張「不予仲裁」的通知單，我坐上計程車去機場接寧萱。

想到寧萱立刻就要到我身邊了，我心中頓時充滿了陽光——愛是戰勝荒謬、戰勝「無物之陣」的唯一法寶。從今天開始，我將擁有一份純潔而堅貞的愛情，直到生命的終了。我還有什麼值得擔心、值得憂慮的呢？

計程車在機場高速路上飛奔，我打開車窗，將蓋著紅印的通知單扔出窗外。這頁白紙，在半空中翻轉了幾圈，一瞬間便飛落路邊的樹叢之中。

這是我第二次去機場接寧萱。這一次，我只等候了半小時。

我在人群中發現了她，她奮力拖著兩個大箱子，宛如破冰船破冰而來。

我聽見了冰層破裂的聲音。

我聽見了花朵開放的聲音。

我向她揮手，向她跑去，向她張開懷抱。

寧萱也看見了我，她的眼睛發出鑽石般閃亮的光芒。

她撲到了我的懷抱中。我們旁若無人地擁抱、親吻。

她緊貼著我的耳朵，輕輕地說了《聖經・雅歌》中的一句話：「良人屬於我，我也屬於他。他在百合花中牧群羊。」

百合花長在香草山上，羊群長在香草山上。

我和寧萱也生活在香草山上。

香草山上，藍天白雲，水草豐美。

綠蠹魚叢書 YLC64

香草山

作者：余杰
主編：曾淑正
特約編輯：黃珮玲
美術設計：ZERO

發行人：王榮文
出版發行：遠流出版事業股份有限公司
地址：台北市南昌路二段八十一號六樓
郵撥：0189456-1
電話：（02）2392689 9
傳真：（02）2392658

著作權顧問：蕭雄淋律師
法律顧問：董安丹律師
二〇一一年十一月一日　初版一刷
行政院新聞局局版臺業字第 1295 號
售價：新台幣三五〇元

ISBN 978-957-32-6876-5
遠流博識網 http://www.ylib.com
E-mail: ylib@ylib.com

國家圖書館出版品預行編目資料

香草山／余杰著. -- 初版
-- 臺北市：遠流, 2011.11
面；　公分
ISBN 978-957-32-6876-5（平裝）

857.7　　100020295